좌파 문화권력 3인방

좌파 문화권력 3인방

조우석 지음

백년동안

머리말

세상 돌아가는 걸 지켜보면서 더 이상 집필을 늦출 수 없다는 판단으로 원고를 서둘렀다. 요즘 한국사회가 어떠한가? 속내를 드러내놓고 대화하기 힘들 정도인데 시국이나 정치 얘기를 잘못 꺼냈다간 서로 얼굴 붉히기 일쑤다. 친구끼리는 물론 부모 자식 사이도 말 섞기 두려울 때가 종종 있다.

10대 시절 부모와 대화를 거부하는 것이야 사춘기의 통과의례라지만, 요즘엔 20~30대도 마찬가지다. 이들과 장년층 사이엔 거대한 벽이 있는데 동년배끼리도 그렇다. 이들은 상대방을 향해 꼴통보수·극우 혹은 좌빨·빨갱이라며 욕하고 등 돌린 채 산다. "우리가 언제 안 그랬던 적이 있었느냐?"고 한가하게 묻는 이도 있지만, 지금은 차원이 달라졌다. 단순한 소통의 문제가 아니라 건국 이후의 이념적 합의가 깨졌다는 게 핵심이다.

가슴 철렁한 진단이겠지만, 지금은 사실상의 내전이 진행 중인 국면이다. 정치권과 시민사회도 정상이 아닌 것도 이런 이유 때문이다. 성냥 하나 그어대면 펑 폭발할 수도 있는 상황의 연속이다. 이걸 두고 많은 진단과 처방이 가능하겠지만, 이 책은 모든 이를 두루 만족시키자는 건 아니다.

꽤 논쟁적이겠지만, 나는 이렇게 본다. 한국이 건국 이후의 이념적 합의가 깨진 건 여러분 친구와 자녀들이 어느 순간 좌파의 물이 들었고, 그 결과 '인생 삐딱선'을 탔기 때문이다. 어렵지 않은 판단이다. 건국 이래 우리의 이념적 합의란 자유민주주의가 아니었던가? 이에 대한 동의를 누가 먼저 깼고, 그걸 좌파적 사고방식으로 온통 뒤바꿔놓았단 말인가? 이 책은 이에 대한 문제의식에서 출발했다.

단 이렇게 만든 사람을 찾아 위로, 또 위로 거슬러 올라가봤다. 그래야만 복잡한 얘기가 가닥 추려지는데, 말하자면 도발 원점을 찾아 타격하자는 것이다. 그 대상으로 백낙청-리영희-조정래 등 3인방을 나는 찾아냈다. 문화권력-지식권력인 이들이야말로 좌파 세계의 뿌리이고 자궁이며 숙주(宿主)다.

이들을 원형으로 지금의 막강 좌파가 형성됐다. 때문에 문화권력의 몸통을 확인하고 나면 많은 게 깔끔하게 정리된다. 운동권 출신으로 채워진 문재인정부도 한눈에 파악되며, 한국의 정치·사회·문화의 다양한 흐름의 족보까지 꿰인다. 무엇보다 우파로 사는데도 좌파처럼 생각하는(live right, think left) 희한한 우리의 이중적 모습이 당신의 시야에 들어올 것이다. 그래서 이 책은 요즘 말로 한 방에 해결되는 '좌파 완전정복'이다.

그런데 나는 이들 3인방을 왜 문화권력-지식권력으로 규정하는가? 대한민국을 사실상 지배해온 소프트파워의 정점(頂点)이기 때문이다. 백낙청의 경우 1966년 「창작과비평」 발행 이후 문학을 거점으로 영향력을 키워오다 좌파 세계의 정신적 대부 혹은 '숨은 신(神)' 반열에 성큼 올랐다.

의식화의 스승이라는 고(故) 리영희도 마찬가지고, 천문학적 판매량의 대하소설 『태백산맥』의 작가 조정래 역시 젊은이에게 결정적으로 영향을 줬다. 이들에게도 공과가 함께 있겠지만, 대표적 과오는 대한민국 증오병을 심었다는 점이 아닐까? 이 나라는 태어나선 안 될 나라라는 인식을 심어준 원조가 바로 이들이다. 바탕에 깔린 좌파 민족주의를 징검다리로 예외 없이 친북 성향을 보이니 글로벌 시대에 영락없는 미아(迷兒)가 이들이다.

그런 3인방의 실체를 이 책과 함께 하나하나 확인하면 독자들은 분명 충격받을 것이다. "저런 이들을 우상으로 떠받든 결과 끝내 여기까지 왔구나!" 그런 느낌일 것이다. 이들 영향력이 전 같진 않다는 말도 있지만, 그것도 뭘 모르는 소리다. 여전히 이들은 한국사회의 지배적 힘으로 남아 있다.

이들이 토해낸 말과 글, 거기에서 영향받아 만들어진 또 다른 얘기가 거대한 지식정보의 세계를 형성했다는 것이 결정적으로 문제다. 학문과 지식정보 생태계 전체가 오염된 것인데, 그 악영향은 방사능 낙진(落塵) 폐해보다 더 심하다. 문화권력 3인방 비판은 결국엔 그걸 바로잡기 위한 노력인데, 때문에 이 책은 막연한 얘기가 아니다. 문화권력 3인방, 이들이 당신과 당신 자녀를 망쳐왔다는 고발이다.

이래가지곤 이 나라가 한 발자국 앞으로 내딛지 못하며 퇴행만을 반복할 뿐이란 냉정한 경고이기도 하다. 희한한 일은 반세기의 우상인 이들이 한 번도 견제받아본 일이 없다는 점이다. 그런 좌파 전체주의 세상을 도저히 견딜 수 없어서 나는 이 책을 썼다.

이게 백낙청-리영희-조정래에 대한 첫 비판이라는 걸 충분히 인식한 채 나는 이 책을 썼다. 첫 비판에 따른 위험부담 같은 걸 왜 느끼지 않았겠는가? 반면 이 책을 펴내는 건 내 의무이자 소명이라는 생각이 훨씬 컸다. 일간지 문화부 기자 생활을 오래 하면서 이들의 잘잘못을 남보다 많이 알아왔는데, 그런 정보를 세상의 독자들과 공유하는 건 너무 당연한 소임이 아닐 수 없다.

거의 5년 전 '정규재TV'(현 「펜앤드마이크」)에서 '좌파 문화권력 비판 특강시리즈'를 10차례 선보인 바 있는데, 그때도 느꼈다. 많은 독자들이 이쪽 정보에 목말라하고 있었다. 그래서 조만간 단행본을 내겠다고 약속했지만 차일피일했는데, 이제 부채감에서 벗어나니 개운한 마음이다.

이참에 밝혀두지만, 문화권력 3인방을 때린 이 책은 엄밀한 분석이고 의견제시다. 인신공격 따위는 생각해본 일조차 없다. 그 점은 누구라도 이 책을 뒤적이면 확인할 수 있을 텐데, 편법 따위를 동원해 이들을 공격하고 혼쭐낸다고 해서 세상이 바뀌지 않는다는 걸 나 스스로 잘 아는 탓이다. 그래서 엄연히 공론장(公論場)에서의 토론인데, 그 점을 여러분이 직접 읽으면서 판단해주시길 바란다.

이제 엄정하게 판단할 것은 이렇다. 반세기를 전후한 백낙청-리영희-조정래의 문화권력이 한국사회에 긍정적이었던가, 아니면 그 반대인가? 백번 양보해 당시 그들이 옳았다고 해도 유통기간이 끝났다. 이젠 물갈이를 해줘야 지난 시대의 그들도 편해지고, 죽어가는 이 나라도 살아난다.

2019년 여름, 저자

프롤로그

새로운 우상의 시대

물어보자. 10여 년 전 광우병 파동을 포함해 세월호 사고, 광화문 민중총궐기 그리고 드디어 2017년, 그 비극적인 박근혜 대통령 탄핵 사태의 공통 구조는 무엇일까? 왜 그런 일이 필요 이상의 정치적 몸살로 연결되며, 헌법기관인 대통령을 흔들거나 아니면 국가 위기로 치닫곤 하는가?

내 판단에 그건 정치권의 무책임이나 정책 실패 혹은 리더십의 부재 때문이 아니다. 한마디로 지식권력-문화권력이 좌파세력의 손아귀에 들어 있기 때문에 벌어지는 구조적 현상이다. 달리 말해 반(反)대한민국-친북 성향을 포함한 좌파적 가치는 한국사회에서 이미 헤게모니를 구축한 상황이 지금이다. 이런 조건에서 이 땅의 좌파는 굳이 청와대 권력을 쥐지 않아도, 즉 현실권력이 없어도 사실상의 통치가 가능하다.

저들은 교육·언론·문화 3박자를 다 쥐고 있기 때문이고, 그걸 통해 대한민국을 뒤에서 움직일 수 있고, 얼마든지 장난도 칠 수 있다. 오래전 죽은 이탈리아 공산당의 창시자 안토니오 그람시가 무덤에서 일어나 지금 이 나라의 상황을 본다면 "내가 예견했던 미래가 대한민국에 꽃피어났다"며 반색을 할 것이다.

이른바 진지전(陣地戰)이란 이름 아래 문화와 예술의 영역을 혁명적 투쟁의 장소로 명명했던 사람이 그람시란 인물이니까. 한국적 상황은 이미 그람시의 차원을 웃돈다. 문학·음악·미술·연극·영화·출판 등 문화 예술의 각 장르는 물론 언론·교육이란 영역 역시 대한민국에 대한 증오를 심어주려는 좌파에게 몽땅 내줬다. 장신대 김철홍 교수의 진단처럼 "대한민국은 지금 이념의 낙동강 전선에 서 있다"는 가슴 철렁한 소리가 나왔던 게 벌써 몇 해 전임을 기억해두자.

그런데도 많은 이들 눈에는 그 구조가 잘 안 들어오는 모양인데, 그건 왜 그럴까? 곤혹스럽다 단, 그 변화가 너무 거대하고 구조적이며 거의 전면적인 상황이라서 사람들이 미처 눈치를 못 챌 수도 있다. 역설은 역설이다. 손톱 곪는 건 알아도 염통 곪는 건 모른다는 속담도 있지 않던가?

대한민국 염통을 곪게 한 3인방

이런 상황에서 한 번 더 물어봐야 할 것이 있다. 이런 상황을 연출한 숨은 손은 누구일까? 원인 없는 결과란 없는데, 과연 누가 문화권력-지식권력을 손에 쥔 채 한국사회 좌편향을 이끌어낸 것일까? 그래서 대한민국 건국 이래 우리의 이념적 합의인 자유민주주의에 대한 존중을 깨고 그걸 온통 좌파 패러다임 일색으로 뒤바꿔놓았던 것인가? 이 책은 대한민국 염통을 곪게 만든 3인방을 지목해 그 잘잘못을 따지는 내용이다.

그 세 명은 거슬러 올라가면 1960년대 이후 한국사회에서 최강의 문화권력-지식권력을 쥐고 있는 영문학자이자 문학평론가 백낙청, 기자 출신의 리영희 그리고 대하소설 『태백산맥』의 소설가 조정래로 정리된다. 그동안 한국사회는 이들을 우상으로 섬겨오면서 제대로 된 비판을 해본 일이 없다.

그래서 저들은 성역화된 문화권력-지식권력이고, 건드리면 안 되는 언터처블로 남아 있는데, 정상적인 사회라면 이럴 수가 없다. 때 되면 물갈이가 이뤄지는 법인데, 그런 과정이 단 한 차례도 없이 어떻게 2000년대 초반까지 흘러왔단 말인가? 이런 상황에서는 사회가 정상적으로 발전할 수 없고, 창조적 지식이 만들어질 수도 없다. 쉽게 말하자. 요즘이 어떤 세상인데, 반세기 넘게 유지되는 문화권력-지식권력이란 게 정상일까?

좌파 문화권력이 형성된 것은 그야말로 옛날 옛적인 1960~70년대의 일이고, 즉 개발연대의 부산물에 불과했다. 그것의 앞뒤 배경을 이 책은 다루고 있지만, 한국사회는 그걸 어떤 식으로든 정리하여 이르면 1990년대, 늦어도 2000년대 이후부터는 새 지평을 개척했어야 옳았다.

즉 새로운 패러다임의 선진화 담론 쪽으로 나갔어야 옳았다는 게 이 책의 기본 입장이다. 계기도 없지 않았다. 일차 타이밍은 옛 소련과 동유럽 공산주의가 몰락했던 1980년대 말, 1990년대 초였다. 그때 좌경화 일변도의 친공-친북으로 흘러온 좌파 문화권력이 자기 반성 속에 전향하든지, 무너져내렸어야 옳았다. 그런 사례는 바다 건너에 적지 않았다. 극좌 테러리스트로 악명 높던 일본 적군파는 이미 1970년대 초 비극적으로 자멸하고 말았다.

서유럽의 공산주의자들 역시 오래전부터 폭력혁명 노선을 포기한 채 의회주의를 존중하며 체제 내 좌파로 들어왔다. 우리도 그 무렵 학생운동권이 변화하고, 그걸 낳았던 자궁인 좌파 문화권력이 제정신을 차렸더라면 지금처럼 대중들이 낡은 우상을 섬기고 사는 현상은 없었을 것이다.

우리가 이렇게 경제 저성장에 쳇바퀴 도는 일도 없고, 세계가 찬탄하던 기적의 나라 대한민국이 문제 국가로 추락하는 부끄러운 일도 없었을 것이다. 젊은이들이 취업난 속에 눈물 흘리는 일도 없고, 이웃 일본과 경제 분쟁을 넘어 안보 분쟁으로 흘러가는데 죽창 들고 싸우자고 반일 선동을 하는 청와대 사람들을 지켜보는 상황도 없었으리라. 그걸 막지 못한 채 여기까지 온 것은 포괄적으로 말해 좌파 문화권력이 의외로 막강했던 탓이다.

그걸 견제했어야 할 한국사회의 주류인 자유우파의 힘이 너무 미약했음을 반성하지 않을 수 없다. 그런 인식 아래 우선 1966년 「창작과비평」을 발행한 이후 종북-좌파연대의 핵심인 원탁회의를 이끄는 좌장으로 성장한 백낙청을 우선 이 책의 분석대상으로 삼았다.

문화권력의 3인방의 잘잘못

지금도 많은 이가 말한다. 출판사 「창비」, 계간지 「창작과비평」은 1960년대 이래로 "저항의식의 저수지"이며, 때문에 지적·도덕적 권위를 인정할 수밖에 없다고…. 과연 그럴까? 그걸 판단하기 위해 「창비」와 백낙청 평론의 핵심인 민족문학론과 분단체제론이란 게 도대체 무엇이고, 그게 어떻게 변질돼 자유민주주의를 부정하고 연방제 통일론으로 치달으면서 지금은 노골적 정치운동이 되어버렸는지를 이 책은 점검해봤다.

실제로 백낙청 자신이 2000년 6·15선언을 기점으로 평론가 본업 대신 정치판을 기웃대기에 바빴다. 이른바 비판적 지식인

즉 재야세력에서 체제 안의 사람으로 변신한 것인데, 2005년엔 6·15선언실천남측위원장이란 감투를 썼던 것이 그가 문단 밖으로 행동반경을 넓히는 기점이었다.

그리고 2012년 대선 땐 문재인 후보의 고문단의 멤버였다. 그게 다가 아니다. 그의 명성은 어마어마한데, 해방 이후 문학을 밑천으로 가장 출세한 인물이 그 사람이 아닌가 싶다. 김대중 시절 이미 문교장관 물망에 올랐다. 노무현 시절엔 총리 하마평에 오르내렸다. 문화권력에 이어 현실권력에 가장 근접한 것인데, 더 위험한 것은 연방제 통일론의 배후에 그가 자리 잡고 있는 점이다.

그뿐인가? 문재인정부의 악명 높은 적폐청산 구호도 그가 제시했지만, 결정적으로 반(反)대한민국 세력의 중심에 그가 있다는 게 이 책의 시각이다. 그가 예전에 제시한 이른바 '이면(裏面)헌법' 폐기론이 대한민국의 반공-반북을 때려 엎자는 고약한 정치선동으로 치닫고 있기 때문이다.

왜 그게 애시당초 백낙청 문학의 파산, 지적 붕괴인가를 이 책에서 살펴보겠지만, 이면헌법 폐기의 실질적 원조는 여전히 사상의 스승으로 추앙받고, 백낙청 자신도 추종했던 사람인 『전환시대의 논리』 『8억인과의 대화』의 저자 고(故) 리영희였다. 당연히 문화권력 3인방 사이의 얽히고설킴에 대해 이 책은 입체적인 분석을 하지만, 리영희의 경우 해방 후 신생독립국가 건설의 길에서 친일파 민족반역자가 우(右), 즉 대한민국의 자리에 섰다고 목소리를 높여온 주인공이다.

즉 "대한민국의 현대사는 정의가 실패하고 기회주의가 득세했다"는 발언의 원조 중의 원조다. 그래서 그는 1980년대 운동권의 스승인데, 리영희로부터 가장 영향을 받은 사람 중의 한 명이 전직 대통령 노무현이고 현직 대통령 문재인이다.

노무현이 "현대사는 실패했고, 기회주의가 득세했다"는 발언을 했던 것도 리영희의 책을 보고 눈이 뒤집혔던 탓이다. 문재인 역시 대학시절 리영희의 『전환시대의 논리』를 보며 지적 세례를 받았다고 고백했다. 시인 김지하가 "깡통 저널리스트"라고 비판했던 그 리영희가 드리운 그림자가 이토록 넓고 짙은가 싶을 정도다. 백낙청·리영희와 함께 이 책 뒤에서 조명되는 소설가 조정래도 문화권력의 3인방이다. 그는 백낙청·리영희와 결국은 같으면서도 역할 분담이 조금 달랐다. 이들 셋 사이의 관계는 이렇다.

백낙청이 문학을 중심으로 문화 전반과 인문사회과학 등 학계에 두루 영향을 줬다면, 리영희는 마오쩌둥의 중국, 김일성의 북한 등과 관련해 기존 반공 인식을 허물어버리고 운동권적 인식을 심어준 장본인이다. 조정래는 둘의 그런 좌파적 인식을 소설 장르를 통해 결정적으로 대중화했다.

즉 젊은 세대에 끼쳤던 악영향을 따지자면 조정래가 압도적으로 크다. 그걸 아주 쉽고 비근한 사례로 말하자. 해산된 통진당의 이석기가 빨치산 용사 놀이를 했다지만, 그 허깨비 좌익혁명 놀음의 원조는 1980년대 등장한 이후 젊은이들을 오염시킨 원흉인 『태백산맥』이었다고 나는 이 책에서 분석했다. 『태백산맥』의 등장 이후 빨치산은 더 이상 공비(共匪, 공산 비적)가 아니라 순결하고 낭만적인 전사로 이미지를 바꿨음을 기억해두라.

소설 속에 철두철미한 공산주의자로 그려지는 염상진, 하대치 그리고 민족주의자에서 공산주의로 전향하는 김범우 등 거의 모두가 그러했다. 당연히 『태백산맥』에 그려진 좌익의 사회주의 혁명에 대한 확신은 무시무시하다. 일테면 이 소설의 핵심인물 염상진은 여순사건이 터졌을 때 이렇게 고백한다.

좌파정서에 물든 그 많은 사람들

"(북조선이) 남조선의 오합지졸인 비조직화된 힘을 일거에 쓸어버리고 한반도 전역에 공산혁명의 깃발을 나부끼게 할 것임을 굳게 믿는다." 그래서 이 책은 이렇게 묻고 있다. 이런 정신 나간 확신이 "전국적인 범위에서 최종결전의 결사를 하자"는 통진당 이석기와 뭐가 다른가? 그런데도 왜 한국사회는 그동안 이 질문을 하지 않았는가? 그렇다. 정치적 괴물 이석기를 포함해 우리 시대의 운동권은 『태백산맥』에서 튀어나왔다는 판단이 맞다. 그런데 왜 딱 이 세 명으로 국한을 했는가?

백낙청-리영희-조정래가 해당 분야에서 갖는 상징성이 높고 현실적으로도 막대한 영향력을 끼치고 있기 때문이다. 이 세 명이 전부는 아니다. 이들과 조력해 좌파 문화권력의 완성을 도왔던 사람들, 세 명의 피폭(被爆) 아래 아류가 되어버린 그 무수한 사람들과 그들의 무책임한 발언은 이 책에서 별도로 조명했다.

확실히 3인방의 아류들은 지금 한국사회의 주류다. 인적 자원 분포만 해도 그렇다. 활동적인 50대 전후의 대학 교수는 물론, 출판계의 유명 베스트셀러 저자 그룹을 포함한 출판사 대표, 영화합네 미술작가네 하는 이들 대부분이 젊은 시절 백낙청이 깃발을 들었던 좌파 학술운동, 민중문화운동의 영향 아래 자라났다. 언론·교육계 인사는 물론이고, 법조계·노동계 역시 예외가 아니다. 이들은 좌파의 도그마에 빠져 있거나, 아니면 좌파정서에 오염된 채로 사는 것이다.

때문에 백낙청-리영희-조정래라는 문화권력-지식권력을 해체하려는 이 책의 목표는 여전히 이들 3인방의 포로로 살고 있는 아류 지식인들에게 새로운 비전을 제시해주자는 것이다. 그게 지식정보의 대청소다. 왜 이게 필요한지는 굳이 말할 필요가 없지 않을까? 그 고질적 좌편향이 말도 못 할 규모의 기회비용을 만들어내고, 끝내 대한민국을 위태롭게 하기 때문이다. 그러면 한국사회 좌편향이 과연 어느 정도일까? 우리 사회 이념적 지향이 왼쪽으로 이동했다는 나의 지적은 과연 근거가 있는 것일까?

그걸 확인하기 위해 표본 집단을 여의도 국회의원 300명으로 국한해 그들의 이념 성향을 들여다본 분석이 참조할 만하다. 2016년 여름 당시 한국정치학회가 20대 국회의원의 이념 성향을 설문조사했더니 압도적 다수인 92.2퍼센트가 이른바 진보 성향이나 중도 성향으로 나타났다.

당시 설문조사에 따르면 진보로 분류되는 금배지의 수가 과반(52.1퍼센트)을 넘겼으며, 비슷한 규모가 중도(40.1퍼센트)로 분류됐다. 보수 성향의 의원은 대체 얼마쯤 된다는 얘길까? 7.8퍼센트에 불과하다. 92.2퍼센트 대 7.8퍼센트, 이게 기울어진 운동장인 대한민국 이념시장의 현주소라고 보면 된다. 그걸로 충분치 않다. 이참에 들여다볼 것은 몇 해 전 주간지 「한겨레21」 분석이다.

좌편향의 꽃이 활짝 피었습니다

우리나라 정치인과 지식인들의 이런 좌편향이 글로벌 스탠더드를 기준으로 할 경우 어느 정도 왼쪽으로 기울어진 것일까를 보여주는 자료다. 2010년 3월 당시 「한겨레21」은 버락 오바마 미국 전 대통령 등 외국 정치지도자와 함께 한국의 여론주도층 52명의 정치 성향을 조사해서 다음의 좌표를 보여줬다. 당시 통권 제800호

기념 커버스토리인데 결과는 쇼킹하다. 이 나라는 이미 온통 좌파의 나라란 말이 나왔다.

일테면 정치인 심상정·이정희·노회찬·정동영·유시민 등 정치인의 경제관의 경우 옛 소련 스탈린의 폐쇄적인 경제관과 별 차이가 없다. 좌측은 통제경제, 우측은 경제적 자유가 보장되는 신자유주의 체제를 의미하는데 결과가 그러하다.

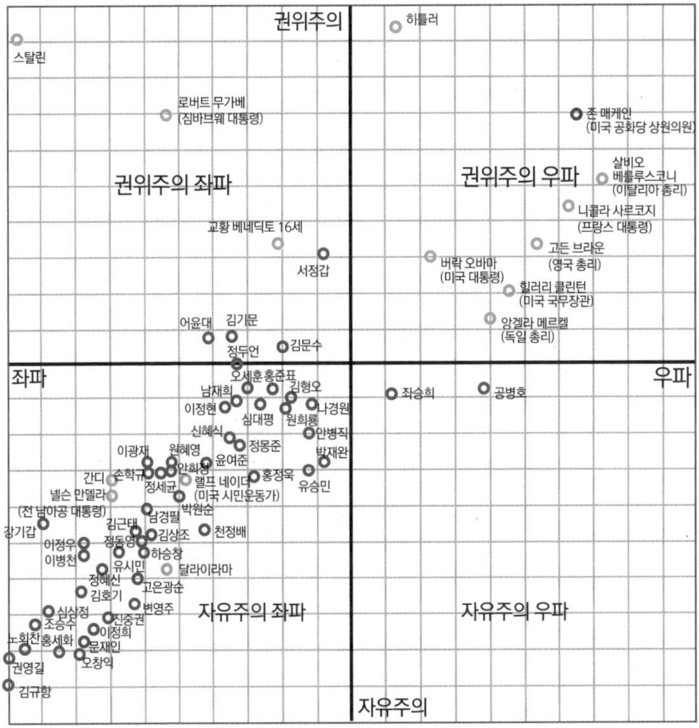

주요 정치인 이념좌표

그만큼 국내 정치인과 지식인의 좌경화가 돌이키기 힘든 수준임을 보여준다. 모두가 경제적 자유를 인정하는 데에는 소극적이며, 때문에 공병호 박사와 좌승희 박사, 소설가 복거일 정도를 겨우 우파로 분류할 수 있을 정도다. 좌승희-공병호-복거일은 국내에선 극우 소리까지 듣지만, 글로벌 기준으론 미국의 오바마나 힐러리 클린턴 혹은 독일 총리 메르켈 등에 비해 왼쪽이라는 사실을 기억해두라. 한국이란 나라 자체가 지난 10여 년 새 지구촌서 가장 빨리 좌편향이 진행되어버린 희귀사례다. 지구촌에서 가장 왼쪽인, 좌편향의 꽃이 활짝 피어난 한국은 과연 온전한 사회인가? 헌법 전문(前文)과 제4조에 각각 명시된 자유민주적 기본질서 수호에 필요한 힘이 남아 있는지 걱정스럽다.

분명히 밝혀두지만, 이 책에서 문화권력 3인방을 비판하는 것은 결코 인신공격이나 소모적 논쟁이 아니다. 어디까지나 공적 담론의 영역이다. 두말할 것 없이 지금 절름발이 문화-지식의 상황에서는 결코 창조적 지성이 출현할 수 없다는 인식이 먼저다. 어쨌든 이 책의 등장이 이미 유통시한을 넘겨 군림하는 좌파 문화권력에 감히 사망 진단서를 발부하는 첫 계기가 되길 나는 희망한다.

문화권력이 죽어야 나라가 산다

누군가 공자가 죽어야 나라가 산다고 외치며 유교문화 잔재를 지적한 바 있지만, 이 책은 백낙청-리영희-조정래를 죽여야 문화가 살고 지식사회가 정상화되며 젊은이에게 새로운 비전을 보여줄 수 있다고 확신한다. 지난 반세기 이들이 한국사회에 기여한 것보다는 해악이 압도적으로 크다.

천백번 양보해 이들이 옳았고 한 시절 순기능을 행사했다고 쳐도 요즘 같은 대명천지에 이제는 결단코 아니다. 도대체 어느 시절인데 3인방이 들고나오는 민족 타령과 민중 타령을 반복해야 하는가? 이들이 외쳐온 민주주의란 것도 수상쩍은데 지난 세기 좌익을 달뜨게 했던 인민민주주의의 음습한 망령이 어른거리는 위장 언어에 불과하다. 이 모든 게 문화권력 3인방의 낡은 유산이자, 이들을 매개로 한 낡은 시대의 흔적이라면 이젠 정말 굿바이를 해야 할 때다.

이들은 한마디로 2000년대 이 글로벌 시대의 미아(迷兒)일 따름이다. 좌파 민족주의에 눈멀어 길 잃은 이들을 우상이자 길잡이로 섬기고 따라갈 순 없는 노릇이다. 지금 상황을 이대로 내버려둘 경우 과연 무슨 일이 벌어질까? 당연히 한국사회의 퇴행이 불가피하며 회복 불능에 빠진다.

문화권력 3인방은 여전한 우상으로 군림하면서 선동가에 궤변론자나 다름없는 본래의 추악한 모습을 감출 것이다. 그게 새로운 비전을 담은 지식정보의 유입을 가로막을 것이고, 그 통에 일상을 사는 대부분 사람의 오염도 점점 크고 깊어질 것이다. 대중과 젊은이들은 좌파에 봉사하며, 대한민국을 향해 손가락질하며 비판하는 걸 무슨 개혁이자 선진화 혹은 민주화로 착각하며 평생을 살아가게 된다.

그중 상당수는 백낙청-리영희-조정래 세 명의 공통분모인 좌파 민족주의에 오염이 된 채 자유민주주의를 부정하고 연방제 통일론 따위에 고개를 끄덕이게 된다. "대한민국의 성취에 대해서 감명받지 않는 유일한 사람들은 한국인뿐이다"라는 영국 주간지 「이코노미스트」의 문제제기(2013년 10월 26일자)는 더욱 미스터리로 남을 것이다.

이들 대부분은 영문을 모른 채 문화권력에 의지한 편한 삶을 영위하며 '좌파정서'에 젖어 한세월 어우렁더우렁 살아가겠지만, 아차 하는 순간에 우리 시대 급진파인 자코뱅의 무리로 전락해 촛불 집회 등에 앞장서는 낯익은 모습도 자주 보여준다. 이들과, 조금 전 언급했던 통진당 이석기란 실은 오십보백보라는 사실을 그들 자신만 모른다.

그리고 박근혜 대통령 탄핵 파동 때도 우리는 지켜봤지만, 결정적일 때마다 거리로 쏟아져 나온 이들끼리의 폭민정치(mobocracy) 혹은 중우정치가 앞으로 더 일상이 될 것이다. 근본적으로는 그런 사회가 바람직하지 않지만 과연 지속가능은 할까?

물론 좌파 좌익이 한국사회에서 가질 수 있는 일정한 지분을 인정한다. 일테면 10퍼센트 내외 정도라면 족하다. 그들이 90퍼센트 이상을 독식하며 한국사회의 주류로 군림할 순 없다. 그런 비중도 문제이지만, 종북·친북 성향을 가진 채 지구촌에 족보 없는 주사파 따위는 정말로 안 된다. 그들에게 멍석을 깔아주거나, 심지어 자궁 역할을 해주는 것이 이 책이 겨냥한 문화권력-지식권력 3인방이기 때문에 나는 그들을 유죄라고 감히 판시하려 한다.

더더구나 그들이 반세기 넘겨서 새로운 우상으로 자리 잡는 일은 있을 수 없는 일이다. 경제사학자 이영훈은 어느 글에서 이렇게 속내를 비쳤는데, 그 말을 음미해보면서 백낙청-리영희-조정래라는 낡은 우상을 이제부터 제대로 걷어치우기로 하자.

> "자유주의를 강의하기 위해서는 꼴통이라는 오명을 뒤집어쓸 각오를 하지 않으면 안 된다. 속으로 자유주의자이면서 입까지 자유주의자인 교수는 대학에서 희귀한 존재다. 지적 풍토가 이러해서는 이 사회를 얽어매는 역사의 굴레를 벗기면서 또 하나의 비약을 이끌 리더십이 생겨나기 힘들지 않을까?" (이영훈, 「한국 자유주의의 미래」, 『통합, 누구와 어떻게 할 것인가』, 39쪽)

목차

제3부 조정래, 남로당에 사로잡힌 영혼

제4부 문화 전쟁

제1부

백낙청, 좌파의 숨은 신(神)

제1장 견제받지 않은 문화권력 50년

반세기도 훌쩍 넘은 1966년, 당시로선 낯선 계간잡지가 출현했을 때 거기에 주목했던 사람은 별로 없었다. 제호가 「창작과비평」이었는데, 잡지 제목 중간에 '…과 …'가 들어간 건 처음이라서 생소하기도 했다. 발행하는 사람도 당시 스물여덟 살 청년이었고, 잡지사도 한 출판사에 얹혀 있는 더부살이였다.

서울 종로구 청진동에 있는, 당시의 명문으로 통하던 출판사인 일조각 한켠이 그 잡지가 만들어진 공간인데, 132쪽짜리 얇은 창간호는 2,000부를 찍었을 뿐이다. 하지만 한자 표기를 줄이고 가로쓰기를 도입한 지면은 몇몇 사람들에겐 신선하다는 느낌을 주었는데, 시인 김수영은 사석에서 그 잡지를 칭찬했다. 당시 신문기자 리영희도 "중국 5·4신문화운동 때 진독수(陣獨秀)가 만든 잡지 「신청년」을 보는 것 같았다"고 말했다.

시인 김수영, 기자 리영희는 직후 잡지 필진으로 데뷔하지만, 이런 일부 호평은 이유가 없지 않았다. 미 하버드대에 유학했던 영문학자이고, 그 한 해 전 서울대 교수로 취임했던 백낙청이 발행인 자격으로 쓴 권두논문 「새로운 창작과 비평의 자세」에서 보인 어떤 패기 때문이 아니었을까?

당시로선 꽤 분량이 많았던 글인데, 그때까지는 정말 대세였고 흔들리지 않을 거대한 산으로 보였던 시인 서정주, 소설가 김동리, 평론가 백철로 상징되는 순수문학을 정면에서 때렸다. 당시까지 이들의 일방적인 승리는 6·25전쟁으로 문화 활동이 얼어붙었던 탓이라는 지적과 함께 대안으로 참여문학의 깃발을 내걸었다.

◇1966년에 나온 「창작과비평」 창간호

도발이자 출사표였다. 지금 그 글은 백낙청 첫 평론집 『민족문학과 세계문학』(「창비」, 1978)에서도 확인할 수 있다.

> 이상이 메마르고 대중의 소외와 타락이 심한 사회일수록 소수 지식인의 슬기와 양심에 모든 것이 달리게 되는 것을 우리는 알고 있다. 지식인이 그 소임을 다하기 위해서는 그들이 만나 서로의 선의를 확인하고 힘을 얻으며 창조와 저항의 자세를 새로이 할 수 있는 거점이 필요하다.

'창조와 저항의 거점'을 선언한 「창작과비평」은 바로 몇 해 뒤에 창간된 「문학과지성」과 함께 1970년대 대표적인 지성 잡지로 등극하더니 이내 독주를 시작했다. 문학을 포함한 문화 일반은 물론이고 사회과학 전반에까지 영향력을 확장했다. 「창작과비평」이 부쩍 큰 것은 담론 자체라기보다는 권력과 부딪치며 얻은 반사이익이다. 1975년 봄호에 실린 김지하의 시 「빈 산」 등과 백낙청의 논문 「민족문학의 현 단계」가 문제가 되어 잡지가 회수되는 파동이 잇달았다.

좌파문화운동의 사령탑 「창비」

「창작과비평」(이하 「창비」)은 그 직전 단행본 출판에 뛰어들었는데, 『신동엽 전집』, 리영희의 『8억인과의 대화』 등이 긴급조치 위반으로 잇달아 판매금지를 당했다. 1974년 초 개헌청원 지지 문인 61인 선언 등에 이호철, 송기원, 황석영 등 「창비」 작가들이 대거 참여한 것도 「창비」가 의식 있는 잡지라는 이미지를 만들었다.

1950년대 「사상계」가 있었다면 지금은 「창작과비평」이라는 인식이었다. 백낙청과 가까운 사람들을 '「창비」 사단'이라고 지칭하기 시작했는데, 문단 안팎에서 그러했다. 잡지에 지적·도덕적 권위가 부여됐고, 백낙청이 호언했던 대로 '창조와 저항의 거점'이 어느새 만들어졌다. 그것은 소설가 박완서의 말로 확인된다. 박완서는 「창비」로부터 첫 원고청탁을 받았을 때 "너무 기뻐서 가슴이 울렁거렸다"고 털어놓았을 정도다.

그런 평가가 한 단계 격상돼 전설로 자리 잡은 것은 역설적으로 1980년이었다. 잡지는 신군부의 결정으로 폐간됐고, 이어 1985년에는 출판사 등록까지 취소됐는데도 상황은 묘하게 흘러갔다. 「창비」가 없어지니까 빈자리가 더 커 보이는 현상이 벌어진 것이다.

실제로 6·29선언 이후인 1988년 「창비」라는 이름을 되찾기 전에 다양한 무크지(부정기 잡지)가 「창비」를 모방한 목소리를 경쟁적으로 내면서 좌파 운동권과 더욱더 밀착됐다. 대학 80년대 학번들에 따르면, 당시 캠퍼스에는 두 부류의 잡지 외판원이 돌아다녔다. 하나는 영문 잡지 「타임스」나 「뉴스위크」 정기구독을 권유하는 사람이었고, 다른 하나는 「창작과비평」 영인본 전집을 사라는 사람이었다.

희한하게도 이들은 영문 잡지 외판원과는 달리 당당한 말투로 "의식 있는 학생이라면 반드시 읽으라"며 어깨를 으쓱하곤 했다는 것이다. 맞다. 1980년대는 사회과학의 시대 혹은 운동권 시대였다고 하는데, 그것에 불을 지핀 것도 결국엔 「창비」다.

백낙청과 「창비」는 순수문학을 표방하던 기존 문단을 잡아먹은 것은 물론이고, 그 이상의 괴력을 발휘하던 중이었다. 즉 반(反) 박정희를 모토로 1970년대 중반 이후 서서히 자리를 잡아가던 이른바 민중문화운동을 부추겨 해방 이후의 문화동네 전반의 분위기 전체를 바꾸기 시작한 것이다. 민중문화운동이란 문학·미술·음악·민족극·영화·춤·대중가요를 망라해 민족주의와 민중을 모토로 하는 거대한 좌파운동의 새로운 출발인데, 그 움직임을 총지휘한 것이다.

문화계 전반이 물갈이되고 있다는 놀라운 신호탄이었다. 그리고 그건 해방 이전 좌파 문화운동의 복원이기도 했다. 1970~80년대 민중문화운동은 1925년에 결성된 카프(KAPF, 조선프롤레타리아예술동맹)와 연결된다. 카프는 문학을 비롯한 문화예술을 사회주의혁명의 수단으로 삼았다.

카프는 일제시대 내내 명맥만 유지하다가 해방 이후인 민주주의민족전선(민전) 산하의 조선영화동맹과 조선문학가동맹으로 재등장했다. 이승만 시대를 거쳐 박정희 통치기간 그런 좌익의 흐름은 끝났다고 누구나 생각했다. 오산이었다. 백낙청의 「창비」가 문화권력이 되면서 거대한 좌파 세상을 복원했고 무서운 기세로 확장하기 시작했으니 말이다. 그런 움직임에서 문학이 했던 만형의 역할은 실로 대단했다.

리얼리즘을 방법론으로 한 민족문학·민중문학의 전개는 실로 쓰나미급이었다. 그 앞에 누구도 대적 못 한 채 무너졌다. 그게 옛 소련의 사회주의 리얼리즘의 변종에 불과했지만 순수문학은 힘도 못 써보고 무너지고 말았다. 그것만 해도 가히 문화사적 변화가 분명한데, 이내 '문화의 둑' 전체가 터졌다.

1970년대 민중문화운동이란 것

이 현상은 문학의 이웃동네인 영화와 미술 분야에서 뚜렷했고, 좌파 운동권과 만나면서 격렬한 불꽃을 튀겼다. 1970년대 후반 서울대 영화동아리 '얄라성'을 비롯한 좌파 운동권은 "영화는 혁명을 위한 총칼의 역할을 해야 한다"고 당시 감히 선언했다. 그게 운동권 학생을 다룬 단편영화 〈인재를 위하여〉(1987, 장윤현), 광주사태의 배후로 미국을 규탄하는 〈오! 꿈의 나라〉(1989, 장동홍 등) 등으로 이어진다.

그런 몸 풀기에 이어 저들은 김대중정부 이래로 영화판, 영화산업 전체를 아예 접수하고 말았다. 당시 영화인협회장을 지냈던 여배우 김지미의 표현대로 기존 영화판에 없던 혁명군 시대의 등장이었다. 그때까지 이름 없던 명계남·문성근 등이 투입돼 영화판 분위기를 완전히 바꿔버렸다.

이들은 체계적으로 움직였다. 정부예산 지원을 받는 기구인 영화진흥위원회를 만들어 그런 영화만 골라 제작비를 뿌린 것이다. 이후 20여 년 운동권을 소재로 만든 1,000만 관객의 〈변호인〉 〈남

◇좌파와 리버럴 이념에 동조하는 대표적인 영화 〈웰컴 투 동막골〉과 〈택시운전사〉 포스터.

영동 1985〉〈1987〉은 물론, 광주 5·18을 다룬 또 다른 1,000만 관객의 〈화려한 휴가〉〈택시운전사〉가 등장한 것은 이 맥락이다. 남북문제를 소재로 한 〈웰컴 투 동막골〉〈공동경비구역 JSA〉〈의형제〉나, 일제시대를 다룬 〈암살〉〈밀정〉〈군함도〉 따위도 모두 '한국형 PC(Political Correctness)'영화로 분류된다.

현대사를 비트는 건 물론이고 은근슬쩍 반미(反美) 코드를 집어넣거나, 가진 자와 못 가진 자 사이의 갈등 등을 모티프로 한 봉준호 감독의 〈설국열차〉〈괴물〉 등도 결국엔 마찬가지다. PC영화란 좌파와 리버럴 이념에 동조하는 것만이 올바르다고 믿는 작품으로, 국내는 물론 미국 할리우드에도 상당수 있다.

하지만 한국만큼 자본을 등에 업은 채 영화 장르의 성격을 바꿔놓고, 대중의 마음을 온통 사로잡는 데 성공한 나라는 없었다. 표면적으로 영화산업이 성공하고 있는 듯 보이지만 속은 분명 정상이 아닌데, 알고 보면 백낙청식 민중문화운동이 뿌리이자 자궁이라고 보면 된다. 영화 장르 하나가 그렇다는 얘기이고 실제 민중문화운동은 1988년 민예총(한국민족예술인총연합) 결성에서 보듯 전 예술 분야로 확산됐다.

민예총이 왕년의 예총(한국예술문화단체총연합회)을 압도하며 김대중-노무현-문재인 시절 문화예술 파트너가 돼 함께 움직였던 것을 잘 음미해보라. 그런 문화권력의 교체란 먼 얘기, 남의 얘기가 아니라 우리네 일상이다. 일테면 1980년대 대학 캠퍼스에서 전에 없었던 꽹과리와 징소리의 사물놀이가 유행하고 마당극을 벌이던 풍경을 기억하시는가?

그것도 100퍼센트 민중문화운동의 영향인데, 캠퍼스 야외만이 아니라 연구실과 강의실도 오염이 시작됐다. 그게 인문학과 사회과학 전체의 연구 방향과 대학 커리큘럼 등으로 번진 것이다. 이 모든 것 바꾸기를 1980년대 당시는 학술운동이라고 불렀다. 백낙청과 「창비」는 문화권력을 넘어 지식권력으로 등장했다는 뜻인데, 당시 국사학·정치학·철학·사회학을 포함한 인문사회과학이 마르크시즘의 좌파 패러다임을 열렬히 도입했던 것이다.

「창비」의 깃발 따라 50년

그건 달리 말해 수정주의의 시대였다. 해방 이후 주류 학설로 통하던 전통주의 혹은 정통주의의 시각을 물리치고 반(反)대한민국의 수정주의로 똘똘 뭉친 것이다. 말이 그럴싸해서 수정주의이지 실은 학문의 옷을 걸친 채 대한민국 증오를 부추기는 행위와 다름없었다. 그래서 지식정보의 오염이 맞다.

이들의 등장을 어떤 사회학자는 "스승 없는 제자들에 의해 이뤄진 지적(知的) 쿠데타"라고 정의했다. 학문세계에 등장한 운동권의 반란이란 뜻일 텐데, 하지만 한 명의 스승을 기억해야 한다.

그게 백낙청이라고 보면 정확하다. 이 책 제2부, 제3부에서 리영희와 조정래를 언급하지만, 주연 백낙청에 비해 이들은 상대적으로 조연급이다. 그렇다면 두 가지가 분명해진다. 백낙청은 1960년대 이후 반세기가 넘는 지금까지 철옹성의 문화권력이고, 20세기 가장 성공한 현실권력이다. 그래서 좌파의 숨은 신(神)이 맞다.

계간 「창작과비평」이 창간된 게 1966년인데, 이후 대한민국 지식사회는 「창비」의 깃발을 따라 좌편향 일색으로 흘러왔다는 뜻이 된다. 프랑스 철학자 장 폴 사르트르를 가리켜 "그의 이름은 하나의 깃발이자 세계의 탄생 그리고 영토를 가지고 있지 않은 일인 국가"라고 한 게 누구였던가?

그건 후배 철학자 베르나르 앙리 레비가 지은 『사르트르 평전』(을유문화사, 2009)에 나오는 평가이지만, 백낙청은 그 이상으로 봐야 한다는 게 내 판단이다. 영향력을 미친 범주가 그렇고, 현실

◇1988년 복간된 「창작과비평」의 간판을 걸고 있는 백낙청(오른쪽).

적 영향력까지 포함해 그렇다는 얘기다. 그러나 그의 삶 진면목은 2000년대 이후 펼쳐졌다. 실제로 그는 2000년 6·15선언을 기점으로 행동반경을 크게 넓혔다. 더 이상 그는 문단 내부의 사람에 그치지 않는다. 여전히 문학평론가 직함을 유지하지만, 동시에 현실정치의 막후 보스 노릇을 겸하기 시작했다. 해방 이후 문학을 밑천으로 가장 출세한 인물이란 나의 평가도 그 때문이다. 실제로 2000년 김대중-김정일 회담 때 특별수행원으로 평양에 간 사람 중엔 백낙청의 큰형인 백낙환이 끼었다.

물론 백낙청의 보이지 않은 손이 연출한 결과다. 그가 벌써 남북관계의 실세이자, 좌파 그룹의 거물로 옹립됐다는 뜻인데, 2005년 6·15선언실천남측위원장이란 감투를 쓰면서 그게 더욱 분명해졌다. 그가 이 나라 좌익세력의 상징적 인물이 됐다는 뜻이다. 아니나 다를까? 2007년 제2차 남북정상회담(노무현-김정일), 2018년 제3차 남북정상회담(문재인-김정은) 때는 자신이 특별수행원 자격으로 직접 나섰다. 역대 좌파 대통령 뒤에는 항상 그가 있다는 뜻이다.

2012년 대선 땐 당시 문재인 후보를 지원하는 고문단 멤버이기도 했다. 그런 영향력 속에서 김대중 시절엔 문교장관 물망에 올랐고, 노무현 시절엔 총리 하마평에 오르내렸다. 불과 2년 전 박근혜정부 말기 그는 다시 총리 후보로 이름을 올렸던 적도 있다.

단 백낙청은 거명될 뿐 직함을 맡진 않는데, 그건 그의 성격 탓일 것이다. 동시에 좌파 진영의 상징적 인물로 남아 “군림하되 통치하지 않는다”는 방식이 외려 유리하다는 현실적 판단에 따른 것일 수도 있다. 실제로 그렇게 할수록 그의 영향력은 커졌다. 2007년 대통령선거 때 범여권 후보 단일화 운동, 2010년 서울시 교육감선거 좌파 진영의 후보 단일화를 이끌어내는 주역이 됐던 것을 기억해야 한다.

수상쩍은 '2013년 체제' 만들기

그러나 막후의 실력자로 결정적으로 각인된 게 이른바 '희망 2013·승리2012 원탁회의' 때다. 원탁회의는 재야와 현실정치에 영향력을 갖는 좌파 진영의 콘트롤타워인데, 당시 백낙청이 좌장 역할을 했다. 2012년 총선과 대선을 앞둔 당시 상황에서 그는 자기 삶의 정점을 찍었다.

정점을 찍었다는 게 무슨 뜻일까? 원탁회의를 주도하며 야권 연대와 후보단일화를 이뤄냈던 핵심이 그였다는 얘기고, 그걸 통해 제19대 총선에서 무려 13명의 종북좌파 통진당(통합진보당)소속 인사들을 국회에 진출시킨 주역이란 뜻이다. 당시 그는 공개석상에서 확신에 찬 어조로 이렇게 발언했다. 이념투쟁의 주투쟁 무대가 남한사회로 옮겨졌으니 이제 선거에서 승리하여 대한민국을

◇백낙청은 재야와 현실정치를 아우르는 막후의 실력자다. 그 위상을 보여주는 '희망2013 승리·2012원탁회의' 좌장 시절의 백낙청(앞줄 왼쪽에서 두 번째).

송두리째 바꿔놓기 위한 새로운 체제, 이른바 2013년 체제를 만들자고…. 그건 차라리 정치 선동이었다.

북쪽에서 이념투쟁은 더 이상 없으니 남은 건 남한뿐이란 수상쩍은 애기였다. "자유민주주의에 대한 투쟁 외에는 (다른 해석이) 있을 수 없다"는 게 허화평의 분석(『경제민주화는 없다』, 기파랑, 311쪽)이다. 좌파의 대부 백낙청이 나팔을 잡자, 분위기에 호응해서 당시 정치인 박원순이 뭐라고 했는지도 기억해둬야 한다.

그는 "허벅지의 살을 베어내는 심정으로 더 많이 양보하고 희생하라"고 촉구했는데, 물론 수단과 방법을 가리지 않고 대한민국 체제변혁을 위해 노력을 함께 하자는 제안이고, 체제변혁 세력을 더 키우자는 백낙청식 비전에 대한 공감이었다. 그 무렵을 전후

한 백낙청의 발언과 행동을 유심히 살펴보면서 드디어 그가 헌법에 명문화된 자유민주주의 사상을 포기했다고 나는 파악하고 있다. 그건 이 나라의 책임 있는 지식인으로 놀라운 비극이며, 사실상 파산을 뜻한다.

드디어 대한민국 체제 밖의 인물이 된 것이다. 실제로 헌재(헌법재판소)가 통진당 해산을 결정했을 때도 범좌파 진영에서 반대 목소리를 주도한 것도 원탁회의였고 백낙청이었다. 동시에 그는 백낙청식 훈수정치를 오래전부터 병행하고 있는데 공교롭게도 하는 말, 뱉는 발언마다 정상이 아니다.

2006년 그는 북핵문제 등 주요 현안마다 목소리를 내기 시작해 "군사적 억지력 확보를 위한 핵무장이라는 북쪽 주장에 일리가 있다고 본다"는 말까지 했던 장본인이 이 사람이다. "북핵이 자위 수단이라는 북한 주장은 일리가 있다"는 노무현의 궤변과 같은 소리다. 막가는 백낙청이 2010년 천안함이 폭침되자 적극적으로 음모론을 제기했던 모습도 우린 잊을 수 없다. 드디어 좌파들이 그토록 흥분하던 박근혜 대통령 탄핵과 촛불시위 국면인데, 이 호기를 백낙청이 흘려보냈을 리 없다.

그는 「창작과비평」 2017년 봄호 「촛불의 새 세상 만들기와 남북관계」라는 글에서 촛불시위를 세계사적으로도 유례 드문 시민혁명으로 규정했고, 이 혁명이 궁극적으로 성공하려면 분단체제에 기생하며 부정부패와 국정농단을 일삼은 자들을 응징·단죄해야 한다는 요지의 글을 썼다.

이게 무슨 뜻인가는 너무도 자명하다. 문재인정부의 그 악명 높은 적폐청산이란 큰 그림을 그린 것도 결국엔 그였다는 뜻이다. 그래서 사람들이 요즘 들어 묻곤 한다. 초창기의 「창비」는 순수했는데, 문화권력화되면서 변질된 것일까? 그렇게 묻는 건 당신이 아직도 순진하다는 뜻이다. 백낙청식 현실참여 문학론은 본래부터 이렇게 탈선을 할 가능성이 높았다. 증거가 있다. 지난 20년 내외 백낙청은 일반 정치인과 달리 민중혁명 냄새 물씬한 체제변혁이란 용어를 즐겨 쓴다.

백낙청식 체제변혁 운동

그가 '희망2013·승리2012 원탁회의' 활동에 몰두하던 무렵에 쓴 단행본 『2013년 체제 만들기』(2012)에는 백낙청식의 꿈이 이렇게 설명돼 있다. 즉 체제란 영어의 시스템(system)보다 레짐(regime)을 뜻하며, 집권 이듬해인 2013년 이후의 세상 또한 별개의 체제라 일컬을 정도로 또 한 번 크게 바꿔보자는 것이란다. 이게 무슨 뜻일까? 나는 백낙청식의 체제변혁을 옛 통진당의 이석기의 진보적 민주주의보다 더 급진적이고 전면적이라고 분석하는데, 물론 '87년체제'를 훌쩍 건너뛴다.

단 멀리 갈 것도 없다. 문재인정부가 말하는 "한 번도 경험하지 못한 새로운 나라"라는 레토릭과 결국엔 하나라고 보면 된다. 절차적 민주의의가 완성된 '87년체제'가 형식상의 민주주의라면, 백낙청이 언급하는 체제변혁이란 그 이상이다. 그가 항용하는 말대로 분단체제의 해체도 포함된다.

예전 그걸 그는 한반도 재통합 과정을 안정적으로 관리할 국가연합이라고 표현한 바 있고, 지금은 '이면(裏面)헌법' 폐기론을 공공연하게 들먹거린다. 다음 장에서 자세히 살펴보겠지만, 그동안은 반공-반북한이란 이면헌법이 대한민국의 사실상 헌법 노릇을 해왔는데, 이젠 낡았으니 내버릴 때라는 주장이다. 대한민국 헌법 전문(前文)과 제4조가 명문화한 자유민주적 기본질서란 백낙청 머리엔 들어 있지 않다는 뜻일까? 유감스럽게도 우리의 그런 의구심은 상당히 들어맞는다.

자, 이 글은 이 책의 제1부 백낙청 편의 머리글에 해당하며, 때문에 그에 관한 전반적인 자리매김을 해야 하는데, 그는 우리 시대 문제적 인물이다. 공적 직함도 갖지 않는 사람이 이렇게 한 시대의 문화와 지식의 생태계를 송두리째 바꿨던 일은 동서고금에 흔치 않다.

앞에서 사르트르를 언급했지만, 실은 마땅한 비교 대상이 없을 정도다. 어떤 이들은 보수우파의 이론가로서 선진화론을 펼치다가 타계한 박세일 서울대 명예교수를 꼽기도 하지만, 영향력을 끼친 범위와 시간에서 백낙청과는 비교가 되질 않는다. 백낙청이 휘두르는 권력의 크기는 외려 박정희와도 비견돼야 한다. 박정희의 경우 오늘 대한민국의 거의 모든 걸 만든 위대한 디자이너였지만 그의 유산이 지금까지 손상되지 않은 채 전해진다고 보긴 어렵다.

'문학의 죽음'도 결국은 「창비」 탓

박정희의 유산은 18년 집권 기간에 갇혀 있다. 반면 박정희가 집권한 지 불과 5년 뒤에 보잘것없는 잡지 하나를 만들었던 백낙청은 박정희 사후 40년을 훌쩍 넘겨 지금도 이 나라 문화와 지식 전체와 현실권력을 쥐락펴락하고 있다. 의미 있는 도전이 없다면, 앞으로 몇십 년은 너끈히 더 갈 기세다.

유난히 호들갑스러운 시인 고은의 말투대로라면 "미당 서정주가 정부(政府)였다면, 백낙청은 시대(時代)"일지도 모른다. 문제는 그 시대가 유통기간을 넘겨 한국사회의 발전에 걸림돌이 되고 있다는 문제의식을 나는 가지고 있는데, 문학 장르에 국한해서 봐도 그 점은 일단 분명하다. '창조와 저항의 거점'을 선언했던 1966년 이래 그와 「창비」는 이 나라 문학에 공헌한 것보다 해악이 더 크다. 그것도 압도적으로 크다.

역설이 아닐 수 없는데, 그렇게 단언할 수 있는 건 지난 30년

'문학의 죽음' '문학의 황폐화'는 결국 그와 「창비」가 원인제공을 했다. 백낙청식 민중문학은 문학은 현실변혁에 복무해야 한다고 외치며 등장했지만, 그 당시엔 그런 목소리에 일리가 전혀 없었던 건 아니다.

문제는 그게 반세기 넘도록 문학 생산의 잣대가 되고 끝내 도그마로 변질된 점이다. 오래되면 썩는 법인데, 백낙청 등장 이후 한국 문학은 망했다. 망해도 제대로 망했다. 백낙청식의 평론이 문학작품에 앞서 활개치다보니 막상 문학은 없어지고, 앙상한 이론만 횡행하고 있다. 독자가 떠난 지는 아주 오래다. 백낙청은 급기야 괴물로 변해버렸고, 참여문학은 끝내 망가진 채 자취도 없어진 꼴이 지금이다.

백낙청 문학의 50년 독재의 결과가 이렇게 허무하고 파괴적이다보니 문학은 정치사회 영역과 다른 자율적 영역이라고 보는 순수문학의 자세가 외려 맞다는 확인을 새삼 하지 않을 수 없다. 그럼에도 백낙청을 우리 시대 문제적 인물로 규정하는 이유는 옳건 그르건 그가 문학을 포함한 문화 전반에 막대한 영향을 줬기 때문이다.

그런 그는 자신이 진보라고 말하지만, 진보의 옷을 걸친 정치투쟁에 코 박아왔다. 스스로의 사상과 이념적 좌표를 '변혁적 중도'로 자신을 포장하지만, 그것도 가면일 뿐이다. 실제론 자유민주주의에 대한 신념이 희박하고, 체제변혁 민중혁명을 꿈꿔온 게 아니었나 하는 의구심을 버릴 수 없다. 그의 숱한 문제 있는 언행이 모두 증거이지만, 정황적 증거도 수두룩하다. 지난 반세기 「창비」의 편집 방침과 특집 등 그 자체가 백낙청 세계관이 맞나 틀렸는가를 검증하기에 딱 좋은 자료다.

어렵게 말할 필요 없다. 일테면 1985년 「창작과비평」 제57호에 게재된 소년 빨치산 출신의 경제학자 박현채의 기고 「한국사회 성격과 발전단계에 관한 연구1」로 시작된 이른바 '사회구성체(사구체) 논쟁'이야말로 최악이었다. 그 논쟁은 1980년대 사회과학계를 뒤흔든 최대 이슈였다고 「창비」는 지금도 자랑한다.

인문사회과학 망친 것도 「창비」

저들이 저렇게 어이없고, 부끄러움을 모른다. 사회구성체는 social formation의 번역어로, 철두철미 마르크스의 시각으로 본 허공 속의 논리, 거대한 허깨비 이론 싸움에 불과하지 않았던가. 그 논쟁은 "한국사회의 하부구조를 구성하는 것은 무엇인가"를 물었고 "착취하는 자와 착취당하는 자는 누구이며, 누가 누구에게 투쟁해야 하는가"를 놓고 지루한 말싸움과 고약한 영문 이니셜을 잔뜩 늘어놓아 사람을 질겁하게 했다. 기억하시는가? CDR(시민민주주의혁명), NDR(민족민주주의혁명), PDR(민중민주주의혁명) 등등….

오죽했으면 운동권의 은사라는 리영희조차 "다분히 추상적 공쟁(空爭)이자 논쟁을 위한 논쟁"(『대화』, 한길사, 624쪽)이라며 고개를 절레절레 저었을까? 오늘 본질을 말하자. 그 당시 운동권과 「창비」와 백낙청이 온전히 마르크시즘 유령에 씌워 벌였던 거대한 허깨비 놀음이었다.

그걸 「창비」와 백낙청이 모른 체한다면 정말 무식하다는 얘기고, 알면서도 1980년대 사회과학계를 뒤흔든 최대 이슈였다는 식으로 말하면 얼굴 두꺼운 자기 자랑이다. 결과적으로 그건 인문사회과학계 전체를 슬럼화시키는 걸로 끝났고, 운동권 학생들을 버려놓았다. 「창비」문학이 한국문학을 황폐화시켜버렸듯이, 이번엔 인문사회과학 거의 전부를 망쳐놓은 것이다. 실제로 그 논쟁 아닌 논쟁이 불과 5년을 못 버티고 1980년대 말, 1990년대 초 갑자기 증발하고 말았다.

이후 지금까지 누구도 그걸 다시 언급하는 이 없다. 동구권과 소련 등 공산주의가 몰락할 때 와르르 무너지고 만 까닭이다. 실은 「창비」와 백낙청에게 그건 위기이자 기회였다. 한 차례 체질 개선을 할 수 있는 결정적 요인이었고, 한국사회의 책임 있는 매체이자 지식인으로 거듭날 수도 있었다.

작게 보면 논쟁 중에 서로가 상대방에 대해 소부르주아적 기회주의라거나 교조주의라고 낙인을 찍는 언어폭력을 사과했어야 했고, 결정적으로 사회구성체 논쟁이 사실상의 공산주의 이념 투쟁에 물든 데 불과했음을 정중하게 독자들에게 사과했어야 옳았다. 무엇보다 대학생들과 지식 대중에게 세상을 잘못 보게 하고, 오도한 데 대해 책임을 져야 하고 새로운 길을 모색하겠다고 선언하는 게 책임 있는 지식인의 도리였다.

과장이 아니다. 불교에서 말하는 구업(口業), 즉 입으로 말한 죄를 따지자면, 「창비」와 백낙청의 죄과는 실로 거대했고, 수미산보다 높으면 높았지 낮지 않을 지경이다. 그런데도 백낙청과 「창비」는 시대를 잘못 읽게 하고 사회를 오도한 데에 대한 정중한 사죄를 한 바가 없다.

되레 1990년대 이후 더욱 수상한 행보를 거듭하는 가장 쉬운 선택, 퇴행적 선택을 하고 말았다. 그랬으면 내부 모순에 의해 거꾸러지는 게 보통인데, 놀랍게도 백낙청은 반세기 넘게 견제받지 않은 문화권력으로 남아 있으니 그 또한 미스터리다. 문단이 폐쇄적이라는 점을 감안해도 매우 이례적인 일이 아닐 수 없다. 더욱이 백낙청, 그의 영향력이 문단을 넘어 사회일반·정치일반에까지 미치고, 국내 좌파세력은 물론 남과 북을 오가는 형편에서 그가 여전히 성역으로 남아 있는 것은 이 나라를 위해서는 더없이 불행한 일이다.

김지하 "백낙청은 깡통 빨갱이"

그가 그만큼 조용한 처신을 즐기며 눈에 보이지 않는 영향력을 행세해온 특성 때문이겠지만, 단 한 번 예외가 있었다. 그게 2012년 말 김지하가 「조선일보」에 칼럼 「한류-르네상스 가로막는 쑥부쟁이」를 발표한 것이다. "자칭 한국 문화계의 원로라는 백낙청이 바로 그 쑥부쟁이(독풀)"라고 정면 비판한 것이다.

막연한 공격이 아니었다. 파급력도 무시 못 했다. 긴 세월을 한국문화사의 심판관인 듯 행세해온 백낙청이 뜻밖에도 한국문학의 전통에 무식하다는 비판이 우선이었기 때문이다. 또 시 낭송의 기

朝鮮日報

특별기고

한류-르네상스 가로막는 '쑥부쟁이'

김지하

시인

"우리 문화의 에너지 韓流로 분출
그 핵은 '詩·문학의 참다운 모심'
자칭 '원로' 백낙청은 이때 깃대
詩도 모른 채 문화사 심판관 행세
바른 정치관 없는데 무슨 정치 평
참된 문학자는 '문화대국' 키워야"

◇시인 김지하가 백낙청을 "깡통 빨갱이"로 비판한 2012년 「조선일보」 칼럼.

본조차 모른 채 북한 깡통들의 신파조 문학을 제일로 떠받들고 있는 점 등도 구체성이 높았다. 당시까지 백낙청의 좌편향 정치관을 담은 이른바 '2013년 체제' 담론에 대해 김지하는 특히 날선 비판을 가했는데, 그것도 볼만했다.

이른바 2013년 체제론이란 "막걸리에 소주를 섞어 먹은 상태인가"라며 "백낙청은 우선 정치관부터 바로 세우라. 그런 것도 없는 자가 무슨 정치 평을 하는가?"라고 깎아내렸던 것이다. "내가 '깡통 빨갱이'라고 매도하지 않은 것만도 다행으로 알라"고 정면에서 때리기도 했다.

"백낙청이 사상가도 아닌 리영희를 앞세워 좌파 신문에서 얄팍한 담론으로 사기행각을 일삼는" 불순한 정치 행각도 지적 대상이었다. 김지하의 비판은 「창비」에 여러 차례 작품을 발표하면서 둘이 오랜 인연을 함께해왔던 점을 감안하면 놀라운 일이었다. 결국 그는 "사회에서 원로 대접을 받기 전에 먼저 삶의 원로가 될 것"을 백낙청에게 주문하기도 했다. 칼럼 발표 이후 왜 그런 비판을 했느냐는 사람들의 질문에 이렇게 정곡을 찌르기도 했다.

"백낙청은 거대 권력이지만, 무엇보다 공부를 안 하고 무식하기 때문에 내가 나섰다." 백낙청 앞에서 "선생님" "선생님" 소리를 반복해왔던 사회 풍토를 지적한 것이다. 결국 그때까지 자기네 편이라 여겼던 김지하의 돌발 발언에 「한겨레」 등 좌파 신문들은 당혹스런 표정을 감추지 못했다.

그걸 변절이라고 혹평하기에 바빴다. 일테면 성공회대 교수 김동춘 등을 동원해 "김지하는 자신을 버린 옛 운동진영을 비판해 왔고, 자신을 찾아주고 이야기를 들어준 보수 세력의 품에 안겼다"며 쏘아붙였다. 대신 백낙청은 몸을 낮춘 채 일절 응대하지 않았다. 그는 본래가 그런 사람이다. 인신공격과 모욕에 가까운 말을 들었으면 반론을 펼칠 법도 하지만 그는 침묵을 선택했다. 그다운 대응인데, 아쉬운 것은 김지하의 백낙청 비판이 나름 핵심을 찌르고 들어갔지만, 단발성에 그친 점이다.

이 나라의 병든 문화와 지식정보의 생산적 자기 갱신을 위해, 아니 대한민국 젊은이의 앞날을 위해서라도 그건 너무 아쉬운 대목이었다. 분명한 건 김지하는 용감했지만, 몸을 사리고 논쟁을 피해버린 백낙청이 자신이 없었다는 증거다.

이러저런 이유로 지금 적지 않은 분들이 백낙청과 「창비」에 대한 피로감을 호소하고 있다. 문화권력 백낙청이 집권했던 지난 반세기 잃어버린 건 문학이고, 얻은 것은 전체주의적 권력이다. 사라진 건 인간적 온기를 가진 인간 백낙청이고, 얻은 것은 정치적 괴물 백낙청이기도 하다. 왜 그런 말이 나오는지는 이어지는 글을 통해 구체적으로 살펴보도록 하자.

제2장 "반공체제 허물자"는 선동

문제의 인물 백낙청은 김대중이 집권한 2000년 전후 예전 문학평론가 모습과 사뭇 달라졌고 지금까지 좌파 정치활동의 전면에 나섰다고 앞에서 언급한 바 있다. 이른바 훈수 정치의 시작인데, 통진당 해산 반대 운동도 그렇고 북핵은 미국에 책임이 있다고 억지 주장도 했다. 천안함 폭침을 부정하고, 세월호 사고 때와 촛불시위에 개입했다는 것도 안다. 그런 건 잠시 잊어야 하는데, 억지와 궤변의 끝판 왕이 따로 있다.

그게 이른바 '이면(裏面)헌법' 폐기론이다. 반공-반북한이라는 고약한 이면헌법이 대한민국의 사실상 헌법 노릇을 해왔는데, 그걸 내버릴 때라는 주장이다. 현행 헌법이 분단체제의 산물에 불과한 반공-반북 의식에 눌려 제구실을 못 하고 있기 때문이란 논리인데 이게 대체 무슨 궤변인가?

그건 대한민국 체제를 허물고, 북한을 주적(主敵)으로 삼지 않는 새 체제를 수립하자는 인민혁명론, 이상도 이하도 아니다. 성문(成文)헌법보다 더 깊은 곳에 있는 불문(不文)헌법을 전복하겠다는 발상 자체가 충격적이다. 반공-반북이란 백낙청 표현대로 사실상의 이면헌법으로 표현될 만큼 오랜 가치 체계이고 대한민국 국민 사이의 이념적 합의인데, 그걸 물리적 힘으로 부숴버리겠다는 것인가? 아니면 공포 정치의 인민혁명으로 송두리째 제거하겠다는 만용인가?

예전 같으면 그따위 이면헌법 타령은 당장 국헌 문란으로 처벌받았을 것이 분명하다. 가장 선의로 해석해도 최악의 북한 김정은과, 탄압받는 북한 동포를 구분하지 않고 모두 끌어안는 남북관계 개선을 절대선으로 여기는 잘못된 발상이다.

"분단의 벽 들이받으라!"

대한민국에서 가장 혜택을 본 사람인 백낙청의 입에서 그런 말이 튀어나왔다는 게 어이없을 뿐이다. 하지만 예측되는 결과가 너무 무시무시하다. 결국엔 무조건적인 통일에 장애가 되는 국가보안법 따위는 폐지하고, 주한미군까지 철수시켜 남북의 주사파와 좌파가 입을 모아 말하는 자주 국가를 세우자는 구상으로 연결된다.

종북좌파는 연방제 통일을 위한 선제적 장치라면서 열광할지 모르나 합의 안 된 반북-반공 폐기론은 최악의 경우 내란으로 폭발할 수도 있다.

그런 이유로 이면헌법 폐기론은 시인 김지하가 비판한 대로 '깡통 빨갱이' 백낙청의 수상쩍은 이념 본색의 최종본이자 결정판인 셈이다. 실은 '깡통 빨갱이' 비판이란 백낙청이 '2013년 체제'란 용어를 만들어 활동을 하자 퍼부은 공격이었는데, 무언가 근거가 있지 않았을까?

2013년 체제, 그게 무엇이던가? 2012년 대선에서 승리한 이듬해 2013년부터 완전히 새 정치체제의 판을 구축하자는 뜻인데, 그래서 『2013년 체제 만들기』(창비)란 책까지 펴냈다. "(자기들이 집권한) 2013년 이후의 세상을 별개의 체제라 일컬을 정도로 크게 바꿔보자"는 뜻(16쪽)이라고 그가 밝힌 점에 주목하자. 즉 대한민국 판을 갈아엎자는 주문이다. '2013년 체제'란 평화체제 구축, 남북간 국가연합체제 전환 두 가지로 요약된다. 지금의 정전협정을 평화협정으로 바꾸고, 남북연방제를 도입하자는 북한 전략의 복사판이다.

성장정책과 시장경제를 상당 대목 포기한 채 복지국가-공정사회로 바꾸자는 것도 '2013년 체제' 핵심 내용의 하나였다. 야권이 대권을 잡으면 완벽한 좌파 세상을 만들자는 선동이었는데, 급기

◇백낙청 선동의 끝판왕인 '이면헌법' 폐기론은 촛불집회로 박근혜 대통령 탄핵이 절정을 향해 가던 2017년 초 발표됐다. 반공-반북이 대한민국의 사실상 헌법 노릇을 해왔는데, 그걸 없애자는 주장이다.

야 거기에서 한 걸음 더 나간 것이 반북-반공체제를 모두 없애버리자는 선동이었다.

실은 그걸 좌파의 정신적 지주인 백낙청이 박근혜 대통령 탄핵 음모가 절정을 향해가면서 조기 대선을 앞둔 예민한 무렵인 2017년 초에 터뜨렸다는 타이밍까지 수상쩍다. 달리 말해 이면헌법론은 당시 이미 광기를 보이던 촛불세력에 대한 구체적인 선전 선동의 지침이자, 좌파 원로로 보다 큰 그림을 그려 보인 선제적 활동이었다. 달리 말해 대한민국 체제 해체 세력에게 행동 개시의 신호탄이 된 것이다.

백낙청 논리는 이렇다. 2017년 초 「창작과비평」 봄호에서 "한국사회의 질곡인 이면헌법의 폐기가 2016년 촛불혁명으로 시작됐다"고 그는 감히 선언했다. 박근혜 대통령의 진퇴는 표피일 뿐이며, 차제에 한국사회의 본질적 변화, 즉 저들이 생각하는 전면적 전환으로 나가자는 그림이다.

직후 「창비」 그룹의 논객들이 뒤를 이었다. 편집주간인 인제대 교수 한기욱이란 자는 분단 고착화에 따라 우리 사회 깊숙이 뿌리내린 반공-반북의 관습적 가치체계를 규탄했다. 저들의 속내를 드러내는 주장은 성공회대 교수 한홍구의 입에서 튀어나왔다. 그는 아예 민주당에 "확실한 포지션으로 분단의 벽을 들이받으라"라고 요구했다. '친북과 공산당은 절대악'이라는 분단의 모럴에 반기를 들라는 막가파식 주장이었다. 아니나 다를까?

이후 저들은 지금도 기회가 날 때마다 이면헌법 폐기 타령을 반복하며 군불을 땐다. 국가보안법 폐기, 주한미군 철수, 연방제 통일 등 디테일을 하나씩 말하지 않고 이면헌법 폐기라는 통 큰 캐치프레이즈 하나로 통합하는 효과도 있는데 그걸 노리는 것이다. 촛불집회 당시 극좌를 대변한 인터넷매체 「민중의 소리」는 이렇게 주창했는데, 백낙청의 지침과 무관치 않다.

가자! 체제변혁 민중혁명을 향하여

> 4·19혁명이 미완에 그쳤고, 1987년 6월 항쟁은 집권세력과의 타협으로 끝났다면 이번 촛불혁명은 어떤 타협도 없이 진행되어 현직 대통령, 즉 살아 있는 권력을 처벌하기에 이르렀다.… 모든 양심수의 석방을 포함한 완전한 민주민권의 쟁취, 자주성을 가진 대외정책과 한반도의 평화체제 수립, 재벌 체제를 극복하고 사회 양극화 해소로 나아가야 한다는 거대한 과제는 아직 착수도 안 됐다. (「민중의 소리」, 3월 31일).

박근혜 구속 이후 저들이 새로운 나라 만들기를 촉구하는 새 차원의 집회를 열었던 것도 우연이 아니다. 그리고 문재인정부 등장이야말로 좌파가 꿈꿔온 체제변혁 민중혁명의 최대 기회였음은 물론이고, 문재인 자신이 그런 그림 아래 차곡차곡 움직여왔다는 증거는 너무도 많다.

집권하자마자 조기 남북정상회담을 서둘렀던 것도 그 맥락이고, 탈원전에서 남북군사합의에 이르는 각종 정책이 사실상의 국가해체, 국가자살에 해당한다는 비판을 받았던 것도 마찬가지다. 결정적으로 문재인이 취임사에서 "한 번도 경험하지 못했던 새로운 나라"를 들먹인 것 역시 그런 비전을 공유하고 있었기 때문이었다. 이들의 말에서 "2013년 이후의 세상을 별개의 체제라 일컬을 정도로 크게 바꿔보자"고 선전했던 백낙청이란 존재를 느끼지 못하면 당신은 너무 둔감하다는 소리를 들어야 한다.

실제로 이면헌법 폐기는 백낙청 발언 2년 뒤 문재인의 입을 통해서 돌발 제안의 형태로 다시 튀어나왔다. 100주년 3·1절 기념식에서 앞으론 빨갱이라는 말을 쓰지 말고, 그런 의식 자체를 지워버리자는 소리를 한 것이다. 문재인은 그 자리에서 빨갱이는 일제의 탄압에서 비롯된 말이라고 말했다.

빨갱이란 말은 일제가 민족 사이를 갈라놓기 위해 사용한 수단일 뿐이라는 근거 없는 헛소리인데, 그건 작심 발언이었다. 노무현이 "반미 좀 하면 어때?"라고 거들먹거렸듯이, 문재인은 "빨갱이 노릇 좀 하면 어때?" 하고 나왔던 꼴이다. "내가 빨갱이 노릇을 좀 할 테니 당신들은 그런 줄로 알라"는 다짐이기도 했다. 다만 현직 대통령 입장에서 그렇게 터놓고 말할 순 없는 상황이다.

그래서 "우리 마음에 그어진 38선은 우리 안을 갈라놓은 이념의 적대를 지울 때 함께 사라질 것"이란 기념식 연설로 두루뭉술하게 우회를 했을 뿐이다. 그건 계산된 연설이었다. 백낙청식으로 반공-반북이 대한민국의 사실상 헌법이고 그래서 이면헌법이니 그걸 갖다버리자고 복잡하게 말하기도 곤란했다.

다만 "우리 마음에 그어진 38선을 지우자"면서 보다 대중적인 방식으로 선동을 한 것이다. 대한민국이 여기까지 왔다. 이게 현실이다. 타협 없는 촛불혁명 구호가 광화문에서 울려 퍼지고, 앞으론 빨갱이라는 말을 쓰지 말고, 그런 의식 자체를 지워버리자는 자유민주체제 포기 선언을 대통령이 공식 연설에서 아무렇지도 않게 해치운다. 그리고 이 모든 게 북한을 주적(主敵)으로 보지 않는 새로운 체제를 수립하자는 백낙청 체제혁명론이 출발선이었음을 기억하자.

종북으로 치닫는 한국 좌파의 생리

친북과 공산당은 절대악이 아니니까 이에 반기를 들라는 백낙청의 이면헌법 폐기론에 화답해 좌파 전체와 청와대 권력까지 궐기하는 상황이 지금인데, 이면헌법 폐기론의 등장은 우리사회의 많은 걸 보여준다. 우선 친북-종북으로 치닫는 왜곡된 한국 좌파의 태생적인 비극을 보여준다.

사회가 건강하려면 이념의 넓은 스펙트럼은 허용되어야 옳겠지만, 기형적이고 반문명적인 북한과 연계된 좌파란 있을 수 없는 자살골이다. 동시에 이면헌법 폐기론은 대한민국 건국 과정에 대한 명백한 거부다. 상식이지만, 조선을 차지하려고 벌어졌던 청일전쟁·러일전쟁을 20~30대에 목도한 건국 대통령 이승만의 눈에 제2차 세계대전 종전이 가져온 가장 긴박한 테제는 아시아 공산화였다. 대한민국 건국 이전에 이미 중국의 공산화는 기정사실이었고, 조선의 공산화도 대세로 보였다.

그걸 단연코 거부했기 때문에 대한민국이 탄생했다. 박정희 역시 5·16혁명 공약의 첫 조항에서 반공을 국시의 제일의(第一義)로 삼는다고 선언하였다. 그리고 간접침략을 분쇄하겠다고 다짐했다. 결과적으로 이게 건국과 관련된 이승만의 정치적 목표를 가장 충실하게 계승했다.

박정희는 남북 대치 상황에서 자유민주주의를 구체화하여 반공이라 압축해 부르고, 이데올로기란 말 대신에 격을 한참 높여 국시(國是)라고 했다. 결과적으로 반공 대한민국은 위대한 선택이었다는 건 온 세상이 다 안다. 공산주의 북한이 한민족에게 가져다준 것은 전쟁·빈곤·굶주림과 폭정밖에 더 있었는가? 이런 상황에서 등장한 백낙청의 이면헌법 폐기론은 당연히 몰(沒)역사적이며, 결정적으로 반역적 주장이다.

돌이켜 생각하면 이면헌법 폐기론은 백낙청의 문학관이 도달한 '예고된 재앙'이다. 그의 문학 노선은 민족문학론-분단체제론 두 개로 요약되는데, 민족문학론은 좌파 민족주의로 발전하고 끝내 '우리민족끼리'라는 암적 존재를 키운다. 분단체제론 역시 대한민국은 반쪽에 불과하니 북한과 합쳐야 한다는 논리다.

그런 일차원적 주장이 무슨 대단한 논리이자, 양심세력의 희망으로 받아들였던 것 자체가 한국사회의 한계일 뿐이다. 시인 김지하가 그따위 논리란 "막걸리에 소주를 섞어 먹은 상태"라고 오래 전 비판했지만, 그건 일과성 비판으로 끝났다. 이후 아무도 문제 제기를 하지 않았으며, 그런 논리가 문학을 포함한 문화 영역 전체를 바꿔놓은 무서운 동력이었고, 끝내 지식정보 모든 걸 오염시켜놓은 게 우리의 현주소다.

그게 끝내 대한민국 체제 위기까지 불러온 궁극의 원인인데, 그 배후 중의 배후 백낙청이 드디어 최후의 칼을 뽑아든 것이 이면헌법 폐기론이라고 보면 된다. 이 모든 게 그가 말년에 균형감각을 잃고 오버하는 걸로 착각할 순 없다. 지난 반세기 넘게 지속되어온 백낙청 활동의 종합판이자 정점을 찍는 행위다. 실제로 지난 20년 그의 현실정치 개입은 놀랍게도 북한 옹호와 반미, 두 가지로 정리된다. 북한 옹호 활동의 경우 북핵을 정당화한 2006년 발언이 많은 걸 보여주지만, 그 전후에도 어떤 일관성이 없지 않다.

반반씩 합쳐보자는 국가연합제

즉 남한 체제가 북한에 비해 우월하다는 건 백낙청의 머리에선 들어설 여지가 없다. 자본주의 시장경제를 무조건 인정하고 따라가자는 것은 결코 안 된다. 장기적으로는 곤란한 체제라고 규정하기 때문이다. 반면 그에게 북한은 자립도가 높은 경제구조와 대규모 군사력 그리고 사회정치적 통합력을 유지하고 있다는 것이다.

북한이 동독의 운명을 되풀이할 가능성도 희박하다. 때문에 한반도 통일도 이 분단체제를 구성하는 양 체제를 거부한 채 반반씩 합쳐볼 때 가능하다. 이런 논리에서 가장 바람직한 통일국가 체제는 국가연합제일 수밖에 없다. 국가연합은 표면적으로 2국 2체제이며, 때문에 1국 2체제인 연방제와 크게 다를 게 없다는 점도 백낙청에겐 별로 문제되지 않는다. 이런 턱없는 북한 옹호와, 국가연합제 지지란 겉으로만 그럴듯해 보이는 선동이다. 늘 있어왔던 좌우합작론의 변용이기 때문이다.

현존하는 악과 싸우거나 극복할 생각 대신에 반반씩 합쳐보자는 제안이 얼마나 가소로운가? 실제로 소련·동구권 몰락 이전 1970년대 국제정치학계가 그러했다. 저들은 무책임하게도 공산주의와 자본주의는 결국엔 하나로 접근한다는 식의 체제수렴론을 유행시켰는데, 백낙청의 국가연합도 그 아류다.

그리고 체제수렴론의 원조는 백낙청이 영결식에서 조사(弔辭)를 낭독하며 놀라운 존경을 표했던 리영희였음을 기억해두자. 겉으론 멀쩡한 리버럴리스트로 보이는 백낙청 같은 위인도 관념의 사치 속에 제정신 못 차리고, 평양이라는 블랙홀에 빨려들어가 망가질 수 있다는 뜻이기도 하다. 꾸준한 반미 활동도 당혹스럽기 짝이 없는데, 그는 "미국 혜택을 많이 받은 내가 반미주의자이겠냐?" 하고 반문했지만, 그건 말뿐이었다.

한반도 분단이 근본적으로 제3세계 혁명을 막기 위해 미국이 원했던 것이라는 가당치 않은 논리를 그가 앞세웠던 게 벌써 1990년대 초반의 일이다. 현재도 그는 남북관계 개선에서 미국이 발목을 잡고 있다고 보며, 그런 선부른 판단을 현 대통령 문재인을 포함해 좌파 대부분이 공유하고 있다.

문제는 자기 최면에 걸려 대한민국을 비판하고 북한을 옹호하는 백낙청과 그 아류를 대한민국 주류세력이 효과적으로 견제하지 못하고 있는 대목이다. 너무 오랫동안 지식권력-문화권력을 저들에게 빼앗긴 탓에 대응할 꿈도 꾸지 못하는 불행한 상황인데, 백낙청의 트레이드마크인 분단체제론-민족문학론에 대한 비판은 외려 좌파 쪽에서 나왔음을 기억해둘 일이다. 분단체제론-민족문학론 모두 민족주의 이념 아래 민족독립국가를 설정하고 있지만, 그 자체가 허구라는 식이다.

그 문제제기를 한 것은 같은 좌파 진영에 있는 정치학자 최장집이다. 그가 보기에 분단 후 대한민국은 근대화를 상당히 오래전에 완수해 민주화도 되고 선진적인 발전국가 수준에 올랐다. 그게 명백한 사실인데, 단지 분단이 되어 있기 때문에 결손(缺損)국가, 즉 불완전한 국가로 취급하는 건 잘못이다.

백낙청 독주에 최장집 태클 걸다

달리 말해 민족주의의 함정에 빠져 허우적대는 소리에 불과하다. 때문에 몇 해 전 토론에서도 전시작전지휘권이 미국에 있기 때문에 자주국가가 아니라는 허구도 비판했다. "국가를 규정하는 데 국방 자주성이 가장 핵심적인가. 냉전 시기의 독일 또한 소련에 대응하기 위해 북대서양조약기구(NATO)에 가입했는데 그렇다고 해서 불완전한 국가였다고 할 수 있는가"라고 비판했던 것이다.

백낙청의 독주에 최장집의 태클은 의미가 없지 않지만, 그건 좌파 사이의 논쟁에 불과하다. 1980년대 중반 운동권 내부를 달궜던 'NL(민족해방)-PD(민중민주주의) 논쟁'을 그대로 재연하는 꼴이다.

◇1948년 8월 15일 중앙청 광장에서 열린 대한민국정부 수립 기념식. 대한민국 건국 의미는 미국 건국혁명, 프랑스혁명과 같은 인류사 반열에서 음미해야 잘 드러난다.

때가 어느 때인데 여전히 제자리걸음인가? 그들끼리의 논쟁이 갖는 결정적 허점은 과연 어떻게 할 것인가?

그걸 제대로 묻고 답을 해야 좌파의 두 거물을 한꺼번에 눕힐 수 있으며, 자유우파가 소망하는 선진화의 비전을 제시할 수 있다. 새삼 밝히지만, 두 좌파 거물이 알게 모르게 빠져 있는 것은 인민민주주의의 함정이다. 신민주주의를 내세웠던 중국 마오쩌둥을 포함한 아시아 공산주의자들은 예외 없이 민주 민족혁명을 외쳤는데, 모두 인민민주주의를 신봉했다. 그러나 대한민국은 달랐다는 것을 백낙청·최장집은 애써 외면한다.

사실 건국 과정에서 남북정치협상 따위를 통해 새 나라의 이념과 정부형태를 결정하는 방식이 대중에게 어필할 수 있었지만, 그건 감성의 영역이었다. 우리 건국의 아버지들은 인민민주주의로 굴러떨어질 그런 유혹을 물리치고 자유민주주의 국가를 세웠다.

그런데도 좌파의 대부 백낙청과 아류들은 이런 역사적 진실을 부정한다. 역사학자 이인호 서울대 명예교수가 밝힌 대로 1948년 대한민국 건국은 1776년 미국 건국혁명, 1789년 프랑스혁명과 같은 인류사 반열에서 음미해야 한다. 상식이지만 미 건국혁명과 프랑스혁명이란 국민주권을 제도화한 기념비적 사건이며 근대의 시작이다. 특히 미국혁명은 당시 프랑스를 휩쓸던 자코뱅의 급진 자유주의를 경계했다는 게 중요하다.

그래서 에드먼드 버크가 주장했던 보수적 자유주의에 입각한 입헌자유와 민주공화국 체제를 세웠고, 인류사상 가장 강력하고 부유한 국가로 일어섰다. 그만큼 인류 대의에 부합하는 보편성이 있다는 얘기다. 그렇다면 대한민국 건국은 어떤 의미를 갖는가?

대한민국을 흔드는 숨은 손 백낙청

자유민주주의라는 문명의 파도가 20세기 중반 한반도에 상륙했음을 보여주는 또 하나의 기념비적 사건이다. 더욱이 당시는 냉전의 분기점이었는데, 대한민국 건국을 기점으로 20세기 중반 이후 세계사가 방향을 잘 잡았다는 점에서 세계사적 의미가 있다. 그 대한민국 건국이 놀라운 발전상을 보인 게 반세기도 안 돼 동유럽과 소련의 공산주의 몰락이라는 드라마를 만들어낸 숨은 동력으로 평가받는 이유도 그 때문이다.

우리에게 희망은 없지 않다. 2017년 초에 창립한 지식인그룹인 '한국자유회의'는 창립대회에서 다음의 선언문을 발표했는데, 대한민국 건국과 근대화의 가치 그리고 통일이란 명제를 이렇게 압축했다.

> 오늘 우리는 한국자유회의 결성에 즈음하여 한국의 근대성 확보 노력이 건국이라는 정치혁명을 시작으로 근대화라는 산업혁명을 거

> 쳐 최종적으로 자유민주주의에 의한 통일로서 완성된다는 역사적 판단을 근거로 다음과 같이 선언한다….

선언문이 확인하듯이 대한민국 건국은 세계사적 맥락의 정치혁명이었으며, 박정희를 중심으로 한 근대화란 위대한 산업혁명이다. 그리고 자유민주주의에 의한 통일의 과정에서 북한 전체주의란 괴물은 결국 극복-해체되어야 할 대상이다.

그걸 담은 선언문이 뒤에 가서 대한민국 국가정통성을 파괴하려는 좌파 전체주의 전복세력에 대해 경고하는 것도 너무도 자연스럽다. '한국자유회의'는 자유민주주의를 지키기 위한 지성인들의 모임인데, 듬직하기 짝이 없다. 당장은 온통 오염된 지식인 사회 속에 외딴섬에 불과하며, 여론 확산에 한계를 절감하고 있겠지만, 모두가 이성을 잃은 건 아니라는 희망을 우리에게 안겨준다.

그게 희망은 희망이지만, 동시에 지금 이 나라 상황은 위기 단계를 지나 이미 재앙 국면이다. 재앙은 실은 남한 우파의 실패에서 왔다. 여느 좌파나 백낙청 같은 특정인의 성공 때문도 아니다. 대한민국 우파의 상수인 이데올로기와 지도력이 휘청대기 때문이다. 그걸 잘 파악한 채로 이 나라를 흔드는 무서운 손인 백낙청, 그를 계속 경계해야 할 이유는 너무도 많다.

제3장 시인 김수영을 체 게바라로 만들다

한국문단의 좌편향은 악명 높다. 오죽했으면 소설가 이문열이 「미래한국」 인터뷰 「홍위병의 시대는 갔는가?」(2016년 1월 16일자)에서 "문인의 열에 아홉, 아니면 열이면 열 모두가 좌파다"라고 했을까? 문인들은 괜한 삐딱한 시선을 갖고 있고 그런 쪽의 사회적 발언을 하며 작품도 그런 성향이기 십상이다. 심할 경우 문학의 옷을 걸친 정치투쟁을 펼치기도 한다. 이런 구조가 너무 오랜 기간 변함없으니 문학 애호가들도 문학판은 본래 그런가보다, 하고 여긴다.

문학의 생산-유통과정이 몽땅 오염된 이런 구조 속에서 드디어 좌파는 100여 년 근현대문학사를 자기네의 뜻대로 재구성하기에 이르렀다. 가난뱅이가 부자 되면 족보부터 장만한다더니 그 격일까? 다 쓰러져가는 문학 장르이지만, 그걸 권력이랍시고 쥔 채 집안 내력을 전면 재구성한 것이다.

누가 그런 짓을 했을까? 두말할 것도 없이 백낙청의 「창비」 그룹이 그 주인공인데, 이들의 좌파문학의 족보 새로 만들기의 방식은 의외로 간단하다. 이들이 선호하는 작가를 전진 배치해 문학사의 주류로 끌어올리고, 선호하지 않은 작가를 뒤로 밀쳐냈다. 이런 작업은 소설보다 시문학 장르에서 집중적으로 확인된다. 상식이지만 백낙청 패거리가 자기들이 내세우는 민족문학-민중문학의 간판스타 만들기 차원에서 뽑았던 카드가 시인 김수영과 신동엽 둘이다.

신의 한 수 '김수영 띄우기'

그중에서 김수영에 대한 인식이 중요한다. 김수영을 "부조리한 세상을 바꿀 수 없는 처지를 괴로워했던 민중시인"으로 둔갑시킨 뒤 그런 김수영을 본떠 대한민국을 향해 분노하고 욕을 하라고 부추기는 것이 이들의 방식이다. 그게 어느덧 이 나라의 일상이 되어버렸다는 것도 기억해야 한다.

그만큼 놀라운 것은 시인 김수영과 신동엽 두 명을 띄운 지난 30년 이후 벌어진 문단의 구조적 변화 상황이다. 문단의 정통이던 자유주의 문학이 칙칙하고 낡은 보수 문단으로 낙인찍혀 결정적

◇현대시사의 최고 간판스타로 떠오른 시인 김수영.
백낙청 등 창비 계열에서 전략적으로 띄우는 데 성공한 케이스다.

으로 위축되고 만 것이다. 이게 끝내 문학적 상상력을 죽이고 말았고, 한국문학을 백낙청의 「창비」가 쥐고 흔드는 '패거리 문학'의 수준으로 떨어뜨렸다. 그게 엄연한 진실이다. 그런 흐름이 고착된 건 이미 30여 년이고, 그걸 새삼 보여주는 게 전에 없던 '김수영 현상'이다.

현 단계 한국문학의 멘털리티가 몽땅 그러하지만, 문인이나 대중을 대상으로 좋아하는 시인이나 시집을 뽑는 각종 설문조사에서부터 김수영은 가히 최고의 시인이다. 일테면 문예지 계간 「시인세계」 2005년 여름호 특집 '현대시 100년사 5권의 시집'이 그런 경우다.

이들은 현역 시인 156명을 대상으로 "지난 100년간 간행된 시집 가운데 가장 큰 영향을 받은 시집 한 권을 뽑아달라"고 했다. 조사 결과 참여문학파 시인과 월북 시인들이 나란히 1, 2, 3위에 랭크됐다. 백석의 『사슴』(1936)과 김수영의 『거대한 뿌리』(1974), 정지용의 『정지용 시집』(1935)이 각각 1~3위에 나란히 뽑힌 것이다. 그런데 그건 중장년층 세대에게는 좀 낯선 풍경이 아닐 수 없다. 시인 중의 시인, 천품을 타고난 미당 서정주는 어디로 갔단 말인가?

한참 후배인 시인 고은조차 "그는 정부(政府)였다"고 평가했던 미당은 느닷없는 김수영 현상의 그늘에 숨어버린 것일까? 미당은 5권의 시집의 맨 뒤에 턱걸이를 겨우 했다. 현역 시인 이성복의 『뒹구는 돌은 언제 잠 깨는가』(1980)가 4위에 랭크된 데 이어 서정주의 『화사집』(1941)이 5위다.

천하의 미당을 끝머리에 겨우 끼워준 꼴이다. 한국시인협회가 2007년 한국을 대표하는 현대시인 10명을 뽑았을 때도 결과는 비슷했지만, 「KBS」가 「교수신문」과 함께 광복 60주년을 맞은 2005년에 학자 100명을 대상으로 설문조사를 실시한 결과도 상징적이다. 당시 함석헌(사상가), 김수영(시인), 김지하(시인)가 '광복 이후 한국 지성사에 가장 영향력 있는 인물' 1~3위로 각각 뽑혔다.

김수영은 문단을 넘어 '자유와 저항의 아이콘'으로 등극했다.

김수영 신화의 위력은 상상 이상이라서 영향력은 문단을 넘어선다. 일반 대중에게조차 무조건 '김수영=자유'이고, '김수영=양심'이다. 어느덧 김수영은 한국문학의 체 게바라가 됐다. 살펴볼 건 이 신화를 만든 주인공이 백낙청과, 그의 파트너 문학평론가 염무웅이란 점이다.

미당 서정주 신화의 붕괴

둘의 협력은 카를 마르크스와 프리드리히 엥겔스의 공조를 연상하면 된다. 이른바 이론비평과 실제비평에서 둘은 나란히 보조를 맞췄다. 일테면 자유주의 문학진영의 간판인 미당 서정주를 표적 살해해 제거했던 것도 바로 이 두 명이다. 이들은 역할분담을 했는데 염무웅은 미당을 살해하는 데 집중했고, 그 와중에 백낙청은 김수영을 띄우는 작업을 진행했다. 그게 썩 잘 먹혀들었다. 미당은 그야말로 삽시간에 치워졌다. 지금은 형편없이 몰락했지만, 한때 미당의 위상이 어느 정도였을까?

> 서정주는 자타가 공인하는 현재 한국 최대의 시인이다. …살아생전에 이처럼 파격적인 대접을 받은 시인은 일찍이 없었으며, 앞으로도 극히 드물 것이다. …그는 어떤 추종자의 칭송처럼 한국시의 제

왕은 아닐지 몰라도 한국시의 영토에서 가장 넓은 봉토를 거느릴 영주임에는 틀림없다.

이 표현은 1979년 염무웅이 펴낸 『민중시대의 문학』(창비)에 나오는 「서정주 소론(小論)」의 한 대목이다. 미당을 때리면서도 당시 '살아 있는 전설' 앞에서 이렇게 예우 아닌 예우를 하는 척을 해야 했던 게 당시 분위기였다. 미당 죽이기의 신호탄이던 그 비평이 등장한 뒤 민중문학 진영 평론가들은 미당 격하 운동에 합류했다. 한번 봇물이 터지자 현대시사의 최고봉 미당 신화는 삽시간에 붕괴되는 기현상이 연출됐다.

그럼 당시 염무웅이 뭐라고 미당을 때렸을까? 그의 경우 "가난이야 한낱 남루에 지나지 않는다"는 미당의 대표작 「무등을 보며」가 6·25 전후의 작품임을 상기시키면서 "정치적 암흑과 사회적 부조리를 묵시적으로 승인하는 현실타협"의 혐의가 있다고 지적했다.

이른바 민중문학의 공식에 따라 미당을 저격한 것이다. 물론 그를 친일문학가로 몰아세우는 짓도 병행했다. 그건 명백히 정치적 공격에 불과한데, 이후 그게 미당 비판의 문학적 잣대로 둔갑해버렸다. 이후 강산이 서너 번이나 바뀌는 사이 소수 민중문학패가 다수파로 올라서는 대이변이 정말로 연출됐다. 민중문학이 승리의 깃발을 꽂은 것이다. 좋다. 문제는 '그 이후'인데, 자유주의 문학의 거장 미당을 끌어내린 자리에 누군가를 올려놓을까를 고심했다. 간택된 인물이 바로 김수영이다.

지난 30여 년 김수영 신화는 미당의 동상을 끌어내린 자리에 새 우상을 세운 꼴인데, 당초 민중문학은 「껍데기는 가라」의 시인 신동엽을 함께 띄웠다. 요즘 말로 '우리 민족끼리' 정서를 대변하는 민족시인이 바로 그였으니까. 즉 '민족적 순수와 반외세'의 카드가 「껍데기는 가라」의 신동엽이다.

> 껍데기는 가라/ 사월(四月)도 알맹이만 남고/ 껍데기는 가라.// 껍데기는 가라/ 동학년(東學年) 곰나루의, 그 아우성만 살고/ 껍데기는 가라.// 그리하여, 다시/ 껍데기는 가라./ 이곳에선, 두 가슴과 그 곳까지 내논/ 아사달 아사녀가/ 중립(中立)의 초례청 앞에 서서/ 부끄럼 빛내며/ 맞절할지니// 껍데기는 가라./ 한라(漢拏)에서 백두(白頭)까지/ 향그러운 흙 가슴만 남고/ 그 모오든 쇠붙이는 가라. (신동엽, 「껍데기는 가라」)

신동엽이 외치는 '알맹이'란 무엇일까. 백낙청은 "4·19에서 진짜 알맹이에 해당하는 것은 민중들이 외세를 배격하고 민중의 해방을 위해서 심지어 무기까지 들고 일어섰던 동학년 곰나루의 그 아우성, 이것이 4·19에서 우리가 진정으로 살려야 할 알맹이"라고 단정한다.

너무 섬뜩한 '전사 시인' 김남주

그리고 신동엽의 이념적 선진성은 "중립의 초례청 앞에 서서"라는 시구에 잘 나타난다고 치켜세웠다. 자유민주주의에 물타기를 하는 것이다. 그러나 신동엽은 아무래도 좀 진부했다. 그러자 모더니스트에서 출발했으나 열렬한 현실참여파로 분류되던 김수영을 끌어안는 선택을 했는데, 저들에게는 신의 한 수였다. 저들이 원하는 건 좌파문학의 영웅을 내세우는 게 아니었다. 좌파 냄새를 풍기지 않는 인물을 내세워 결국엔 한국문학 전체를 먹어치우는 노회한 작업이다.

김수영에게는 1980년대 이른바 노동해방문학을 했던 시인그룹인 김남주·백무산·박노해 같은 붉은 색깔도 없으니 눈가림하면서 대중성을 높이기에도 딱 좋았다. 백낙청 민중문학엔 김남주 같은 전투적 성격의 강성 시인이 딱 좋았겠지만, 세상의 눈이 무서웠던 것이다.

좌파는 그를 가리켜 "현대사의 최전선에 서서 절망과 희망을 온몸으로 부딪친 지식인"으로 포장하거나, "문학 파르티잔(빨치산)"이라고 치켜세우지만, 너무 무시무시했다. 그가 남긴 말 중 가장 섬뜩한 건 "계급적인 적들을 증오하라. 철저히 증오하라. 남조선에서 민중혁명이 일어나면 최우선적으로 해야 할 일은 이 사회의 민족반동세력을 철저하게 죽여 없애는 것이다. 그 숫자는 200만 정도는 될 것이다. 그래야만 혁명을 완전하게 완수할 수 있기 때문이다"는 것이다.

김남주의 이 발언은 박정희 시절 자생적 좌파인 남민전에서 사상교육을 받았던 김정익이 자신의 저서 『수인번호 3179』에서 증언한 내용이다. 김남주로부터 직접 들었던 걸 기록한 것이다. 그런 김남주는 일찌감치 1988년에 「조국은 하나다」란 시 아닌 시를 발표했다. 운동권 대자보나 다름없는 내용이지만, 민중문학 진영에선 여전히 이런 걸 훌륭한 시라고 떠받든다.

> '조국은 하나다'
> 이것이 나의 슬로건이다
> 꿈속에서가 아니라 이제는 생시에
> 남 모르게가 아니라 이제는 공공연하게
> '조국은 하나다'
> 권력의 눈앞에서
> 양키 점령군의 총구 앞에서
> 자본가 개들의 이빨 앞에서

'조국은 하나다'

이것이 나의 슬로건이다 (「조국은 하나다」 앞부분)

이건 명백히 대충 행갈이만 해놓은 산문 꼴이고, 문학이 아닌 얼치기 정치 선동인데, 이보다 더 심한 건 「낫」이란 제목의 김남주 짧은 작품이다. 도저히 작품 이전의 단계다. "낫 놓고 ㄱ자도 모른다고/ 주인이 종을 깔보자/ 종이 주인의 모가지를 베어버리더라/ 바로 그 낫으로"(「낫」 전문). 원 세상에, 최악의 살의(殺意)가 번뜩이고 만인의 만인을 향한 투쟁이 춤을 출 수 있을까? 공산사회에서 말하는 계급투쟁을 부추기자는 것인지, 아니면 방향 모를 적개심의 표출인지 쉽게 구분이 안 간다.

그런 걸 전투적 미학이 어떻고, 시대 인식이 저쩌고 하면서 열심히 포장해온 게 한국문단인데, 그래도 '전사 김남주'의 붉은 문학이란 게 민중문학 진영에 부담스러웠던 게 사실이었다. 결코 대중 앞에 내놓을 상품은 못 됐던 것이다. 그와 달리 김수영은 거부감이 없어서 좋았다.

백낙청의 잘 계산된 김수영 사랑

김수영은 래디컬 리버럴리스트였는데, 그런 사람을 민중문학의 간판스타로 '입양'하는 것이 다목적으로 훌륭하다는 게 민중문학

진영의 제3의 선택이었다. 프롤레타리아가 아니고 프티 부르주아 시인으로 분류되니 그 점도 나쁘지 않았다. 그걸 '시민적 자유와 저항의 아이콘'이자, '양심의 상징'으로 치켜세울 경우 해방 이후 보수화된 문학 수요층에게 지적·정서적 자극을 주기에 썩 훌륭한 카드라고 저들은 판단했던 것이다.

결과적으로 1970~80년대 사회분위기에서 그런 전략이 훌륭하게 먹혔다 그런 김수영 신화를 완성한 주인공 백낙청은 자신의 처녀평론집 『민족문학과 세계문학』에서 김수영 신화의 깃발을 뽑아들었다. 그 평론집에서 가장 빈번하게 인용되는 작가도 당연히 김수영이다.

백낙청 평론의 색깔을 드러낸 대표적인 평문인 「시민문학론」을 필두로 등 무려 5편의 평문에 김수영을 등장시켰다. 백낙청의 평문은 지금 읽어보면 그렇게 새롭지 않다. 그 사람 자체가 문학을 보는 안목이 없는 게 사실이고, 때문에 작품비평에서 유난히 둔한 탓이다. 특유의 복문(複文)에 현학적인 글 스타일도 흡인력을 방해한다. 얼핏 뭔가 내용이 있어 보이지만 그건 착시현상에 불과했다. 문학적 번쇄 혹은 문학적 허세나 다름없기 때문이다.

놀랍게도 한국사회가 그의 재간에 몽땅 넘어갔다. 단언하지만 백낙청의 문학세계란, 그가 내세웠던 민족문학-민중문학이란 사회주의 리얼리즘의 아류에 불과했다. 북한을 포함한 공산권의 공식 문학이론을 충실하게 복제하되 그걸 우아하게 포장하는 데 성공했을 뿐이다.

많은 증거가 있지만, 백낙청 민중문학의 뿌리는 1920년대 식민지 조선에 들어왔던 프롤레타리아문학이다. 당시 그들이 썼던 또 다른 용어가 바로 민중문학이었다. 당시엔 경향문학 혹은 무산자문학으로 불렸지만, 민중문학이란 말이 이미 쓰였다. 제2차 세계대전 뒤 사르트르가 활동하던 프랑스 등에서는 그걸 앙가주망(현실참여문학운동)이라고 불렀는데, 그건 정치개입 문학이나 다름없었다. 실제로 백낙청 민중문학은 '닥치고 리얼리즘'이다.

한국문학 죽인 '닥치고 리얼리즘'

문학 고유의 상상력을 죽이는 살균제가 리얼리즘인데, 그게 1960년대 이후 들어먹혔다. 하버드대 박사이며, 서울대 교수라는 이력이 통했고, 때문에 그가 내세우는 리얼리즘이 사회주의 리얼리즘의 짝퉁이라는 걸 아무도 문제 삼지 않았다.

정의와 양심을 대변하는 새로운 민족문학-민중문학이 존재하고, 체제에 야합하는 보수문학이 있다는 엉터리 이분법이 이내 만들어졌으니까. 이후 사람들은 누구도 감히 민중문학의 지적-도덕적 권위에 이의 제기를 하지 않았다. 그건 좌파 패러다임이 한국문화를 온통 접수해버린 사건이다. 그건 문학 이상의 성공이 아닐 수 없는데, 이런 맥락에서 저들의 간판스타 김수영은 실로 훌륭한 선택이고, 효과적인 분칠 수단이었다.

민족문학-민중문학에 들어 있는 가시에 대한 경계심을 누그러뜨릴 수 있었고, 김수영이 가졌던 불같은 저항과 분노, 자신의 양심 때문에 괴로워하는 강박증 등을 모두 효과적으로 활용할 수 있기 때문이다. 그게 먹혀든 지금 문화동네에서 밥을 먹는 작가랍시고 하는 위인들은 '리틀 백낙청'이기 십상이다. 그럼 백낙청과 그 아류가 변질시키기 이전 김수영의 모습은 어떤 것일까?

그가 대표작 「풀」로 상징되는, 이른바 민중시인이 아니라면 어떤 게 진면목일까? 현대시사에서 무시 못 할 시인의 한 명으로, 그 못지않게 빼어난 산문을 줄기차게 썼던 김수영은 과연 누구이며, 인간 김수영은 과연 어땠을까? 작가로서 김수영은 여러 개의 얼굴을 가졌다.

기본적으로 김수영은 꽤 난해한 작품을 써대던 모더니스트가 맞다. 민중시인에서는 꽤 멀리 떨어진 사람이란 뜻이다. 그 첫째 얼굴은 집착에 가까운 청교도적 자기 비판과 도덕적 순결함이다. 권력 앞에 반항하지 못하는, 옹졸한 자기를 질책하는 대표시의 하나인 「어느 날 고궁을 나오면서」에서 그런 모습이 드러난다.

왜 나는 조그마한 일에만 분개하는가

저 왕궁(王宮) 대신에 왕궁의 음탕 대신에
50원짜리 갈비가 기름덩어리만 나왔다고 분개하고 (중략)
…아무래도 나는 비켜서 있다
절정 위에는 서 있지 않고 암만 해도 조금쯤 옆으로 비켜서 있다.
…그리고 조금쯤 비겁한 것이라고 알고 있다!
그러니까 이렇게 옹졸하게 반항한다
이발쟁이에게 야경꾼에게
우습지 않으냐 1원 때문에
모래야 나는 얼마큼 적으냐
바람아 먼지야 풀아 나는 얼마큼 적으냐
정말 얼마큼 적으냐… (김수영 「어느 날 고궁을 나오면서」 일부)

김수영이 가진 결정적으로 중요한 게 또 다른 얼굴인 강렬한 정치개입과 우상파괴의 에너지다. 사람들은 여기에 매료되며, 누군가 '분노 마케팅'을 할 경우 걷잡을 수 없이 사안이 커진다. 실은 이것 때문에 그는 문학적으로는 이른바 반시론자(反詩論者)이며, 문학 외적으로는 무한대의 언론자유와 표현의 자유를 외치는 양심의 아웃사이더로 남아 있다.

즉 한국문학의 체 게바라답게 김수영은 "시여, 침을 뱉어라"라고 외쳤던 위인이다. 그건 죽던 해에 쓴 뛰어난 산문의 제목이기도 한데, 기성 시와 기성 문화질서 모두를 깡그리 무시하자는 거부를 주도했다. 시 작품 「우선 그놈의 사진을 떼어서 밑씻개로 하자」의 경우가 그러하다.

> 우선 그놈의 사진을 떼어서 밑씻개로 하자/ 그 지긋지긋한 놈의/ 대한민국사진을 떼어서/ 조용히 개굴창에 넣고/ 썩어진 어제와 결별하자/ 그놈의 동상이 선 곳에는/ 민주주의의 첫 기둥을 세우고/ 쓰러진 성스러운 학생들의 웅장한/ 기념탑을 세우자// 이제야말로 아무 두려움 없이/ 그놈의 사진을 태워도 좋다/ 협잡과 아부와 무수한 악독의 상징인/ 지긋지긋한 그놈의 미소하는 사진을 (하략)

김수영이 볼 때 선거부정의 몸통인 이승만에 대한 극대치의 증오와 분노를 터뜨린 문제의 작품이다. 본인의 고백대로 대통령의 하야 성명을 듣자마자 환호작약하며 삽시간에 완성했다는 이 작품은 자유당 시절과 우남 이승만에 대한 가장 격렬한 공격이다. 참담한 인격살인 그리고 파괴·저주의 미학이 춤을 춘다.

김수영의 시 「김일성 만세」

김수영의 이 시 등장 이후 대통령의 사진을 화장실 용도나 개골창에 내다버리고, 동상을 허물어버리는 행위야말로 되찾은 시민적 자유와 해방감을 만끽하는 인증이 되어버렸다. 더 곤혹스러운 게 1960년 김수영 시인이 쓴 시 「김일성 만세」다. 그의 사후 40년 만에 공개된 문제의 이 시는 2015년 말 이른바 민중총궐기 사태 이후 대학가를 달구기도 했다. 고려대와 경희대에서 한 학생이 이 시를 대자보로 만들어 올려 박근혜정부에 대한 정치사회적 불만을 터뜨리자 이걸 훼손하는 반대그룹도 등장하고 끝내 학교 당국이 철거를 하면서 소동이 벌어졌다.

현 서울시장 박원순의 경우도 "광화문 광장에서 김일성 만세를 부를 수 있어야 진정한 민주주의"라고 일갈했는데, 모두 김수영 따라 하기였다. 어쨌든 간에 문학의 옷을 걸친 정치투쟁이 시내 한복판에서 벌어지고 있는 꼴이자, 극단적 시적 자유를 외쳤던 김수영을 좌편향된 사회가 어떻게 적극적으로 활용하고 있는가를 보여준다.

'김일성 만세'
한국의 언론자유의 출발은 이것을
인정하는 데 있는데
이것만 인정하면 되는데
이것을 인정하지 않는 것이 한국
언론의 자유라고 조지훈(趙芝薰)이란

시인이 우겨대니
나는 잠이 올 수밖에
'김일성 만세'
한국의 언론자유의 출발은 이것을
인정하는 데 있는데
이것만 인정하면 되는데
이것을 인정하지 않는 것이 한국
정치의 자유라고 장면(張勉)이란
관리가 우겨대니
나는 잠이 깰 수밖에 (김수영 미발표 시 「김일성 만세」 전문)

자, 결론이다. 김수영은 일급 시인이 맞다. 근현대시사는 물론 한시(漢詩)로 된 근대 이전의 시적 전통을 포함해 그는 전혀 매우 새로운 존재의 등장을 알린다. 삶과 문학 사이를 가깝게 만든 위대함이 없지 않고, 우리 문학을 풍요롭게 만들어준 것도 사실이다. 하지만 그가 현대시사를 대표하는 지존일 수는 없다. 더 분명한 건 김수영이 민중시인은 아니라는 점이다.

안타깝게도 김수영 신화를 떠받치는 백낙청의 지적 권위에 "당신은 아닙니다!"라고 비판하는 이도 없으며, "김수영 시는 과대평가됐다!"고 지적하는 평론가와 시인도 희귀하다. 문학판에 우상 김수영에 대한 공식적인 문제제기는 시인이기도 한 서울대 오세영 명예교수가 거의 유일하다. 그는 2005년 문예잡지 「현대시」 1, 2월호에 기고한 글 「우상의 가면-김수영론」이 그것이다.

> 나는 지금까지 나 자신을 포함하여 우리 학계가 한국의 현대시, 특히 작품론 연구에서 반성해야 될 몇 가지 타성을 살펴보았다. …이제 우리 연구자들은 작품에 대한 기존의 견해나 평가에서 과감하게 자유스러워져야 한다. 누가 무엇이라고 하든 자신만의 독자적이고 개성적인 눈으로 작품을 대할 수 있는 안목과 용기를 가져야 한다. 졸작이 명작으로 치부되고, 작품이 이념의 도구로 전락하는 상황을 그대로 방치해둔다는 것은 학자로서 직무유기이며, 문화적 범죄행위인 까닭이다.

"작품이 이념의 도구로 전락하는 상황을 그대로 방치해둔다는 것은 학자로서 직무유기이며, 문화적 범죄행위"라고까지 지적한 것은 우리 풍토에서 이례적이며, 오래 기억할 만하다. 그건 백낙청의 「창비」 계열이 내세우는 민중문학 유일사상에 대한 훌륭한 반론이며, 포괄적인 지적으로 유감없다.

유감은 당시 김수영 비판론이 나왔다는 것 자체로 화제가 됐었지만, 그게 전부였다. 그 결과 백낙청의 아성은 여전하다. 김수영의 시와 산문을 붙잡은 백낙청의 선택이란 실로 악마적 성공에 가깝고, 그게 한국문학을 황폐화시킨 결정적 요인이라는 것도 잊으면 안 된다. 또 하나 잊으면 안 되는 게 백낙청의 장난에 따라 김수영을 중심으로 완전히 재편해놓은 우리 시문학사를 언젠가는 정상화해야 한다는 점이다. 이게 정상은 아니니까 말이다.

제4장 신경숙 사건에서 터진 "꼰대 백낙청!"

문학의 죽음 혹은 문학의 슬럼화는 30년 가까이 이르는 현상이다. 문화예술 장르의 맏형으로 통하던 건 그야말로 옛날 얘기다. 지금 누구도 진지하게 문학작품을 읽지 않으며 일상의 화제로 올리지 않는다. 그게 현실이다. 창조적 파괴의 실험은 고사하고 경쟁조차 배제된 문단의 자폐적 구조 탓인데, 그래서 한국문학은 갈라파고스섬이다.

시대 흐름에서 동떨어져 있는 외딴 섬이란 뜻인데, 실은 그건 일정하게는 세계적 현상이다. 지금 문학은 19세기 이후 근대의 산물인데 근대문학의 시대가 가고 영상시대가 온 것이다. 그 못지않게 중요한 건 한국에서 유독 문학 특수주의 혹은 문학 예외주의라는 사고방식이 강하다.

다른 문화상품이나 공산품과 달리 문학은 모국어를 지키는 예외적이고 독보적인 장르라는 고정관념이다. 사실 문학 장르에 시장경제 원리를 요구할 수 없는 노릇이고, 각급 학교 국어교육을 다른 걸로 대체할 수도 없지 않던가? 결과적으로 한국문학은 거기에 안주했고, 모국어를 볼모로 붙잡고 있는 상황이다. 그리고 한국문학이 망가진 지 오래인 탓에 이젠 아무도 우리 문학을 읽지 않는다.

때문에 '그들만의 잔치'인 주요 문학상의 수상작가 따위도 대중에게는 낯설기만 하다. 독서시장도 그렇다. 문화예술 각 장르 중에서도 문학은 만형 혹은 종가(宗家)인데도 존재감이 없다. 문학애호가 또는 지식대중에 기억되고 사랑받는 작가 역시 실종됐다.

한국문학의 죽음에 원인 제공한 결정적 요인이 비평이라는 것도 공공연한 비밀인데, 길잡이 역할을 해야 할 평론이 문학작품에 앞서 활개 치는 구조가 문학을 죽인 것이다. 그렇기에 가장 창조적이어야 할 장르인 문학은 없어지고, 획일주의·전체주의의 압제 속에 갇혀 있는 꼴이다.

그래서 문학의 죽음은 타살 이전에 자살이다. 평론가들 자신이 문학을 죽인 것이다. 그 결과 생각과 상상력의 독립정부여야 할 문학이, 독립적 지성의 위엄을 보여주어야 할 문학이 '줄 세우기'

와 '알아서 기기'의 나쁜 사례로 변질됐다.

'문학 외딴섬'의 독재자 백낙청

이렇게 망가지고 고장 난 문학의 죽음은 30년을 훌쩍 넘기는데, 구체적으로 문단 헤게모니를 장악한 「창비」계열 백낙청이 문제다. 북한식으로 표현하자면 문단의 유일적 지도체계가 오래전에 완성된 것이다. 문단 사정에 밝은 이들은 2000년대 초반을 기점으로 그런 문단 독과점 현상이 사라졌다고 말하지만, 그것도 무책임한 진단이다.

「창비」를 대체할 새로운 문학 이념이 등장한 바 없는 상황이고, 때문에 낡은 문화권력 「창비」와 백낙청은 여전히 문화권력으로 독점적 지위를 유지하고 있는 상황이 지금이다. 문학의 영향력이 축소될 대로 축소된 작은 영역, 사회 흐름과 단절된 갈라파고스섬의 독재자가 여전히 백낙청이고, 「창비」라고 보면 된다. 그래서 백낙청은 가히 한국문단의 최고 존엄인데, 어느덧 문학이란 게 본래 그런 것이라는 심리마저 형성됐다.

철 지난 지 오래인 그의 지적·도덕적 권위를 허물어뜨려야 한국문학이 살아난다는 인식조차 희미해진 최악의 상황이 지금이다. 1980년대까지 그래도 한국문학을 좌지우지하던 양대 비평과 창작의 그룹이던 리얼리즘의 「창비」와 모더니즘의 「문지」가 있었다고? 그건 잊어라.

당시에도 「문지」는 「창비」의 눈치를 보면서 은근히 따라 하길 반복하던 '창비 2중대'에 불과했다. 지금은 그마저 사라진 채 「창비」 독주 체제다. 백낙청의 지적 권위에 "당신은 아닙니다!"라고 비판하는 이도 없으며, 김수영 신화 앞에 "김수영 시는 과대평가 됐다!"고 지적하는 평론가와 시인도 희귀하다. 그런 맥락에서 지난 2014년 소설가 복거일과 저자인 내가 문단을 비롯한 한국 지식사회 상황을 점검하는 가운데 나눴던 일문일답은 나름 의미가 있을 것이다.

▼최인훈·복거일 저평가 분위기는 지식사회 전반이 '기울어진 운동장'으로 변화된 탓도 큽니다. 어느 때인데 민중문학-민족문학의 힘이 여전합니다. 특히 백낙청이 주도하는 「창비」 진영의 헤게모니가 문제입니다.

"제가 등단한 1980년대 후반부터 그런 기운이 강했습니다. 「창비」 진영도 그랬지만 무크지 「실천문학」이 더 맹렬했죠. 타계한 문학평론가 채광석의 목청이 그중 높았는데, 그들은 문학은 현실변혁에 복무해야 한다고 외쳤더랬습니다. 그런 민중문학은 소비에트의 레닌이 주창했던 사회주의 리얼리즘의 변형에 불과하잖아요? 그래서 제가 「중앙일보」에서 펴내는 문학잡지 「문예중앙」에 '문인이 자존

심도 없는가, 문학은 자율적인 영역이다'라고 연신 주창했던 겁니다. 물론 그 때문에 저는 미운털이 더 박혔을 겁니다."

▼저는 「창비」 진영의 자기 쇄신이 없고서는 우리 문학의 풍토가 해결되지 않는다고 보는 쪽입니다. 너무 오래 고이면 결국 썩는 거 아닙니까?

"백 선생과 관련된 재미있는 얘기 하나 더 할까요? 시인 김수영의 유명한 작품 「거대한 뿌리」는 알고 보면 「창비」 진영 특유의 국수주의 이념을 상징하는 아이콘이 아닙니까? 그래서 제가 한번은 백 선생 앞에서 김수영을 대놓고 비판했어요. '말년에 그런 시를 쓴 김수영은 사상적으로 파산한 사람이 아닙니까?' 그랬더니 백 선생이 '그 비판은 내가 못 참겠네' 하면서 얼굴 표정까지 바뀌면서 강하게 반론하시더라구요. 어쩝니까? 대꾸하는 건 나이 적은 사람의 도리가 아니라서 참고 말았죠. 어쨌거나 「창비」와 한국사회는 국수주의 껍질을 깨고 나와야 합니다."

▼사실 1960년대 이후 문학권력을 휘둘러왔고, 문단이 반(反)지성주의로 타락하는데, 백낙청이야말로 책임을 져야 할 사람입니다.

"글쎄요. 제가 어떤 잡지 인터뷰에서 젊은 작가들에게 들려주는 말로 이렇게 말했습니다. '총 쏘는 솜씨는 좋아졌지만, 막상 그들이 손에 쥔 것은 새총에 불과한 게 아니냐?' 제 눈엔 그들의 문제의식의 크기가, 민족주의와 민중주의로 갇혀 있는 그들의 시야가 썩 만족스럽지 않은 겁니다." (「지적 거인 복거일, 미제스-노이만 천재성에 절망했다」, 미디어펜, 2014년 4월 25일자 보도).

소설가 신경숙의 표절 사건 파문

문단 안에서 「창비」와 백낙청 독주 체제는 여전히 강력하지만, 그게 어느 날 갑자기 깨질 수도 있다는 징후는 뜻밖에도 문단 외부에서 등장했다. 당시 복거일 인터뷰 1년 뒤인 2015년, 소설가 신경숙의 표절 사건과 관련하여 엉뚱하게도 제삼자로 보이던 백낙청이 두드려맞는 전에 없는 사건이 발생한 것이다. 누가 보더라도 명백한 신경숙의 표절인데도 그걸 의도적 표절로 볼 순 없다며 무리하게 옹호를 해주던 그가 급기야 대중의 역풍을 맞고 나동그라진 것이다.

그 사건의 앞뒤 상황은 이렇다. 당시 신경숙이 일본작가 미시마 유키오의 「우국」을 표절했다는 의혹이 제기된 이후 문단은 검찰의 수사를 반대하고 나섰다. 자폐 집단다운 부끄러운 행보였다. 제 편 감싸기에 능할 뿐 자정(自淨)능력은 더더욱 없다는 걸 보여준 해프닝이나 다름없었다.

이미 문단을 보는 사람들의 시선이 곱지 않았지만 가장 심한 케이스로 판단된 게 문화권력 백낙청의 이중적 태도였다. "표절 혐의를 확인했지만, 의도적인 베껴 쓰기, 곧 작가의 파렴치 행위로 단정할 순 없다"는 알쏭달쏭한 궤변을 그가 늘어놓았던 것이다.

> 표절 시비 자체에 대해서는 신경숙 단편의 문제된 대목이 표절 혐의를 받을 만한 유사성을 지닌다는 점을 확인하면서도 이것이 의도적인 베껴 쓰기, 곧 작가의 파렴치한 범죄 행위로 단정하는 데는 동의할 수 없다는 입장을 밝혔습니다. 애초에 표절 혐의를 제기하면서 그것이 의식적인 절도 행위에 해당한다고 단정했던 일부 언론인과 상당수 문인들에게 「창비」의 이런 입장 표명은 불만스러운 정도가 아니라 불쾌한 도전 행위일 수도 있을 것입니다.

백낙청이 오래전부터 구사하던 모호한 표현을 이 글에서도 다시 구사했지만, 그건 실수였다. 아니나 다를까? 대중의 분노가 폭발했다. "그게 어디 말이냐, 막걸리냐?"는 반발이 이어졌다. 백낙청의 문학 감식안이라는 게 그렇게 형편없을 수 있다는 걸 만천하에 보여줬다는 점에서도 흥미롭다.

그래서 소동은 신경숙을 넘어 그를 엄호했던 「창비」와 백낙청 등 문단 권력에 대한 비판으로 이어지며 걷잡을 수 없는 상황이 발생했다. 백낙청은 결국 「창비」 편집인 자리에서 하차를 하며 겨우 비판의 불길을 잡을 수 있었다. 그건 의미심장한 신호탄이었다. 문단이 자기 정화능력이 없을 경우 대중이 끝내 응징의 매를

든다는 뜻이다. 그걸로 상황은 끝난 것일까? 아니었다. 표절 파문 이후 칩거에 들어갔던 소설가 신경숙이 2019년 신작 중편소설을 발표했는데, 이게 다시 동티가 났다.

네티즌들 "창비? 창작과 비리!"

신경숙은 그 작품을 「창작과비평」 여름호에 발표했는데, 그게 작가 본인에 대한 비판을 자초한 것은 물론, 새 작품을 수록해준 잡지사 「창비」와 그 회사 오너 백낙청에게 불똥이 다시 옮겨 붙었다. 어리숙한 듯 보이는 대중은 사안에 따라서는 놀라운 판관(判官) 노릇을 하는 것이다.

네티즌들은 다시 분노했다. 신경숙의 표절은 한 작품을 통째로 베껴 쓰다시피 한, 글 도둑질인데 그걸 어떻게 "젊은 날 한순간의 방심"이라고 무책임하게 표현하느냐를 물었다. 신경숙은 신작 발표 직전 공식적인 발표문을 통해 사과까지 했지만, 그게 네티즌의 분노를 산 것이다. 그는 "젊은 날 한순간의 방심으로 제 글쓰기에 중대한 실수가 발생했다"는 식의 해명을 했는데, 그런 작가에게 멍석을 깔아준 「창비」와 백낙청까지 도마에 올린 것이다. 다음은 「창비」와 백낙청 문제를 다룬 포털 카카오다음에 올라왔던 기사(2019년 5월 28일자)에 달린 댓글의 일부다.

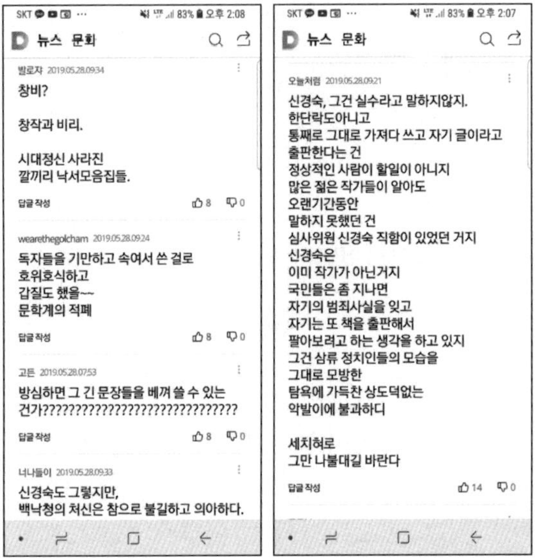

◇2019년 5월 한 포털에 올라왔던 기사에 달린 댓글 캡처 두 개. "창비? 창작과 비리…"라는 댓글이 선명하다.

"창비? 창작과 비리…."(발로×)

"독자들을 기만하고 속여서 쓴 걸로 호의호식하고 갑질도 했을 문학계의 적폐."(wearethegol××××)

"방심하면 그 긴 문장들을 베껴 쓸 수 있는 건가???????????????????????"(고×)

"신경숙도 그렇지만 백낙청의 처신은 참으로 불길하고 의아하다."(너나들×)

대중은 다 알고 있다. 표절 파문이 불과 얼마 전 일인데, 자성해야 할 신경숙이 활동을 재개하고 「창비」는 그걸 돕는다? 사람들이 화날 만한 상황이다. 그러나 본질을 말하자. 표절 사건은 「창비」의 구조적인 문제다.

세상이 알듯 「창비」의 전매특허는 백낙청의 민족문학론과 분단체제론인데, 그게 유통기간이 끝났고, 또 그 평론에 부합하는 작품이 나온 바 없다. 때문에 「창비」는 그것과 무관한 작품을 '입양'해 「창비」의 이름을 달아 대중에게 팔아왔을 뿐이다. 그건 1990년대 이래 뚜렷한 현상이다.

또 다른 시한폭탄 시인 고은

1990년 이은성의 『소설 동의보감』이 히트한 이후, 유홍준의 『나의 문화유산 답사기』(1993), 최영미 시집 『서른, 잔치는 끝났다』(1994), 홍세화의 『나는 빠리의 택시운전사』(1995) 등이 그러하다. 이걸 두고 백낙청은 예전 한 인터뷰에서 "상업주의 운운은 가당치도 않다"고 발뺌했지만, 그 말부터 너무 뻔뻔하다.

좌파 담론으로 명성을 얻고, 돈은 다른 구멍으로 벌어들이는 이중 전략을 감히 부인하려들기 때문이다. 그리고 백낙청은 「창비」에서 나온 신경숙의 당시 베스트셀러 『엄마를 부탁해』를 보호하려고 그녀의 표절 혐의를 부인하고 나섰다. 사람들이 그걸 죄다 알기 때문에 분노하는 것이다. 그리고 무엇보다 자신들의 문학 노선에 부합하는 작품이 없었다는 건 창비문학 50년의 허구를 보여준다는 게 내 판단이다.

그동안 백낙청과 「창비」는 시인 김수영·신동엽을 들먹이고 때론 고은을 띄웠지만, 그게 전부였다. 조정래의 대하소설 『태백산맥』도 언급할 순 있지만, 그건 이 책 뒷부분에서 밝히듯 남로당(남조선노동당) 박헌영 노선에 충실한 '이적(利敵)문학'일 뿐이다.

어쨌거나 신경숙 표절 파문은 50년 넘게 봉인돼왔던 백낙청과 「창비」의 실체가 부분적으로 해체되어간다는 징후였다. 알고 보면 초록은 동색이고 「창비」 일색인 문단이 침묵의 카르텔 속에서 입을 꽁꽁 싸맨다 해도 대중이 그 아성을 친다는 점에서 흥미로운 사태 전개가 분명하다. 때론 대중이 전문가 바보들보다 더 작품을 보는 안목이 뛰어날 수도 있다는 뜻이다. 물론 대중의 공격이기 때문에 정교하진 못하다는 한계가 있다.

하지만 누군가 거들 경우 백낙청이라는 우상은 삽시간에 거꾸러질 수도 있음을 새삼 보여준다. 우상이 깨져나가는 일은 생각보다 일찍 발생할 수도 있는데, 또 다른 계기는 백낙청이 그토록 싸고돌았던 시인 고은의 마각이 드러나는 그때일 수도 있다.

그걸 암시했던 게 2018년 여름 미투 운동의 와중에 터진 여성시인 최영미가 한 문예지에 발표한 시 「괴물」의 문제제기 여파다.

당시 고은은 문단의 젊은 여성문인들에게 엽기적 성추행을 일삼아온 행태가 밝혀지며 또 다른 문학권력의 추악한 뒷모습이 드러난 바 있다. 그러나 그건 단순 스캔들에 불과하며, 사태의 표피에 지나지 않는다. 차제에 대한민국 현대사를 저주하면서 얻어낸 시인 고은의 가짜 명성의 실체까지 두루 밝혀야 마땅한데, 그건 아직 공론화가 안 됐다.

『만인보』는 대한민국 저주의 시

고은이 보였던 행태가 윤리적으로 옳고 그름을 떠나 그의 시문학이 얼마나 지독하게 대한민국 증오병에 빠져 있는지가 핵심이다. 최영미는 시 「괴물」에서 "En은 수도꼭지야. 틀면 나오거든/ 그런데 그 물은 똥물이지 뭐니"라고 표현한 문제의 똥물이 20세기 대한민국 현대사 전체를 온통 더럽혀온 점이 문제다.

과장이 아니다. 무엇보다 고은의 대표작으로 꼽히는 『만인보(萬人譜)』가 문제다. 『만인보』는 1986년 첫 발표 이래 시집 30권에 수록 시 총 4,001편으로 구성된 방대한 연작 시집이다. 말 그대로 "만인의 삶에 대한 기록"이란 뜻이며, 한국사에 명멸한 인간 군상의 부침·영욕을 담아냈다고 설명된다. 문단 내의 평가도 높아 제3회 만해문학상을 받았다. 예전엔 「문지」 소속 평론가로 분류되던 김병익의 경우도 "시로 쓴 민족사의 벽화"이며 피카소의 「게르니카」보다 대단하다고 거품을 물었다.

모두가 그렇게 고은 앞에 머리를 조아린다. 고은 뒤에 백낙청이 있고 「창비」가 엄호사격을 해주기 때문인데, 그게 과연 맞는 소릴까? 내 눈에 거꾸로가 맞다. 정상인의 눈으로 보면 『만인보』 전체가 현대사에 대한 무한 저주로 가득할 뿐이다. 대한민국은 태어나서는 안 될 나라라는 인식 탓이다.

현대사는 기회주의가 득세하고, 정의가 짓밟혔다는 노무현식 자학(自虐), 아니 그 이전 문화권력 3인방의 한 명인 리영희식의 저주가 무한 반복되고 있다. 저주만이 문제가 아니라 이념 편향이 심하고 집요하다. 일테면 현대사에서 좌익에 섰던 사람은 무한 칭송을 거듭하는 반면, 대한민국 정통인 우익 진영 인사는 먹칠하는 것으로 일관하니 '좌익=선(善)', '우익=악(惡)'의 잘못된 이분법이 『만인보』에 춤을 춘다는 점이 대중에게 충분히 드러난 바 없다.

최영미 사건이 터졌을 때 저자인 내가 '펜앤드마이크' 지면에서 부분적으로 밝혔지만, 고은은 우선 건국 대통령 이승만부터 내리친다. 그는 "벗어나지 못한 봉건"이며, 동시에 "나라의 불행을 잘 썼"던 사람이고, "나라의 모순을 잘 쓰고 남겼"던 사람(『만인보』 제18권 「이승만」)이란 게 고은의 공격이다.

물론 그런 공격이란 전혀 근거 없는 소리이거나, 정반대로 된 해석에 불과하다. 놀랍게도 그런 게 한둘이 아니다. 『만인보』 제

18권 「석낙구」란 시에서도 최악의 혐의를 이승만에게 다시 뒤집어씌운다. "하와이 막일꾼 동포들의 돈을 마구 걷어 들였다/ 명문대학 학위도 척척 받으며/ 이승만 옹 가는 데마다 동포들 당파를 만들었다 갈라섰다 그놈의 영감 땡감". 마무리까지도 고약한데, 이승만을 하와이 깡패로 표현했던 좌익들의 동영상 〈백년전쟁〉 수준이다.

좌익 인물 대놓고 찬양하기

당연히 부국 대통령 박정희 역시 몰이해와 지탄의 대상인데, 이걸 시문학작품이라고 할 수 있나 하는 개탄도 나올 판이다. "일본 육군의 모범장교였다 천황의 금시계를 받았다/ 좌익이었다/ 좌익을 팔아넘긴 우익이었다/ 기구한 육군 소장으로 쿠데타를 일으켰다" (『만인보』 제11권, 「박정희」).

심지어 이 뒤에 그의 외모까지도 비하하는데, 고향 밭두렁의 바위를 닮아 "거무튀튀 척박했다"는 표현까지 서슴지 않는다. 그건 고은의 좌익 본능의 반영인데, 좌익 인물에 대한 무조건 숭배에서 새삼 재확인된다. 심지어 좌익들의 여자 애인까지도 덩달아 칭찬하는 일도 비일비재하니 어리둥절할 따름이다. 일테면 남로당 박헌영과 그의 애인 주세죽을 포함해 최창익-허정숙 커플, 김삼룡-이순금 커플 등을 10여 명 나열한 뒤 이렇게 대놓고 찬양하는 시

「주세죽」(『만인보』 제18권)도 있다.

"붉은 사람들…// …그 동백꽃들// 그들은 한국사회주의 혁명 동지이고/ 혁명부부였다" 그런 식이다. 답답하다. 아니 역겹다. 문학으로 포장된 반역의 행위가 분명하다. 실은 조봉암의 애인을 단독으로 찬양하는 시 「김이옥」(『만인보』 제10권)도 그는 썼다. 이렇게 달콤하게 시작한다.

"조봉암의 애인 김이옥은 아름다웠다// 강화도 부농의 딸/ 경성여고보 졸업/ 이화여전 음악과에 다녔다…." 『만인보』엔 김대중 전 대통령에게 바쳐진 시도 있는데, 물론 칭송 일변도다. "고난이 필요한 시대 그는 고난의 과녁"이었고, 1971년 대선에서 "그는 혼자서도 백만 인파"였다는 듣기 거북한 수준의 장광설로 일관한다. 뿐인가?

정치인 김영삼·장준하·정일형·이해찬·이부영·김정남, 작곡가 윤이상에서 노동자 전태일과 그의 모친 이소선, 민중신학자 안병무·서남동, 신부 함세웅, 판화가 오윤, 평론가 백낙청·염무웅, 목사 김재준·김원룡, 출판인 박맹호 등은 무조건 호의적으로 그려진다. 좌파-좌익이거나 그쪽에 우호적인 인물이기 때문이다.

반면 우익 진영에 섰던 이들에겐 예외 없이 비판적인데, 대표적으로 선우기성(서북청년회 지도자)의 사례가 그렇다. "백색테러가 시작되었다/ 유혈낭자/ 군정청 경무부장 조병옥의 지원을 받았다//

선우기성/ 점점 살벌해졌다 인간보다 비인간이 더 치열했다// 38 이남이 떨어댔다"(『만인보』 제18권, 「선우기성」). 고은은 확실히 좌익 세상에서 사는 게 어울릴 위인이 맞다.

오해 마시라. 『만인보』 일부만이 그런 건 아닐까 의문이 들 것이다. 아니다. 전체가 이렇다. 그게 고은의 실체이며, 이 책 제3부에서 조명하는 조정래 『태백산맥』의 특징이기도 하다. 조정래 역시 좌익은 순결하고 무죄인 데 비해 우익은 더럽고 유죄라는 판박이 공식 하나로 작품 전체를 일관한다. 대한민국 건국에 앞장선 우익은 예외 없이 인간 말종이며, 좌익은 완전무결한 천사로 그려진다. 그게 너무도 심하다보니 북한 통전부(통일전선부)가 써서 서울에 내려 보냈다고 봐도 무방할 정도라고 내가 비판한 대목을 나중에 참조하길 바란다.

문단 내부고발자 홍상화의 폭로

그래서 우리의 궁금증은 커진다. 그럼 왜 이런 실체가 드러나지 않았을까? 아니, 왜 눈 감았을까? 조금 전 신경숙 표절 파문에서 확인했듯이 문단이야말로 음습한 자폐적 공간으로 전락한 지 오래다. 그런 이유 때문에 외부인의 건강한 시선이 허용되지 않아왔다. 그게 화를 키웠다.

그걸 지적했던 문단 내 내부고발자인 소설가가 홍상화(1940년생)인데, 그가 펴낸 소설 『디스토피아』(랜덤하우스중앙, 2005)를 주목해야 한다. 대화체 형식의 이 소설은 주인공인 소설가가 교수·작가 등의 대화를 통해 대한민국 좌경의 뿌리와 전파 과정을 점검하는데, 정 교수로 등장하는 인물이 한국문단을 비판하고 있다. 소설 속의 대화로 되어 있을 뿐 그의 지적은 곧 홍상화의 메시지다. 고은 같은 시인을 부추기는 얼치기 평론가 무리를 그는 이렇게 비판하고 있다.

"바로 주체사상 신봉자를 잉태하는 자궁인 문예지 소속의 학자들입니다. 그들은 문학평론가의 탈을 쓰고 예술가의 자해를 강요하는 홍위병들이라고 할 수 있지요"(25쪽). 그에 따르면 좌익 혁명투사에게 훈장을 주듯 이 나라 평론가들은 시인 소설가에게 평론을 통해 훈장을 수여하면 세상은 그걸 마냥 떠받는다.

> 훈장도 종류가 있지요. 장례식이 치러지는 대학교 교정에 민족시인·국민시인·민중시인 등으로 큰 현수막이 내걸리면 그 시인은 단번에 민족시인·국민시인·민중시인이 되어버리는 겁니다. 그렇게 되면 그가 남긴 시는, 비록 그것이 시라기보다 시정잡배도 입에 담지 못할 욕설의 나열이라고 해도 문학의 월계관이 씌워지지요. … 민족시인이나 국민시인이나 민중시인이 남긴, 문학의 월계관이 씌워진 시는 읽히게 되어 있어요. 물론 그 시인의 시집을 계속해서 출

판하고 또 평을 덧붙여 순진한 젊은이들에게 위대한 문학으로서 계속 읽힐 수 있도록 하는 역할을 문예지가 충실히 하기 때문이죠. (『디스토피아』, 26~27쪽)

홍상화의 지적에 등장하는 "주체사상 신봉자를 잉태하는 자궁"인 문예지는 어떤 매체를 연상시키고, "시정잡배도 입에 담지 못할 욕설의 나열"을 하는 민족시인이란 게 누구를 지목하는지는 누구라도 알 수 있다. 어쨌거나 그게 문단의 현주소인데, 물론 고은이 가진 강점은 있다.

놀라운 박람강기(博覽强記)에 힘입은 좌익 세상에 대한 자기 확신과 헌신적 자세가 그것인데, 그건 자유주의 문학 진영 작가에게는 없는 종류의 것이다. 분명한 건 고은의 시세계는 건강한 문학이 아니고, 내 눈엔 명백한 반역의 문학이 맞다. 그걸 눈감아온 문단도 같은 혐의를 피할 수 없다. 본래 고은은 승려 생활을 했고, 술퍼마시고 저지르는 기행으로 악명이 높았다. 1960년대에 환속했고, 1970년대 이후엔 민주화 투사로 변신을 했다.

그런 그의 문학적 허명(虛名)이 높아진 배경에는 「창비」 백낙청의 비평적 지원이 결정적이었다. 백낙청은 기행과 추문으로 얼룩져 있던 고은의 과오를 철저히 묻어둔 채 고은을 "우리 문학사의 우뚝한 존재, 미당 서정주를 쉽게 넘어선다"고 찬양했고, 그런 지속적인 비평적 지원을 통해 고은을 한국문학계를 대표하는 문학가로 만들었다.

고은과 백낙청의 유유상종

때문에 고은의 마각이 모두 드러나는 순간은 백낙청의 숨겨진 실체까지도 모두 확인될 수 있다고 나는 믿는다. 사실 고은이 현대사에서 좌익에 섰던 사람을 무한 칭송을 거듭하는 반면, 대한민국 정통인 우익 진영 인사는 먹칠하는 것으로 일관하며 '좌익=선' '우익=악'의 잘못된 이분법에 매달리는 걸 백낙청, 그가 모를 리 없다.

아니, 그런 잘못된 이분법을 백낙청 자신이 더 가지고 있다는 게 문제의 근본이 아닐까? 어쨌거나 고은이 그렇게 활동해온 배경에는 백낙청이라는 비빌 언덕을 믿었던 탓이다. 고은-백낙청은 공모관계이며, 추악한 문학공동체로 지목해야 한다. 그리고 둘 사이의 관계는 아주 오래됐다. 백낙청은 1974년 말 고은과 함께 비판적 문인단체인 자유실천문인협의회 결성을 주도했던 것이 시발점이다.

자유실천문인협의회는 민족문학작가회의로 확대 개편된 뒤 2007년 한국작가회의로 또다시 명칭을 바꾸어서 오늘날에 이르고 있다. 물론 백낙청은 꾸준히 참여하면서 이사장 등의 요직을

역임했고, 고은의 명성도 적절히 활용했다.

그리고 이 시기에 백낙청은 자신이 발행하는 「창비」와 작가회의 활동을 통해서 참여문학·민중문학계의 대표주자로 고은을 띄워주기 시작했으니 둘 사이는 오랜 유착 속에 문학이념과 정치철학을 공유해왔다. 하지만 이젠 때가 됐다. 고은의 음습한 뒷모습과, 공모자 백낙청의 실체를 더 캐내야 할 때다. 그리고 백낙청도 비겁하다는 지적을 받아야 하는데, 최영미 사건 직후 고은의 명성이 추락할 때 그는 아무런 액션을 취한 바 없다.

반세기 가까운 문학적 동반자가 그 지경으로 추락할 때 "고은의 죄는 없다"고 지원사격을 하든가, 그 반대로 "이 모든 게 고은 문학의 성장에 원인제공을 해온 제 탓이오"라고 고백하는 게 정상이었다. 그래서 더욱 수상쩍다. 오래 쌓인 거짓의 산이 무너질 때 더 크고 요란한 소리를 내는 법이다.

이런 지적이 억울한가? 고은과 백낙청, 이제 당신들이 세상의 질문에 답할 차례다. 더욱이 백낙청은 편집인 자리에서 물러났으나 아직도 「창비」 지분 31.1퍼센트를 보유한 최대 주주의 지위를 유지하고 있는데다가 새 발행인·주간 등도 그의 사람이다. 그 수상쩍은 권력의 실체가 더 밝혀져야 하는 이유는 너무도 많다.

제5장 집안의 돌연변이 백낙청

좌파의 대부 백낙청은 여러모로 미스터리다. 성장과정을 알고 나면 더욱 그렇다. 우선 다른 이는 몰라도 백낙청은 그러면 안 되는 사람인 게 그는 명문가 출신으로 17세 때 미국에 조기 유학을 떠났다. 그게 6·25전쟁이 끝난 지 얼마 안 된 시점인 1950년대였다. 더구나 백씨 집안은 실향민이었다.

그리고 백낙청은 명문 브라운대와 하버드대에서 학위를 받은 뒤 갓 25세에 서울대 교수로 임용됐으니 객관적으로 보아 순탄한 인생 출발이었다. 그전에 천재요 수재 소리를 들으며 성장했다. 경기중·고등학교 시절엔 어학에 소질이 있어 당시 벌써 영어·독일어·프랑스어·러시아어를 구사했다고 한다. 그런 까닭에 「뉴욕 헤럴드 트리뷴」이 주최하는 세계고교생토론에 한국 대표로 참가

한 바 있다.

브라운대 영문과도 수석으로 졸업했고, 졸업 당시 졸업생을 대표하여 연설을 했을 정도다. 군 입대도 기피한 바 없다. 하버드 석사과정을 마친 후 일시 귀국하여 군 복무를 마쳤는데, 이례적인 선택이었다. 당시엔 입대를 피하려고 나이가 차기를 기다려 현지에 눌러 앉는 경우도 흔했기 때문이다.

당연히 그 자체로 큰 화제라서 신문에 '자진 입대를 위해 귀국한 하버드대 석사'로 보도되기도 했지만, 비록 사병 생활이고, 딱 1년만 근무했지만(당시엔 그 정도만 근무하면 제대를 시켜주는 제도가 있었다) 군 복무도 호화로울 지경이다. 그 기사를 본 군 장성들이 감동해 훈련소를 거친 뒤 바로 국방부 차관실에서 일하도록 배려한 데이어, 5·16 직후에는 박정희가 의장으로 있던 최고회의 사무실에 근무를 했다. 우리의 의문은 그래서 증폭된다.

그렇게 바르게 성장하고, 혜택을 두루 받으며 사회에 진입했던 백낙청이 왜 훗날 서울대 교수가 된 뒤 재직 2년차에 계간지 「창작과비평」을 창간하면서 "창조와 저항의 자세를 새로이 할 수 있는 거점"을 선언했던 것일까? 그건 아웃사이더의 목소리가 아니던가? 보수 문단 일색이던 그때 당시로선 보기 드문 참여문학의 선전포고였다. 그리고 아무리 봐도 젊은 객기나 허세의 표현이 아니라 변신이었다. 혹시 서울대 교수 생활에 적응하지 못했던 탓은 아닐까 하는 추정도 가능하지만, 그런 증거도 없다.

백씨 집안은 명백한 보수우파

백낙청이 부임한 1960년대는 서울대 영문학과에 전에 없던 변화가 일어난 시기다. 이양하 교수가 1963년 세상을 떠난 뒤 영미에서 학위를 마치고 온 문상득·김우창·백낙청 등이 부임하며 학과에 활기가 생겼다. 강의 내용도 다양하고 충실해졌으며, 그런 분위기에서 학생들은 영어연극 정기공연과 함께 영자신문 발간도 활기를 띠었다. 황금기는 1970년대 중반까지 유지됐고 젊은 백낙청도 불만이 있을 리 없었다.

어쨌거나 「창비」 창간으로 문화권력을 쟁취한 백낙청이 여차여차 해서 훗날 좌파의 정신적 지주로 자리 잡을 것을 예상했던 사람은 당시엔 아무도 없었다. 그렇게 미스터리한 그가 의아한 건 또 다른 이유 때문이다. 백씨 집안은 일제시대 이래 명문가였고, 정치 이념적으론 명백한 보수였다.

그런 백씨 집안에 등장한 돌연변이가 백낙청이란 건 당혹스럽기까지 한 노릇이다. 백낙청의 부친 백붕제는 교토(京都)제대 출신으로 일제시대 고시 양과(사법·행정)에 합격한 수재로 해방 전에는 총독부 관리로 경북 군위 군수를 역임했고, 해방 후에는 변호사로 일했다. 그런 백붕제를 두고 세상은 친일파로 분류하고, 실제로

『친일인명사전』에 이름이 올라 있다. 중일전쟁 때 군수품 공출, 국방헌금 모금 등 전시 업무를 수행했다는 이유다.

이른바 친일파 공격이란 주로 좌익세력이 만들어낸 시대착오적이고 소모적 성격의 것이고 대한민국 근현대사를 망치려는 의도가 불순한 전략에 불과하다. 때문에 백붕제를 그 틀에 넣어서 비판하는 것에 나는 동의하지 않으며 관심조차 없다. 어쨌거나 명성은 그의 큰형 백인제가 더 높다.

그는 우리나라 최초의 민간 종합병원인 백병원의 설립자이기 때문이다. 백인제의 경우 경성의전(서울의대의 전신) 다닐 때 수석을 놓치지 않았지만, 모교의 교수 생활을 거쳐 일제시대 말에 개업했던 백인제외과의원은 명성에 힘입어 문전성시를 이뤘고, 큰 재산을 모을 수 있었다. 그 밑천으로 1946년 말 한국 최초의 민립 공익법인 백병원을 창설했다. 백인제-백붕제 형제는 7남매의 셋째와 넷째인데, 집안 전체가 개화기와 일제시대 사회 변화에 열려 있었지만, 그중에서도 가장 돋보였던 게 그 둘이다.

그리고 부친의 고향인 평북 정주의 실향민들의 증언에 의하면 백낙청이 속한 수원 백씨 문중은 평안북도 정주 일대의 유지로 대대로 선덕을 베푼 집안으로 통한다. 즉 백낙청 집안은 1세기 전인 개화기 일제하 한반도에서 가장 진취적이던 서북 지역의 분위기를 타고 뻗어나갔다.

백인제-백붕제 형제는 본래 출판인

그게 과장이 아니다. 고향 정주 지역은 큰아버지 백인제와 친분이 두터웠던 소설가 춘원 이광수를 비롯해 시인 김소월은 물론이고, 오산학교를 설립한 남강 이승훈과 「조선일보」를 만든 방응모, 연세대 총장을 지낸 백낙준 등을 두루 배출했다. 해방 전후 그곳의 분위기를 백낙환(백낙청의 큰형)은 생전에 이렇게 회고했다.

> 내가 태어난 정주군 남서면은 완전한 바닷가 마을이었다. 우리 고장 정주평야는 내가 열네 살 때 서울로 공부하러 올 때까지 10년간 풍년이 계속되었던 옥토였다. …그곳에는 백씨가 주로 살았는데 타성(他姓)도, 아무런 차등도 없이 평등하게 함께 살았다. 해방 후 소련군이 들어와 인민위원회가 생기고 머슴 등을 해방하는 등 계급혁명을 한다고 사회를 온통 흔들어놓았는데, 객관적으로 보아도 우리 고향에서 무리한 정치적 행태가 많았다." (『외길 70년』, 의학출판사, 1996)

그의 증언에 무게가 실리는 건 백낙청보다 12세 위인 맏형 백낙환은 백인제의 실질적인 계승자이기 때문이다. 실제 고교(휘문고) 시절 서울로 올라왔을 때부터 큰아버지 백인제 집에서 10년을 넘게 살며 영향을 받았다. 경성의전에 입학한 뒤 역시 외과의사의 길을 걸었던 것도 큰아버지와 무관치 않다.

큰아버지 백인제와 자기 아버지 백붕제가 함께 납북된 뒤 백병원을 일으켜 세운 것도, 훗날 인제대학교 설립을 주도한 것도 백낙환, 바로 그였다. 그래서 「창비」에서 펴냈던 단행본 『선각자 백인제』(학교법인 인제학원 지음, 1999)는 백낙환을 "사실상 하나 더 있는 백인제의 아들"이라고 표현했을 정도다. 실제로 백낙환은 백병원을 운영할 때도 입만 열면 백인제를 언급했고, 그의 정신을 기리길 잊지 않았다는 게 당시 그 병원에서 근무했던 이들의 증언이다.

백낙환은 큰아버지 백인제, 아버지 백붕제와 함께 백씨 집안의 핵심으로 활동했고, 건국 전후의 정치적 행보까지도 함께했다. 동시에 염두에 둘 것은 백인제-백붕제 형제는 명성 높은 의사·변호사 이전에 출판인이기도 했다는 점이다.

두 형제는 의기투합해 해방 직후 서울 명동을 근거지로 해서 출판사와 서점을 함께 운영했는데, 그 사실이 그리 널리 알려진 것은 아니다. 특히 우량도서만을 펴낸 건 문화사업에 대한 의지를 반영하는데, 그건 결정적으로 「창비」식의 좌파상업주의와 너무 달랐다. 그리고 이걸 주도한 건 백인제-백붕제 형제의 의지였다. 둘은 백외과를 재단법인 백병원으로 한 단계 발전시킨 1947년 그 해에 출판사 수선사(首善社)를 명동 한복판에 차렸다.

수선사는 수도 서울을 말하는 옛말인 '수선'에서 따온 걸로 보

◇경성의전 교수 시절의 백인제.
백낙청의 큰아버지로 백병원을 일으켰다.

인다. 요즘 식으론 서울출판사 정도다. 반면 으뜸 수, 착할 선으로 작명함으로써 뛰어난 양질의 도서만을 다루겠다는 의지로도 해석된다. 좌익 서적이 범람하던 당시 제대로 된 양서 즉 우익 도서만을 펴내자는 뜻이다.

해방 직후 좌익 서적이 무슨 대세인 양 80퍼센트 이상을 점유했던 시절에 그건 이례적인 선택이고 흔치 않은 용기였다. 백인제는 자신이 그곳의 대표로 있으면서 「백치 아다다」의 소설가 계용묵에게 편집 책임을 맡겼다. 그리고 출판사 옆에 서점 수선서림까지 차림으로써 출판에 대한 의지를 분명히 했다. 출판의 제작과 유통에 동시에 관심을 쏟았던 것이다. 그리고 서점 운영은 친동생 백봉제에게 전담시켰다.

수선사에서 펴낸 책은 경이로웠다. 그렇게 단언할 수 있는 근거가 6·25 전까지 3년 동안 펴냈던 20권 가까운 문학·교양서 목록이다. 그중 단 한 권도 좌익서적이 없다. 수선사 명의의 첫 책이 직접 구술을 받아쓴 『서재필 박사 자서전』인데, 당시 '자유주의의 교과서'라고 대대적으로 광고했다.

광고 문안은 "자유주의 이상이 무엇인지 알려거든 모름지기 이 구술을 읽으시라"고 되어 있는데, 백씨 형제의 의중이 담긴 것은

◇해방 직후 일시 귀국한 서재필 박사(앞줄 오른쪽에서 세 번째)를
서울의 백인제(뒷줄 왼쪽에서 다섯 번째) 집에 모시고 기념사진을 찍었다.
서재필 박사의 따님(앞줄 오른쪽에서 네 번째)과
춘원 이광수(앞줄 왼쪽에서 두 번째) 등이 보인다.

물론이다. 서재필 박사는 당시 미군정의 초청으로 귀국해 과도정부 최고정무관으로 있었는데, 그를 새 나라의 지도자로 옹립하려던 게 백인제-백붕제 형제의 구상이었고, 실제로 집안에 초청해 모임을 갖는 등 현실적인 행보에 들어갔다. 그런데 『서재필 박사 자서전』 출간만이 아니었다.

「창비」에서 1999년 펴낸 단행본 『선각자 백인제』는 수선사 이름으로 펴냈던 책의 목록을 다음과 같이 소개했다. 일반 교양서로는 『유관순전』(전영택 지음), 『조선신문학 사조사』(백철 지음), 『현대 영시선』(양주동 옮김), 『불란서 시선』(이하윤 옮김), 『철학 개론』(에루잘렘 지음), 『조선민요 연구』(고정옥 지음)도 눈에 띄고, 동시에 문학서적과 아동서도 많이 펴냈다.

투철한 반공주의자 두 형제

『만세전』(염상섭), 『황토기』(김동리), 『발가락이 닮았다』(김동인), 『제신제(諸神祭)』(정비석), 『사랑방손님과 어머니』(주요섭), 『별을 헨다』(계용묵), 『천맥』(최정희), 『굴렁쇠』(윤석중 동요선집), 『안데르센 동화선집-어머니의 사랑』, 『동요의 감상과 지도』(박영종) 등이 그것이다.

6·25가 터지기 전까지 펴낸 문학서적에서 이태준·김기림·임화 등 좌익계열 작가가 쓴 것은 전혀 찾아볼 수 없으며, 전체가 이른바 순수문학 문인들이라는 점을 잊으면 안 된다. 물론 이런 책

은 백씨 형제의 정치관을 반영한다. 둘은 12세 나이차에도 훌륭한 정치적 동지였다. 결정적으로 형제는 "정치 사상적으로 투철한 반공주의자"였다. 그건 『선각자 백인제』에 등장하는 표현(198쪽) 그대로다.

인촌 김성수 등과도 친분도 있었고, 당초엔 중도 성향이 없지 않았으나 결정적으로 정판사 위폐사건을 겪으며 바뀌었다고 한다. 당시 조선공산당 연루자들이 재판 불복 차원에서 수사하던 경찰의 고문을 받았다고 거짓 주장할 때 의사로서의 소견을 의뢰받은 백인제가 "고문은 없었다"는 견해를 용기 있게 밝힌 것이다.

즉 좌익들의 행태를 지켜보며 반공주의 신념을 굳힌 것이다. '정판사 위조지폐 사건'은 1946년 5월 서울에서 일어난 위폐 범죄 적발 사건으로, 정치적인 파장이 커서 공산주의 세력과 미군정의 충돌을 불러왔던 현대사의 분수령이다. 조선공산당 당원인 은행 직원이 이관술의 지휘 아래 고액권인 10만 원권 위폐를 만들다가 수도경찰에 의해 적발된 것이다. 결국 박헌영의 조선공산당이 이 사건이 날조되었다고 주장하던 게 무위로 끝났고, 박헌영이 서둘러 월북하게 된 결정적 계기였다.

문제는 저들은 그때도 지금도 혐의를 부인해온 점이다. 당시 경찰에 의한 조작 사건이라며 혐의를 부인하던 그들이 재판 진행 과정을 결사적으로 방해하고 협박했다. 공판은 그해 말까지 33회 열

렸는데 공판 첫날, 수천 명의 빨갱이들이 법정을 완전히 둘러싸고 압박했다.

"공산당 만세!" "판검사를 때려죽여라!"라는 고함과 돌팔매질로 아수라장을 만든 것이다. 결국 미군 헌병(MP)까지 나와 총을 쏴야 했고 결국 3명의 사상자가 발생했다. 법정 안에도 마찬가지였다. 야유와 고함으로 방청석이 난리였다. 피고인들은 웃옷을 벗어젖히고 '일제잔재' '악질경관 고문'이라고 혈서를 쓴 셔츠를 보여주는 쇼도 벌였다. 사건 자체가 날조됐다는 인상을 주려는 것인데, 언론들도 여기에 호응해 그대로 보도하면서 여론을 좌익에 유리한 쪽으로 끌고 갔다.

이런 분위기 속에서 최고 무기 징역에서, 최저 징역 10년이라는 중형이 선고됐다. 위폐 발행 범죄에 조선공산당 중앙당이 연루 사실이 드러나면서 좌익에 호감을 가지고 있던 사람들도 등을 돌리게 됐지만, 그걸 밝히는 중요한 재판 과정에서 백인제가 개입됐다는 것이 우연만은 아니다.

당당하게 의학적 소견을 밝힌 뒤 좌익으로부터 각종 테러 협박도 받았을 것도 분명한데, 제헌의원을 뽑는 5·10총선 때 서울 중구에서 출마를 단행했던 것도 그 맥락으로 추정할 수 있다. 소신도 뚜렷했다. "총선거는 남조선 단독선거가 아니고 그야말로 전 민족의 총의를 표시한 선거다. …국가의 영구분열이니 (좌익세력이 주장)하는 건 통분을 금치 못하거늘….” 그게 백인제의 「동아일보」 기고문이었다.

춘원 이광수와의 특별한 만남

단독 선거는 민족 영구분단으로 이어진다는 좌익 논리에 대한 정면 부정이고, 대한민국 건국에 참여한다는 명분이 선명하게 표현되어 있다. 어쨌거나 그런 백인제는 꿈에도 몰랐으리라. 총선거 당시 만 10세이던 조카 백낙청이 훗날 성인이 되어 대한민국 건국의 정통성을 부인하는 분단체제론의 대장 노릇을 할 줄은 그도 몰랐고, 누구도 예측 못 했다.

어쨌거나 백인제는 그때 여유 있는 당선을 낙관했고, 그래서 자축하는 잔칫상까지 다 차려놓았다가 뜻밖의 낙선 통보를 받고 말았지만, 그게 중요한 것은 아니다. 당시 동생 백붕제를 선거캠프의 사무장으로 썼고, 백낙환을 선거운동원으로 쓰면서 백씨 집안은 반공의 구호 아래 뭉쳤다는 게 포인트다. 백씨 집안이 분명히 해온 이런 뚜렷한 우익 사상이 만들어진 배경엔 또 다른 요인도 있었다.

해방 전후 명문가로서의 눈에 띄는 활동, 운명처럼 만났던 '정판사 위폐사건'과의 부딪침만큼 중요한 게 실은 그 대목인데, 즉 백인제의 경우 평안도 출신의 도산 안창호·춘원 이광수 등과의

◇1928년 백인제의 결혼에 하객으로 참석한 춘원 이광수(신랑 오른쪽 흰색저고리)와 그의 부인인 허영숙(신부 왼쪽).
춘원과 백인제는 사제관계를 넘어 사상적 동반자였다.

오랜 교유가 갖는 비중을 무시할 수 없다. 우선 춘원과는 오산학교에서 인연을 맺었다.

당시 춘원은 남강 이승훈이 설립했던 오산학교에 재직 중이었는데, 백인제는 그 학교에 입학한 뒤 그와 특별한 관계를 형성했다. 처음엔 사제지간으로 출발했지만, 이내 사상적 동반자 관계로 발전했다. 실제로 백인제 결혼(1928) 때 춘원은 여의사로 활동했던 자기 부인인 허영숙과 함께 가장 비중 있는 하객 노릇을 했다. 지금도 남아 있는 결혼식 사진을 보면 흰색저고리를 잘 차려입은 춘원과 부인이 신랑 신부와 가장 가까운 곳 좌우에 자리를 잡고 있음을 확인할 수 있다.

그런 춘원의 뒤에서 백인제는 주치의 역할을 했지만, 그보다 중요한 것은 그를 징검다리로 흥사단의 간판 인물인 도산 안창호와도 연결된 점이다. 즉 춘원과는 문학에 대한 관심에서부터 민족운동에 대한 비전까지 공유했던 특별한 사이다.

춘원 자체가 지금은 문필가로 알려졌지만 당시엔 흥사단 제일의 이론가로 통했다. 흥사단은 1937년에 강제 해산되었지만 일제하 실력양성운동에 힘썼던 대표적인 민족단체였고, 해방 직후 다시 부활해 일정한 정치적 영향력을 갖고 있었다. 백인제와 춘원의 그런 오래되고 깊은 관계는 집안 사이의 교유로 이어지기까지 했다. 당시 춘원은 백인제의 부인에게 "당신 남편 백 박사는 시인이 되었어도 성공했을 것"이라는 덕담을 했다.

중요한 것은 백인제의 정치적 사상인데, 춘원과 도산의 영향 아래 성장했던 그는 해방 직후 분명한 우익 노선을 걸을 수밖에 없었다. 그의 맏딸 백향주의 회고도 그걸 확인시켜준다. 그의 증언에 따르면, 6·25가 터지기 직전 미 국무장관 덜레스가 서울 영락교회에서 강연을 했는데 거기에 부녀간에 함께 참석했다. 그리고 돌아오는 길에 나눴던 대화가 흥미롭다.

"중국까지도 공산화가 됐는데, 앞으로의 세계가 어떻게 될까요?"라고 물으니 아버지 백인제는 곰곰이 생각에 잠긴 끝에 확신을 가지고 이렇게 답을 했다. "결국은 유럽 미국식의 민주주의 세상이 올 것이다"(『선각자 백인제』, 240쪽).

그런 백인제-백붕제 형제가 6·25 당시 함께 납북이 된 것도 어쨌거나 둘의 활동이 북한에 눈엣가시였다는 증거다. 당연하지만 납북된 뒤 두 형제는 1950년대 큰 고초를 겪었던 것으로 알려졌다. 백인제의 경우 소련적십자병원 외과의사 등으로 강제 동원됐으나 고분고분하지 않았다.

누가 가업(家業)인 출판을 망쳤나

결국 정치보위부에 의해 반동으로 낙인찍혀 감흥리 임시수용소로 쫓겨 가 그곳에서 최악의 삶을 살아야 했고, 끝내 박헌영이 죽던 1955년 무렵 다시 끌려가 재판받았다. 북한은 '정판사 위폐사건' 당시 조선공산당 사람들이 고문을 부인했던 의사로서의 증언까지 죄목으로 내몰았다. 백낙환은 2000년 김대중-김정일 남북회담 때 특별수행원 자격으로 평양에 갔는데, 당시 "오래전 부친과 백부가 사망했다"는 소식을 전해 들었다.

그걸로 끝이었다. 백인제-백붕제 형제는 그렇게 반대하고 걱정했던 북한 체제의 포로가 되어 고초를 당하다가 세상을 떠났다. 우리의 의구심은 그 때문이다. 그런 집안에서 좌파의 대부 백낙청 등장은 정말 돌연변이가 아닐 수 없다. 무엇이 그를 그렇게 만들었을까?

가업(家業)인 출판업을 가지고 지난 반세기 엉뚱한 일을 해온 자체가 의문이다. 상식이지만, 서울대 교수 생활 때 잡지 발간을 구상했다고 하는데, 따지고 보면 잡지 출판 자체가 수선사의 영향이 없지 않을 것이다. 그런 그가 「창작과비평」 창간호에서부터 순수문학과 정반대되는 참여문학을 선언하고 이후 좌파문학 일변도로 나간 것부터 이해할 수 없는 선택이었다. 훗날 파트너 관계로 발전하지만, 백낙청을 처음 봤던 리영희가 품었던 궁금증을 지금도 많은 이들이 공유한다.

> 나처럼 힘겹게 살아온 사람의 눈에는 처음 만난 그 편집인(백낙청)은 귀공자풍의 백면서생이요, 어려움을 모르고 자란 대표적 부르주아 계층에다, 내가 조금은 경멸하고 많이는 부정하는 소위 미국 대학 출신이라! 그의 집안 내력과 현재 상황 또한 그가 굳이 그런 깃발(「창작과비평」 창간을 말함)을 들고 나설 아무런 이유가 없는 터였다.

리영희 말대로 "그럴 이유가 없는" 백낙청의 좌파 전향은 실로 미스터리로 남아 있다. 우선 지적 배경을 따져볼 수 있다. 젊은 시절 백낙청이 영향을 받았던 1960년대 영국에 등장했던 신좌파 문화이론 '문화연구(Cultural Studies)'가 일정한 동기가 되었을 수도 있다.

백낙청이 초기 평론에서 줄곧 들먹이던 평론가가 레이먼드 윌리엄스인데, 그가 '문화연구'의 포문을 열었다. 그건 간단한 얘기다. 문화란 고상한 취향과 전문적 영역의 파인아트 같은 예술 장르만이 아니고 일상 삶에 영향을 미치는 총체적인 그 무엇이라는 게 '문화연구'의 입장이다. '일상적인 것이 정치적인 것이다'란 명제 아래 대중문화 비판, 미학과 정치, 광고 산업과 광고 분석, 문화산업론으로 다양하게 뻗어나가는 특징이 있다. 때문에 페미니즘·탈식민주의·오리엔탈리즘·퀴어(동성애)운동 등 거의 전 분야를 망라한다.

그렇게 신좌파 성향의 '문화연구'는 잘 조직할 경우 기성체제를 무너뜨리는 거대한 우상파괴운동으로 전개되며 지금도 국내에는 그쪽에 매진하는 문화연구자들이 상당수 존재한다. 즉 '문화연구'는 진지전(陣地戰)이란 이름 아래 문화와 예술의 영역을 혁명투쟁의 장소로 봤던 그람시 쪽과 사촌관계라고 보면 된다. 물론 그들보다는 부드럽다.

백낙청은 20대 전후부터 삐딱했다?

그런 학문적 이유 말고 다른 요인도 중요한데, 그러고 보면 백낙청은 20대 전후부터 뭔가 삐딱했다는 징후가 곳곳에서 발견된다.

당시 시대 분위기에 만족하지 못했다. 그건 당연히 아버지-큰아버지와 큰형으로 연결되는 "정치사상적으로 투철한 반공주의자"와는 구분되는 기질이다. 일테면 군 입대와 관련해 당시 신문에서 '자진 입대를 위해 귀국한 하버드대 석사'로 보도했지만, 그걸 두고 훗날 백낙청은 "소설을 쓴 것"이라며 애써 평가 절하하는 태도를 보였다.

"마침 미국 생활이 지긋지긋하던 때이기도 해서 그렇다면 군대를 가면 가는 거지 뭐…"라는 심정으로 귀국했을 뿐이라고 2005년「월간중앙」인터뷰에서 밝힌 바 있다. 그때를 전후한 성장과정도 석연치 않은 구석이 있다. 브라운대에 유학하던 1950년대 중·후반 당시 캠퍼스의 보수적 분위기에 쉬이 적응할 수 없었다고 훗날 회고했던 대목이다.

그게 사실이라면, 젊은 시절부터 백낙청은 아버지와 큰아버지의 이념 성향과 집안 내력에 공감하기보다는 외려 반발했다는 얘기다. 반면 좌파 쪽에는 동조적인 태도를 일관되게 유지했다. 무엇이 이런 백낙청을 만들었을까? 어쨌거나 현대사의 문제적 인물이 백낙청인데, 그의 삶과 학문세계는 쉽게 설명 안 되는 영역이 많다. 때문에 다만 다음의 몇 가지 가설을 통해 합리적 추정을 해볼 수 있다.

일테면 강한 반체제 의식으로 무장한 문학평론가 염무웅과의 만남에서 온 영향이 큰 것으로 추정하는 이가 있다. 충분히 일리가 있다. 단 영향을 줬겠지만, 그렇게 결정적인 것으로 보긴 힘들다. 때문에 좌파 백낙청의 탄생은 1970~80년대라는 시대 탓이라는 관측에 외려 힘이 실린다.

박정희의 유신 통치에 반기를 들었다는 이유로 1974년 교수직에서 해직됐다가 서울의 봄을 말하던 1980년 6년 만에 복귀했으나 뒤이어 「창비」가 폐간되고 말았다. 그렇게 7년, 아니 교수직 해직까지 포함하면 13년인데, 그때 반골로 치달았다는 분석이다. 백낙청 자신도 한 매체와의 인터뷰에서 그런 추정을 시인하는 듯한 발언을 두루뭉술하게 한 바 있다.

> 「창비」를 시작했는데, 지금 기준으로 보면 진보적인 것도 아니었다. 하지만 그런 일을 하다보니까 새로운 사람들을 만나게 되고 내가 볼 때는 특별히 불온한 일을 한 것도 아닌데 당국과 마찰을 빚다보니 저항도 하게 된 것이지요.

그걸로 궁금증이 모두 풀리는 건 아니다. 백낙청의 해명 말고 그동안 알려지지 않은 요인이 따로 있었던 건 아닐까? 우선 북한에 무슨 약점이 잡힌 것 아니냐는 의혹이 제기되지만 백낙청이 여기에 걸려들었는지 여부는 지금으로선 확인할 수 없다. 어쨌거나 그는 점잖은 체면의 학자이고 도덕적으로 큰 흠집이 없는 사람인데, 그런 그에게 이런 비판 자체가 우악스럽다. 단, 그 문제제기는 개연성이 없지 않아 언젠가 백일하에 드러날 가능성도 없지 않다.

선대(先代)는 건국에 이바지했는데…

때문에 백낙청 미스터리는 집안 내부의 갈등에서 찾을 수 있다는 말도 나온다. 큰형과 백낙청은 어머니가 다른데, 그런 요인이 젊은 백낙청 가슴에 응어리로 작용했을 것이란 추정이 그중 하나다. 사실관계는 이렇다. 백붕제는 나이 15세에 조혼(早婚)을 했다. 첫 부인과의 사이에서 백낙환을 낳았으나 그녀는 바로 병사했다.

때문에 백낙청은 새로 얻은 최귀란과의 사이에서 얻은 아들이다. 맏형 백낙환과는 배가 다른 것이다. 이복형제 사이인데, 혹시 그런 요인이 집안일을 둘러싸고 갈등을 만들었던 건 아닐까? 가업을 이어가는 맏형에 대한 콤플렉스 같은 것도 추정할 수 있다. 하지만 이런 추측이 그렇게 설득력이 큰 것은 아닌 게 최귀란은 일본 나라여자고등사범 출신의 신여성이었으니 엘리트였다. 그녀가 집안에서 소외됐다는 증거도 별로 없다.

실제로 그녀는 백낙청을 포함해 3남 3녀를 낳았고, 타계 전인 2000년대 초 사비로 백붕제기념출판문화진흥재단을 만들기도 했다. 현재 그 재단 이사장에 백낙청이 앉아 있다. 이 모든 걸 종합해

보면 젊을 적 백낙청이 집안에서 소외됐다는 추정은 현재로선 다만 가설일 뿐이다.

즉 그가 「창비」를 창간하고 좌파의 대부로 등장한 것은 집안 갈등에서 오는 요인보다는 관념을 앞세운 지식인의 병폐라는 요인이 가장 크다는 결론을 잠정적으로 내릴 수밖에 없다. 백낙청이 선대가 품었던 출판보국·문화입국의 꿈을 왜곡시킨 당사자인 건 분명하다. 다름 아닌 「창비」에서 펴낸 단행본 『선각자 백인제』에서 표현된 대로 그의 선대와 큰형은 "정치사상적으로 투철한 반공주의자"였다는 걸 확인한 것만으로도 지난 반세기 좌파의 숙주로 활동해온 백낙청의 삶은 비판받아 마땅하다.

대한민국 증오병을 키우고, 체제를 무너뜨리는 작업의 맨 앞줄에 선 백낙청과 달리 그의 선대는 건국에 기여했다는 것도 충분히 음미해봐야 할 대조적인 측면이다. 그 점에서 백낙청은 백씨 집안의 돌연변이인 것만은 분명하다.

큰형 백낙환도 타계하기 오래전부터 좌파 활동을 하는 동생의 처신을 걱정했던 것으로 알려졌다. 물론 정치적 견해와 활동이란 집안 내력과 상관없이 새 세대의 자유의지에 속한다. 그 점 인정한다. 하지만 그것도 어떤 선이 있고, 기준이 있는 법이다. 최소한 그건 대한민국이 허용하는 체제 내에서 이뤄져야 옳다. 자유민주주의에 대한 존중, 그것이 기준이고 선이다. 유감스럽게도 백낙청의 문학과 정치활동은 이 선을 넘어섰다.

요약건대 그의 문학 노선은 민족문학론-분단체제론 두 개로 요약되는데, 민족문학론은 좌파민족주의로 발전한 데 이어 '우리민족끼리'라는 암적 존재로 자리 잡았음을 확인한 바 있다. 분단체제론 역시 대한민국을 허물자는 자기 부정으로 치달았다. 그래서 누가 뭐래도 백낙청 문학은 모순이고 허구다. 그의 정치활동 역시 마찬가지다. 그런 내막을 잘 모르는 네티즌들이 철 지난 우상 백낙청을 향해 "퇴물-꼰대"로 야유를 보내는 것도 저들 나름의 직감이 있기 때문이 아닐까?

제2부

리영희, 종북 지식인 제1호

제1장 운동권의 영원한 스승

> 시원하게 하늘을 나는 새를 보라. 오른쪽 날개와 왼쪽 날개의 크기와 모양과 힘이 꼭 같다. 우리 인간들이 모여서 사는 사회도 마찬가지다. 우와 좌는 동격이고 동등하고 평등한 것이다. 서로 보완적이고 보강적이다. 어느 것이 옳고 어느 것이 그른 그런 관계가 아니라, 둘이 함께 서로 동시에 있어야 인간사회는 안전하게 진보할 수 있다.

리영희가 『새는 좌우의 날개로 난다』란 책에서 했던 말인데, 너무도 일차원적이다. 그 정도 비유에 대중 선동이 들어먹히는 게 이 나라이고, 그런 사람을 사상의 스승으로 떠받드는 풍토 역시 엽기적이다. 그뿐이랴? 대통령 문재인이 '존경하는 사상가'라고 밝혔던 통혁당(통일혁명당) 신영복도 비슷한 경우라는 것을 우리는 안다.

> 없는 사람이 살기는 겨울보다 여름이 낫다고 하지만 교도소의 우리들은 차라리 겨울을 택합니다. 왜냐하면 여름 징역의 열 가지 스무 가지 장점을 일시에 무색케 해버리는 결정적인 사실, 즉 여름 징역은 자기의 바로 옆 사람을 증오하게 하기 때문입니다. 모로 누워 칼잠을 자야 하는 좁은 잠자리는 옆 사람을 단지 37℃의 열 덩어리로만 느끼게 합니다. 이것은 옆 사람의 체온으로 추위를 이겨나가는 겨울철의 원시적 우정과는 극명한 대조를 이루는 형벌 중의 형벌입니다." (신영복, 『감옥으로부터의 사색』에서)

그가 인기 있는 건 감옥에서 썼다는 그런 센티멘털한 산문 몇 개 때문이었다. 그런 그들을 우상으로 떠받드는 이 나라의 풍토도 어이없지만, 대중이야 그렇다고 치자. 하지만 「조선일보」 칼럼니스트로 10년 가까이 활동하는 철학교수 윤평중까지 그러는 건 어떻게 봐야 할 것인가?

그의 책 『극단의 시대에 중심 잡기—지식인과 실천』(생각의나무, 2008)은 리영희를 두고 "가히 불꽃같은 삶" "사상의 은사"라며 찬사를 보낸다. "한국사회를 지배한 반공 친미의 구조에 내장된 허위를 칼끝같이 고발한 대가로 그는 아홉 번 연행돼 다섯 번 구속당하고, 언론사와 대학에서 각기 두 번씩 해직되었다. …가히 불꽃같은 삶이었다. 리영희의 삶은 실천적 지식인의 전범을 보여준다. 한 시대를 풍미한 '사상의 은사'였다"(51쪽). 뭐 그런 식의 찬사다.

리영희에게 혼을 빼앗긴 사람들

자신이 20대 시절 만났던 리영희의 베트남전쟁과 중국혁명에 관한 글은 "눈 위의 비늘을 벗겨준 지적 충격"이었다고 윤평중은 고백했는데, 『전환시대의 논리』『우상과 이성』『8억인과의 대화』의 리영희의 위상은 지금도 요지부동이다. 우상 리영희에게 혼을 빼앗긴 사람들이 그만큼 많다.

그런 리영희는 2010년 사망했다. 이 책이 다루는 문화권력 3인방 중 유일하게 타계한 사람인데, 냉정한 평가가 필요한 시점인데도 리영희 숭배는 여전하다. 그가 키웠던 운동권과 좌파세력이 그 어느 때보다 득세했기 때문인데, 그게 옛 시절의 우상 리영희를 넘지 못한 한국사회의 한계다. 일테면 그를 법정에서 변호했던 변호사 한승헌은 "거짓의 장막을 걷어내고자 했던 분과 동시대에 만난 건 자랑"이라고 회고했는데, 아직도 그런 게 통념으로 자리 잡고 있다.

오래전 『리영희-한국현대사의 길잡이』(개마고원, 2004)란 책을 펴냈던 강준만도 리영희 찬양 대열에 섰다. "언로(言路)가 폐쇄되고 사실과 진실의 발설에 보복이 가해지던 상황에서 그의 글은 곧 실천, 그것도 무서운 실천이었다"는 식이다.

그중 리영희교(敎)에 대한 가장 뜨거운 신앙고백은 지금 서울시 교육감으로 있는 사회학자 출신의 조희연의 입에서 터져나왔음을 기억해야 한다. 자신이 대학 시절 리영희 책『전환시대의 논리』를 읽었던 감격이란 "지적 해방의 단비"였다는 찬양과 함께 그 결과 의식화의 세례를 거쳐 민중의 바다에 이르렀다는 술회인데, 다음에 인용하는 조희연의 절절한 고백은 되새겨볼 가치가 없지 않다. 그 자체가 대단해서가 아니다.

리영희가 1970년대에 젊은이들에게 끼친 악영향이 얼마만큼 전방위적이었으며 그 과정을 거쳐 끝내 한 사람의 좌익형 인간이 만들어졌는가를 보여주는 증언이기 때문이다. 더욱이 지금 그는 젊은 층을 전교조 교육으로 오염시키는 자리에 앉아 있지 않던가.

> 유신의 서슬 푸른 억압이 긴급조치 9호라는 말기적 양상으로 나타나고 있던 1970년대 중반 암울한 시기에 나는 대학 초년생이었다. 유신교육 아래서 이미 나 자신의 일부가 되어버린 냉전적 의식 및 사고의 깊은 중독 상태에서 벗어나는 지적 해방의 단비를 나는 이 책(『전환시대의 논리』)에서 맛보았다. 유신 말기 젊은 지성인들의 비

> 판의식에, 세례현장에 언제나 이 책이 있었다. 많은 젊은이들을 부모의 뜻과는 반대로 정치의 현장으로, 민중의 바다로 인도하는 길목에도 바로 이 책이 있었다. 저 높은 곳을 향해 가던 자신의 삶을 사회와 역사를 향하여 저 낮은 곳으로 선회하던 U턴 지점에도 바로 이 책이 있었다. (리영희, 『새는 좌우의 날개로 난다』, 442쪽 재인용)

하지만 리영희가 젊은 층에게만 영향을 끼친 게 아니다. 리영희보다 9세 아래 그러니까 거의 동년배인 백낙청도 마찬가지였다. 『전환시대의 논리』란 책을 펴내준 것도 「창비」였으니 둘 사이는 평생 파트너였는데, 그는 2010년 리영희 영결식장에서 조사(弔辭)를 읽는 영광을 누렸다.

"선생님" 소리와 함께 울먹이는 목소리로 리영희의 시대는 험난했으나 감격의 시대였다고 회고했다. 그가 외쳤던 진실의 목소리에 호응하는 독자와 젊은이들이 있었기 때문이라는 찬사였다. 실은 리영희를 추앙하는 사람들의 리스트는 그걸로 끝이 아니다. 대한민국 먹물 거의 전부가 그 리스트에 들어가겠지만, 리영희로부터 가장 영향을 받았다고 고백한 사람 중에 전직 대통령 노무현이 있고, 현직 대통령 문재인도 포함된다.

예전 노무현이 "현대사는 실패했고, 기회주의가 득세했다"는 발언을 했던 것도 비슷한 『해방전후사의 인식』 등에 담긴 리영희 글을 보고 눈이 뒤집혔던 탓이다. 문재인 역시 대학시절 리영희의 『전환시대의 논리』를 보며 지적 세례를 받았다고 고백했고, 실제로 지난 2010년 사망한 리영희 빈소를 찾아 그가 자신의 사표(師表)였다는 애틋한 소감을 남겼으니 리영희의 선전선동 능력은 실로 대단한 것이었다.

그런 그들이 몰랐던 건 반미에 반 대한민국적인 내용으로 일관한 얼치기 국제청치 해설서인 『전환시대의 논리』가 알고 보면 일본의 좌경잡지 「세카이」 등을 얼기설기 베끼고, 거기에 좌파 학자 와다 하루키의 저작을 표절한 조각보 수준의 잡문이라는 점이다. "오죽하면 한국 젊은이들에게 인기가 있다 해서 일본 이와나미에서 번역 출판하려다가 일본학자가 표절임을 발견하여 출간을 포기했을까?" 이 지적은 잡지 「현상과진상」 2019년 8월호에 실린 원로 언론인 이도형의 글 「위대한 '사상가' 리영희 선생」에 나오는 대목이다.

어쨌거나 리영희는 한국 좌파의 사상적 스승이 맞다. 그만큼 좌파로부터 폭넓게 존경을 받았던 이도 드물다. 백낙청이 문학을 중심으로 해 문화 전체에 영향을 드리웠던 문화권력이라면, 그는 사회과학을 중심으로 막강 영향력을 행세했다는 점이 다르다. 말하자면 역할 분담이었다.

학계 영향력 1위 리영희

특히 북한과 김일성을 바라보는 방법과 현대 중국에 대한 해석 두 가지에서 좌파의 족집게 과외교사로 군림했다. 1979년 말 첫 권이 나온 뒤 1980년대 내내 이어졌던 『해방전후사의 인식』 시리즈가 등장하기 이전 리영희의 『전환시대의 논리』(1974)와 『우상과 이성』(1977)이 좌파운동권의 성경으로 추앙받은 것도 그 때문인데, 그 이전까지 보수사회였던 한국의 정통적 시각을 뒤집은 좌경 의식화용 교재로 쓰였다. 그게 지금까지 유지되는 리영희 신화의 첫 배경이다.

즉 리영희는 1970년대 내내 '나 홀로 운동권'으로 활동하다가 드디어 1980년대 좌파운동권 개막에 선구자 역할을 했다. 1980년대 이후의 풍토에서 친북·종북의 리영희식 패러다임은 보편화됐고 대중화됐으며 동시에 사회과학 전반에 걸쳐 영향을 줬다.

그런 이유로 오래전 「연세대학원신문」(1999년 12월 9일자)은 현직 교수와 대학원생들을 대상으로 우리 학계 전반에 큰 영향을 끼친 국내외의 학자를 설문조사한 바 있다. 그 결과 외국에서는 정신분석학자 지그문트 프로이트가 1위이고, 국내에서는 리영희가 1위로 뽑혔다. 같은 시기 대한민국 우파 진영에 지식인과 대중의 사랑을 받는 매력적인 아이콘이 전무했던 사정과 너무도 대조적이다. 그러나 지금까지도 너끈히 유지되고 있는 리영희 신화란 문제

연세대학원신문

94호 월간

밀레니엄 특집호

YONSEI GRADUATE SCHOOL MONTHLY NEWSPAPER

기획 특집

교수·대학원생 설문조사 20세기 가장 영향력있는 학자 및 저작은 무엇인가

학자 리영희 · 프로이트, 저작엔 『해방전후사의 인식』 으뜸 꼽혀

◇리영희를 20세기 영향력 있는 지식인 1위로 선정한
「연세대학원신문」(1999년 12월 9일자)

가 많다.

한국사회가 '87년체제' 이래 얼마나 균형감각을 잃은 채 어둠의 세력 앞에 포로가 됐는가를 보여주지만, 문제 있는 것은 리영희의 실체다. 그가 생산해온 그 수상쩍고 위태로운 이적(利敵)의 내용을 알고도 그를 떠받든다면 한국인이 제정신이 아니라는 얘기다.

모른 채 그래왔다면 턱없는 우상 숭배를 해왔다는 증거나 다름없다. 차제에 불편한 진실을 더 밝히자면, 리영희 신화가 유지된 건 그가 종북 지식인 1호란 사실 때문이다. 한국사회가 주사파 이념에 오염되던 1980~90년대에 리영희는 한양대 교수 직함으로 현대중국과 마오쩌둥을 미화하고, 그 징검다리로 북한과 김일성을 공개적으로 떠들기 시작한 첫 번째 인물이다. 그런 리영희를 운동권이 영웅으로 앞세운 이유도 자명하다.

자신들이 하고 싶었던 말을 그가 한 발짝 앞서서 대신해주고 있었기 때문이다. 그의 학문적 성취가 대단해서가 아니고 친북·종북의 목소리를 냈던 게 타이밍상 잘 들어먹혔을 뿐이다. "리영희가 한국사회에서 좌파의 우상이 될 수 있었던 것은 그가 파격적으로 마오쩌둥주의의 길을 개척했기 때문이다"는 지적(김광동 등 지음, 『억지와 위선』, 북앤피플)은 용감할뿐더러 정확하다.

'북한 짝사랑'의 원조

본래 그는 1970년대 이후 열렬한 마오쩌둥 추종자, 즉 마오이스트로 출발했다. 당시 한국인이 적성국가 중공을 '머리에 뿔난 빨갱이 국가'이자 6·25전쟁 당시 통일을 방해한 오랑캐로 알던 시절에 리영희는 거의 유일하게 마오쩌둥의 문화혁명을 포함해 '공산주의 현대중국'을 적극적으로 언급했고 미화했다. 그렇게 금기를 넘나드는 글을 썼다는 이유만으로 리영희는 일부 지식인과 학생층을 중심으로 호기심의 대상이었다.

그러다가 1990년대부터는 돌연 북한과 김일성을 떠받드는 쪽으로 결정적 전환을 했다. 옛 소련과 동유럽이 몰락하고 중국이 개혁개방으로 전환한 이후 추앙할 대상이 사라지자, 잠시 주춤하며 정세를 관망하던 그가 좌익 본색을 드러냈다는 게 대체적인 중론이다.

그게 종북주의자 1호로 커밍아웃하게 된 배경인데, 백낙청을 비롯해 다음에 살펴볼 소설가 조정래에 이르기까지 많은 한국인이 '북한 짝사랑'에 빠지는 원인 제공도 결국엔 그가 다 했다고 봐야 한다. 북한 짝사랑의 실체란 실은 운동권은 물론 이 나라 먹물 대부분이 갖고 있는 'NL(민족해방)병'을 말하는데, 자유민주주의에 대한 신념과 도저히 병존할 수 없는 그 악성 질환을 심어준 원조 중의 원조가 리영희라고 보면 된다.

당혹스럽게도 그의 김일성과 북한에 대한 사랑은 물론, 그 이전 현대중국 미화와 마오쩌둥 찬양이란 허구와 위선으로 가득하다는 점이다. 그게 바로 운동권이 스승으로 삼은 리영희의 수준이고 한계였다. 스승이 그러하니 그를 따른 사람들의 위험천만한 정신세계 역시 정상에서 멀 수밖에 없다. 열 말이 필요 없다. 다음 인용문을 살펴보라.

그건 『우상과 이성』에 실린 「마오쩌둥의 교육사상」(1976년 발표)이란 글인데, 마오쩌둥 찬양이 놀라울 만큼 저돌적이고 확신에 차 있다. 하지만 장황할 뿐 막상 내용은 없다. 문화혁명 당시 광기에 찬 홍위병들이 길거리에서 떠들어대던 발언을 문장 형태로 옮겨놓은 게 전부인데, 바로 그것이 리영희 세계의 특징이라고 보면 된다.

> 문화혁명이 한창이던 때에는 이런 말이 유행했었다. 즉 마오의 선배 격인 마르크스·레닌·스탈린 등과 대비하면서 마르크스는 혁명의 철학을 창출했지만 혁명은 못 했고, 레닌은 혁명은 했으나 사회주의를 건설하지는 못했고, 스탈린은 사회주의 건설을 했지만 사상(인간)혁명은 못 했다. 마오쩌둥은 그 세 선배의 한 것과 못 한 것을 아울러 하고 있다. …제도적 혁명에 만족치 않고, 인간 혁명을 가능한 것으로 보고, 또 실제로 인간의 관념을 혁명하기 위한 노력을 했다는 사실이다. (그건) 인류역사상 있어본 일이 없는 엄청난 시도이고…. (『우상과 이성』, 100쪽)

이건 논리가 아니고 명백한 선동의 언어다. 지성과 이성의 세계가 아니고 새로운 우상 숭배의 영역이다. 근거 없는 주장에 턱없는 논리 비약 때문인데, 그게 스스로 계면쩍었는지 그 발언 전후해 그게 "지나친 과장이자, 부분적 진실"이라고 잠시 유보적 표현을 했다. 하지만 실은 그 글이 리영희의 본심이라는 걸 의심할 사람은 없다.

리영희란 위인이 본래 그렇다. 그는 변화하는 현실에 눈감은 완고한 인간이었고, 마오쩌둥에 눈먼 나머지 덩샤오핑 등장의 역사적 의미를 헤아리지도 못했다. 그래서 개혁파 덩샤오핑을 비판하는 글을 한참 뒤에 발표했는데, 그게 가관이다. 『10억인의 나라』(1983)에서 그는 덩샤오핑 노선을 부정하는 사람의 입을 빌리는 방식으로 자신의 심정을 드러냈다. 그건 차라리 울분이고 저주였는데, 그가 얼마나 마오쩌둥보다 더 마오쩌둥 같은 사람이었나를 새삼 보여준다.

> 현 중국지도부(덩샤오핑)는 역사에 의해 사형을 선고받고 있는 것이나 다름없다. 모든 수정주의의 역사가 그러하듯 그들도 결국은 패배를 면하지는 못하리라. (54쪽)

그래서 되물어봐야 한다. 지금도 리영희를 떠받드는 사람들은 초기 리영희의 핵심인 현대중국론이 이렇게 거대한 허구라는 걸 알고는 있는가? 그걸로 그쳐선 안 된다. 함께 물어봐야 할 건 그렇게 광적인 마오이스트로 출발했던 그이기 때문에 1990년대 이후 돌연 북한 김일성 찬양으로 바꾼 것도 과연 멀쩡할까, 하는 대목이다. 그럴 리 없다. 그의 눈에 공산국가 북한은 선하고 자본국가 남한은 타락했다.

"북한은 하나님이 없이도 행복"

북한 찬양 발언 중 최악의 것은 다음 대목이다. "어쩌면 북한은 하나님 없이도 행복할지 모른다"(김광동 등 지음, 『억지와 위선』, 북앤피플, 19쪽 재인용). 입이 다물어지지 않을 정도인데 그건 실언이 아니었다. 종교의 자유가 없는 북한 체제를 설명하는 과정에서 오래 숨겨뒀던 자기의 속내를 드러낸 것이다.

그건 리영희 마음 깊은 곳의 신념이었는데, 그래서 통일과정에서 나쁜 나라 대한민국이 순수한 김일성 체제의 북한을 혹시 오염시키지 않을까를 노심초사 걱정했던, 썩 특이한 위인이었다. 북한 찬양의 끝은 물론 김일성 숭배로 이어진다. 다음 인용문을 유심히 보라. 사이비 종교집단의 교주 찬양도 이렇진 않을 텐데 싶을 것이다. 이 정도면 리영희의 북한관이란 것도 어이없는 심리적 도착(倒錯)행위이고, 학문의 옷을 걸친 반(反)대한민국의 정치선동이란 얘기나 다름없다.

> 리영희는 북한 인민들의 광적인 김일성에 대한 충성이 교육과 훈련에 길들여져 있는 부분도 있다는 것을 전제로 하면서도 김일성 주석의 인간성과 인민에 대한 사랑, 인민이 김일성 주석을 경애하는 마음이 있다는 것을 강조한다. 또한 김정일 지도자에 대해서도 마찬가지라면서 그것은 민중의 마음을 사로잡는 것이 있기 때문이라

는 것이다." (김광동 등 지음, 『억지와 위선』, 북앤피플, 19쪽)

그 연장선에서 그는 국가보안법 철폐 주장에서 북한 핵무장 옹호에 이르는 최악의 극단적 주장을 죽는 날까지 이어갔다. 놀라운 확신범(그 점은 뒷장에서 살펴볼 소설가 조정래와 완전 판박이다)인 그는 관 뚜껑이 덮이는 순간까지도 자신이 옳았다고 믿었을 것이다. 첫 논문집 『전환시대의 논리』 「머리말」에도 그렇게 드러난다.

당시 그는 반공 이념에 사로잡힌 한국사회를 천동설이 통하는 원시적 사회이자 정치적 신학의 도그마가 지배하는 사회로 표현했고, 자신은 그런 잘못을 바로잡으려 하는 코페르니쿠스로 포장하고 있었다. 만년에 평론가 임헌영과 나눈 대담인 『대화』 「머리말」에서도 그런 주장을 줄기차게 이어갔다. 1970년대 이래 대한민국은 "거짓으로 덮인 깜깜한 하늘"이자, "야만의 지배" 아래 있었고, 자신의 글은 "한 줄기 진실과 이성의 빛"이었다는 완강한 주장이다.

그야말로 시대착오적 천동설의 신봉자가 리영희였다. 그 이전부터 그가 보였던 월남전에 대한 집요한 관심이란 것도 당연히 수상쩍다. 그의 월남전 해석 논리란 당시 일부 사람들에겐 신선해 보였을지 몰라도 철두철미 1960년대 국제 공산세력의 선전전을 대변하는 것이었다.

당시 대한민국 박정희의 입장에서 월남전 참전이란 한일국교 정상화 카드와 함께 1960년대 개방시대의 대전략의 하나였고, 나라의 활로를 뚫는 최선의 돌파구였다. 그런데도 리영희가 그걸 그렇게 작심 비판했던 게 과연 사리에 맞는 것일까? 그걸 묻지 않을 수 없는데, 제아무리 그가 비판적 지식인이라 했어도 그건 지식사회를 오도하고 국익을 내팽개친 행위나 다름없었다. 그렇다고 국제정세를 제대로 본 것도 아니다.

무엇이 그의 변신을 재촉했나

대통령 문재인이 자기 책 『문재인의 운명』에서 리영희의 미국 패배와 월남 패망의 예고를 보고, 그게 현실에서 구현되는 "진실의 승리"를 확인하면서 "읽는 나 자신도 희열을 느꼈던 기억이 생생하다"고 고백했지만, 그런 독자 반응을 유도한 게 글쓴이 리영희의 목표이자 속내라고 봐야 한다.

일테면 그가 『우상과 이성』에 수록한 글 「베트남 35년 전쟁의 총평가」는 리영희가 베트남의 미래는 물론 북한의 종국적 승리와 대한민국의 종말을 예측하고 있어 섬뜩할 정도다. 물론 파리휴전협정 미국 수석대표 에이브릴 해리만의 말을 인용하는 방식이지만(리영희 글은 항상 그런 식의 유체이탈 화법이다), 메시지는 분명하다. 그가 초장부터 심리적·정치적 도착(倒錯)의 혐의가 있었다는 뜻이 아니고 무엇이겠는가?

> 베트남에서의 투쟁의 승부는 이미 난 것이나 다름없다. 한쪽은 자기 민족을 억압한 식민지세력에 협력한 사람들이 이끄는 집단이고, 또 한쪽은 긴 독립과 반식민지 투쟁에 몸 바쳐 싸운 사람들이 이끄는 집단이다. 어느 쪽 지도자들이 베트남인을 더 사랑하는가는 분명한 사실이다. 민중의 사랑을 받는 쪽이 결국은 승리할 것이다.
> (『우상과 이성』, 240쪽)

그런 리영희 삶의 궤적도 차제에 살펴봐야 하는데, 그 역시 미스터리한 부분이 많다. 본래는 「조선일보」 외신부장 출신의 신문기자이며, 나중 한양대에서 교수 생활을 했다. 스스로의 표현대로 "60퍼센트 저널리스트, 40퍼센트 아카데미션"이라 했으니 저널리스트 비중이 높다. 베트남전쟁에 대한 반대하는 내용의 사설들을 기고한 것이 문제되어 「조선일보」를 퇴사한 것이 1969년, 당시 나이 40세였다.

그럼 그 직전에 무슨 일이 있었던 것일까? 이전까지는 평범한 신문기자였던 리영희가 확 달라진 건 무엇 때문일까? 훗날 조선인 공산주의자 김산(본명 장지락)의 삶을 다룬 책 『아리랑』(님 웨일스, 동녘, 1984)과 얽힌 인연에서 밝혔듯 1950년대 말, 1960년대 초 무렵이 되면 그는 이미 마오이스트로 변신할 준비를 거의 마치고 있었다.

당시 리영희는 마치 열병처럼 현대중국 공산혁명에 매료돼 자기 혼자서 공부를 시작하고 있던 참이었고, 그게 마오쩌둥에 푹 빠지는 계기였다. 훗날 베트남전쟁과 관련해서도 대한민국의 정통적 시각과 불화를 일으키는 요인으로 작용했다. 이후 1972년부터 한양대 교수로 재직했는데, 그게 리영희의 이념적 경화(硬化)를 재촉했다. 그때부터 마음 놓고 자기만의 시각대로 글을 쓰다가 반공법 위반으로 징역 2년을 지낸 뒤 복직했다가 1980년 신군부에 의해 다시 해직되었다.

대한민국 테두리 밖의 인물

내내 해외를 떠돈 뒤 귀국한 1988년 당시 막 창간됐던 한겨레신문사 논설고문으로 일하며 「한겨레」의 논조와 정체성을 만들었다. 체질 자체가 '대한민국 테두리 밖의 인물'로 분류되는 그는 이토록 유별났다. 더구나 이해할 수 없는 건 1929년생인 그는 평안북도 운산군 출신이란 점이다.

실향민 출신인데도 다른 사람과는 판이하게 달랐다. 무엇보다 아버지는 일제 때 판임관 지위의 공직자였으며, 어머니는 평북 벽동의 거부 최봉학의 외동딸이었다. 일제 고위공무원의 아들이자,

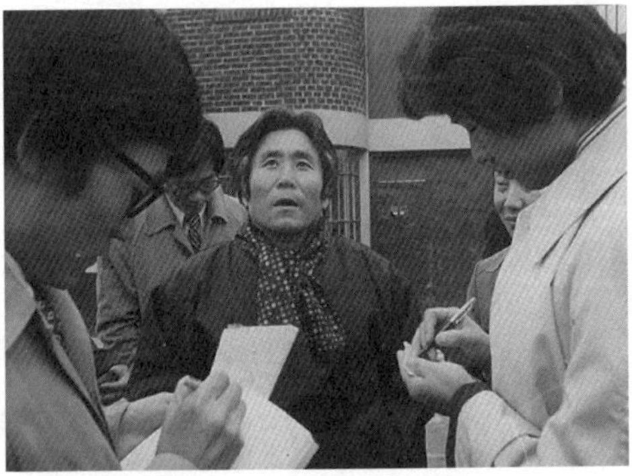

◇반공법 위반으로 실형을 살던 중 1980년 감옥에서
출소하는 리영희를 기자들이 맞고 있다.

평북 지방 거부의 외손자인 그가 훗날 마오이스트가 되고, 김일성주의자로 나선 것은 역설 중의 역설이 아닐 수 없다. 더구나 그는 기자 생활을 하기 전 미군 통역장교로 7년을 근무했던 경력도 있지 않은가?

그런데도 그는 대한민국에 불만투성이다. 장교 생활을 두고 "지겹도록 혐오스러운 7년간의 군 복무였다"고 말하는 게 평소 그의 말버릇이었다. 자신은 누릴 것은 다 누리면서도, 좌경화를 능사로 하는 강남좌파 혹은 강단좌파의 전형이라는 비판도 그 때문이다.

사실 어린 시절의 그가 공산주의 사상에 경도됐던 외삼촌 최모린을 존경한 적이 있었다고 하지만, 좌파로 경도된 배경은 아직도 뚜렷이 해명된 바 없다. 본인의 고백대로 일단 20대 시절까지는 정치성향이 드러나지 않았고 백지 상태나 다름없었다. 단, 기질이 좀 유별났다. 군 복무 시절 여자들을 부대로 불러들이는 미 고문관들의 태도와 한국인을 무시하는 모습에 격분해 권총 결투를 신청한 적도 있다고 밝힌 바 있고, 그런 것이 중요한 비판적 지식인으로 변신하는 계기가 되었을 가능성이 높다.

그건 임헌영과의 대담집인 『대화』에서 회고했지만, 그걸로 다 설명되는 것도 아니다. 본인은 그 당시 목격했던 민간인 학살(11사단 거창 민간인 학살사건)과 국민방위군 사건도 자신의 성향을 결정짓는 데 역할을 했다지만 여전히 모호하다. 분명한 건 1960년대 내내 중국공산당사 연구에 빠져들며 마오이스트 탄생을 예고했다는 점이고, 이게 반공이 지배하는 한국사회에 대한 강렬한 반감으로 이어졌다는 점이다. 요즘 말로 '토착 좌익' '토착 좌파'로 분류해야 한다. 그런 리영희는 어떤 사람이었을까?

특히 「조선일보」 시절, 즉 그의 사회활동이 본격화되고 정체성이 분명해지던 당시 그는 어떤 종류의 기자였을까? 그 대목을 신문사 동료가 술회했다. 언론인 이도형의 기록 「위대한 '사상가' 리영희 선생」이 그것인데, 그가 발행하는 잡지 「현상과진상」 2019년 8월호에 수록됐다. 이도형은 리영희와 특별한 관계였는데, 「조선일보」 외신부에 함께 근무했던 선후배 사이이자 군 통역장교 경력도 공유하고 있다. 나이는 이도형이 네 살 연하다.

잇속 차리기 귀신, 체제비판은 맨 먼저

증언에 따르면 당시 외신부장 리영희는 이미 사상 성향이 분명했던 만큼 호응해주는 기자들과는 호흡을 잘 맞췄지만, 따라주지 않는 기자들과는 불화를 서슴지 않는 극단적 스타일이었다. 리영희가 외신부장일 때 외신부에는 차장 이광표(훗날 문공부 장관 역임)를 비롯해 기자 정원열, 이도형 등이 있었다. 1966년 당시 중국 문화혁명이 막 시작됐고, 기자들이 "홍위병 난동"이란 용어로 기사를 써서 넘기면 리영희는 "난동이 뭐야? 혁명이지" 하면서 노골적 불쾌감을 표했다.

그게 너무 노골적이고 반복되는 바람에 후배들이 괴로워했다. 견디다 못한 이광표는 당시 막 창간됐던 「중앙일보」로 옮겨 가는 선택을 했다. 리영희 꼴을 너무도 보기 싫었기 때문이다. 이도형도 외신부 탈출을 꿈꾸던 차에 월남전 종군 기자를 자청했다. 그의 심정이 어느 정도였을까?

"당시 월남은 사지(死地)로 여겨져 아무리 해외로 나가는 게 좋다 해도 모두들 기피하는 곳이었다. 나는 리영희와 매일 얼굴을 맞대느니 차라리 죽는 한이 있더라도 사지를 선택했다"(40쪽). "(우여곡절 끝에 월남 도착 뒤 취재현장에서) 서울 전농동에 있는 어머니와 아내 그리고 세 딸을 두고 38세를 일기로 생을 마감한다고 생각하니 억울하고 서글퍼졌다. 이 모두 다 리영희가 아니었다면 겪지 않아도 될 일이었다"(42쪽).

외신부장 리영희는 그렇게 아랫사람과의 불화를 자초했지만, 당시 견습기자로 막 들어온 백기범·신홍범 등과 어울려 저녁마다 맥줏집 소줏집을 찾아다니며 문화혁명 찬양을 안주 삼아 의기투합했다. 실제로 리영희의 책상 위에는 온통 불그스름한 종류의 책과 잡지 천지였다.

에드거 스노의 『중국의 붉은 별』을 특히 탐독했고, 외국잡지도 「더 리퍼블릭」「세카이」「더 어틀랜틱 먼슬리」「하퍼스」 등 좌파 계열만을 올려놓았다. "보수 우파의 목소리나 활자는 듣지도 보지도 않는" 것이 그의 고집이었다. 흥미로운 건 리영희에게는 자기 잇속 차리기에 유독 재빠르게 움직였던 또 다른 면모가 있었다는 점이다.

당시 이도형은 월남에서 곧바로 귀환했다. 그가 처자식이 있다는 걸 뒤늦게 확인한 방우영 사장이 "당장 귀사시키라"고 엄명했던 까닭이다. 귀환 직후 사회부에서 국방부 출입을 하던 차에 리영희가 개인적인 민원을 이도형에게 전해왔다.

조카가 전방에 배치되어 있는데, 후방으로 빼달라는 내용이었다. 이도형이 체신부 출입을 겸하던 무렵엔 당시 적지 않은 돈(30만 원)의 프리미엄이 붙던 전화를 집에 신규로 놓아달라고 또 다른 청탁을 해왔다. 물론 두 민원을 다 들어줄 수밖에 없었는데, 그렇게 잇속을 모두 차린 뒤 리영희의 촉수는 다른 사람에게로 뻗쳤다.

무주택자인 외신부 말단 기자 C에게 주택당첨권이 떨어진 것을 유심히 살펴본 것이다. 리영희는 그걸 공략해서 끝내 당첨권을 상납 받아내는 데 성공했다. 그런게 바로 리영희의 스타일인데, 이도형의 중간결론은 이렇다. "리영희는 체제가 주는 모든 혜택을 앞다퉈 선점했다. 그러면서 대한민국과 체제를 비판하고 김일성에게 충성을 맹세했다."

그런 인간 리영희에 대한 판단은 각자가 하기 나름인데, 그는 분명 통상적인 뜻의 실향민으로 분류하기도 어려운 위인이다. 해방 이전에 서울에서 유학하고 있던 처지였고, 해방을 맞아서는 불안한 사태의 연속 속에서 남과 북을 오가며 관망을 하던, 다소 애매한 입장이었기 때문이다. 당시 그는 나이 십대 후반으로 북한 변화와 남한 혼란상을 동시에 경험했는데 이율배반이었다. 자신은 끝내 남쪽을 선택했으면서도 훗날 회고에서 남한사회를 "혼란의 극치와 폭력이 난무하는 약육강식의 사회"로 비판하는 걸 잊지 않았다.

"그때의 남한 사회는 오직 폭력, 무질서, 범죄, 사기, 약탈, 부정, 타락이 아무런 절제도 없이 난무하고 힘없는 자는 어디 가서 하소연할 곳도 없는, 그야말로 반인간적 사회였다. 민족은 식민지에서 해방됐다는데, 일본 제국주의 식민권력에 빌붙어 살았던 친일파와 민족반역자들이 하나도 숙청되지 않은 채 고스란히 남한 사회를 지배하고…"(『대화』, 79쪽). 증언의 구체성이 떨어진 채 자본주의는 곧 악이라는 스테레오타입의 인식이 춤을 춘다. 그게 훗날 대한민국 부정의 원형이지만, 당혹스러운 것은 거의 광적 수준의 북한 찬양이다.

깡통 저널리스트 리영희

1946년 여름이면 인민위원회가 개혁바람을 주도했고, 토지개혁과 함께 사람들은 "새로운 시대가 창조된다는 생각으로 들떠 있었다"는 것이 리영희에 대한 유별난 증언이다. 이어 지주와 기독교 신자들이 "이남으로 도피하고" 있었다는 고약한 표현을 그는 거침없이 구사한다.

그 결과 "북조선 혁명정권의 입장에서는 사회혁명에 방해 내지 저항적 요소인 소위 불순분자들이 1946년 중반에 자연스럽게 청소가 된 셈"(『대화』, 78쪽)이라고 리영희는 밝힐 정도인데, 이 정도면 그가 노골적인 북한 정권과 한편이라는 뜻이다. 2012년 말 시인 김지하가 「조선일보」에 기고한 칼럼 「한류-르네상스 가로막는 쑥부쟁이」에서 백낙청을 비판하면서 깡통 빨갱이라고 지칭할 때 그는 유별나게 리영희 한 명을 콕 찍어서 깡통 저널리스트라고 못

박은 바 있다.

다분히 거친 공격이지만 지금 생각해보니 그게 신통하게 딱 들어맞는 소리인가 싶기도 하다. 자 여기까지가 리영희에 관한 총론인데, 이제 중간 결론을 내리자. 리영희가 사상의 은사인가, 운동권의 대부인가 묻는 것 자체가 잘못된 이분법이라는 게 나의 판단이다.

통상적으로 쓰이는 비판적 지식인이라는 카테고리로 분류할 수도 없다. 생전 그가 펼쳐온 담론은 대한민국이 수용할 수 있는 선을 훌쩍 넘어섰기 때문이다. 분명히 말하지만, 그는 대한민국 저주의 화신이다. 집요할 정도로 반복되는 한국사회 비판은 악의성을 깔고 있으며, 정치적 저의가 의심된다. 그런 리영희를 사상의 은사로 떠받드는 풍토도 실로 참기 어렵다.

그전에 그 같은 지식인을 관용의 이름으로 품어야 하는가 하는 근본적인 질문을 던져야 옳다. 방어적 민주주의의 원칙에서 볼 때 그건 도저히 불가능한 일이다. 그 사회에 해악을 끼치려는 행위를 하려는 자를 자유의 이름 아래 무제한 허용할 수는 없는 노릇이기 때문이다.

리영희가 문제가 아니라 그런 자로부터 스스로를 지킬 보호장치 없이 여기까지 흘러온 대한민국이 허술하다는 게 원인이다. 일테면 방어적 민주주의의 모범국가인 독일은 기본법(헌법)에서 체제방어 장치가 이중삼중으로 철저하다. 대표적인 기본권인 학문의 자유부터 단서를 붙였다. 즉 헌법에 대한 충성을 전제로 학문의 자유를 허용한다(제5조 3항). 대한민국은 체제부정을 능사로 하는 종북좌파가 대학사회에 득시글거리는데 그런 소지 자체를 없애버린 강력한 장치다.

당연히 자유민주주의 기본질서를 반대하는 내용을 대학 강의실에서 가르치는 것도 위헌에 속하는데, 그 맥락에서 결사의 자유나 거주이전의 자유도 제한을 뒀다(제9조 2항, 제11조 2항). 제한의 기준은 헌법질서, 즉 자유민주주의 기본질서를 위협하는가의 여부다. 통신 비밀에도 제한을 둔다는 명문규정도 있다(제10조 2항). 여기에 더해 이런 조항도 뒀는데, 독일사회의 철두철미함에 혀를 내두를 정도다.

> "의견발표의 자유 특히 출판의 자유, 교수행위(학문)의 자유, 집회와 결사의 자유, 재산권 또는 망명자 비호권을 자유민주적 기본질서를 공격하기 위해 남용한 사람은 기본권을 상실한다."

이해하시겠는가? 이 바로 뒤에 통진당 해산 때 국내에서 널리 알려졌던 대목인 위헌정당 해산 조항이 등장한다는 걸 염두에 두길 바란다.

학문의 자유가 중요하다고 해도 체제부정을 위한 자유는 허용할 수 없다는 대원칙에 비춰서라도 리영희를 다시 판단해볼 때가 지금인데, 그런 그를 사상의 은사라고 떠받들어온 대한민국은 분명 정상이 아니었다. 그가 남긴 지식정보 오염을 청소하지 않고선 앞으로 나갈 수 없다는 점도 분명하다. 리영희도 문제 있지만, 체제 밖의 인물 리영희에게 온통 영혼을 빼앗긴 대한민국은 더 큰 문제다.

제2장 그때 그는 전향의 마지막 기회 놓쳤다

재확인하지만 리영희는 두 번 변신했다. 멀쩡한 제도권 기자로 활동하던 중 1960년대 이후 마오쩌둥 추종자로 바뀌었던 게 처음이다. 당시 그는 적성국가 중공에 대한 정보 공백을 메우려는 노력도 아니고 공산주의 현대중국을 미화했을 뿐이다. 그러다가 1990년대부터 북한과 김일성을 떠받드는 쪽으로 방향을 한 번 더 틀었다.

그걸 계기로 좌익 본색과 함께 종북주의자 제1호의 깃발을 든 셈인데, 그게 유감스럽다. 그때 그가 제도권으로, 대한민국의 정상적인 지식인으로 돌아올 수는 없었던가? 가능성이 없지 않았다. 마오쩌둥 사망 이후 중국이 개혁개방으로 노선을 바꾸고, 이후 옛 소련과 동유럽이 몰락하는 세계사적 변화를 겪으면서 현실을 받아들이는 게 지극히 정상이었다. 진리 앞에 겸허해야 할 지식인으로서 당연한 도리인데, 대신 그는 퇴행의 길을 걸었다.

결과적으로 리영희는 운동권으로부터 사상의 은사라고 떠받들어졌으나, 책임 있는 지식인으로서는 실패했다. 그 결과 한국사회가 얻은 것은 우상이고 잃은 건 이성이었다. 그만의 실패가 아니었다. 그때 죽었어야 했던 주사파는 지금도 기승을 부리며 김대중-노무현-문재인으로 이어지는 전성기를 열어 오늘에 이른다.

실로 안타깝다. 리영희에게 주어졌던 기회는 1991년 한 해였다. 그때 그는 1년 전후 절필(絶筆)을 선언한 채 번민을 거듭하고 있었다. 1989년 베를린 장벽 붕괴가 상징하듯 동유럽은 이미 붕괴됐다. 그 분기점에서 결과적으로 최악의 선택을 했던 리영희의 실패, 좌파 운동권의 역주행을 잘 복기해봐야 한국사회가 되살아나고 내일로 나아가는 동력을 얻을 수 있지 않을까? 참고로 그때 리영희와 달리 좌익의 세계에서 성큼 빠져나왔던 용기 있는 사람들이 있었음을 기억해두자.

좌익 세계에서 발을 뺀 사람들

경제학계의 원로인 안병직 교수, 그의 제자 이영훈 교수 등이 이들인데, 당시 이들은 얼치기 변혁이론인 마오이즘이나 종속이론을 내려놓은 채 학문적 개종을 단행했다. 안 교수의 또 다른 제자인 김문수 전 경기도 지사도 그때 전후 전향을 했다.

이들은 1980년대 들어 무역수지 첫 흑자를 달성하고, 3저 호황으로 번 달러로 외채 망국론을 삽시간에 잠재워버린 한국경제의 기적을 지켜보면서 정신이 번쩍 났다. 한국경제가 자립적 자본주의로 간다는 걸 눈으로 확인한 것이다(안병직-이영훈 대담집 『대한민국 역사의 기로에 서다』, 기파랑, 51쪽). 왜 이 판단이 중요한가? 식민지나 종속국에서는 자립적 자본주의가 발전할 수 없다는 게 당시 이른바 식민지 반봉건사회론의 도그마이자 운동권의 철칙이었다.

그러나 당시 눈 밝은 이들은 인민민주주의의 변종인 마오쩌둥식 신민주주의와 굿바이했다. 그런 열린 태도는 이른바 사회구성체 논쟁에 코 박고 살던 시대착오적 운동권의 무리와 사뭇 달랐다. 무엇이 이런 깨달음을 가져왔던가? 반대로 왜 리영희는 이런 깨달음을 얻지 못했던가?

간단하다. 훗날 안병직 교수는 "전향하기 전 나의 예전 학문은 이데올로기에 종속되어 있었다"고 고백했는데, 리영희와 좌파운동권은 예전도 그렇고 지금도 바로 그런 꼴이다. 저들에게는 좌익 이데올로기가 최고의 가치였다. 물론 그러던 리영희도 마오쩌둥이 사망한 뒤 중국이 바뀌고, 옛 소련과 동유럽 공산주의의 대몰락을 지켜보면서 잠시 멈칫했던 것이 사실이다. 그때의 심경을 당시 「한국일보」의 베테랑 장명수 기자와의 인터뷰에서 털어놓았는데, 리영희가 괴물만은 아니었던 셈이다. 생애 가장 겸손하고 진솔했던 순간이 그때였다.

> 나는 지금 거대한 역사적 변혁 앞에서 지적 갈등을 겪고 있고, 지적 오류와 단견을 겸허하게 수용하면서 좀 더 공부를 하고 싶습니다. 이미 객관적 검증으로 부정된 부분(옛 소련과 동유럽 공산주의 몰락을 지칭)을 사상적 일관성이라는 허위의식으로 고수하려는 것은 지식인다운 태도가 아닙니다. (「한국일보」, 1991년 6월 25일)

그건 그가 좌익 세계에서 발자국을 뽑아내려 한다는 메시지였다. 당시 그는 옛 소련과 동유럽 공산주의 몰락이 놀랍기도 했고 슬펐다는, 꽤나 진솔한 심경까지 밝혔는데 그러면서도 발뺌하는 걸 잊지 않았다. 1970년대 이후 지속됐던 활동이나 『전환시대의 논리』 등의 책은 마르크시즘이나 레닌이즘은 아니고, 휴머니즘이었다고 애써 자위하고 있었다.

"마르크스에 빠져 날 공격 말라"더니…

불장난하다 집을 태워먹은 어린 학생이 어른들에게 들킨 뒤에 자기 자신도 놀랐다고 털어놓으면서 대신 그건 호기심의 발로였다고 머리 숙이는 모습을 연출했던 셈이다. 함께 불장난 치던 친구

◇1991년 한 해 리영희는 1년 전후 절필(絶筆)을 선언한 채 번민을 거듭했다. 사진은 당시 쇠줄에 묶인 채 철거되고 있는 리투아니아의 레닌 동상.

들을 점잖게 타이르는 것도 「한국일보」 인터뷰에서 잊지 않았던 것도 흥미로운데, 그건 당시 이례적일 정도로 어른스러운 리영희의 모습이었다. 당시 쇼크 먹은 그는 우리가 알던 예전의 리영희가 아니었다.

> 그들이(자기 영향을 받았던 후배들이) 레닌이나 마르크스에 빠져 나를 공격한다면, (그게) 문제입니다. 우리는 지적-사상적 아집에서 자유로워지지 않으면 안 됩니다. … 80년, 50년 사회주의를 실험한 본인들이 실패했다고 하는데, 서울에서 책 몇 권 읽은 사람들이 (그건) 아니라고 우긴다는 것은 얼마나 비과학적인 태도입니까?

흔들리던 리영희의 표정이 다 들여다보인다. 1991년 그해 리영희 번민의 현주소가 그러했고, 좌익 탈출, 즉 전향은 90퍼센트정도 이뤄진 상태였음을 보여주는 대목이다. 잡지 「사회평론」 1991년 6월호에 당시 젊은 좌파 국사학자 서중석과의 대담에서도 리영희는 자신의 그런 태도를 구체화했다.

자신의 지적 과오나 단견 등이 뒤집히는 괴로움이 있더라도 그걸 수용해야 다음 단계로 나아갈 수 있다고 당시 언명했다. 레닌과 스탈린식 사회주의가 실패했지 사회주의가 실패한 것은 아니라고 억지를 부리고 있던 운동권의 치기 어린 볼멘소리에도 공박했다. 페레스트로이카의 주인공 고르바초프가 서울을 방문하는 것을 운동권이 반대한다는 말을 듣고 "그건 마르크시즘을 헛공부한 탓"이라고 혼쭐을 내는 용기도 짐짓 보였다.

「한국일보」 인터뷰와 「사회평론」 대담 이전에 리영희는 자신의 회군(回軍) 가능성을 내비쳤다. 그해 초 한국정치연구회에서 발표했던 글 「사회주의의 실패를 보는 한 지식인의 고민과 갈등」이 그것인데, 앞의 인터뷰나 대담과 유사하다. 문제의 이 글은 『새는 좌우의 날개로 난다』에 전재되어 있다.

문제는 이 글을 기점으로 세상이 시끌시끌했다. 보수진영에서는 리영희가 귀순했다고 단정해 박수를 쳤고, 발끈한 운동권 진영은 그가 과연 변절한 것인가 하는 의문부호를 달고 유심히 관찰하고 있는 참이었다. 바뀐 세상, 리영희의 올바른 선택을 한국사회는 지켜보고 싶었던 것일까? 사실 1991년이라는 시기가 중요하다. 국내적으로는 명지대생 강경대가 사망하고, 이에 항의해 대학생, 노동자가 연달아 분신자살하는 소위 분신정국이 벌어졌던 국면이다.

서강대 총장 박홍은 "죽음을 선동하는 어둠의 세력이 있을 것"이라고 주장했고, 시인 김지하도 칼럼 「죽음의 굿판을 걷어치우라」를 통해 운동권을 압박했다. 전에 없는 변화 앞에 리영희의 선택은 그래서 더욱 중요했다. 그의 제스처에 따라 상황이 바뀔 수도 있었다.

유감스럽게도 좌익 탈출에 성공한 듯 보이던 리영희는 도로 주저앉고 마는 최악의 길을 선택했다. 이후 1~2년 뒤인 1993년 이후 그는 뒤를 보지 않는 무한질주를 거듭했다. 마오쩌둥과 현대중국 찬양을 접는 대신 북한과 김일성을 떠받드는 쪽으로 냉큼 방향을 전환했고, 그걸로 종북주의자 제1호 커밍아웃이 이뤄졌다. 그게 왜 최악인가는 자명하다.

운동권 두려워서 전향을 못 했다?

리영희로서는 정통 마르크시즘이란 큰길에서 벗어나 족보에도 없는 종북이라는 막다른 길로 접어든 꼴이 아닌가? 리영희 개인의 한계이자, 한국 좌파의 퇴행 혹은 파국을 알리는 결정적 분수령이었다. 당시 그가 균형감각을 가지고 브레이크를 삽아줬더라면 세상은 변할 수 있었다.

이데올로기 종언의 시대에 한국만 좌편향의 꽃이 피는 '역사 역주행'을 어느 정도 막거나 늦출 수 있었고, 훗날 김대중-노무현-문재인으로 이어지는 좌파 정권의 탄생에도 일정한 변화를 줄 수 있었으리라. 결국 그가 주저앉고 만 배경은 세 가지로 분석된다. 우선 리영희란 위인이 그만큼 닫혀 있었다는 증거다. 유연하지 못하다는 뜻이다. 동시에 그런 결단을 한 사람을 배신자·변절자로 내모는 운동권의 압박이라는 요인도 무시 못 한다.

그리고 그건 당시 한국사회의 좌경화가 깊숙하게 진행돼 어떤 임계점을 넘어섰던 탓에 상황을 되돌리긴 어려웠다는 추정도 가능하다. 일테면 당시 주사파 박멸을 외치던 박홍 총장은 운동권의 전략에 따라 고립무원 상태에서 사실상 정신병자 취급을 받기 시작했다.

그걸로 내용상으론 다 죽어가던 좌익이 이 나라에서는 전성시대를 활짝 연 꼴이었다. 이게 무서운 일인데, 냉정하게 말해 대통령 직선제를 관철하고, 절차적 민주주의가 완성됐다고 말하는 '87년체제'란 사실상의 좌우합작 체제이기 때문이다. 그런 구조에서 운동권과 리영희류가 대세몰이를 하고, 여기에 반대한 세력은 찍어 누르는 무서운 전체주의 국면이 거꾸로 펼쳐진 것이다. 사실상의 좌우합작이란 자유민주주의 외피를 뒤집어쓴 운동권 민주주의가 자유민주주의와 사실상 동거를 시작했던 변종의 체제란 뜻이다.

민중 민주주의, 진보적 민주주의 등 위장 명칭을 구사하는 좌익-좌파가 대한민국 체제 안에 똬리 튼 것인데, 그 결과 헌법 제4조에 명문화된 자유민주적 기본질서는 껍데기만 남았다. 좌우 동거의 음험한 그 실체가 1990년 3당 합당 속에 더욱 애매해졌다.

그게 '운동권에게 레드 카펫을 깔아준' 김영삼 정부의 실책 속에 다시 가려졌다. 놀랍게도 그런 걸 선진화-민주화 혹은 개혁으로 아는 착시현상까지 지금껏 이어진다. 김대중-노무현 좌익정부의 탄생도 우연이 아니었다. 그리고 이후 30년 넘는 좌우합작 기간에 대한민국의 이념적 합의가 완전히 깨졌다는 점도 지적돼야 한다.

'87년체제' 이후 이 땅의 좌익-좌파들은 그걸 반공과 반북한을 레드 콤플렉스의 표현이라며 조롱하기 시작했다. 당신들이 걱정하던 이념의 시대는 다 끝났다고 우리 귓전에 속삭였다. 숱한 공안사건을 용공 조작이라고 우기는 일도 이젠 다반사였다.

자연스레 거기에 동조하는 지식인 무리가 등장했는데, 그 원조 중의 원조가 리영희라는 사실엔 변함이 없다. 물론 좌익-좌파들이 그람시가 말했던 문화 진지를 하나씩 점령한 결과다. 이전까지 세력이 약했던 나머지 그들은 치고 빠지는 기동전 전술을 구사해 왔는데, 힘이 강성해진 지금은 진지전으로 전환했다. 자기들 세상이 왔다고 판단한 것이다. 그 통에 공산주의자들 못지않게 설쳐댄 것은 레닌이 말했던 '쓸모 있는 바보들'이었다.

리영희 발(發) 좌익들의 난동

그 면면이 누구이던가? 대통령 김영삼을 포함한 수많은 정치인 그리고 지식인 다수였다. 그런 바보들을 나는 위선적 리버럴리스트라고 규정한다. 위선적 리버럴리스트는 정치학자 양동안 교수의 용어인데, 박정희 반대로 하는 것을 선진화-민주화라고 믿고 좌익에 동조해온 얼간이란 뜻이다.

그런 헛똑똑이 그룹은 지금도 리영희라는 깃발을 따라서 대량 증식된다. 어려선 전교조 학교에서 길러지고, 어른이 돼선 언론노조가 지배하는 좌편향 미디어에 마취된 채 다시 무럭무럭 자라난다. 대중은 어떤가? 이들이라고 예외일 수 없다. 이미 이들은 세상에 대한 눈먼 분노로 무장한 '촛불 자코뱅'이다. 상황이 그러하니 당분간 이 나라 이념혼란은 멈추지 않을 것이고, 국가위기는 반복될 것이다.

그게 진실이다. 87년 이후 좌우합작 체제 아래에서 제대로 된 시민교육을 받지 못한 한국인들이 정치적 백치로 전락했다는 뜻이다. 물론 좌익의 입장에서 보면 딱 혁명의 만조기(滿潮期)다. 좌우 동거 30년 동안 은인자중해오던 좌익이 본색을 드러내며, 체제변혁-민중혁명의 꿈을 이루려는 충동을 참기 어려울 것이다.

이 모든 상황이 리영희 발(發) 좌익의 난동인데, 또렷이 기억해둬야 한다. 두 가지다. 이후 리영희 본인은 철이 지난데다 누구도 들어주지 않는 마오쩌둥에 대한 찬양을 접고 북한과 김일성 찬양에 매달렸다는 점, 그래서 한국 좌파의 피에는 그때 이후 종북 DNA가 섞여들었다는 점이다. 어찌 됐건 리영희로선 현대중국과 마오쩌둥에 대한 미화를 북한과 김일성 미화로 이내 '덮어쓰기'를 한 꼴인데, 그런 증거는 실로 수두룩하다.

리영희의 이후 족적이 모두 그러하니까 말이다. 우선 6·25전쟁이 베트남전쟁처럼 민족해방전쟁이었다는 논리를 앞세운 강정구 훨씬 이전에 리영희는 "6·25는 민족의 독립통일을 위한 노력이지 침략이 아니다"는 논리를 거침없이 개진했다.

훗날 회고에서 남한사회를 "혼란의 극치와 폭력이 난무하는 약육강식의 사회"이자 "폭력·무질서·범죄·타락이 난무하는 반인간적 사회"(『대화』, 79쪽)로 묘사했지만, 북한은 지상 낙원으로 띄우는 철면피 논리를 1990년대 벌써 개진하기 시작했다. "북한은 높은 민족적 자존과 사회구성원 간의 도덕적 생존양식 그리고 동포애가 감도는 순박한 인간형 등의 사회"(『새는 좌우의 날개로 난다』, 167쪽)라는 식이다.

리영희만 몰랐던 북한의 실체

그는 몰랐다. 리영희가 그렇게 거품을 물고 있을 때 북한은 이른바 고난의 행군 속에 300만 명 아사자가 발생하고 있었다. 그가 정말 몰랐던 것은 북한이 이른바 건국 이래 거대한 허깨비의 나라였다는 점이다. 즉 북한이 크게 망가진 게 바로 1960년대 전후였으니 저들의 병은 뿌리가 깊다.

당시 북은 GDP(국내총생산)도 아니고 GNP(국민총생산)의 25퍼센트를 대남공작비를 포함한 군비로 쓰는 별종의 체제였다. 정상적 경제성장은커녕 버티기조차 힘든 구조다. 비효율적인 명령 경제에 더해 경제-군사 병진노선의 한계다. 그래서 1967년 마무리됐어야 할 제1차 7개년경제계획을 완수 못 한 채 3년 연장했다. 박정희 시절의 중앙정보부가 그런 북한의 한계를 훤히 내다봤지만, 북한 사랑에 눈먼 리영희와 그의 아류들만이 몰랐다.

당시 중앙정보부는 1969년 말을 기점으로 대한민국 1인당 소득이 208달러가 되고, 북한은 194달러로 떨어지게 된다는 보고를 그해 여름 박정희 대통령에게 했다. 그런 대역전은 대한민국의 시장경제 원칙과 경제제일주의가 올바른 길이고, 북한의 사회주의

길이 얼마나 잘못인가를 새삼 보여줬다.

실은 그 이전 1950년대 북한이 잘나갔다는 것도 거대한 착시현상이다. 6·25 뒤인 1954~60년 공업생산은 연평균 39퍼센트 성장했지만, 그건 소련의 경제 지원에 따른 반짝 효과였다. 그렇다면 북한현대사의 진실은 자명하다. 북한은 1950~70년대 내내 죽을 쒔고, 그래서 김일성 사망(1994) 전 경제는 5년 연속 마이너스 성장을 거듭했다. 직후 고난의 행군도 피할 수 없었던 선물이라고 봐야 옳다.

이런 구조에 눈을 감았기 때문에 북한 공산주의가 걸었던 길을 그는 "영웅적·낭만적·이상적이고 선량했으며, 인간 자질에 있어 훌륭했던 사람들이 지향했던 행동"이라고 사상의 은사 리영희는 용감하게 찬양할 수 있었다. 이념의 콩깍지가 씐 그에게 대한민국이 악의 체제인 반면 반문명적 북한은 선의 체제로 보인다.

그런 그가 급기야 북한의 핵무기조차 대(大)민족주의의 차원에서 이해하고 용납하자는 최악의 논리에 빠지고, 북한 인권문제 역시 미국식으로 보는 것은 위험하다는 이적성 발언을 내뱉고 만다. 여기에 반대하는 대한민국의 자유우파는 극우 반공주의 세력이자, 정치 지체아적 상태에 빠진 것이라며 극도의 비난도 퍼붓는 게 리영희란 위인이다. 북한 공산주의 노선은 "영웅적·낭만적"이며 때문에 북핵조차 용납하자는 그의 논리란 그 혼자만의 망상이 아니었다.

리영희가 심어준 정신질환 'NL병'

그 망상은 이 책에서 다루는 문화권력 3인방 백낙청·조정래 등과 함께 리영희가 공유하는 공통된 세계이며, 이 나라 지식인 대부분이 걸려 있는 질병이기도 하다. 그 질환 이름은 조금 전 언급한 'NL(민족해방)병'인데, 자유민주주의에 대한 신념과 도저히 병존할 수 없음은 물론이다.

그런데도 적과 우리를 구분할 줄 모르는 대한민국의 평균적 사람들 머리에 일정하게 뒤틀린 상식, 넋 나간 신념으로 자리 잡은 것도 사실이다. 그건 2016년 사드 배치 반대 시위가 한참이던 무렵 '북핵 옹호 모자녀'의 발언으로 드러나지 않았던가? 당시 시위 현장에서 야구 모자를 눌러쓴 채 마이크를 잡고 "북핵은 저희하고 남쪽하고 싸우기 위한 것이 아니구요"란 내용의 황당한 선동을 거침없이 하던 그 궤변가 여성 말이다.

문화권력 3인방이 뿌린 좌파 민족주의 씨앗이 '우리민족끼리'의 반외세주의로 뿌리내리고, 그게 민족 공조로 가지를 친 게 지금 국면이다. 이걸 연결고리로 남과 북 사이 통일전선 구축, 즉 국공합작으로 진입할 가능성도 배제 못 하는 것이 2019년 지금의 국면이다.

그 무서운 전염병 'NL병'으로부터 자유로운 거의 유일한 좌파 지식인으론 뜻밖에도 고려대 명예교수 최장집을 꼽아야 한다. 그는 2019년 7월 「중앙일보」와의 인터뷰에서 희망적 사고를 투영해 북한을 바라보는 잘못된 논리는 필연코 잘못된 대북 접근법으로 연결된다고 지적했다. 북한 비핵화 협상이 타결되면 북한이 개혁개방에 나설 것이라고 보고, 그래서 미북 관계 정상화와 북한의 개혁개방으로 이어진다는 도식은 명백한 실수(「중앙일보」, 7월 8일자 12면)다.

북한에 개혁개방할 수 있는 정치적 기반이 없으며, 중국 덩샤오핑 같은 획기적 전환은 없다고 봐야 한다면 '우리민족끼리'의 반외세주의나 민족 공조를 통한 남과 북 사이의 통일전선 구축이란 거대한 정신착란에 불과하다. 어쨌거나 최장집이 좌파 중 가장 현실적 사고를 하고 있음을 보여준다.

때문에 그는 리영희를 포함한 문화권력 3인방의 낭만주의적 몽상으로부터 거리를 두고 있는 사람이다. 좌파-좌익도 정상적 사고를 유지한다면 남과 북이 함께 어깨동무한다는 국공합작 미망(迷妄)으로부터 언젠가는 벗어날 수 있음을 보여주는 대목이다. 아직은 그게 최장집 하나라는 게 안타까울 뿐이다. 분명한 것은 1991년을 기점으로 리영희는 회군(回軍) 기회, 즉 전향할 찬스를 놓쳤고, 그게 바로 지금의 억지 논리를 만든 시작이다.

리영희, 어쨌든 간에 그는 문제적 인물이고, 한 시대를 만든 사람이다. 한 개인의 잘못된 선택도 문제이지만, 책임 있는 지식인의 오판과 비겁함이 지금 우리 불구의 시대를 만들었다. 자신의 지적 과오나 단견 등을 수용할 줄 알아야 다음 단계로 나아갈 수 있다고 했던 리영희의 말, 그러나 지켜지지 않았던 그 약속을 오늘 재음미해본다.

제3장 리영희의 흑역사를 아세요?

1991년 그때 리영희가 회군 기회 놓치는 바람에 지금 불구의 시대를 만들었지만, 부메랑은 그에게도 향했다. 당시 브레이크를 밟지 못했기 때문에 리영희의 흑역사로 불리는 적지 않은 논란을 만들었고, 그게 지금도 그를 괴롭힌다. 대표적인 게 리비아 카다피 옹호 문제이고, 대한민국이 한반도 유일의 합법정부가 아니라고 했던 악명 높은 발언이다.

이 두 개가 만년에 리영희가 저질렀던 오류이지만, 1970년대의 대표적 실수인 중국 문화혁명 찬양이란 더 큰 오류와 함께 리영희의 명성을 먹칠하고 있다. 또 있다. 1976년 중국의 탕산 지진 이야기를 하며, 그걸 직후의 미국 뉴욕 12시간 정전과 비교한 그의 옛 글도 눈이 뒤집혔던 그의 모습을 보여준다. 중국 시민들은 당시 예수 십계명대로 행동했는 데 비해 미국인들은 지옥을 만들었다는 근거 없는 주장은 그야말로 부끄러운 실수였다.

문제는 그런 오류란 단순 실수 내지 착오가 아니고 처음부터 악의적이란 점이 문제다. 그가 쌓아올렸던 약간이나마 좋았던 이미지마저 갉아먹는 요인인데, 우선 카다피 옹호부터가 가관이다. 리영희는 2005년 출간된 대담집 『대화』에서 리비아 카다피를 옹호했는데, 책 출간 당시에는 잠잠했던 사안이다.

그러다가 한참 뒤에 일부 독자들이 이의제기를 하면서 논란이 불거졌다. 그가 극찬했던 카다피는 2011년 민주화를 주장하는 자국민을 전투기로 폭격하고 용병까지 동원해서 학살하다가 끝내 사살당했다. 책 출간 시점에서도 35년째 독재자로 군림하고 있었다. 그런 그를 단지 자본주의가 아닌 경제체제를 운용했다는 이유만으로 그렇게 높게 평가할 수 있는가라는 의구심이 카다피 사후에 네티즌을 중심으로 일어난 것이다.

지금도 '나무위키'를 포함한 인터넷 백과사전에 리영희의 오류로 그게 지적되고 있지만, 실은 『대화』에는 그런 논란의 여지가 있는 내용이 엄청나게 많다. 특히 대담방식이기 때문에 미처 걸러내지 못했던 억지와 위선 그리고 과장의 덩어리가 그 책이라고 보면 된다.

대한민국, 한반도 유일 합법정부 아니다?

그런 것에 비춰 카다피 옹호란 어쩌면 그리 크지 않은 오류로 보일 지경이다. 또 해당 내용은 카다피라는 인물을 과연 어떻게 평가할까를 둘러싼 본격적인 논의가 아니었다. 1970년대를 회상하면서 그때 자신에게 용기를 북돋워줬던 사건의 하나로 언급했을 뿐이다. 분량도 한 쪽이 채 안 된다. 그럼에도 반미·반서방으로 일관해온 리영희식의 뒤틀린 세계관이 급기야 독자의 비위를 뒤틀리게 했다는 게 흥미롭다.

> 전통적인 제국주의 세력의 퇴조를 뜻하는 역사적 변혁은 석유를 둘러싸고도 일어났어. 이해에(1969) 신생 독립국가인 리비아에서 쿠데타로 서구 제국주의의 괴뢰 왕조를 전복한 카다피 중령은 즉시 서방 제국주의 자본이 소유했던 유전의 국유화를 단행했어요. 이것은 아랍세계 인민이 결정적으로 서방 자본주의의 착취를 거부하는 몸부림이었어. …나는 이집트 나세르 대통령과 리비아의 카다피가 아랍 인민의 주권을 선포하고 새로운 시대의 삶의 방식으로 비자본주의적 경제체제를 선포한 것을 보면서 국내현실로 말미암은 질식과 절망의 상태에서 해방되는 것과 같은 기쁨을 느꼈어. (『대화』, 422쪽)

반서방·반자본주의·반제국주의를 기조로 한 리영희식 화법이

◇1948년 유엔총회에서 유일 합법정부로 승인받은 직후
대한민국 정부가 만들어 배포했던 홍보 포스터.
'당당한 대한민국'이 당시 캐치프레이즈였다.

거침없다. 그만큼 그는 한국사회에서 이단아임을 새삼 입증한 꼴인데, 그런 카다피 논란은 학계의 논쟁이 아니고 네티즌들의 문제 제기라는 점을 다시 기억해두자. 그가 오죽 한심한 논리를 펴고 앉아 있으니 젊은이들이 비판을 할까?

그와 달리 대한민국이 한반도 유일의 합법정부가 아니라고 했던 발언은 실로 중차대하고, 지금도 현안으로 남아 있다. 1991년 리영희가 첫 오류를 저지른 뒤 지금까지도 국사교과서 편찬 등의 틈을 타 대한민국을 부정하려는 좌파 국사학자들의 손에 의해 등장하길 반복하고 있다. 상황은 이렇다. 1948년 12월 유엔총회 결의는 대한민국 정부의 관할 범위가 유엔한국임시위원단의 감시 아래 선거가 실시된 38도선 이남 지역임을 밝히는 부분과, 한반도에 수립된 두 정부 중 대한민국 정부를 한반도의 유일 합법정부로 인정한 부분 두 개다.

그런데 1991년 리영희가 이걸 가지고 장난쳤다. 두 부분을 슬쩍 연결해 대한민국 정부가 38도선 이남에서만 유일한 합법정부라고 번역한 것이다. 명백한 결의문 오역(誤譯)이었다. "그 지역(38선 이남)에서 그와 같은(such: 합법적인) 유일한 정부임을 선언한다"고 리영희는 번역했지만, 원문에 '그 지역에서'란 단어가 없다. 다만 '한국에서(in Korea)'라고 표기돼 있다.

즉 1948년 유엔총회 결의문에는 "대한민국 정부가 한반도 전체의 관할권을 갖는다"는 식의 표현은 없지만, 당시 한반도에 이미 존재하던 두 체제 중 대한민국만이 유일한 합법정부라는 점은 논란의 여지가 없을 정도로 명료하다.

그런데도 리영희를 따라서 왜 좌파는 대한민국이 한반도의 유일 합법정부라는 걸 부정하는가? 38선 이북의 북한정권도 합법정부임을 주장하고 싶은 속내가 아니면 무엇이겠는가. 대한민국 정통성을 부인하고 북한 체제를 옹호하려는 끈질긴 노력이 그렇게 나타난다.

그의 오역은 악의적이고 의도적

문제는 이런 오역이 운동권과 국사학계에 스며들었고, 리영희 자신도 오역을 시인하지 않은 채 훗날 왜곡된 주장을 거리낌 없이 유포시키는 뻔뻔함을 보인 점이다. "이 나라는 엄청난 미신으로부터 출발했다. 그것은, 한국이 유엔 총회에서 승인한 한반도 유일 합법정부라는 것이다"라는 식이다.

그건 2004년 강연에서의 실제 리영희의 발언이다. 좌파 매체들은 그걸 이렇게 확대 증폭시킨다. "1980년대 한국사회에서 모든 지식인과 교수, 정책 수립가, 정당 관계자 들은 국가보안법과 반공법의 법리를 뒷받침하는 소위 유엔총회 결의 '대한민국은 한반도 유일 합법정부'라는 이 법률(결의안을 잘못 쓴 것으로 보임)이 얼마나 사실과 다르며 허위이고, 해석을 견강부회했던 집권자들의 자의적인 해석인지, 또 완전히 거짓에 의한, 우상에 의한 미신인지를 밝혀나갈 때 무척이나 고통받았다"(「오마이뉴스」 2004년 11월 4일).

리영희와 좌파 무리는 확실히 리플리증후군 혐의마저 있다. 자신이 떠들었던 거짓말을 진실이라고 믿는 점에서 그렇다. 실제로 2011년 역사 교과서 집필기준 논의에서 국사학계는 집요하게 그걸 요구한 바 있다. "대한민국이 유엔으로부터 한반도의 유일한 합법정부로 승인됐다"는 문장에서 "한반도의 유일한" 그 대목을 빼야 한다는 것과, 자유민주주의란 용어를 써서는 안 된다는 것이었다.

결국 “한반도의 유일한”이란 표현이 들어가는 것으로 정리됐지만, 리영희의 영향을 받은 국사학계의 왜곡된 인식을 보여주는 사건이다. 당시 일어났던 해프닝도 기억해야 한다. 「천재교육」이란 곳에서 펴낸 교과서가 “대한민국이 38선 이남에서의 유일 합법정부”라는 오도된 문구를 집어넣었다가 교과부의 수정 지시를 받아야 했다.

더욱 놀랍게도 교과서 집필진은 이를 거부하고 교과부에 소송을 걸었다가 결국 패소했다. 논란은 그걸로 끝나지 않고 2020년부터 사용될 새 교과서 집필 기준을 둘러싸고 2018년 논란이 재점화됐다. 문재인정부가 등장한 이후이니 당연한 수순일까? 이미 논란이 끝난 한반도의 유일 합법정부마저 다시 등장하는 등 옛 논란이 반복되고, 일부 진전됐던 부분마저 원점으로 되돌아갔는데, 이 모든 소동은 사상의 은사 리영희가 시발점임은 두 말할 것도 없다.

서옥식 전 「연합뉴스」 편집국장이 『오역의 제국』(도리, 2013)이란 저서에서 리영희의 유엔 결의문 오역은 악의적이고 의도적이라고 지적한 것은 백번 맞는 소리다. 그러나 그의 많은 흑역사 중 마오쩌둥과 중국의 문화혁명에 대한 지나친 미화만큼 끊임없이 논란을 유발하는 것도 드물다.

리영희란 빨간 바이러스의 실체를 재확인해주는 대목이기도 한데 단순히 현대 중국과 마오쩌둥을 긍정적으로 소개하는 원론이 아니다. 문혁(문화혁명)은 명백하게 최악의 재앙인데도 그걸 대놓고 미화했고, 그걸로 1970~80년대 젊은이들을 오염시킨 건 사실상의 범죄행위로 지탄받아 마땅하다. 당연히 리영희 최대의 아킬레스건이기도 하다. 문혁은 어떻게 봐도 1966~1976년 마오쩌둥이 기획하고 홍위병이 주연을 맡은 광기의 관제(官製) 문명파괴운동이나 다름없었기 때문이다.

문화혁명에 눈멀었던 리영희

당시 사망자 수만도 200만 명 내외로 추산된다. 문혁을 일으켰던 마오의 음험한 정치적 복선도 우린 안다. 그 이전 대약진 운동이란 무리한 정책을 펼치다가 무려 3,800만 인민을 굶겨죽이고 경제가 바닥으로 추락하는 재앙 속에 뒷방 늙은이로 전락할 위기에서 마오쩌둥이 다시 대형사고를 친 게 문혁이었다.

사실 공산주의 중국을 우호적으로 보는 시각은 당시 유럽 지식인 사회에서도 한때 팽배했다. 그러나 시간이 흐르면서 확연히 달라졌다. 1997년 프랑스 역사학자들은 『공산주의 흑서』를 펴내 공산주의 정권 아래 살해당한 사람의 수를 집계했다. 중국이 6,500만 명으로 가장 많았다. 전쟁을 제외하고 가장 많은 인류가 공산주의 정권 치하에서 살해당했던 것이다. 그중 절반 이상인

3,800만 명이 대약진운동 중 사망이다. 중국 당국의 공식 통계다.

그걸 무시했던 리영희는 1974년 『전환시대의 논리』에서 자기 흑역사의 결정적 단초를 제공했다. 문화혁명에 대해 '새로운 사회주의적 인간을 만드는 인간개조 실험'이라고 한다거나, '마오쩌둥이 민중과 자신을 직결시킨 혁명'이라고 밝힌 것이 대표적이다.

공산주의에 콩깍지가 씐 리영희이기 때문에 현대 중국의 모든 걸 긍정의 눈으로 본 것이라는 건 누구나 안다. 문제는 그게 문혁 당시 공산당 선전선동을 베낀 수준이거나, 때론 그걸 넘어 자신만의 공산주의 찬양으로 치닫기도 한 점이다. 일테면 당시 중앙문혁 소조장 천보는 "의심할 여지없이 문화대혁명 중에 무산계급의 신사조·신문화가 지주와 착취 계급의 구사상·구문화를 대체할 것이다. 마오쩌둥 사상으로 무장하여 온갖 잡귀를 쓸어버릴 것이다"

◇중국 문화혁명은 한마디로 광기의 극좌 사회주의 실험이었는데, 리영희는 그걸 무한 찬양했다. 사진은 문화혁명 당시 중국 전역에 뿌려졌던 포스터.

고 선언했다. 그런 게 리영희에겐 액면 그대로 받아들어졌다.

실은 천보의 공식 발언 그 자체가 허구이며, 실제론 "옛것 모두를 모조리 숙청하라. 문화·교육·정치, 당신들 부모까지도!"라는 구호 속에 분서갱유와 문화재 파괴가 중국을 휩쓸었다. 마오가 학교 문을 닫고 학생들이 홍위병이 되어 교사·교장·교수에 대항하라고 선동했으니 말이다.

1969년에 인민해방군이 질서를 회복하기 전까지 온 나라가 사실상의 무정부 상태에 빠졌는데 말하자면 이런 식이었다. 병원에서는 의사들이 화장실 청소를 하도록 강요당하고, 청소부들이 환자를 돌봤다. 이런 가운데 홍위병들은 왜 자본주의의 길로 가느냐며 정부와 당의 간부를 비판하면서 군부대 무기고에서 탈취한 무기를 들고 거리로 뛰쳐나왔다. 문혁의 그 어이없는 혼란과 비참한 현실을 리영희가 알 리 없었다.

다만 그걸 인간개조 실험이라거나, 마오쩌둥이 민중과 자신을 직결시킨 혁명이라고 치켜세웠던 것이다. 중국에서는 홍위병이 핏발이 선 채 총칼을 들고 다니고, 서울에서는 리영희가 글이란 이름의 죽창을 들고 혼자서 설치는 꼴이었다.

덩샤오핑 성공에 퍼부은 울분-저주

아무리 봐도 리영희의 지적 사기나 다름 없는데, 세월이 흘러 시야를 가렸던 역사의 먼지가 가라앉고 문혁의 추악한 실상이 드러났을 때 그는 과연 어떻게 대응했을까? “당시에는 정확히 파악할 방법이 없었다”는 게 그가 했던 발뺌의 거의 전부였다. “겹겹이 제한된 상태에서 관찰할 수밖에 없었다”는 진정성이 결여된 참회 한 줄을 훗날 펴낸 책 『대화』에 등장시켰을 뿐이다. 그렇게 전모를 파악하기 어려운 상황이라면 조심스러운 태도를 취하는 게 글쓰는 이의 도리이자 직업윤리가 아니었을까?

보다 놀라운 건 그의 철면피 논리다. 중국공산당 중앙위원회는 문혁이 종료된 직후인 1981년 ‘건국 이래 당의 약간의 중국근현대사에 관한 결의’를 만장일치로 채택하는데, 이렇게 선언했다. “문화대혁명으로 당과 국가와 인민은 건국 이래 가장 심각한 좌절과 손실을 맛보았다.”

그게 당의 공식입장이었다. 혹시 안팎에서 오해가 뒤따를 것을 걱정해 한 사람 이름을 콕 찍어서 비판하는 걸 잊지 않았다. “마오쩌둥 동지가 일으킨 문혁의 주요 논점은 마르크스 레닌주의에 맞지 않을 뿐 아니라 중국의 실정과도 맞지 않는다는 것을 증명한다.” 리영희가 이 역사적 문건을 몰랐을 리 없다. 자기가 펴낸 책 『10억인의 나라』에 발췌해 이걸 싣기는 했는데, 바로 이어 밑도 끝도 없이 울분과 저주를 토해낸다.

“현 중국지도부(덩샤오핑 지칭)는 역사에 의해 사형선고를 받고 있는 것이나 다름없다. 모든 수정주의의 역사가 말해주듯 이들도 결국은 패배를 면하지 못하리라." 그게 문혁 이후 한 번도 반성해 본 일 없는 리영희의 본심임은 두 말할 필요도 없다.

때문에 그 대목이야말로 숨기고 싶은 리영희 흑역사 중의 최대 급소가 아닐 수 없다. 그가 학자도 저널리스트도 못 되며, 활동가 역시 될 수 없는 위인이지만 동시에 그건 자기 역사를 스스로 개척하고 있는 중국 국민과 역사에 대한 모독이기도 하다. 오죽했으면 리영희 예찬론자인 철학교수 윤평중까지 이 대목에서 고개를 절레절레 흔들어야 했을까?

윤평중은 자기 책 『극단의 시대에 중심 잡기—지식인과 실천』(생각의나무, 2008)에서 리영희를 "가히 불꽃같은 삶" "사상의 은사"라고 극찬을 반복했지만, 뒤에선 냉정한 평가를 잊지 않았다. 리영희는 한때 이성의 청량제였다는 것이다. 그러나 강조점은 뒤에 있다.

문제의 칼럼 「탕산 시민을 위한 애도사」

"총체적 재앙이었던 마오쩌둥의 실험과 북한의 참혹한 현실에 대해 우리를 미혹(迷惑)하는 발언을 계속할 때 '우상 파괴자 리영희의 아름다운 얼굴이 새로운 우상 숭배자의 형상과 겹친다." 리영희는 공산주의란 우상을 섬긴 바보였다는 뜻이다. 좌파 전체주의인 한국사회 분위기에서 그런 발언을 할 때 윤평중은 좌파 학자 중 그래도 맨정신을 가진 사람임을 보여주는 셈이다. 그래서 그는 이런 지적도 잊지 않았다.

"리영희는 공이 일차적이고 과는 이차적이다. 공적이 하늘을 찌르는 것과 함께 그의 과실도 치명적이다." 그 발언에 나는 절반만 공감한다. 그래서 윤평중의 발언을 이렇게 바꾸려 한다. "리영희는 과가 일차적이고 공은 거의 없다. 공과를 언급하기 전에 리영희 자체가 치명적이다."

얘기가 이걸로 그쳐선 안 된다. 새로운 우상이나 다름없는 리영희는 왜 이런 치명적 과실을 범하는가? 그에 대한 해명 없이 '괴물' 리영희는 이해되지 않는다. 중국과 마오쩌둥 짝사랑에 빠진 리영희 하면 빼놓을 수 없는 게 1976년 7월 중국 탕산 대지진 이야기인데, 그 안에 리영희의 구조적 한계를 제대로 볼 수 있다. 1988년 11월 그러니까 서울올림픽이 끝난 직후 그는 「한겨레」에 게재한 악명 높은 칼럼 「탕산 시민을 위한 애도사」를 싣는다.

신문에 난 직후 「한겨레」 구독자와 리영희 지지자 사이에서 찬사가 터져 나왔는데, 지금까지도 리영희 명칼럼으로 그걸 꼽는 눈먼 좌파 무리도 있다. 리영희의 당시 칼럼 표현대로 "이기주의를 원리로 삼는 자본주의와, 공동의 이익을 원리로 삼는 사회주의 도덕의 차이"를 드러낸 글이다.

하지만 그런 찬사란 저쪽 진영 내부에 국한된 것이며, 세상 물정을 좀 아는 이들이라면 인간 리영희의 결정적 한계를 잘 보여주는 칼럼으로 바로 이 글을 지목한다. 당시 이 글을 쓰기 12년 전 규모 7.5 지진으로 폐허가 되어버린 인구 70만의 중국 탕산이 논란의 이 글이 다뤘던 현장이다. 그때 지진으로 무려 24만 명이 사망하고 16만 명이 부상을 당했다. 놀랍게도 리영희의 눈엔 공산주의 인민들의 훌륭한 행동이 유독 눈에 띄었고 찬양할 만했다.

땅이 흔들리고 건물은 허물어지는 천재지변의 와중에 중국인들은 질서정연했다. 불행을 당한 이웃을 위해 달려나가고, 자신의 위험을 무릅쓰는 이타적 행동도 보였으니 그야말로 공산주의 낙원에서 벌어진 미담 중의 미담이었다.

> 땅은 흔들리고 건물은 계속 허물어진다. 화재는 연옥같이 건물을 태워나간다. 그런 속에서 중국인들은 질서정연하게 행동하고 난동을 부리거나 남을 해치는 일이 없다. 진동과 파괴와 화재가 계속되는 속에서 불행을 당한 이웃을 위해 달려나가고, 자신의 위험을 무릅쓰는 행동은 바로 자기 가족을 위하는 것과 같아 보였다.

공교롭게 이듬해 여름 미국 뉴욕에서 12시간의 정전 사태가 벌어졌다. 변압기에 불이 나 생긴 토요일 밤의 돌발 사태였는데, 그

때 인간들의 행동은 그야말로 정반대였다. 미국 신문의 표현대로 지옥의 문이 열린 듯했다. 혼란·무질서·약탈·살인을 일삼았고, 리영희의 표현대로라면 "1,000만 미국인이 1,000만 가지의 행동을 했다." 중국 시민들은 예수의 십계명대로 행동했다는 것이고, 미국 시민들은 예수의 십계명을 배반했다는 판단이다. 그런데 이 지점부터 리영희가 본색을 드러냈다.

앞에서 인용한 대로 "그건 이기주의를 원리로 삼는 자본주의와 공동의 이익을 원리로 삼는 사회주의 도덕의 차이"라는 목소리다. "아무리 풍요해도 불평등할 수밖에 없는 사적 소유제도와 가난하지만 평등한 재산제도의 차이"일 수도 있다는 말도 안 되는 비약을 감행해버리고 말았다.

현실과 담쌓은 리영희의 '정치동화'

확인되지 않은 사실에 기초한 헛된 상상력에 불과했지만, 칼럼이 신문에 실린 당시에는 독자들에게 그럴싸한 분석으로 들렸다. 드디어 그는 덩샤오핑 등장 이후 현대화된 중국에 대한 황당한 충고도 잊지 않았는데, 그게 칼럼에서 하고 싶었던 리영희 진짜 목소리다. "(1980년대 이후 변화한) 중국은 지금 미국식의 물질적 풍요를 이루려고 안간힘을 쓰고 있다. 시민들은 코카콜라에 입맛을 들였고, 지식인들은 더 절묘한 노동자 관리를 위해서 MIT대 경영학 교과서를 들고 밤을 새운다"는 개탄이었다.

"자본 원리와 물질주의의 신이 도덕주의와 평등사상을 추방했고" 그 결과 현재의 중국 사회는 타락과 부패, 인간소외의 늪으로 빠져 들어가고 있다는 분석까지 곁들였다. 그래서 덩샤오핑 체제 아래서 망가져버린 탕산 시민을 위해 리영희는 서울에 앉아 눈물의 애도사를 쓴다는 걸로 그 글은 마무리된다.

어떠신지? 이 정도라면 리영희가 중증 환자란 얘기다. 그의 뇌 구조는 공산주의 인간형은 숭고하고 자본주의의 인간형은 더럽고 이기적이라는 잘못된 이분법의 세계로 이뤄졌는데, 그건 현실과 담 쌓은 리영희표 '정치 동화'의 무대임을 새삼 보여준다. 그래서 「탕산 시민을 위한 애도사」는 시대착오적 칼럼이고, 지금껏 리영희의 부끄러운 역사로 남아 있다.

공산주의, 그것도 관념 속의 이념만을 짝사랑해온 그가 탕산을 소재로 다시 한번 낡은 레코드판을 틀어본 것이다. 그럼 리영희는 자신의 그런 약점과 한계를 알았을까? 내 판단은 "몰랐다"는 쪽이다. 그 칼럼을 쓴 3년 뒤에도 별도의 글을 통해 탕산 지진을 언급한 적이 있었는데 여전했다.

탕산 지진에서 발휘된 중국인들의 모습은 "숭고한 인간애의 발현"이었다는 공산주의 찬양으로 일관했다. 탕산 지진 때의 중국은 "도덕적 선이 이룩된 사회"라는 표현까지 다시 동원했는데, 리영희란 저널리스트가 그렇게 외눈박이였던가를 재확인할 수 있는 대목이다. 여기서 사실관계를 확인해보자. 탕산 지진 때 무법난동이 없었다고? 질서가 표면적으로 유지된 듯 보였지만 혼란·무질서·약탈도 역시 피할 수 없었다. 당시 시민들이 질서를 유지했다는 것 자체가 말도 아닌 과장이었다.

지진 현장에서 혼란·무질서·약탈·방화 등이 왜 발생하지 않았겠는가? 당연히 아비규환이었다. 단 체제 유지를 위한 전체주의 공권력이 그만큼 막강했기 때문에 군중들이 상대적으로 몸을 사렸던 게 사실이다. 그보다 결정적인 것은 따로 있다.

중국 당국이 엄격하게 보도통제를 했고, '포장된 정보'만 외부세계에 내보냈던 것이다. 일차 도시 재건이 완료되기까지 지진 이후 10년 동안 외국인 출입을 통제했을 정도였다. 실제로 훗날 탕산을 다녀왔던 시인 신경림 일행의 보고도 그걸 재확인해준다. 당시 탕산에서도 적지 않은 약탈과 혼란 사태가 일어났지만 눈에 콩깍지가 낀 리영희만 몰랐을 뿐이었다. 이유도 분명하다. 그런 약탈과 혼란 등 각종 사고를 감춘 중국의 공식 보도에 그가 과도하게 의존했던 것이다.

'공산주의 화석'을 사랑한 남자

거기에 공산주의는 선하다는 희망적 사고를 가지고 옛 중국을 바라보니, '아름다운 탕산 대지진'이란 이념의 신기루만 눈앞에 어른거렸을 뿐이다. 그게 그 칼럼을 둘러싼 앞뒤 진실의 전부다. 확실히 그는 역사 흐름 속에 사라진 공산주의란 이름의 화석을 평생 끌어안고 살았던 남자다.

변화하는 덩샤오핑의 중국 현실을 애써 무시한 채 자기 관념 속의 옛 마오쩌둥의 중국만이 그의 짝사랑으로 남아 있다. 그건 그만의 기묘한 성격과 외고집에 기인하는 것이겠지만, 리영희에게서 나는 조선시대 모화(慕華)사상의 흔적을 본다. 역동적으로 등장한 현실 속의 나라 청나라 등장을 애써 무시한 채 역사 속으로 사라진 명나라의 그림자만을 붙잡고 살았던 주자학 근본주의의 나라 조선왕조 말이다. 몇백 년 시차에도 둘 사이의 구조는 같다.

주자학 근본주의의 나라 조선이 어떻게 몰락했는지를 잘 아는 우리로서는 공산주의 악령에 사로잡힌 리영희에 대한 앞으로의 평가가 어떻게 될지 안 봐도 알듯 싶다. 멀리 갈 것도 없다. 이 책이 다루는 백낙청과 조정래야말로 가장 강력하게 리영희의 영향권에 있다.

백낙청은 리영희보다 9세 연하이고, 조정래는 14세 연하인데, 이 세 명의 머리는 닮은꼴이다. 리영희식 공산주의 짝사랑, 자본주의에 대한 증오부터 빼다 꼽았다. 리영희가 분단체제를 낳았다는 이승만·박정희에 대한 비판 속에 대한민국을 '창녀적 존재'(김광동 등 지음, 『위선과 억지』, 24쪽)로 규정했다면 백낙청도 꼭 그러했다. 그래서 평생 분단문학을 이른바 분단극복문학으로 바꾸자고 주창했고 그 깃발 아래 결국은 한국문학을 망쳐왔다.

이 책 제3부에서 확인해보겠지만 조정래의 역사소설 『태백산맥』이야말로 분단문학을 이른바 분단극복문학으로 바꾸려 했다던 작품인데, 실제론 참담한 반 대한민국의 메시지를 담은 반역소설이다. 확실히 리영희-백낙청-조정래, 셋은 같은 영혼을 가진 사람들이 맞다. 알고 보면 불행하기 짝이 없는 소울 메이트에 불과하다.

제4장 황장엽과 티격태격했던 사연

리영희는 3남 2녀 5남매의 넷째다. 위로 형님과 두 누님이 있는데, 해방 이후 이산가족이 됐다. 북쪽에는 그의 형님과 작은 누님이, 남쪽에서는 아버지와 어머니 그리고 큰 누님과 리영희와 동생이 살았다. 그런 그가 1998년 11월 평양 방문 때 이산가족상봉을 했고, 당시 상황을 리영희 자신이 글로 써서 「한겨레」에 3회에 걸쳐 연재했다.

글의 앞부분은 좋았다. 꿈속에서 언제나 예쁘고 갸름한 얼굴로 찾아왔던 6세 위의 순희 누님, 헤어졌을 때 스물셋이던 그 작은누님을 포함해 두 누님을 다시 만날 기대감도 설득력이 있었고, 돌아가시기 전 "20년 동안 매일 아침 북쪽을 향해 합장한 채 북에 놓고 온 아들과 딸에게 당신 마음을 보내던" 아버지에 대한 회상도 단편소설의 묘사 뺨친다.

> 어느 이산가족의 가정이 그렇지 않으랴마는, 나의 집도 해마다 추석의 밤은 즐거움이나 잔치와 들뜸의 시간이기보다는 침묵과 괴로움의 밤이었다. 가을의 밤하늘이 구름 없이 맑고, 중추의 달이 거울보다도 환히 비치고 있을 때 아버지와 어머니는 마당에 나앉아서 몇 시간을 두고 하염없이, 그리고 두 분이 서로 아무 말도 나눔이 없이 달만 바라보는 것이었다.
> 그렇게 앉아 있던 두 늙은이는 더 참을 수가 없게 되면 누가 먼저랄 것도 없이 힘없이 일어나 눈물을 닦으면서 방으로 들어가, 이불을 머리 위까지 덮고 흐느껴 울었다. 아버지의 울음은 오열을 억제하려고 신음소리로 변하고, 어머니의 이불은 울음과 함께 몸부림치는 노인의 몸을 싸고 오랫동안 흔들림을 멈추지 않았다.

80세 노인으로 보이는 북한 조카

평양 도착 4일 뒤 평양 당국으로부터 순희 누님 이야기는 없고 다만 누님조카를 찾았다는 통보를 받았다. 그가 체류 중인 호텔로 찾아온다기에 따져보니 쉰다섯 살쯤일 법했는데, 리영희의 표현대로 여든 노인이 덜렁 들어왔다. 당시 리영희 나이는 만 70세였다. 흥미로운 것은 둘 사이 대화와 분위기를 리얼하게 재현한 글인데, 원문 그대로 인용할 만한 가치가 있다.

> 마련된 방에 안내원의 뒤를 따라 80세 가까이 돼 보이는 노인이 들어왔다. 55세여야 할 조카라고 했는데, 웬 노인을? 나는 한순간 머뭇거리다가 물었다.
>
> "네가 누구냐?"
>
> "조카 최수당입니다."
>
> "그래? 왜 혼자 왔니? 어머니는 어디 계시는가?"
>
> 조카는 혈육이라는 감정도 나타냄이 없이, 사무적인 보고를 하듯이 대답했다.
>
> "4년 전에 돌아갔디요."
>
> 무덤덤한 이 한 마디로 50년간 품어왔던 나의 간절한 그리움은 산산조각이 나버렸다. (중략) 나는 그처럼 섬세하고 가냘펐던 순희 누님이 6·25전쟁으로 홀로된 후 50여 년간을 어떤 인생을 살다 갔겠는가를 물을 필요도 없이 짐작할 수 있었다. 한참 동안 걷잡을 수 없이 흐르던 눈물을 닦으며 얼굴을 들었다.
>
> 누님은 전쟁 후, 광산 기사의 아내에서 시골 산간 밭농사의 협동농장 농부가 되어, 처음 만지는 흙을 파고, 돌을 이어 나르고, 밭 갈고 돼지를 키우는 생활로 75세의 생을 마쳤다. 나는 그 50여 년간의 누님의 고된 삶에 관한 모든 설명을 한 마디로 확인하고 싶은 마음

으로, 모든 질문들을 일괄해서 물었다.

"어머니가 많은 고생을 하다 돌아가셨구나?"

조카의 대답은 예상과는 다른 방향으로 간단명료했다.

"아니에요. 경애하는 장군님과 당이 먹을 것 입을 것, 모두 보내주어서 고생은 전혀 없었시요. 우리는 부족을 모르고 살았시오. 요 몇 해는 조금 어렵지만…."

나는 조카의 얼굴을 한참 들여다보았다.

"그래? 다행이다. 그런데, 너도 장가가서 아들딸 낳고 키운 어른이니까 알겠지만, 어머니가 스물일곱 살의 나이에 남편과 이별해서 50년간 혼자 고된 삶을 살려니 얼마나 외로웠겠냐?"

대답은 역시 간단했다.

"외로운 일 없었시요. 원수님과 공화국이 다 보살펴주고, 이웃이 떡도 나누어 주고 먹을 것 나누어 주니까요." (중략)

조카는 아버지가 남쪽에서 살아 있다는 말에 놀라는 것 같았다. "미제 앞잡이가 되지 않았나요?" 대머리가 된 넓은 이마가 깊은 골의 주름으로 꽉 찬, 햇볕에 그은, 여윈 얼굴에는 비웃음과 증오가 섞인 야릇한 표정이 스쳐갔다.

나는 "너의 아버지는 정직하게, 트럭 운수사업과 시멘트블록 제조업으로 남에게 도움을 주면서 살고 있다"고 안심시키려 했다. 아버지의 사진을 주려고 하자, 그는 "일없수다. 안 받갔시요!"라고 손을

◇1998년 이산가족상봉 때 조카를 만나고 있는 리영희. 오른쪽의 조카가 당시 나이 55세인데, 리영희의 말처럼 80세 노인으로 보인다.

저었다."

리영희와 15세 아래 조카 사이의 대화는 전체주의 북쪽의 실상을 그대로 보여주는 리얼한 자료인데, 그걸 감추거나 축소했을 법한 리영희가 곧이곧대로 묘사한 게 신기할 정도다.

조카의 아버지, 즉 리영희의 매부가 남쪽에 살아 있다는 소식을 자신이 전해줬을 때 "미제의 압잡이" 운운하던 조카의 엉뚱한 반응과, "야윈 얼굴에는 비웃음과 증오가 섞인 야릇한 표정"까지도 잊지 않고 기록해뒀다.

장군님 타령을 왜 참고 들어줬지?

실은 조카의 아버지는 리영희 가족 일행이 남쪽에 자리 잡고 살기 시작한 지 몇 해가 지난 무렵 뒤늦게 합류해서 함께 살았다. 리영희를 대신해 장인 장모에게 효자 노릇을 하며 집안을 꾸려가다가 훗날 재혼했지만, 리영희와 매부는 특별한 정을 쌓았다고 이 글에서 밝힌 바 있다. 어쨌거나 그 엽기적인 이산가족 상봉 소식을 전한 리영희는 제법 멀쩡해 보인다. 북한에 대한 환상 같은 건 있어 보이지 않고, 이 글은 전체주의 북한에 대한 고발로 읽어도 훌륭하다.

희한한 것은 글의 뒷부분이다. 상황이 그랬다면, "북한의 숨겨진 모습에 환멸했다"고 털어놓아야 정상인데, 맺음말은 엉뚱하게도 누님 가족 찾기에 애써준 북한 당국의 "눈물겨울 만큼 정성 어린" 노고를 칭송하는 쪽으로 방향을 튼다. 그러면서 북한에 "진심으로 감사한다"는 말과 함께 마무리된다.

그래서 더욱 당혹스럽다. "경애하는 장군님과 당" 타령을 하고 "원수님과 공화국"을 장황하게 떠벌리던 조카가 가여울 뿐이고, 그런 공산주의식 자동인형을 만들어낸 최악의 국가폭력 집단인 북한에 대해 분노를 터뜨리는 게 정상 아닐까? 이산가족 상봉장 곳곳에 감시원을 붙였을 전체주의 체제의 무서움, 그래서 거대한 상봉쇼 장을 만든 북한의 기만성에 대한 리영희의 응당 제기되어야 했을 반응은 왜 없는가?

리영희는 명색이 비판적 지식인인데, 왜 그는 대한민국에 삿대질할 때는 추상같고, 북한에는 그렇게 봄바람처럼 너그럽고 흐물대는가? 명백히 이중 잣대의 적용이고, 리영희식 정의와 이성이라는 게 얼마나 허구인가를 보여준다. 다만 그걸로 그칠 수 없다.

리영희는 1976년 중국 탕산 대지진 몇 달 뒤, 미국 뉴욕의 정전사태 때와 달리 중국 시민들은 예수의 십계명대로 행동했다고 떠벌인 사람이다. 그건 이기주의를 원리로 삼는 자본주의와 달리 공동의 이익을 원리로 삼는 사회주의 도덕의 우월함이라고 턱없는 비약까지 감행했다.

그래서 그에게 물어야 한다. 사회주의 도덕이 그토록 우월하고 숭고한 인간애가 그처럼 잘 발현돼서 그의 조카는 "경애하는 장군님과 당" 타령을 했고, 아버지 사진을 건네주려는 삼촌 앞에서 "안 받갔시요!"라며 손을 내저었단 말인가?

지학순 주교가 리영희와 달랐던 점

이런 지적은 너무도 당연한 것이지만, 리영희와는 또 다른 반응을 한 사례가 없지 않다. 1985년 당시 첫 이산가족 상봉 때 북한의 누이동생을 만났던 천주교 지학순 주교의 일화다. 1970년대 반체제 활동을 활발하게 펼쳤던 그는 첫 이산가족 상봉에 자신을 끼워달

◇1985년 첫 이산가족 상봉 때 북한 누이동생을 만난 지학순 주교.
어릴 적 신앙심 깊었던 동생이 "우리는 살아서 천당 간다"며 오빠를 조롱했다.

라고 사정했다.

꼭 만나고 싶었던 것은 어릴 적 신앙심 깊었던 여동생 용화였다. 그런데 용화는 눈물의 상봉장에서 안내원의 눈치를 보면서 성직자인 오빠를 향해 엉뚱한 말을 쏘아붙였다. "우리는 살아서 천당 가는데 오빠는 죽어서 천당을 가겠다니 오빠가 돌았구만요?" 이 공격에 주교가 당황했다. "이렇게 만나게 되어 하나님께…"라고 말을 덮으려 하자 "오빠는 예수쟁이 다 됐어요. 하나님은 무슨…. 이게 다 수령님 은덕이야"라며 면박까지 줬다.

이후 얘기를 우리는 안다. 충격받은 지 주교는 돌아온 이후 너무 자주 울어 '눈물의 주교'라는 별명까지 얻었다. 지병인 당뇨가 더욱 악화되었다는 이야기도 있다. 이후 오래지 않아 세상을 떠났던 오빠는 마음에도 없는 말을 하는 여동생의 처지를 헤아렸지만, 이때 경험으로 정치적 개입 대신에 사회복지나 장애인 운동으로 더 관심을 바꿨던 것으로 알려졌다.

그나마 다행이다. 물론 지 주교의 변화가 다 만족스럽진 않다. 첫 이산가족 상봉에서 북한의 실체를 봤다면 가장 바람직한 행동은 북한 자유화운동·해방운동에 그때 나섰어야 한다는 점이다. 너무도 당연한 것이 아닐까? 본래 해방 직전까지 한반도 남쪽은 개신교의 교세가 강했고, 북한은 가톨릭신자들이 많았다. 가톨릭이 오래전부터 황해도 평안도를 중심으로 퍼진 연고 때문이다. 그러나 김일성의 공산당은 종교가 아편이라며 신자들을 반동세력으로 몰아 처형했다.

6·25남침 때에도 그랬다. 대한민국의 수많은 신부와 수녀를 죽이고 천주교회를 쑥밭으로 만들었던 걸 우리는 안다. 지 주교의 북한 자유화운동·해방운동은 여기에 대응하는 가장 효과적인 운동이고, 한국천주교의 사명이었을 것이다. 그 역할을 못 했기 때문에 1980년대 이후 현재에 눈감은 좌익 사제들의 경거망동과 좌경화가 돌이킬 수 없는 수준으로 진행되지 않았던가?

다시 리영희 이야기로 돌아오는데, 그는 최악의 북한 땅에서 그렇게 봄바람처럼 너그럽고 흐물대던 그가 우리들에게 보여줬던 또 다른 모습도 함께 기억해야 한다. 참 당혹스러운 그의 뒷모습인데, 김일성·김정일에게 질려서 망명을 감행한 주체사상의 이데올로그 황장엽을 처음 만났을 때의 일이다. 당시 그가 저질렀던 돌발 행동이란 정말 우릴 실망시킨다.

찾아온 손님 황장엽에게 왜 핏대?

1998년 무렵, 「한겨레」 창간 10주년 기념을 겸한 공식 대담 자리였다. 황장엽이 서울에 온 지 얼마 안 된 시점인데, 황장엽을 만나 정상적인 대화를 나누며 그의 망명 동기를 듣고 통일의 큰 그림을 그리는 게 상식적인 행동이고 당연한 수순인데 그게 아니었다.

리영희는 황장엽 앞에서 흥분해서 씩씩거리며 삿대질을 하고 언성을 높이는 이상 반응을 지속적으로 보였다. 그런 우여곡절 끝에 대담은 네 시간 동안 이어졌지만, 대담 내내 불편한 감정을 숨기지 않았으니 정상적이고 생산적인 대화는 불가능했다. 당시 리영희의 엽기적인 반응은 특별대담으로 나간 1998년 4월 14일자

◇1998년 공식 대담을 나누고 있는 황장엽(왼쪽)과 리영희.
망명 뒤 공개 활동을 시작한 지 얼마 안 되는 황장엽을 향해
리영희가 "변절자"라고 언급했다.

"신문에 난 것 그대로 보이지만, 훗날 단행본(『반세기의 신화』)에도 재수록되어 있다.

그걸 유심히 보면 손님 자격으로 신문사를 찾아온 대담자 황장엽을 앞에 놓고 도발을 감행한 것은 리영희다. 여섯 살 위인 황장엽이 대담 초기에 말을 좀 길게 하는 바람에 정상적으로 주고받는 대화가 이뤄지지 않고 있다고 벌컥 화를 낸 것이 시초다. 상대방이 그렇게 나오니 황장엽도 흥분해서 책상을 주먹으로 내리치는 사태가 일어났고, 분위기는 삽시간에 어색해졌다. 어이없는 일은 그 뒤 다시 벌어졌다.

황장엽을 향해 "변절자"라고 최악의 발언을 리영희가 던진 것이다. 그런 시각도 있다며 남의 얘기를 전하는 방식이었지만, 황장엽이 남북 적대감을 조장하려는 위험한 인간이라는 폭언도 함께 내뱉었다. 본래 신문사 창간기념 대담은 덕담이 오가는 분위기에서 화기애애한 법이다. 리영희는 그걸 완전히 무시한 것이다. 더욱이 황장엽은 망명 이후 공개 활동을 시작한 지 얼마 안 된 시점이었다.

> (황장엽의 망명을 놓고 국내에서 그는) 변절자가 아니냐, …그리고 그렇게 열성적이라면 북한에 남아 개혁을 해야지 (왜 서울) 여기에 나와 어떤 영향력을 미칠 (수 있을)까 하는 등의 회의론도 있었습니다. 또

다른 일부는 (그는) 민족 평화를 찾기 위해서가 아니라 (남북) 적대감을 조장하려는 위험한 인간이라는 평도 있었습니다. (그래서) 천주교 정의구현사제단은 북으로 돌아가라는 성명을 내기도 했습니다.

기가 막히는 대접이 아닐 수 없는데, 당신 돌아가라는 최악의 모욕이란 또 뭔가? 그게 리영희란 위인의 실체다. 그리고 그건 우발적인 게 아니었다는 게 문제다. 리영희는 공산주의 망령에 사로잡힌 영혼이 맞다. 본인 표현으로 "이기주의를 원리로 삼는 자본주의와 달리 공산주의는 공동의 이익을 원리로 삼는 우월한 도덕의 사회"란다.

변절자 발언, 임수경에 14년 앞섰다

북한 체제를 박차고 나온 황장엽은 그의 눈에 변절자일 수밖에 없을까? 실제로 리영희는 한국사회에 살면서 전향을 거부하는 비전향 장기수들을 '숭고한 삶의 자세'를 가졌다고 칭찬한 적이 있다. 그뿐 아니라 수많은 국민들이 박정희를 존경하는 건 '한국인의 노예근성 탓'이고, 건국 이후 대한민국 역사를 주도해온 분들은 '정치 지체아적 상태' 혹은 '극우 반공주의 세력'이라고 욕설을 퍼부었을 만큼 그는 정상적인 사리 판단이 어려운 사람이다.

리영희가 아무리 비정상적 위인이라고 우리는 안다고 해도 처음 만난 사람으로부터 변절자 욕설을 면전에서 들은 황장엽은 얼마나 당혹스러웠을까? 너무 답답한 나머지 그는 리영희의 북한에 대한 환상을 깨는 발언을 몇 차례에 걸쳐 해야 했으니 그건 대담이 아니라 갑론을박 토론이었다. 황장엽의 메시지는 지금 다시 읽어도 명백하다.

북한이 국제적 테러국으로 낙인찍혔고 자국민 수백만 명을 굶어 죽이는 최악의 체제라는 게 명백한데 그런 체제를 빨리 붕괴시키는 게 상책이란 소리였다. 그 체제를 리영희 당신처럼 계속 지지하는 것은 반역자에 불과하다는 반격이고 압박이었다. 돌이켜보면 당시 황장엽의 대응이 미숙했었다. 이런 비정상적 상황에서 대담은 불가능하다며 자리를 박차고 뛰쳐나왔어야 옳았다.

문제는 또 있다. 그런 상황인데도 그런 욕설을 신문 지면에 고스란히 내보내고, 대담 아닌 입씨름을 그대로 보도한 리영희와 「한겨레」는 자신이 최악의 매체임을 증명한 꼴이다.

그리고 한국사회가 정상이고 감시의 눈이 살아 있다면, 폭력적 언행을 일삼은 리영희를 언론계에서 퇴출시키는 운동을 벌였어야 마땅했다. 다른 매체에서 벌어진 상황을 미디어 뉴스로 다루는 방식도 좋고, 방식은 다양하게 있었는데 그걸 못 한게 유감이다.

그는 뒷담화의 천재였다

그랬을 경우 심각하게 좌경화된 지식인 리영희를 우상화하는 잘못된 사회 풍토도 조금이라도 개선시킬 수 있었으리라. 이런 판단은 리영희의 변절자 발언에 이어 14년 뒤 탈북자를 향해 다시 변절자라고 욕설을 했던 임수경이 어떻게 추락했는지를 잘 알기 때문이다. 2012년 그녀는 한 술자리에서 동료 의원인 하태경과 탈북자 대학생을 변절자라며 폭언을 퍼부은 사실이 알려지며 패가망신을 자초했다.

'통일의 꽃'이라는 허명과 달리 '북한 체제의 옹호자'로 낙인찍히며 결국 퇴출당하고 말았던 것이다. 실제로 탈북자 단체는 성명을 내고 "북한에서 자유를 찾아 내려온 대한민국 국민인 탈북자를 변절자라고 하는 것은 심각한 모욕"이라고 지적했다. 임수경이 황급히 사과하는 기자회견을 가졌지만, 수습이 어려웠고 결국 제20대 총선에서 컷오프되고 말았다.

어쨌거나 리영희는 임수경에 14년 앞서 탈북자, 아니 훨씬 비중 있는 망명자 황장엽을 향해 변절자라고 폭언을 내뱉었던 인물이라는 것을 뇌리에 새겨두자. 그리고 그때 전후 이산가족 상봉장에서는 입만 열면 "경애하는 장군님과 당" 타령을 하던 조카, 그런 공산주의식 자동인형을 만들어낸 북한에 대해 분노를 터뜨리지 못했던 '종북 못난이'였고, 그게 리영희의 실체라는 점 말이다. 그런 리영희는 매너까지 안 좋았다.

리영희는 대담집 『대화』의 거의 맨 뒤에 당시 황장엽과의 대담 뒷얘기를 수록했는데, 실로 적반하장이었다. 그의 실제 망명 동기는 북한 지도체제의 눈밖에 났기 때문이었다고 멋대로 해석을 했고 대담할 때 황장엽이 "인간적으로 자아를 상실한 사람 같았다"는 험담(708쪽)을 반복했다.

'정신적 불안정 상태'에 빠진 '비극 배우'를 보는 느낌이란 말까지 덧붙였던 것도 어이없다. 김정일에 대해서는 비판적이었지만, 김일성에 대해서는 경의를 가지고 있었다고 밝힌 대목도 있는데, 이것도 전혀 정확한 얘기가 아니라는 걸 나는 잘 안다. 황장엽이 서울에서 남긴 10권 훌쩍 넘기는 저작은 그 자체로 훌륭하고, 자유민주주의 승리에 대한 공감을 담고 있지만, 초기 저술인 『나는 역사의 진리를 보았다』(한울, 1999)도 특히 좋기 때문이다. 그 책에선 김일성에 대해 노골적인 비판을 했다.

리영희만 몰랐던 김일성의 뒷모습

때문에 김정일에는 비판적이었지만, 김일성에 대해서는 황장엽도 경의를 가지고 있었다는 리영희의 해석 역시 어림없는 소리다. 사실 황장엽은 김정일과는 감정이 안 좋았고, "김정일의 개가 되는 걸 원치 않았기 때문에 남으로 왔다"(『나는 역사의 진리를 보았다』,

392쪽)고 밝힐 정도였다.

김정일에 대해 "범의 행세를 해보려고 우스꽝스럽게 노는 잔망스러운 살쾡이"(393쪽)란 발언도 했다. 아비 김일성에는 긍정 평가도 일부 한 바 있지만, 분명한 건 무게는 그쪽이 아니란 점이다. 김일성은 '추악한 존재'(349쪽)라고 맹비난했던 게 진실이다. 일테면 그가 관찰한 김일성은 시기별로 편차가 있는데, 1960년대에는 지도자로서 큰 문제 없었단다.

그러나 아들 김정일에게 권력이 넘어간 노년기에는 아들을 찬양하는 송시(頌詩)를 써서 신문에 발표하는 등 "구역질이 날 정도의 아첨"을 하는 인간이었다. 그걸 두고 황장엽은 "사람이 할 짓이 아니다"는 말까지 했는데, 다음은 1994년 김일성 사망 직후 털어놓은 전반적인 평가다.

> "김일성은 내 입장에서 보면 분명 그 누구보다도 나에게 잘해주었고, 또 한편으론 은인이라고 할 수도 있을 것이다. 그러나 스탈린식 정치를 더욱 개악(改惡)함으로써 사회발전에 끼친 부정적인 영향은 너무도 커서 도저히 헤아릴 수 없을 지경이었다. …개인숭배로 사람들의 자주의식을 극도로 마비시켜 (그가 사망했을 때) 전 인민이 땅을 치며 울도록 만든 그의 행적이 더욱 미워지는 것이었다. 북한 주민을 자주의식이 없는 꼭두각시로 만든 걸 생각하면, (나는)

눈물은커녕 울컥 분노가 치밀었다." (262쪽)

그게 바로 황장엽이 김일성을 보는 시선이었다. 놀랍도록 정확한 판단이 아닐 수 없다. 북한을 두고 "어쩌면 북한은 하나님 없이도 행복할지 모른다"고 평소 떠들어대던 리영희만이 그 발언을 애써 외면했을 뿐이다. 그는 "김 주석의 인간성과 인민에 대한 사랑, 그리고 인민이 김일성 주석을 경애하는 마음"을 읊조리던 청맹과니라서 북한 현대사의 진실에 애써 눈감았던 것이다.

제5장 그는 공산주의자 김산을 오해했다

"마오쩌둥 주석이 이끈 대장정에는 조선 청년이 함께했습니다. 그는 한국의 항일군사학교였던 신흥무관학교 출신으로 (중국 혁명사에서 유명한 1927년) 광저우 봉기에도 참여한 김산입니다. 그는 연안에서 항일군정대학의 교수를 지낸, 중국공산당의 동지입니다."

2017년 말 중국을 국빈방문 중이었던 대통령 문재인의 베이징대 강연이다. 그는 일제의 전승축하기념식에서 폭탄을 던진 윤봉길 의사와 함께 김산(1905~38)의 이름을 콕 찍어 언급했는데, 한국 근대사와 중국공산혁명사가 얽혀 있다는 우호적인 메시지를 전하려던 의도였을 것이다. 당시까지만 해도 김산은 그렇게 대중적으로 알려졌던 건 아니고, 한국인에게도 낯선 인물에 속했는데, 대체 누구일까?

공산주의자 김산의 본명은 장지락(張志樂)이다. 평안북도 용천 출신인 그가 김산이란 이름으로 알려지게 된 건 이유가 있다. 1984년 『아리랑』(동녘)이란 책이 번역되었는데 이 책의 주인공 이름이 김산이었다. 원본은 미국의 여류작가 님 웨일스가 옌안에서 그를 만나 나눈 대화를 토대로 1941년 미국에서 첫 발간했다.

흥미롭게도 님 웨일스의 첫 남편이 마오쩌둥과 가까웠던 『중국의 붉은 별』의 저자인 미국 저널리스트 에드거 스노다. 즉 님 웨일스는 남편과 함께 1930~40년대 중국을 누비며 마오쩌둥의 대장정에 참가했던 여걸이었는데, 그 못지않게 중요한 게 있다. 문제의 김산을 국내에 알린 주인공이 리영희라는 점이다. 실은 리영희의 삶에도 결정적이었던 게 김산이었다. 1960년대 초 평범한 신문기자였던 자신을 결정적으로 의식화시킨 게 그였다는 얘기를 리영희가 고백한 바도 있다.

리영희를 결정적으로 의식화시킨 주인공

그걸 리영희는 "(김산과 『아리랑』은) 나의 삶의 방향과 내용에 지울 수 없는 크고 깊은 흔적을 남겼다"고 훗날 술회(『아리랑』「추천의 글」)했을 정도다. 틈날 때마다 이 책을 손에 쥐고 되읽었고, 좌절했을 때마다 김산을 찾곤 했다는 고백도 그때 함께 했으니 그만큼 영향력이 컸다. 리영희가 『아리랑』을 처음 만난 건 1960년대 초다. 일본 도쿄의 한 서점에서 우연히 일본어 번역본 『아리랑』을 발견했다. 부제 '한 조선인 혁명가의 생애'에 끌렸던 것인데 당시 리영희는 마치 열병처럼 찾아온 현대 중국혁명에 매료돼 공부를 시작하던 참이었다. 그의 고백에 따르면, 이내 『아리랑』의 주인공 김산과 함께 중국혁명의 현장에 함께하며 총 쏘고 쫓기거나 고문을 당하는 착각을 내내 경험했을 정도로 푹 빠져 살았다.

그가 마오이스트로 입문했던 것도 당시였다는 점도 기억해둘 일인데 그렇다면, 김산은 리영희의 공산주의 성향 전환에 중대한 영향을 끼친 역사적 인물이란 얘기다. 그가 김산을 얼마나 좋아했는지는 그를 만난 감격을 혼자 누리기 아까워 책을 주변에 돌리고 또 돌렸다는 일화에서도 확인된다.

'한 조선인 혁명가의 생애'란 부제목은 가린 채 몰래 읽은 뒤 다른 이에게 다시 전달하는 방식이었다. 그렇게 숨어서 읽은 독자 중에 대하소설 『토지』의 작가 박경리가 있었고, 자기 작품을 쓰는 데 도움을 받았다는 감사 인사까지 훗날 받았다. 리영희가 당시 일화를 술회하면서 "『아리랑』은 고결한 낭만주의적 인텔리 혁명가 김산이 이 땅에서 다하지 못했던 유지의 일단을 대신 이룬 셈"이라고 또 한번 자부했을 정도다.

그걸로 그쳤을 리 없다. 김산과의 그런 길고 긴 인연을 거쳐 드디어 리영희는 1984년, 5공 당국과 정면 대결하는 기분으로 이 책의 우리말 번역출판을 도왔다고 하며, 이후 이 책은 서점을 통해 수많은 젊은 독자들을 만나 오늘에 이른다.

적지 않은 이들과 1980~90년대 운동권 학생들이 『아리랑』이 리영희의 『전환시대의 논리』와 함께 대학생 시절 의식을 일깨우는 또 한 권의 책이었다고 술회한다. 대학 70년대 학번인 나 역시 일간지 문화부 기자 시절 이 책을 읽었고, 위대한 초기 공산주의자 김산에 대해 강렬한 인상을 지금껏 품고 있는 게 사실이다. 문재인도 그 시절 언제쯤 『아리랑』을 읽었을 것으로 추정할 수 있는데, 역시 사람들을 매료시키는 것은 님 웨일스가 포착해낸 불세출의 혁명가 김산의 삶 자체다. 그가 그린 김산은 "조선혁명운동의 가장 중요한 지도자 중 한 사람"이지만, 그 이상으로 묘사되어 있다. "진리를 추구하는 순례자" "공포를 모르고 독립심과 완전한 마음의 평정을 가지고 있는 사람"이라는 평가가 내내 곁들여진다. 님 웨일스가 본 김산은 매력적이면서도 신비한 느낌을 준다.

리영희는 김산을 제대로 몰랐다?

비록 널리 알려지지는 않았지만 숨어 있는 근대 정치운동의 멋진 현자(賢者), 그런 느낌 말이다. 삶의 곡절도 놀랍고, 지난 세기 주요 사상을 빨아들이면서 쭉쭉 커나가는 과정도 흡인력이 대단하다. 그는 10대 시절부터 혁명가의 삶을 시작했지만 결정적으로

1919년 3·1운동을 겪으며 비폭력 평화운동에 한계를 절감했다고 한다. 그해 가을 바로 해외로 진출, 민족주의와 아나키즘을 거쳐 이내 공산주의자로 전향했다.

갓 스무 살이던 1925년 중국 혁명에 참가한 이후 만주 등을 누비며 10년 넘게 독립운동을 했다. 유감천만인 건 1938년 일제의 스파이이자 트로츠키주의자란 누명을 쓰고 중국공산당에 체포돼 비극적으로 처형당하고 말았다는 점이다.

중국 공산당은 반세기가 다 된 1983년에 처형은 잘못이었다며 김산을 명예회복시켰다. 훗날 그런 극적인 조치에는 만년까지도 조선 청년 김산을 잊지 못했던 님 웨일스의 숨은 노력이 주효했던 걸로 알려졌으니 둘 사이의 관계는 실로 아름답다. 그런 과정 끝에 대한민국 정부도 2005년 김산에게 훈장을 추서했다. 여기까지

◇님 웨일스가 직접 찍은 1937년 무렵의 김산(왼쪽 사진).
김산은 20세기 독립운동사의 영원한 청년이자 불멸의 이름이다.

는 의심할 바 없는 역사의 진실인데, 그러나 점검을 해봐야 한다. 반세기 가까운 세월 김산을 발견하고 띄워온 리영희가 김산을 얼마나 제대로 이해하고 있는 것일까?

혹시 리영희만의 김산 이해에 무언가 비약이 있는 건 아닐까? 같은 질문을 문재인에게도 던져야 한다. 그런 경로로 김산을 알게 되고 공산주의에 매력을 느낀 것까지는 좋다. 중국 방문에서 띄운 것도 문제는 없어 보인다. 그러나 그가 20세기 독립운동사와 공산주의운동사 불멸의 이름인 김산을 온전히 이해하고 있는 것일까?

너무도 당연한 얘기이지만 그들이 김산 이해와 해석의 독점권을 가진 것은 아니다. 나도 김산을 우리 근대사의 잊혀진 아름다운 청년으로 인정하지만, 그렇다고 그를 리영희나 운동권식으로만 해독하게 놓아둘 순 없다고 본다. 김산의 삶을 담은 책 『아리랑』을 공산주의자로 가는 전 단계의 의식화용으로 활용할 수 없으며, 공산주의 대세론을 확인하는 통로는 더더욱 아니라는 판단이기 때문이다. 리영희의 경우 생애 중반 김산이란 번개를 맞은 것을 전후해서 마오이스트로 변신했다가 끝내 종북 지식인 제1호가 됐지만, 그런 삶의 행로 자체가 그가 김산을 제멋대로 해석했다는 증거는 아닐까? 문재인의 경우도 마찬가지다. 그는 운동권의 주류가 아니었기 때문에 더욱 리영희의 책을 포함한 불온서적에 탐닉했고 결국 균형 감각을 잃고 만 케이스다.

운동권의 영원한 롤 모델 김산

그래서 관념이 크게 앞섰고 '공산주의자보다 더 공산주의자같이' '운동권보다 더 운동권같이' 행동해온 특이한 사례인데, 실은 1980년대 운동권도 구조로 보아 비슷했다. 관념이 앞섰다는 점에서 공통점이 있다. 운동권의 경우 그들은 민주화란 구호를 앞세웠지만, 뒤로는 공산주의에 대한 열망을 품고 있었다는 건 현대사를 냉정하게 접근하는 이들의 공통적인 시선이다.

일테면 몇 해 전 개봉된 좌파 영화 〈1987〉의 내용과 달리 당시 사망했던 박종철 군은 인민민주주의를 위해 싸웠던 공산주의 신봉자일 가능성이 높다는 지적을 장신대 교수 김철홍이 했다. 나 또한 공감한다. 문제는 그런 시대착오적 신념에 『아리랑』의 김산이 일정한 역할을 했다는 점이다.

운동권은 자신들이 품고 있는 대한민국 저주와, 공산주의 승리에 대한 황당한 비전의 근거를 이 책에서 구했고, 자신들의 역사적 소명을 김산의 영웅적 스토리를 보며 확인했던 것이다. 하지만 그 자체가 거대한 비약일 뿐이다. 쉽게 말해 김산의 1920~30년대와, 소련 동유럽이 몰락해버린 1980~90년대는 전혀 다른 시대가 아니었던가? 그럼에도 그들은 『아리랑』의 맨 뒷부분 김산의 고백에 감동했고 그걸 곧이곧대로 받아들이는 어리석음을 보였다.

> 내 청년시절의 친구나 동지들은 거의 모두가 죽었다. 민족주의자, 기독교 신자, 무정부주의자, 테러리스트, 공산주의자 등등 수백 명에 이른다. 그러나 내게는 그들이 지금도 살아 있다. …전장에서, 사형장에서, 도시와 마을의 거리거리에서, 그들의 뜨거운 혁명적 선혈은 조선, 만주, 시베리아, 일본, 중국의 대지 속으로 흘러 들어갔다. 그들은 눈앞의 승리를 보는 데는 실패했지만 역사는 그들을 승리자로 만든다. …유일한 그의 개인적 결정이라고는 전진할 것인가 아니면 후퇴할 것인가, 싸울 것인가 아니면 굴복할 것인가, 가치를 창조할 것인가 아니면 파괴할 것인가, 강해질 것인가 아니면 나약해질 것인가 하는 것밖에 없다. (『아리랑』, 472~473쪽)

오늘 밝히지만, 그들은 김산을 오해했다. 그렇기 때문에 혁명의 대선배 김산을 포함한 옛 공산주의자들을 핑계로 1980~90년대에 반정부 반미투쟁에 몰두하는 어리석은 행위를 서슴없이 저지를 수 있었다. 그렇게 단선적이었기 때문에 그들은 끝내 친북·종북으로 굴러떨어지고 말았다.

그건 현실의 변화에 눈감은 교조적 좌파에 불과하며, 20세기 한반도를 무대로 전개됐던 복잡다단했던 사상과 이념의 흐름에서 거대한 일탈 행위였다. 복잡하지 않다. 그 일탈을 반성하지 않았기 때문에 운동권 세력, 종북세력은 3대가 권력을 세습하고, 주체사상의 이름 아래 사실상 신정(神政)체제를 이룩한 북한의 들러리 세력으로 전락했다. 그건 평론가 진중권의 말대로 진보가 아니라 수구 중의 수구이고, 심지어 반동적이지 않던가.

가짜 좌빨, 진짜 좌파

사실 종북좌파 같은 엉터리와 구분되는 정상적인 좌파, 진짜 좌파가 존재한다면 우린 얼마든지 참아줄 수 있다. 그 정도의 이념적 스펙트럼은 허용해야 정상이라고 믿는다. 한국이 정치 선진국으로 가려면, 그리고 통일 이후 어느 순간에는 가짜와 구분되는 진짜 좌파가 등장할 것이다.

하지만 분명한 것은 그전에 1980~90년대 이후 전개됐던 사이비 주사파는 깔끔하게 정리돼야 마땅하다는 점이다. 그 점에서 리영희-문재인 그리고 당시 운동권의 행보는 정상이 아니었다. 쉽게 말해 김산이 지금 무덤에서 일어난다면, 지금 운동권 부류의 무늬만 좌파, 사이비 좌파에 과연 동조할 수 있을까? 답은 너무도 분명한데, 또 있다. 김산은 김일성-김정일-김정은으로 이어지는 지금 북한 공산주의자들과는 질적으로 다른 공산주의자라서 둘 사이를 동일시할 수도 없다.

때문에 김산이 해방 이후까지 살아 활동했다면, 약산 김원봉처럼 북한 체제를 선택했을 가능성은 전무하다고 봐야 한다. 그 자신이 짧은 아나키스트 경력이 있던 김산이라서 그는 김원봉을 중심으로 한 의열단에 대해 많은 걸 소상하게 파악하고 있었다.

예비 단원으로 받아들여져 함께 생활했던 경력도 있었다. 따라서 활동자금 조달 루트에서 상하이 내 12곳의 폭탄 제조 비밀장소는 물론이고 멋진 양복을 차려입고 잘 손질된 머리 스타일을 유지하던 단원들의 생활 방식까지 『아리랑』에서 살짝 털어놓기도 했다. 어쨌거나 일제 치하 김산과 김원봉 사이의 거리는 그리 멀지 않았지만, 두 사람의 스타일과 내면은 사뭇 달랐을 것으로 추정할 수밖에 없다.

당연히 김일성과는 천양지차라고 봐야 한다. 초기 북한연구를 주도했던 서대숙의 말에 따르면, 한국공산주의운동사에서 김일성 자체가 돌연변이였다. 3·1운동 전후 등장했던 초기 공산주의운동 흐름과 절연돼 있고, 그래서 뉴 코뮤니스트 즉 새로운 유형의 공산주의자라고 이름 붙였다.

김산이 그런 김일성과 협력했을 가능성 자체가 거의 없다. 지적 배경도 보잘것없고, 운동사에서 차지하는 비중도 대단치 않았던 대신 권력욕은 실로 어마어마했던 김일성에 비한다면 김산은 달랐다. 그는 김일성에 비해 나이가 7세 연상이지만, 풍부한 초기 공산주의운동의 유산을 가지고 있으면서도 유연하게 움직였다. 일테면 김산이 공산주의자로 전향하기 전 민족주의자 시절 가장 존경했던 이가 공산주의자 제1호쯤이 되는 이동휘였다.

도산 안창호와 춘원 이광수도 만나

이동휘는 어린 시절 김산의 우상이었다. 동시에 민족주의자 시절에 만나 영향을 받았던 이가 도산 안창호와 춘원 이광수였다. 도산 안창호와 춘원 이광수는 김산이 중국 상하이에 머물던 시절 많은 감화를 줬다. 실제로 당시 김산은 흥사단에 가입하기도 했다.

다른 조선 청년들과 어울려 거의 매일 같이 도산과 춘원의 거처를 찾아가 토론을 즐겼다고 『아리랑』에서 술회했을 정도다. 그렇게 풍부하고 다양한 영향을 받으며 성장했던 김산이 훗날 생존했을 경우 김일성과 협력했을 가능성은 높지 않다고 보는 게 합리적이다. 설사 잠시 협력했더라도 비극적으로 끝났을 것으로 보인다. 사실 현대 북한의 비극과 지금의 더러운 몰골이란 간단하다.

그것은 소련 스탈린이 북한 주민들의 뜻을 물을 생각도 않고 공산주의운동 경력이 훨씬 풍부한 박헌영을 애써 물리치고 자신에게 충성스러워 보이는 젊은 김일성을 낙점한 데서 출발한다. 그 탓에 초기 한국공산주의운동사의 자연스러운 연계가 불가능했다.

이후 3대가 권력을 세습하고, 주체사상의 이름 아래 기형적 체제가 펼쳐지는 상황이 벌어졌다. 북한의 몰락도 당연했다. 이 과정에서 박헌영을 비롯해 무정 등 대표성을 가진 공산주의자들이

숨을 쉴 여지가 없었고, 현대 북한은 정상적인 발전 자체가 원천적으로 불가능했다. 어쨌거나 김산이 김일성과 협력을 했더라도 바로 빠져나왔을 가능성도 예측해볼 수 있다. 건국 이후 처음으로 사민주의 노선을 걸었던 조소앙의 사회당이 그러했다.

임정(임시정부) 요인이었던 조소앙은 김구와 함께 남북연석회의에 참석했던 사람이다. 하지만 평양의 공산당에 실망해 김구에게 "현실을 받아들이라"고 요구했다. 그리곤 사민주의와 꼭 닮은 삼균(三均)주의 깃발 아래 만든게 (1948 말) 바로 사회당이다.

사민주의가 뭔가? 반공 좌파다. 어쩌면 나이 든 김산이라면, 그리고 시대변화에 그토록 유연했고 풍부한 지적 성장배경을 가졌던 김산이라면 충분히 관심 가졌을 수도 있는 노선이다. 1920~30년대 공산주의자였더라도 시대가 변한 시점에서는 보다 탄력적으로 나갔을 가능성을 내다보는 건 얼마든지 가능한 일이 아닐까? 분명한 것은 리영희와 운동권식의 김산 이해란 너무도 일방적이며, 내 논에 물대기란 뜻이다.

그렇게 예측하는 건 리영희 못지않게 나 역시 『아리랑』을 섬세하게 읽은 결과다. 과연 내가 이해하는 김산은 20세기 독립운동사와 공산주의운동사에서 불멸의 이름으로 남아 있고, 앞으로도 그럴 것이란 점이다. 무엇보다 김산이란 사람 자체가 너무도 고결한 근대사의 자산이다.

누가 김산을 모독하고 있나?

그런 김산을 1980~90년대 대한민국 운동권과 섞이게 하거나, 북한 주체사상파와 동일시한 것은 김산에 대한 모독일 뿐이다. 과연 님 웨일스는 김산의 지적 성장과 혁명가로서의 내면을 담아내는 데 성공했다. 20세기 이 나라의 운동가 중에서 그렇게 생생한 내면이 포착된 경우는 희귀하다. 더욱이 그 기록은 동아시아 정세에 관심 많은 한 미국 여성의 예외적 기록만이 아니었고 당시 미국의 조야(朝野)에 두루 영향을 줬다.

님 웨일스 회고대로 1941년 간행된 이 책을 보고 당시 대통령 루스벨트가 감명받아 친서를 보내며 조선에 관해 많은 걸 알게 됐다고 밝혔을 정도다. 반복하지만 김산을 두고 "진리를 추구하는 순례자"라고 님 웨일스가 표현한 게 과장이 아니며 "1920~30년대 동아시아가 낳은 순교자"란 표현도 맞다고 봐야 한다.

오죽했으면 삶과 죽음이 오가는 그 절박한 국면에서도 그녀가 김산에게 은밀한 애모의 마음까지를 품었을까 헤아려볼 일인데, 그건『아리랑』의 행간 곳곳에 스며들어 있어 금세 확인할 수 있다. 또 "조선인이 극동에서 가장 잘생긴 민족이라고 단정한다"고 고백하는 님 웨일스의 서술이란 실은 멋진 남자 김산에 대한 마음의 표현이다. 그리고 김산 자체가 지적으로 뛰어난 성취를 보였다. 그는 10대 시절 벌써 괴테·테니슨·키츠·셸리 등을 섭렵했다.

도스토옙스키와 발자크의 소설도 알았고, 1980년대 운동권에게도 널리 읽혔던 잭 런던의 작품들도 당시 죄다 읽었다. 1937년 중국 옌안 주둔 시절 군정대학에서는 일본경제와 물리·화학을 강의했었다. 단순히 지식에 목말랐던 것이 아니며, 김산을 김산으로 만든 건 시대라는 강물에 기꺼이 투신하는 헌신적 자세다.

초기 민족주의자에서 아나키스트를 거쳐 바로 공산주의를 자기 이념의 기준으로 삼았는데, 그건 당시 일반적인 흐름을 반영한다. 그렇게 뛰어든 혁명운동과 감옥생활 속에서 "인간 본성에 대한 새로운 이해와 관용"(402쪽)을 깨달았다. 이 걸출한 운동가의 비범한 단련과, 그래서 끝내 획득했던 고요한 내면은 이런 대목에서도 쉽게 확인된다. 물론 님 웨일스가 받아 적은 김산의 구술이다.

> "나는 철저히 자신을 반성하고, 혁명의 일반적인 원칙을 공부했으며 드디어는 이 모든 것들을 성공적으로 내면화시켰다. 그리고 나 자신에 대해 완전한 자신감을 얻었다. 또한 정신적 육체적 용기도 얻었다. 이 용기는 그 이후 단 한 번도 꺾인 적이 없었다." (59쪽)

김산은 운동권 소유물 아니다

김산은 1919년 3·1운동 이후 변화된 민족운동의 방향을 상징하는 인물이다. 자유와 독립을 일제에 구걸하는 만세운동 대신 새로운 싸움을 위해 밖으로 나간 것이 그때였다. 당시 조국을 탈출하며 "울음소리가 투쟁의 함성으로 바뀔 때까지는 절대로 돌아가지 않겠다고 맹세했고" "만주와 시베리아에 있는 200만의 조선 유민을 지도하여 조국을 탈환하겠다"고 결심했던 게 그였다.

이 결심이 당시 국제주의와 연대의 명분 아래 중국혁명에 참여로 나타났던 것이다. 그는 확실히 근대사의 아름다운 청년이 맞다. 그러나 혁명가 김산이 커 보이는 것은 별도의 이유가 있다는 걸 우리는 익히 안다. 그에 대한 세상의 관심이란 역설이지만 그가 서른셋 나이로 세상을 떠났기 때문이다.

가보지 않은 길, 선택하지 않은 삶은 아쉽고 아름다운 법이다. 뜻을 펴기도 전에 가버린 혁명가, 그 덕에 김산은 지금도 여전히 위대한 가능성으로 남아 있다. 행인지 불행인지 해방 직후에도 살아 있었더라면, 그가 어떤 행로를 밟았을지는 누구도 단언 못 한다. 남과 북 어느 한쪽을 선택할 수밖에 없었고 그 경우 반대 진영에서 쏟아지는 비난을 예상해야 한다. 지금 영원한 젊음, 가능성 자체로 남아 있는 김산은 그래서 안타깝고 그래서 다행이다.

분명한 건 그런 그에 대한 해석을 리영희와 운동권 따위가 독점해온 상황은 너무 일방적이었다. 그렇다, 김산은 당신들의 소유물이 아니며 근대사의 공동자산이다. 참고로 김산이란 별명을 지어준 것은 바로 님 웨일스, 그녀였다.

제3부

조정래, 남로당에 사로잡힌 영혼

제1장 민족사 허리 잇기 아닌 반역문학

운동권의 스승인 문화권력 리영희를 검토하면서 체제 밖에 있는 사람을 자유와 관용의 이름 아래 언제까지 품어야 하는가를 물었지만, 소설가 조정래 역시 예외가 아니다. 젊은이를 오염시키고 사회에 해악을 끼쳐온 그를 계속 방관할 순 없는 노릇인데, 특히 그가 1980년대에 발표했던 대하소설 『태백산맥』이야말로 커다란 두통거리다.

소설가 조정래는 백낙청·리영희와 함께 좌파 문화권력-지식권력의 한 축을 이루고 있는 위인인데, 소설 장르의 특성 때문에 특히 대중적 파급력이 가장 크다. 주로 고등학생 이상 대학생 시절에 소설을 읽거나, 학교 논술고사 등에서 『태백산맥』이 다뤄지는 특성을 감안하면 그 악영향은 위험천만하기조차 하다. 그리고 걱정스러울만큼 많이 팔렸다. 『태백산맥』(전 10권)이 그동안 팔린 걸 낱권으로 따지면 700만 부 이상이다.

근현대사 전체를 포괄한 조정래의 대하소설 시리즈는 『태백산맥』을 필두로 『아리랑』(근대 이후 일제시대사)과 『한강』(현대사)으로 이어지는 3부작으로 구성됐는데, 이 전체가 낱권으론 1,550만 부 이상 팔린 것으로 추정된다. 물론 3부작 중 『태백산맥』이 가장 많이 팔렸고, 영향력도 컸다.

1,550만 부 기록은 동료 작가 이문열과 비교된다. 그의 경우 데뷔 첫해 명성을 얻기 시작해 『그해 겨울』(1980), 『황제를 위하여』(1982) 등 수많은 히트작을 내며 한국문단과 소설 시장을 좌우했

◇산더미처럼 쌓아둔 『태백산맥』 원고 옆에 선
한복차림의 작가 조정래. 제4부까지 탈고한 직후인 1988년 무렵이다.

지만, 소설책 팔린 것은 낱권으로 1,100만 권으로 추산된다. 나머지가 『평역 삼국지』인데, 그게 1,900만 부 가까이 판매됐다. 문제는 『평역 삼국지』는 본격문학으로 쳐주지 않기 때문에 이문열의 본격문학 낱권 판매는 1,100만 권이며, 그건 조정래보다 뒤지는 기록이다.

평론가 김현이 고개를 저은 이유

물론 조정래가 대하소설 중간에 짬짬이 펴냈던 장편소설 『정글만리』(전 3권)와 『풀꽃도 꽃이다』(전 2권), 『허수아비춤』을 제외한 것이 1,550만 권이니 판매량만으로 치면 그는 문학 시장의 황제가 맞다. 무엇보다 『태백산맥』 700만 부 판매 자체가 실로 천문학적 규모다.

전에도 그렇고 지금도 마찬가지이지만, 대부분의 단행본은 1만 권 이상 팔리기는 어려운 게 현실이다. 100만 권 이상 팔리면 밀리언셀러라며 떠들썩하지만, 요즘엔 그런 기록 자체가 없거나 드문 정도가 아니던가. 이런 상황에서 700만 부란 거의 폭력적인 수치에 해당한다. 지식시장의 쏠림 현상이 위험한 수준이고, 전체주의적 풍토가 완성됐다는 우려 때문이다.

한 작가의 시장 지배력이 그렇게 비정상으로 크다는 것도 문제이지만, 담고 있는 내용 또한 안심 못 한다는 게 결정적인 대목이다. 어쨌거나 『태백산맥』은 1986년 제1부 3권이 단행본으로 첫선을 보인 뒤 1989년 완간됐는데, 이후 30년이 넘도록 변치 않는 문화권력으로 군림 중이다.

문단 내 평가도 높다. 높아도 극단적으로 높아서 골치 아프다. 평론가들은 앞다퉈 이 대하소설을 "1980년대 문학의 최고봉" "해방 이후 최대의 소설적 성과" 등으로 포장해왔다. '그들만의 리그'이고 폐쇄적 문단의 성격을 우리가 잘 알고 있지만, 도무지 수긍하기 어렵다. 바보 아니면 알아챌 『태백산맥』의 수준과 실체에 눈감은 채 이 무슨 괴이쩍은 찬양 소동이란 말인가?

문단 안팎의 이런 『태백산맥』 열기란 1980년대 이후 한국인이 걸렸던 거대한 집단 전염병인데, 구체적으론 운동권적 사고방식이 여전히 우릴 지배하고 있다는 뜻에 불과하다. 이 전염병에서 거리를 뒀던 예외적이었던 사람이 있었는데, 그게 감식안이 뛰어났던 문학평론가 고(故) 김현이었다.

『태백산맥』 제1부 세 권이 단행본으로 나왔던 1986년 말 벌써 독자 호응이 이례적이었고 문단 평가가 떠들썩하기 시작했지만, 그는 여기에 동의하지 않았다. 아직 완결된 게 아니라서 확신을 가진 평가가 어렵다는 이유를 댔고, 무엇보다 내용이 너무 거칠다는 게 그의 소견이었다. 그건 당시 서울대 국문학과 교수 권영민과 두고 나눴던 대화(권영민, 『태백산맥 다시 읽기』, 해냄, 38쪽)에서다.

즉 공개적인 평론 형태로 그런 견해를 표출한 것은 아니었다. 하지만 이유는 짐작 못 할 게 없다. 폐쇄적 한국문단의 열광적 찬양 앞에서 "노!"라고 말하는 게 그만큼 어려웠을 것인데, 당시 김현만큼 영향력이 큰 사람도 그건 예외가 아니었다는 뜻이다. 아니나 다를까?

그러던 김현도 그런 소수의견을 이내 접고 말았다. 그는 일기모음집 『행복한 책읽기』(문학과지성사, 2015 개정판)에서 "조정래는 큰일을 하나 했다. 그것(『태백산맥』)은 『토지』나 『장길산』을 많이 뛰어넘고 있다"(365쪽)고 서술했다. 그 일기를 쓰기 딱 2년 전 그는 "(『태백산맥』이) 정치의식의 깊이에서는 김원일을 따르지 못하고 있으며, 스케일의 크기에선 박경리를 따르지 못하고, 낭만적 사랑의 울림에선 김주영을 못 따른다"고 명료하게 지적(68쪽)하지 않았던가? 그게 김현의 본심이었으리라.

조정래의 빨치산 혁명놀음

얼마 안 가 김현은 문화권력 백낙청이 지배하는 한국문단의 기형적 분위기에 투항하고 만 것이다. 민족문학을 표방했던 백낙청이 뿌린 좌파 민족주의 씨앗이 조정래에게 영향을 줘 '민족사의 허리 잇기'라는 고약한 대하소설이 만들어졌고, 급기야 거기에 많은 이들이 빨려 들어간 것이다.

그 결과 우린 거대한 오해와 정신착란을 반복했고, 초래한 사회 갈등 비용은 헤아릴 수 없을 정도다. 그것도 전문가 집단이 앞장서 그런 오해를 유도했고 대중은 뒤따라가면서 조정래의 명성을 키워온 것이 지난 30여 년이다. 모두 다섯 꼭지로 이뤄진 조정래 비판에서 이 글은 총론에 해당하는데, 『태백산맥』에 대한 내 의견을 우선 포괄적으로 밝히겠지만 이 소설은 한국사회가 결코 용인할 수 없는 수준이다.

문장 수준은 너무 졸렬해 스타일을 논할 수 없고, 문학적 완성도의 잣대로 봐도 '문학 이전'에 머물고 있다고 말해야 한다. 섬세한 문체의 운용이나 문학작품 고유의 향기 같은 건 당연히 찾아볼 수 없다. 더 정확하게 말해 조정래 소설은 문학의 옷을 걸친 반역소설이나 다름없다. 소설에 공산주의자로 등장하는 등장인물 염상진·하대치 등의 숱한 발언과 신념이 그렇고 이 작품의 지향점도 수상쩍다. 무엇보다 빨치산 혁명놀음에 대한 조정래 자신의 부끄러움 모르는 고백이 그걸 증명해준다.

> 그래서 혁명적 낭만성이라는 말도 있는 것 아닙니까? 붉게 타는 노을을 바라보며 혁명의지를 재충전하는 그들(공산주의자) 모습을 (『태백산맥』에서) 그려냄으로써 그들이 인간을 위한 혁명에 나섰다는 것을 그대로 표현해내려고 애썼던 것입니다.

앞 글에서도 잠시 소개했던 그 발언은 대하소설이 완간된 직후 문예지 「문학정신」 좌담회에서 그가 했던 실로 대담한 발언의 요약인데, 『문학과 역사와 인간』이란 단행본(한길사, 1991)에서도 재수록됐다. 이 거리낌 없는 발언이 무얼 뜻하는가는 다음 장에서 좀 더 자세히 살펴보겠지만, 아무리 봐도 그건 조정래 자신이 통진당 이석기를 빰치는 수준이다. "미국놈 몰아내고 조선민족의 꿈을 위해 최종결전하자"고 선동했던 그 이석기의 원조를 이 발언에서 본다.

이석기만이 아니라 그전 1980~90년대 자라난 주사파 자체가 『태백산맥』과는 한 뿌리다. 이 둘 사이의 직접적인 인과관계를 증명하긴 어렵겠지만, 문학작품이 주는 파괴적인 영향력과 낙진(落塵)효과가 그토록 무시무시하고 전방위적이라는 것만은 누구도 부인 못 할 것이다.

그리고 조정래 자신이 남로당 박헌영이란 악령에 빙의됐다는 혐의가 모두 벗겨진 게 아니다. 작품 속 김일성 찬양이 그걸 증명해준다. 실은 이 대목은 이 소설의 이적성 여부를 검토했던 1991년 이후 검찰도 꽤 깊숙하게 고민했던 대목이다. 그게 유야무야된 이후 1994년 들어 8개 우파단체는 연대해서 검찰에 이 작가와 작품을 고발했는데, 역시 김일성 숭배에 따른 이적성 혐의가 관건이었다.

이어령 "『태백산맥』은 '신판 홍길동전'"

특히 『태백산맥』 제10권은 박헌영을 숙청한 김일성을 대놓고 미화하는 내용인데, 그게 문제다. 박헌영이 6·25의 실패 책임을 지고 김일성을 위해 처형의 길을 자진해 선택한다는 황당한 내용이야말로 이 소설의 지향점을 여실히 보여준다.

일테면 이 대목에서 등장인물 김범우가 "이 결정(박헌영 숙청)은 당의 장래를 위한 것이며, 또한 원대한 사회주의 건설을 위한 준엄한 역사 선택인 것이오"라고 말하는 게 논란을 안고 있는 대목이다. 박헌영의 비극적 최후를 우리가 다 알고 있는데, 당과 김일성을 위해 그가 스스로 희생의 길을 걸었다는 황당한 설정을 과연 누가 승복하겠는가? 그가 권력투쟁에서 밀려 간첩의 누명 아래 처형된 것을 세상이 다 아는데 이 무슨 소리냐고 실제로 적지 않은 사람들이 의문을 제기했다.

진정 놀라운 건 문학평론가들이다. 이들은 『태백산맥』의 이적성을 부인하는 데 입을 모았다. 어떤 국문학과 교수는 "작품에 대한 판단은 미학적이어야만 한다"면서 조정래를 겨냥했던 국가보안법 자체를 조롱했다. 당시 초대 문화부 장관으로 있던 문학평론가 이어령도 그랬다.

그는 체제 유지에 눈감은 기회주의자이거나, 좌익의 움직임 앞에 동조하는 위선적 리버럴리스트나 다름없는데, 놀랍게도 "『태백산맥』은 작가의 상상력에 의해 쓰인 '신판 홍길동전'이다"라고 주무 장관으로서의 견해를 검찰에 전했다. 조정래가 도망갈 길을 앞장서 열어준 꼴이다. 이어령은 그런 걸 열린 태도이고 문학적 판단이라고 지금도 자부하고 있을까? 어쨌거나 그 결과 11년 동안 이 작품의 이적성 여부를 수사하던 검찰이 무혐의 결정을 내리도록 유도하는 결과를 낳았다.

그런 과정을 거쳐 드디어 2005년 검찰이 『태백산맥』에 대해 무혐의 결정을 내리고 마는데, 그 순간 대한민국 국가 붕괴가 사실상 시작됐다고 나는 본다. 동시에 좌파 문화권력 앞에 대한민국 공권력도 무릎을 꿇었다는 상징적 의미가 있다. 이런 판단은 과장이 아니다.

『태백산맥』의 폐해는 방사능 낙진보다 심하기 때문이다. 그건 이 나라 국민 5,000만에 가해진 공산주의의 테러이고, 시민의식에 대한 피폭(被爆)이나 다름없다. 뭘 모른 채 문학작품을 위해 그 정도의 상상력과 표현의 자유는 보장하는 게 좋다고 그럴듯하게 떠들어온 당신이 문제란 뜻이다. 당신들의 몽유병자 같은 그런 신념이 문제이며, 사실상의 반역행위에 불과한 한 대하소설이 지금의 국가위기를 부채질했다는 뜻이기도 하다.

정상적인 시각으로 우린 『태백산맥』을 다시 읽을 때가 지금인데, 이 작품 스토리는 이렇게 전개된다. 일단 해방 이후부터

6·25전쟁이 휴전으로 끝맺음하기까지 전라남도 보성군 벌교읍이 무대다. 벌교를 배경으로 한 소설답게 등장인물 대다수가 그곳 출신이다.

이 소설은 등장인물만 280명인데, 제1부에서는 좌익세력이 여순반란사건으로 벌교를 장악했으나 이내 군경에 밀려 산으로 퇴각하는 걸로 시작한다. 스토리를 풀어가는 두 축은 군당위원장인 공산주의자 염상진과 벌교 유지인 민족주의자 김범우다. 군경이 이 지역의 좌익을 색출하는 사이 염상진 일행은 깊은 산 율어를 점거해 해방구로 선포한다. 반면 진압군 수중의 벌교에서는 잔혹한 좌익 척결이 피비린내 나는 걸로 내내 묘사된다.

빨치산은 순결하고 낭만적 전사

여기까지가 제1부이고, 제2부는 토지와 관련된 농민들의 좌절이 중심이다. 북에서는 농지개혁이 실시됐다는 소식이 들려오지만, 남쪽에서는 부지하세월인데 땅을 빼돌리는 등 지주의 횡포가 하늘을 찌른다. 반면 율어 해방구에서는 지상낙원이 펼쳐지는 걸로 묘사된다. 분노하는 농민을 짓밟는 군경과 청년단의 횡포 묘사에서 대한민국을 향한 조정래의 저주가 한껏 노출된다. 제2부가 커버하는 시간은 10개월 남짓이다.

제3부에서 6·25 발발과 함께 벌교를 벗어나 전쟁의 현장을 넓

게 보여주는 입체적 서술을 한다. 벌교 지역이 좌익에 의해 재점령되는 가운데, 민간인을 빨갱이로 몰아 살상하는 특무대원들의 횡포 등이 부산 등지를 무대로 묘사된다. 눈여겨볼 대목은 내내 중도적 입장을 고수하던 김범우의 전향이다. 그는 미군이 자행한 살인 방화를 보면서 6·25가 미군과 우리 민족 사이의 싸움이라고 판단해 인민군에 입대, 공산주의 노선을 걷는다. 물론 조정래의 숨겨진 이념 편향을 충실히 반영하는 대목이다.

마지막 제4부는 휴전까지 지리산 빨치산의 투쟁이 중심이며, 소설 공간이 다시 벌교와 지리산으로 고정된다. 염상진이 이끄는 빨치산 부대가 패퇴를 거듭하고 결국 자폭하지만, 그걸로 끝은 아니다. 그를 추종했던 하대치 등이 살아남아 염상진 무덤 앞에서 새로운 혁명의 결의를 다지며 장엄하게 사라지는 걸로 끝난다.

줄거리부터 현대사 왜곡이 적잖이 감지되겠지만, 디테일은 말할 것도 없다. 무엇보다 『태백산맥』의 등장 이후 빨치산은 더 이상 우리가 교실에서 배웠던 공비(共匪, 공산비적)가 아니라 순결하고 낭만적인 전사로 이미지를 바꾸기 시작했다. 소설 속에 철두철미한 공산주의자로 그려지는 염상진·하대치·김범우 등이 모두 그러하다. 이들은 도덕적으로 완전무결한 혁명가로 그려진다.

"마지막으로 대문을 나서며 하대치라는 사내는 고개를 깊숙이 숙였다. 혁명전사의 순결, 김범우의 머리를 얼핏 스쳐간 그들의 용어였다. 염상진과는 달리 정치의식의 무장이 다소 덜되었을 그 모습, 처녀의 정조에 다만 쓰는 것으로 통념화된 '순결'이라는 말을 혁명전사 뒤에 왜 붙였는지 김범우는 비로소 알 것 같았다."(제4권 *한길사본과 해냄본 그리고 청소년본이 서로 달라서 이하 쪽수 명기는 생략)

좌익은 순결하고 무죄라면, 우익은 더럽고 유죄다. 그게 조정래의 판박이 공식이다. 반면 대한민국 건국에 앞장서거나 빨치산에 반대했던 우익은 하나도 예외 없이 천덕꾸러기에 패덕한 혹은 인간 말종으로 그려지며 대조를 이룬다.

일테면 제5권에 등장하는 벌교지역 계엄사령관 백남식 중위의 경우가 그러한데, 그는 부임 첫날 읍내 유지들과 술판을 벌였다. 당연히 친일파라서 일본 관동군 출신이며 독립군 사냥에 앞장선 위인으로 묘사된다. 그리고 멀쩡한 유부남인데도 벌교 하숙집 주인 윤 부자네의 아내와 딸을 잇달아 강간한다. 모녀 농락에 그치지 않고, 그걸 빌미삼아 윤 부자네 재산의 절반을 요구하는 최악의 저질이 백남식이다. 이 정도면 악의 화신이 아닐 수 없다.

『태백산맥』 본질은 반역 소설

물론 작가의 저의가 배어 있지만, 그런 게 한둘이 아니다. 그게

280명 주요 등장인물에 예외 없이 적용되는 이분법인데, 충격을 넘어 어이가 없을 뿐이다. 리얼리티가 떨어지고 설득력은 증발하지만 그게 문제가 아니다. 이래도 소설인가 하는 말이 절로 나올 판이다.

인물 묘사만 그런 게 아니다. 인민군이 저지른 대민 피해나 학살 등에 대해서는 언급도 않고 국군과 미군의 범죄만 강조하는 것도 못내 어색한 노릇이다. 일테면 인민재판도 몇 장면 나오는데 사악한 제국주의자 및 자본주의자에 대한 정의의 심판으로 묘사해놨다. 당연히 빨치산은 일단 그 지역에 입성하면 동네가 모두 쌍수를 들어 환영하는 모범적인 집단으로 그려진다.

이들은 진압군에 의해 축출된 후에도 지속적으로 게릴라전을 벌이다가 나중에 지주의 집을 털어 주민들에게 설 선물을 나눠주는 의적(義賊)의 행동까지 보인다. 이런 일방적 내용의 소설을 읽고서 젊은이들이 좌익의 편을 들지 않으면 그게 외려 이상하지 않을까?

그걸 묻지 않을 수 없는데, 질문은 또 있다. 이 대하소설이 출간된 게 30년이고 무려 700만 부나 팔렸다는데, 그동안 누가 이런 의문을 던진 바 없었단 말인가? 감식안 높다는 평론가들도 문제이지만, 이 나라 공권력은 대체 무얼 했던 것일까? 어쨌거나 이 소설이 이 나라 젊은이와 지식인에게 결정적으로 파괴적인 영향력을 행세했음은 물론이다. 이후 대한민국 현대사는 정의가 실패하고 기회주의가 판을 치던 부끄러운 역사라고 자학하는 게 보편화됐고 상식으로 자리 잡았다.

논리로 익히는 게 아니고 소설 장르가 주는 흡인력 때문에 악영향은 실로 무시무시해서 추정하기 힘들 정도다. 현대사는 정의가 실패하고 기회주의가 판을 치는 부끄러운 역사라는 인식의 원조는 『전환시대의 논리』의 저자 리영희이지만, 그걸 대중화한 것은 이 소설이라고 봐야 한다.

몇몇 좌파 대통령의 입에서 그런 말이 실제로 나왔고, 젊은이들 사이에 '헬조선'이란 말이 일상적으로 쓰이는 것도 모두 『태백산맥』 이후 생겨난 풍조다. 이렇게 『태백산맥』이 천문학적으로 팔리고 평가받는 가운데 이 작품의 무대인 벌교의 이미지도 변했다. 벌교를 관광객이 많이 찾는 지금의 모습으로 만든 것이다. 『태백산맥』의 배경 마을을 답사하려는 사람들이 벌교를 방문하면서 벌어진 풍경인데, 1990년대 초반과 또 달라진 모습이다.

본래 벌교 주민들은 그 작품 때문에 외지인 눈에 벌교가 빨갱이 동네로 보인다고 불평했지만, 관광지로 각광받으면서 이내 바뀌었다. 그런 수요에 호응하여 '태백산맥 문학관'도 건립하고 현부자집, 보성여관 등을 복원하는 등 『태백산맥』 문학기행을 주제로 읍내를 단장했다. 심지어 그곳 특산품인 벌교 꼬막이 수산물

지리적 표시제 제1호로 등록되었다. 꼬막은 원래 고막이 표준어였는데, 태백산맥에 꼬막이라고 쓴 것이 널리 퍼져서 표준어 지위에 올랐다.

분명한 것은 그런 잠시 잠깐의 호평과 변질된 세태와 상관없이 『태백산맥』의 본질은 반역 소설, 반 대한민국 소설이라는 점은 변함이 없다. 그런 내용의 작품을 쓴 작가가 천문학적 책 판매량에 힘입어 이 나라에서 운전기사를 두고 떵떵거리며 산다는 것도 아이러니다.

대한민국 저주하고 얻어낸 부와 영예

대한민국을 저주하고, 국민을 오염시킨 대가로 부와 영예를 누린다는 것, 그게 이 나라의 뒤집힌 현주소다. 그런 조정래는 1943년생이고 고향은 전라남도 순천이다. 특이하게도 대처승의 아들로 태어났고 고등학교 시절부터 서울에서 공부했다.

등단은 1970년인데 그 무렵 데뷔했던 윤흥길·황석영·이문구·최인호·조선작 등과 함께 당초엔 70년대 작가로 분류됐다. 산업화 속에서 서민들이 겪는 소외와 갈등을 그리는 게 70년대 작가군의 주된 작품세계였는데, 당시 이미 조정래는 달랐다. 신세대다운 감각이 떨어지고, 당시 주류이던 단편소설에 능하지 않았다. 본인이 밝힌 젊은 시절 별명은 조진지(趙眞摯)다. 매사에 너무 진지하고 무거운 스타일이라서 다른 동료들과 달랐기 때문에 그런 놀림을 받았다.

신문 연재소설 쓰는 건 그때 작가로선 명성도 얻고 원고료도 챙기는 큰 기회였는데, 내 소설에 가벼운 얘기를 담을 수 없다는 이유로 거절했을 정도였다. 그렇게 색다르던 그가 1980년대 들어 자신만의 오기와 뚝심으로 잡지 연재를 시작한 것이 『태백산맥』 제1부다.

그게 처음 단행본 3권으로 나왔던 것이 1986년인데, 시운을 잘 탔을까? 5공 말 당시 이른바 민주화 열기의 와중에 찍어내기 바빴다. 1만 부 정도 팔리면 다행이라는 예측을 깬 것은 다분히 운동권 전성시대에 편승했기 때문이다. 운동권은 항상 민족·민중·민주를 구호로 내세웠는데, '민족사의 허리 잇기'를 표방한 이 작품은 저들의 입맛에 딱 들어맞았다.

> 민족분단의 삶을 날줄과 씨줄로 엮어 민중의 상처와 아픔을 감싸안고자 하는 베짜기 작업이 어떻게 종합되고 통일을 이루어, 잘려진 태백산맥의 허리를 잇는 데 얼마나 기여할지는 나도 잘 모른다. … 민족의 허리 잇기 염원이 언젠가는 성취될 것임을 믿으며….

조정래는 『태백산맥』이 단행본으로 나올 때 초판 「서문」에 그렇게 썼다. 그 자신이 민족문학론과 분단체제론에서 파생된 과도한 민족주의 분위기에 빠진 나머지 분단시대를 끝내고 분단극복시대로 가야 한다는 운동권 도그마를 곧이곧대로 떠받들어 이 소설을 썼다는 고백이나 다름없다. 대학가에는 「창비」와 백낙청이 오염시켜놓은 운동권 세력이 이미 대세로 존재했지만, 조정래는 이미 준비된 운동권이었다.

물론 이 작품에 착수하게 된 조정래의 개인사와 가족사의 배경도 별도로 있다. 우선 본인의 말로 이상적 사회주의였다는 그의 부친의 영향을 무시 못 한다. 본래는 선암사의 대처승 신분이었는데, 절 소유의 토지를 농민들에게 무상분배해주자는 주장을 했다고 한다.

'민족사 허리 잇기'의 허구

실제로 그 일화가 작품에 등장하는데 제3권에서 법일 스님이란 이름으로 등장하며, "역사의 진실을 지키고자 하는 인간의 눈"을 가진 부처의 진정한 제자로 묘사된다. 동시에 외삼촌 박순동의 존재도 소년 조정래의 성장에 일정한 흔적을 남겼을 것으로 보인다. 박순동은 이른바 학병세대였는데, 잡지 「신동아」 제1회 논픽션 공모에서 「모멸의 시대」로 최우수상에 당선된 사람이며 『태백산맥』에서는 민족주의자 김범우의 모델이기도 하다.

또 본인 주장으론 유년시절의 여순사건 기억도 이 대하소설을 쓰게 한 요인이다. 조정래는 당시 만 5세였는데 이 사건이 "제 기억 속에 남아 있는 최초의 정치적 경험"이라고 회고한 바 있다. 조정래다운 심한 과장이 섞인 술회이지만, 일정하게 영향을 줬을 것으로 추정된다.

그러나 본인이 의식했건 안 했건 조정래라는 작가와 『태백산맥』의 탄생은 1980년대 전후 운동권 시대라는 독특한 사회 분위기에서 만들어졌다는 점에 충분히 유념해야 한다. 이상한 열기에 사로잡혔던 1980년대에 대한 충분한 이해 없이 이 소설은 설명이 안 된다. 앞뒤 관계를 좀 더 자세히 들여다봐야 하는데, 백낙청이 민족문학론과 분단체제론으로 분위기를 잡아가자, 그 화두를 국사학계에서 크게 키운 사람이 당시 고려대 교수 강만길이었다.

이른바 민중사학으로 국사학계가 천하통일되기 시작한 시점이 그때인데 '분단시대'란 역사용어를 첫 구사한 것도 강만길이다. 1970년대에 이미 『분단시대의 역사인식』이란 책을 창작과비평사에서 펴낸 것이다. 그런 경로로 좌파 민족주의의 틀이 이미 만들어진 것인데, 이들의 도그마는 간단하게 요약된다.

이승만이 주도한 1948년 대한민국 건국이란 결국 민족사의 관점에서 보자면 분단시대를 연 것뿐이고, 이제 근대국가의 완성을 위해 분단극복운동·통일운동으로 나아가야 한다는 것이다. 당연히 김일성의 북한도 체제 이념과 상관없이 통일의 구호 아래 하나이며 형제다. 강만길 식의 분단극복이건 조정래의 '민족사의 허리 잇기'이건 이들은 분단시대를 낳은 이승만과 우익세력은 인간말종으로 무한저주하면서 김일성의 북한을 끌어안아야 할 혈육으로 바라본다.

역사소설가 시바 료타로와 조정래의 차이

다행인지 불행인지 조정래는 놀라운 수준의 자기 확신과 신념에 비해 지적으로는 뛰어나지 않다. 문학세계라는 것도 역시 언급하는 것이 부끄러운 형편이고, 문장도 실로 졸렬한 수준에 머물고 있다. 오해할 필요 없다. 그건 근거 없는 폄하가 아니다.

소설은 결국 캐릭터가 절반이고 스토리가 절반을 차지하는데, 『태백산맥』은 등장인물 280명은 조금 전 언급한 대로 만화 속 등장인물처럼 정형화되어 있을 뿐만 아니라 상투적이다. 스토리도 시대착오적인 '민족이여 영원하라!'로 모아진다. 그리고 전체적인 방향은 공산주의 만세, 그걸로밖에 설명이 안 된다. 때문에 『태백산맥』은 작품 이전에 머물고 있다. 그런 그를 문화권력이고 대문호로 떠받드는 한국사회의 지적 수준은 참담할 뿐이다.

그걸 모른 채 많이 팔렸으니 장땡이라는 식으로 문화권력에 등극한 천둥벌거숭이 조정래는 문학작품 서술에서 금기 중의 금기

◇근현대사를 포괄한 조정래의 대하소설 3부작은 『태백산맥』 『아리랑』 『한강』으로 이어지는데, 낱권으론 1,550만 부 이상 팔렸다. 조정래는 문학 시장의 황제인 셈이다.

인 상투적 묘사를 마음 놓고 벌이고 있고, 이제는 그게 어찌 개선해볼 여지조차 없다. 그의 나이가 이미 70대 중후반이 아니던가?

그게 작품에 대한 몰입을 떨어뜨리는 결정적 요인이지만, 문학 작품 감식안이 없는 젊은 층에게는 독약으로 작용했을 것이 분명하다. 그게 개인에겐 과도한 포장이자 너무 큰 모자였겠지만, 대한민국 지식사회에게도 거대한 불행이었다. 그 점은 2.5류 작가 조정래를 일본의 국민작가인 역사소설가 시바 료타로(司馬遼太郎, 1923~96)와 맞비교를 해도 극명하게 드러난다.

시바 료타료는 대표작 『료마가 간다』를 집필하면서 "트럭 한 대분의 자료가 필요하다"고 했다. 사실 그의 역사소설은 사실의 치밀한 고증에서 독자들의 찬탄을 자아낸다. 시바 료타로는 소설 등장인물을 통해 자신의 창작정신이 인간의 자유·평등과 합리·실용주의임을 드러낸다.

그렇기 때문에 소설 속의 역사적 사건은 단순히 옛날 얘기가 아니라 우리 시대가 지향할 시대정신으로 되살아나기 마련이다. 일테면 러일전쟁을 소재로 한 시바 료타료의 『언덕 위의 구름』을 두고 일본인들이 "소설 형식으로 된 메이지 일본의 제일가는 역사서"로 찬사를 보내고 있는 이유도 그 때문이다. 즉 그가 역사소설가로서의 직업윤리에 충실하기 때문에 신뢰가 가는 것이다. 작가는 역사 교사이자, 그 이상의 대중적 역할을 수행한다. 그게 역사소설가의 기본이다.

남아 있는 사료를 섭렵하여 연대기 사실을 충실히 배열하지만, 역사적 사건의 전모를 복원하기에는 부족하기 마련이다. 그래서 소설가는 자신의 역사적 상상력을 동원하여 사실과 사실 사이의 비어 있는 공간을 채워간다. 조정래와 시바 료타로를 비교한 것은 뜻밖에도 경제사학자 이영훈이다.

'진지한 미치광이' 조정래

조정래의 역사소설이 문제가 많다는 말이 들려 그중 일제시대를 포함한 근현대사를 다룬 대하소설 『아리랑』 전 12권을 읽어보고 너무 놀랐던 것이다. 그걸 정리한 논문 「광기 서린 증오의 역사소설가 조정래-대하소설 『아리랑』을 중심으로」를 2007년 당시 계간지 「시대정신」(통권 제35호)에 실었다. 오죽했으면 조정래를 두고

"광기 서린 증오의 역사소설가"라며 고개를 흔들었을까?(이 글이 2019년 여름 『반일 종족주의—대한민국 위기의 근원』(미래사)이란 단행본에 재수록돼 독자를 만나고 있는 것은 다행스러운 일이다.)

어찌 됐건 조정래는 오도되고 시대착오적인 인간이다. 단 자기 신념이 유달리 강하다. 자기가 믿는 좌파 민족주의에 대한 확신일 텐데, 그렇기 때문에 그 방대한 양의 『태백산맥』을 비롯해 『아리랑』 『한강』 등을 긴 세월 동안 써왔다.

그걸 쓸 때 위궤양이 찾아오고 오른팔 마비에 탈장 같은 직업병이 그를 괴롭혔다. 그리고 지속됐던 검찰 수사의 압박 앞에 "어디 나를 죽여봐라" 하는 심정으로 버텼고, 밤마다 이를 갈며 잤다는 것이다(조정래 지음, 『황홀한 글 감옥』, 340쪽). 또 대하소설을 쓸 때는 무려 20년 동안 단 한 번도 술을 마신 적이 없었고, 그런 자신을 보고 어떤 문인들은 마치 괴물 대하듯 했다고 한다.

그런 자기 절제의 미덕은 존중돼야 하겠지만, 유감스러운 것은 그 방향이 결정적으로 잘못됐다는 점이다. 더구나 그는 호되게 뒤틀린 신념을 품고 있는 자기 확신범이다. 자기의 아들과 며느리에게 『태백산맥』 전 권을 원고지에 손으로 옮겨 쓰기를 요구한 것도 방향이 잘못된 자기 확신을 자식 대까지 물려주겠다는 뜻이다.

그런 요구를 어쩔 수 없이 받아들인 아들과 며느리를 두고 "미련하게 하는 노력이 얼마나 큰 성과를 나타내는지 절절히 깨달았을 것"이라고 자랑스러워하는 게 조정래란 위인이다. 그런 그의 모습은 내게 서양 근대지성사에서 좌파의 원조로 꼽히는, 놀라운 재능과 모순의 남자인 장 자크 루소와 겹쳐진다. 루소를 가리켜 '흥미로운 미치광이'라고 판단한 게 20세기 우파 지식인 폴 존슨의 책 『지식인의 두 얼굴』인데, 그렇다면 조정래는 '진지한 미치광이'로 분류해야 옳을지 모른다. 그의 숨겨진 모습과 작품 디테일의 문제점을 이어지는 다음 장에서 마저 확인할 일이다.

제2장 통진당 이석기, 『태백산맥』서 튀어나왔다

조정래는 2009년에 자신의 문학 인생 40년을 점검하는 책 『화려한 글 감옥』(시사IN북)을 펴냈다. 자전 에세이란 광고와 달리 실제는 『태백산맥』을 읽은 대학생들이 조정래에게 보냈던 100개 가까운 질문에 대한 답변으로 채워졌다. 이들이 던진 질문을 유심히 살펴보면 지금도 젊은 층에 이 소설이 읽히고 있고, 파괴적 영향력을 끼치고 있다는 걸 확인할 수 있다.

"분단시대에 한반도에서 민족주의는 어떤 의미를 가지나?"

"『태백산맥』 취재는 어떻게 했는가?"

"『태백산맥』 마지막 장면이 담고 있는 의미는?"

"노벨문학상 후보로 거론되는데…."

조정래는 어마어마한 문화권력이라는 걸 전제로 하고 대학생들이 존경심을 담아 만든 질문이다. 조정래의 답변이란 것도 당신의 짐작 그대로다. 과장과 자기자랑이 뒤섞인 얼굴 두꺼운 설명인데, 그중 가장 심한 게 이런 것이다. 우선 질문이 이렇다. "『태백산맥』은 1994년 국가보안법에 저촉된다는 혐의로 고발당했고, 그 혐의를 벗은 2005년 이후에도 역사 왜곡 논란이 거듭되는데, 지금 그 대하소설을 다시 쓴다면 수정할 부분이 있나요? 있다면 무엇인가요?" 조정래의 단호한 답은 이렇다.

> 법치국가 대한민국의 대검찰청이 무혐의 결정을 내렸습니다. 일사부재리의 원칙 아래에서 더 무슨 말이 필요합니까. 그러나 그런 논란을 일삼는 것은 통일의 그날까지 계속될 것입니다. 그게 또 하나의 분단의 슬픈 현실이고, 치유될 길 없는 정신질환의 일종입니다. 수정할 부분? 없습니다.

왜 그 섹스 장면 묘사를 삭제했나?

수정할 부분 없다고 딱 잡아떼는 게 고약하다. 두 가지 점에서 고약하다. 우선 반(反)대한민국으로 점철된 그 많은 날조와 실수엔 나 몰라라 하는 태도가 무책임하다. 또 하나는 그 자신이 이미 손을 댄 대목이 한둘이 아니라는 걸 우리가 알고 있는데도 그렇게 능청을 떠는 점도 개운치 않다. 그것도 단순한 수정 작업이 아니고, 좌익은 도덕적으로 완전무결하며 순수하다는 이미지를 강화하자는 의도다. 1986년 초판이 나온 지 얼마 안 된 1988년 개정판에서 그런 수정을 버젓하게 진행했다.

그게 확인된 것도 침묵의 카르텔이 지배하는 문단 내부일 리 없고 한 평범한 독자의 고발이었다. 김종오가 쓴 『소설 태백산맥 그 현장을 찾아서』(종소리, 1992)에 따르면 문제의 수정은 남로당 요원 정하섭이 무당 소화의 집으로 숨어들었을 때 당 간부가 해줬던 말을 떠올리는 대목이다. 초판과 개정판을 비교해보자.

> 그녀를 확실하게 믿을 수 있는 근거를 마련해야 한다. 그녀를 세뇌시킬 수만 있다면 앞으로 두고두고 이용할 수가 있을 것이었다. "여자를 세포로 삼는 데 가장 빠른 방법은 몸을 섞는 일이다. 일단 몸을 섞게 되면 여자는 약해지기 마련이고 정이 생기게 된다. 그게 여자들의 속성이다. …처녀든 유부녀든 우리나라에선 몸 버린 소문에 떨지 않을 여자가 없다. 그걸 미끼로 한두 번은 확실히 이용할 수 있다. 그러나 필요하다고 판단되는 여자는 주저하지 말고 몸을 섞어야 한다." (제1권 초판)

> 그녀를 확실하게 믿을 수 있는 근거를 마련해야 했다. 그녀를 세뇌시킬 수만 있다면 앞으로 두고두고 이용할 수도 있는 일이었다.

"임무수행 중 특히 경계해야 할 것이 두 가지가 있소. 술과 여자요. 그건 둘 다 독이요. 술은 감정을 해이하게 만드는 독이고, 여자는 의지를 약화시키는 독이요. 철저히 경계하라. 단 냉철한 당원의 이성으로 판단했을 때 사업에 절대 이익을 줄 수 있는 여자까지 포함시키는 것은 아니오. 그 판단 기준은 당원의 이성에 맡기겠소." (제1권 개정판)

수정한 이유는 쉽게 판단된다. 초판을 읽은 독자들이 혹시 공산주의자가 잔혹하고 나쁘다는 느낌을 줄 것을 조정래는 걱정했던 것이다. 지고지순한 공산주의자를 욕보이게 해선 안 된다는 충정이었으리라. 문제는 이런 게 한둘이 아니고, 『태백산맥』 전체에 걸쳐 수두룩하다. 좌익은 순결하고 무죄인데 비해 우익은 더럽고 유죄라는 판박이 공식은 작품 전체를 일관하는 흐름이다. 그게 지나침을 넘어 작가가 품고 있는 강박감의 수준이라는 게 금세 드러나며 그때문에 작품의 설득력이 대폭 떨어진다.

일테면 대한민국 건국에 앞장선 우익 등장인물은 예외 없이 인간 말종이고, 좌익은 완전무결한 천사로 그려진다. 대한민국 국적을 가진 작가가 쓴 작품이라기보다는 북한 통전부가 써서 서울에 내려보냈다고 봐도 무방할 정도다.

앞 장에서 밝혔듯이 『태백산맥』 이후 빨치산은 더 이상 공비(共

匪)가 아니라 순결하고 낭만적인 전사로 이미지를 바꾸기 시작했고, 소설 속 공산주의자 염상진·하대치·김범우 등이 모두 그렇게 포장된다. 심지어 제8권, 제10권에 등장하는 빨치산의 한 명인 머슴 출신 인물 '솥뚜껑'조차 거의 성인(聖人) 반열의 인품으로 묘사된다. 소설 표현대로 그는 "굶으면서 싸우다 죽어가는" 사람인데, 모두가 잘사는 세상을 위한 투쟁을 자기 희생으로 감내하는 걸출한 영웅이다.

『태백산맥』은 좌익을 위한 아름다운 정치 동화

그래서 그와 함께 일하던 동지들조차 감화와 용기를 얻는다. 그게 어느 정도일까? 솥뚜껑은 "태어나면서부터 갖게 마련인, 피의 농도만큼 진한 명예욕"(제8권) 따위로부터 해방된 놀랄 만한 겸양·겸손의 소유자다. 그리고 그건 솥뚜껑만이 아니고 빨치산 대부분이 갖고 있는 품성이란 게 작가 조정래의 말이다.

그런지라 이들은 역사의 험로를 치달리는 와중에도 "서로 몸을 사리는 일도 없고, 서로 다투는 일도 없고, 서로 도와가며 자신의 맡은 일을 다 해내며, 함께 내걸고 싸우는"(제8권) 전사 그 자체다. 이들을 지켜보던 지식인 빨치산 손승호는 끝내 충격과 감동을 받는데 그 대목 묘사는 손이 다 오그라들 지경이다. 손승호는 "비로소 지식의 각질을 깨고, 위선을 벗어나 삶 앞에 알몸의 진실로" 서게 된다는 식이다.

아니다. 조정래는 그 정도로 만족하지 못한다. 이어지는 그의 설명에 따르면 손승호의 각성은 새로운 탄생에 해당하는 경험이라서 "생피의 뜨거움과 떨림"까지 느꼈다. 곤혹스러운 건 이와 극명하게 대비되는, 인간 말종으로 그려지는 우익 인간들의 집단 초상화다.

앞 장에서 제5권에 등장하는 벌교지역 계엄사령관 백남식 중위의 경우를 살펴봤지만, 염상진의 동생이자, 좌익 척결을 위해서라면 고문도 서슴지 않는 잔악한 인물인 대한청년단장 염상구도 여지없이 최악의 사나이다. 해방 전 살인사건의 주범이란 어두운 이력은 기본으로 깔고 있고, 해방 후에는 밑도 끝도 없이 독립투사를 자처할 만큼 후안무치하다. 그런가 하면 온갖 공장과 정미소를 차지할 만큼 모리배 수완까지 가진 악한(惡漢)이다.

염상구는 누구 말대로 "기회주의가 득세하고 정의가 실패한" 대한민국 현대사의 상징으로 내내 그려진다는 혐의를 피할 수 없다. 그렇다. 『태백산맥』은 문학 서술에서 금기인 상투적 묘사를 마음 놓고 벌이는 조정래만의 환상 놀이터다. 그래서 이 대하소설은 차라리 '좌익을 위한 아름다운 정치 동화'다.

우익의 섹스, 좌익의 섹스

그게 작품에 대한 몰입을 떨어뜨리는 요인이고, 엄밀하게 보아 이 대하소설은 소설 이전에 만화로 분류해야 옳다. 하지만 문학에 대한 감식안이 없는 젊은 층에게는 독약으로 작용했을 것이다. 그런 도식에 따른 인물 설정과 상투적 묘사의 하이라이트는 『태백산맥』 곳곳의 섹스 장면이다. 조정래는 같은 섹스 행위라도 염상구가 외서댁을 겁탈하면 추잡스러운 우익의 여자관계로 추락시킨다. 반면 좌익 정하섭이 소화와 나누는 섹스는 뜨겁고 멋진 사랑 이야기다. 다음은 제2권과 제4권에 등장하는 섹스 장면 묘사다.

> (염상구에 의해) 저고리가 벗겨지고, 치마가 벗겨지고, 속곳이 벗겨졌다. 외서댁은 어금니를 맞물었다. 남편을 수없이 불렀다. 이놈의 등짝을 낫으로든 도끼로든 찍어달라고 남편을 불렀다. 그러다가 고개를 저었다. 남편이 알아서는 안 된다고 고개를 저었다.
>
> "흐흐흐, 내 눈에는 보배는 보배여. 보기 존 떡이 묵기도 좋드라고 외서댁을 딱 보자마자 가심이 찌르르하드란 말이여. 고 생각이 영 축음이 들어 맞어뿌렀는디, 쫄깃쫄깃헌 것이 꼭 겨울꼬막 맛이시."
>
> 맥풀려 흐늘거리는 남자의 말이었다. 그 끈적거리는 것 같은 목소리가 몸을 칭칭 감아오는 것 같아 외서댁은 또 진저리를 쳤다. (『태백산맥』 제2권)

> 그(정하섭)는 그녀(소화)의 속곳을 끌어내렸다. 입술을 문 채 눈을 질끈 감은 소화는 미동도 하지 않고 있었다. 그는 마지막으로 단속곳을 끌어내렸다. 고문의 흔적은 소화의 전신에 흩어져 있었다. 그는 소화의 두 다리를 감싸안으며 얼굴을 그녀의 허벅지에다 비벼댔다. 그까짓 살껍질이 터지고 멍든 것은 아무것도 아닙니다. 당신이 준 인연의 끈을 피로 쏟아 끊어버린 것에 비하면 아무것도 아닙니다. …
>
> 임신을 했었다는 것도, 고문으로 낙태를 했다는 것도 입에 올릴 수 없음의 서러움에 사무치면서 소화는 정하섭을 일으켰다. 두 사람은 서로를 쳐다보았다. 소화의 볼에는 눈물이 흘러내리고 있었고, 정하섭의 눈은 충혈되어 있었다. (『태백산맥』 제4권)

두 섹스 장면 묘사에 동원되는 어휘와 표현이 다르고, 분위기도 구분된다. 우익 염상구의 역겨운 섹스 행위에는 독자가 침을 뱉도록 유도하고, 좌익 정하섭의 눈물겨운 섹스 행위에는 독자들의 감정이입을 은연중 요구한다. 자던 소가 웃을 판인데, 그걸 조정래만 모른다. 그가 대한민국 작가가 맞는지를 물어야 할 판인데 캐릭터 왜곡은 시작일 뿐이며, 소설 속의 현대사 왜곡은 실로 부지기수다.

일테면 「해방일보」 기자 이학송의 시각으로 밤중에 한강을 건

너는 피난민에게 폭격과 기총소사를 하는 미군 비행기를 묘사하며 6·25는 조선인민과 미국과의 전쟁이라는 자기 결론을 거침없이 토해낸다. "이승만 정권이야말로 반민주적이고 반민중적인 양키들의 모조 정권"이라는 말까지 쏟아낸다. 그게 돌발적이거나 일회적이지 않고 이 소설의 전 편을 관류한다. 김범우의 입도 마찬가지다.

그에게 6·25는 "사회개혁의 혁명성을 가진 민족세력과 반민족세력 간의 전쟁"이다. 좌익으로 전향하는 건 그 직후인데, 소설 속 정의의 남자인 염상진도 "일본놈보다 더 나쁜 지주놈"과 그들의 나라인 대한민국을 무한 저주한다. 그건 조정래가 1980년대 민중의식·좌파 민족주의의 포로였다는 것을 보여주지만, 해도 해도 너무한다는 생각을 떨칠 수 없다.

집요한 현대사 왜곡의 흔적들

> 봐라. 양반이란 것들은 그 많은 백성들의 피를 빨며 배를 불리다가 나라를 빼앗겼고, 다시 일본놈들과 작당해서 일본놈들의 보호를 받으며 같은 민족을 짐승 취급하고 있다. 일본놈보다 더 나쁜 놈들이 그놈들인지 모른다. 일본놈들을 이 땅에서 몰아내고 지주놈들을 없애는 것은 한몫에 해야 될 일이다. (제1권)

오죽했으면 조정래에게 우호적인 인터넷 백과사전인 '나무위키'조차 이런 억지스러움을 적극적으로 비판했을까? 조정래 스스로가 "작가는 진실만을 말해야 하는 존재다. 소설에 등장하는 인물들은 허구이지만 역사적 사실들은 모두 진실이며 독자들은 그것을 전부 받아들여야 한다"고 그럴듯하게 해놓고 막상 작품 전체에서 현대사 왜곡을 감행하니까 그런 반격이 나오는 것이다. 다음은 '나무위키' 지적의 일부다.

> 이를테면 소설 초반부에 제14연대 반란사건(여순사건)이 언급되는데 여기서 작가는 미군이 전차와 폭격기, 무차별 함포사격으로 여수 시내를 공격… 했다고 적고 있지만 실제로는 그런 거 없었다. 이 당시 진압작전의 주체는 대한민국 국군이었고 군사고문단 외의 미군 전투부대는 육해공 통틀어 단 한 개도 동원되지 않았다.
> 폭격이나 함포사격은커녕 그나마 국군이 동원할 수 있었던 전력이란 보잘 것 없는 L-5 연락기나 LST 갑판에서 쏘는 박격포 몇 발 정도였다. 당시에 존재하지도 않았던 폭격기나 군함으로 폭격을 할 수 있었겠는가?
> 진압이 된 이후에도 '백두산 호랑이' 김종원을 비롯한 토벌군이 여순 시민의 목을 닛뽄도로 쳐서 가마니에 넣은 다음 함부로 굴려 모래투성이가 된 그 목들을 동네마다 보여주는 것이 유행이었다고 했

는데 목을 베는 참수형이 있었던 것 자체는 사실이지만 그것을 순회 전시했다는 근거는 어디에도 없다.

미군에 대한 묘사도 인종차별주의자 수준이다. 등장하는 미군들은 거의 다 천하의 상놈으로 묘사되는데, 여자만 보면 환장해서 겁탈하려 들고 동양인들을 학살하며 쾌감을 느끼며 빨치산이 있는 듯하면 그냥 폭격을 퍼부어 모조리 파괴하고 갈아엎는 부류들로 나온다. 그리고 미군이 군기가 빠진 부대로 묘사하겠답시고 미군 이등병이 한국군 장군에게 마구 개기는 장면도 나온다. (나무위키, 조정래 『태백산맥』편)

여기저기 구멍 난 『태백산맥』의 한계는 2006년 세명대 미디어창작학과 대학생 네 명에 의해 다시 드러났다. 이들은 이 소설의 진위 여부를 검증하는 다큐멘터리를 찍어서 잠시 화제가 되기도 했다. 본래 지도교수가 던져준 과제에서 시작했지만, 소설 속 현장의 당시의 생존자들을 인터뷰할수록 "이건 아니다"라는 생각이 강해졌다.

해방구 율어? 그것도 엉터리였다

의기투합한 이들은 6밀리미터 캠코더를 챙겨서 다큐멘터리를 찍었다. 검증 무대는 소설 제1부의 주요 무대가 된 벌교읍과 율어면으로 한정했는데 놀랍게도 생존자 10여 명은 『태백산맥』과는 사뭇 다른 증언을 일관되게 했다. 염상진 일행이 진압군에 밀려 벌교를 포기하고 율어면을 점령해 해방구로 선포하는 대목부터 사실과 달랐다. 당시 율어로 들어온 빨치산들이 주민들의 열렬한 환영을 받았다는 묘사부터 엉터리다. 진실은 이러했다

> 밤중에 젊은 사람들이 총을 메고 와서 주민들 모으라고 소리를 쳐. 그래 가지고 우리 집 마당에다가 남자는 남자, 여자는 여자끼리 줄을 세웠다 이 말이여. 그래 놓고 뒤에서 빵빵 쏴버려. 그날 열다섯 명이 죽었어. 내 동생은 거기서 즉사했고, 내 처는 다음 날 죽었어요.

소설에서 주민들이 친일파 출신 우익들의 횡포를 못 이겨 자발적으로 입산해 빨치산이 된다는 내용도 문제다. "약탈한 식량을 주민들한테 지게에다 지고 산속까지 져다 달라고 해. 거기까지 가서 다행히 살아 나온 사람도 있고, 거기까지 끌고 가서 좌익들이 죽여버린 사람들도 있고…." 당시 이게 문제가 되자 조정래는 이해할 수 없는 무책임한 반응으로 일관했다. "마음대로 해석하라. 해석은 독자의 몫이다"는 식이었다.

『태백산맥』의 허구성을 일부나마 사정없이 드러낸 것은 세명대 다큐멘터리의 역할인데, 그런 게 처음은 아니다. 우익의 섹스는

더럽고, 좌익의 섹스는 아름답게 그려지는 대목을 비판했던 그 저자 김종오가 쓴 『소설 태백산맥 그 현장을 찾아서』가 문제의 책이다. 세명대 학생들의 문제 제기 20년도 훨씬 전에 벌교 현지를 답사한 걸 토대로 만든 책인데, 거의 똑같은 결론을 내리고 있다.

특히 그는 해방구 율어에 대한 정교한 설명을 덧붙이고 있는데, 그에 따르면 조정래는 율어를 자기가 생각하는 공산주의 이상향으로 애시당초 설정하고 있었다. 그래서 무리한 얘기가 끼어들었다. 우선 빨치산들이 그곳을 점령했던 기간은 10일 전후에 불과한데, 소설 속에는 무려 2년으로 늘려 잡았다.

그것에서 추수를 두 차례 했다고 언급한 것이 그 증거인데 그런 왜곡은 왜 생긴 것일까? "해방구 율어를 통해 작가가 혁명의 당위성, 사회주의의 우월성을 가장 효과적으로 전하려는"(121쪽) 의도이자, "우리 사회가 사회주의 체제로 변혁되어야 한다고 믿고 있는지도 모른다"(122쪽)는 게 그의 중간결론이다.

더욱이 저자 김종오는 조정래가 취재했던 지역을 다시 훑고 그곳 사람들을 다시 만나 앞뒤 상황을 캐물었는데, 그 과정에서 『태백산맥』 내용과 다른 얘기를 들은 것은 물론 현지 주민들이 조정래를 욕하고 있다는 흥미로운 증언도 전했다. "자기들의 증언이 작품에 잘못 반영했다는 이유에서"(27쪽) 그런 반응을 보였다. 누구의 말이 맞을까? 아무리 봐도 『태백산맥』은 정상적인 작품이 아니며, 이적(利敵)문학의 범주에 넣어야 한다.

『태백산맥』 찬양에 미친 전문가들

그래서 물어야 한다. 그럼 당시 영향력이 컸던 서울대 교수이자 문학평론가 김윤식이 이 소설을 극찬한 것은 무슨 연유일까? 왜 그는 이걸 두고 "문학이 갖고 있는 힘에 대한 신뢰"와 함께 "역사의 방향성에 대한 신뢰"를 한다고 말했을까?

당시 그는 "우리 문학이 여기까지 이르기 위해서는 해방 40년이 필요했다"는 허튼 과장까지 했는데 『한국문학의 근대성과 이데올로기 비판』(서울대출판부, 1987)이 문제의 책이다. 심지어 작품으로서 치명적 약점인 좌익 무죄, 우익 유죄의 판박이 이분법을 무슨 미덕인 양 찬양하는 평론가도 수두룩했다. 1980~90년대 한국 사회가 균형감각을 잃은 채 추락했다는 증거이고, 좌편향의 늪에 빠져 들어갔다는 물증이다.

일테면 단행본 『문학과 역사와 인간』 앞머리에 실린 문학 좌담회가 그것이다. 당시 막 『태백산맥』을 완간한 조정래를 초청해 만들어진 자리인데 평론가 남진우(소설가 신경숙의 남편), 시인 하재봉 등과 함께 영화감독 데뷔 전에 소설가로 활동하던 이창동까지 참석했다. 좌담은 브레이크 없는 열차처럼 달렸다. 참석자들은 입을 모아 이 소설을 "실종된 해방 3년사를 복원"한 사건이자 "역사학계나 사회학계의 정수리를 강타한 충격"이라고 자리매김했다.

하재봉= 제가 『태백산맥』을 읽으면서 특히 주목했고, 그전의 분단 소설들에서 볼 수 없었던 특이한 아름다움이 있었습니다. 그게 뭔고 하면, 그전 소설들이 공산주의자들을 그림에 있어서는 이념적으로 경직된 비인간적 인간들로만 다루어진 어떤 상투성을 가지고 있습니다. 그런데 『태백산맥』에서는 역사에 대한 확고한 신념을 가진 공산주의자들이면서도 인간적 정서와 자연적 감상을 풍부하게 지니고 있는 사람들로 그려지고 있습니다.

이창동= (『태백산맥』의 미덕은) 역사해석의 획기성에서부터 인공 치하의 토지개혁의 진실, 인민재판의 일방적 매도에 대한 타당적 진실의 제시, 흡혈귀로 왜곡된 빨치산 폭도들에 대한 역사적 정의로움의 개념 부여 등 다 헤아릴 수 없을 정도 아닙니까?

조정래= 역사를 바로 보기 위해서는 그 주체였던 인간들을 바로 보는 것이 (중요하다는) 인식 아래 저는 당시 사회주의 운동을 했던 사람들의 심층과 의지를 어떤 방법으로든 올바르게 써내려고 노력했습니다. 그 노력은 반공 이데올로기에 저촉되기에 앞서 기존하는 작품들이 사회주의 운동가들을 잔혹하고 무자비하고 피눈물도 없는 사람들로 못 박아놓은 상투성과의 싸움이었습니다." (24쪽)

한국사회가 용인할 수 없는 작품을 앞에 두고 이토록 무책임한 발언이 난무했지만, 이어지는 조정래의 발언이 기막히다. 앞 장에서 잠시 언급했던 빨치산 혁명놀음에 대한 조정래 자신의 신념, 그걸 표현하는 장황하기 짝이 없고 마치 열에 들뜬 듯한 어투에 새삼 주목하시길 바란다.

드디어 드러난 조정래의 이념본색

> 사실 그 어느 시대, 어느 땅에서나 혁명에 가담하는 사람들은 낭만주의자들이거나 이상주의자들이라는 사실은 이미 잘 알려져 있는 바 아닙니까? 그래서 혁명적 낭만성이라는 말도 있는 것 아닙니까? 붉게 타는 노을을 바라보고, 황금빛으로 뻗쳐오르는 아침 햇살을 마주 보며 가슴 울렁거리는 감격 속에서 혁명의지를 재충전하고, 대지의 숨결을 느끼며 혁명의 당위성을 다시 깨닫는 그들(공산주의자) 모습을 그려냄으로써 그들이 인간을 사랑하여 인간을 위한 혁명에 나섰고, 자기 희생마저 감수해나가는 인간들이었다는, 그야말로 그들의 순결과 진정성을 있는 그대로 표현해내려고 애썼던 것입니다.

"가슴 울렁거리는 감격 속의 혁명의지"를 대놓고 말하는 그는 분명 정상적이지 않다. 작품 완간 이후 이어지는 호평과 판매에 들떠 있었다고 해도 그는 분명 선을 넘었다. 하지만 그게 30년 전 『태백산맥』을 구상하고 집필하던 자신의 목표였다고 볼 수 있는 썩 중요한 자료다. 그게 그의 이념본색이자, 공산주의 이념에 대한 커밍아웃이란 판단이다.

이후 그는 지금도 변하지 않았다. 대한민국 헌법 제4조가 명문화한 자유민주적 기본질서라는 헌법적 가치를 정면에서 무시한 그 작품을 두고 출간 30년이 다 된 지금까지도 단 한 줄도 고칠 수 없다고 조금 전 대학생 앞에서 거드름을 피웠던 것이 그 증거다. 이런 『태백산맥』이 30년 넘도록 문학권력으로 군림하고 있다는 것은 이 나라의 비극이다. 그게 시민윤리에 저해된다는 것도 분명하고, 창조적 지성이 싹틀 수 없다는 점도 자명하다.

결정적으로 이런 문학은 체제 위협의 요인이다. 1994년 이 작품을 국가보안법에 저촉된다는 혐의로 고소했던 고발장의 맨 뒤가 가슴 철렁한 경고로 마무리되었다는 것은 내 눈엔 썩 의미심장하다. 『태백산맥』(전 10권)을 읽는 독자들은 대한민국에 적개심을 키울 것이고, 작가가 주장하는 공산혁명에 선동당한 나머지 이들이 이 나라 화약고에 불을 붙일 수도 있을 것이 우려된다는 내용이었다. 그건 이내 현실로 등장했다. 해산된 통진당의 이석기가 그였다. 그가 뭐라고 말했던가?

신은미-황선에서 전대협 임종석까지

"우리가 자주된 사상, 통일된 사상, 미국놈을 몰아내고 새로운 단계의 자주적 사회, 착취와 허위 없는 그야말로 조선민족 시대의 꿈을 만들 수 있다. 그 꿈을 위해… 전국적인 범위에서 최종결전의 결사를 하자는 거다." 뒤이어 "미국놈 몰아내고 조선민족의 꿈을 위해 최종결전하자"고 선동했던 이석기는 『태백산맥』에서 튀어나온 인물이 맞다.

이석기를 포함한 386세대, 그보다 윗세대인 문재인의 특보 문정인에 이르기까지 그 꼴이다. 몇 해 전 '종북 콘서트'로 악명 높은 재미교포 종북주의자 신은미-황선의 경우 "친미 친일도 하는데 친북은 왜 못 하느냐?" 하는 식으로 거칠 게 나왔던 걸 우리는 기억하는데, 그 여성들도 결국엔 조정래가 키웠다고 말해야 한다. 평양 원정 출산녀 황선의 경우 종북 토크쇼에서 "김일성 주석의 업적 중 후계 체제 완성이 가장 중요하다"고 말했다. 김정일 사망 때엔 상복(喪服)까지 걸쳤을 정도로 그녀는 못 말리는 종북 환자다.

신은미의 경우도 말할 게 없다. 그런 신은미-황선 종북주의의 끝자락엔 수령 숭배가 똬리 틀고 있는데, 하지만 신은미-황선의 종북을 압도하고도 남는 게 조정래의 수령 찬가인데, 그 대목은 다음 장에서 살펴보도록 하겠다. 어쨌거나 이석기·문정인·신은미·황선 이들만이 전부가 아니다.

이석기의 등장 훨씬 이전부터 『태백산맥』은 이 나라에 직접적인 위협으로 작용했다. 일테면 청와대 비서실장을 지낸 임종석이 1989년 초 전대협 제3기 의장 시절에 했던 무분별한 언행이야말로 이 나라 화약고에 불을 붙이는 행동의 표본이었다. 1989년은 『태백산맥』이 완간된 해인데, 그는 "백두에 피 뿌려진 진달래 가슴 안고 통일의 화신되어 총진군하라"라는 선동을 대학 캠퍼스에서 자행하던 주인공이었다.

당시 그의 모습 역시 『태백산맥』에서 튀어나온 또 한 명의 전사 그 이상도 이하도 아니었다. 실제 그는 당시 연설장에서 대학생과 노동자 농민 1만 2,000여 명을 모아놓고 선동연설을 하며 대한민국 경찰을 공격하여 많게는 106명에게 전치 3개월의 부상을 입혔다. 다음은 그를 단죄한 1990년 법원의 1~3심 판결 요지다.

> 1989년 전대협 의장을 하면서 불과 23세의 어린 나이에 북한을 추종하고, 북한과 통신하고, 이적단체를 구성하고 스스로 이적행위를 수행하고, 대한민국을 타도의 대상으로 정해놓고 온갖 불법적 폭력을 행사하고 정전협정을 평화협정으로 바꾸고 국보법을 폐기하고 주한미군을 몰아낸 후 우리끼리 통일하자는 기치를 내걸며 초인적 활동을 했고, 이를 저지하는 경찰을 화염병·사제폭탄·죽창·쇠파이프 등 섬뜩한 무기들로 공격하면서 적화통일을 위해 광분했다.

이걸로 끝이 아니다. 임종석은 1990년 「항소이유서」에 "북한은 반국가단체가 아니다"라고 항변했고, "북한 동포와 통신 회합하는 것은 당연한 국민의 권리"라고 주장했을 만큼 확신범이었고, 한 걸음 나아가 임수경을 평양에 보내 전대협과 조선학생위원회 공동명의로 된 「조국의 자주적 평화통일에 관한 남북청년학생공동선언문」에 서명케 하지 않았던가.

이게 무얼 뜻하는가? 조정래의 『태백산맥』은 완간 당시에 이미 허구의 세계를 넘어 운동권에게는 현실의 행동 지침이었다는 얘기다. 누가 누구에게 지침을 주고받았다는 뜻만이 아니고, 서로 암묵적 교감이 있었다는 말이다. 그런 사례는 또 있다. 조정래는 대하소설의 마지막인 제10권에서 주인공의 한 명인 지식인 김범우의 입으로 6·25가 민족해방전쟁이라고 선언했지만, 똑같은 말을 해 논란을 빚었던 동국대 교수 강정구의 발언(2005)이 나오기 무려 20년 전이었다.

강정구 발언을 둘러싸고 세상이 난리를 쳤는데도 원조 중의 원조인 조정래의 발언은 유야무야 넘어갔다. 왜 그랬을까? 문학의 옷을 걸치고 있었던 탓이다. 다음 장에서 『태백산맥』에 대한 국가보안법 혐의 고소고발이 유야무야된 경위와 함께 당시 쟁점이 무엇이었는지를 살펴봐야 한다. 그전에 유명 소설가 김훈이 했던 발언 하나를 소개하려 한다. 인터넷 백과사전 '나무위키'에 떠 있는 아주 고약한 말이다.

> 나는 『태백산맥』의 거대함을 사랑하기보다는, 그 구체성을 사랑한다. 우리는 『태백산맥』에서 역사를 가동시키는 이데올로기의 힘을 읽는다.

『태백산맥』의 이런 문제점을 다 알고 나면 김훈의 그 발언이 얼마나 말도 안 되는 코멘트인지 새삼 입이 벌어진다. 그 대하소설이 뭐가 어떻게 거대하고, 사랑할 만한 구체성이란 또 대체 무엇이란 말인가? 어이없는 것은 "역사를 가동시키는 이데올로기의 힘"이란 표현인데, 바로 그런 게 이름만 높고 속은 공허한 김훈의 한계이고, 한국사회 지력(知力)의 현주소는 아닐까?

제3장 국가보안법 위반 혐의 왜 유야무야됐나

이 나라가 아무리 허술하다 해도 조정래의 반역소설 『태백산맥』이 대한민국을 마냥 휘젓는 걸 모두가 지켜만 봤던 것은 아니다. 이 대하소설에 대한 반격은 단행본 완간 2년 뒤인 1991년 검찰의 내사 형태로 한 차례 진행됐고, 그게 유야무야된 뒤에 다시 1994년 8개 시민단체로 구성된 자유조국수호연맹이 조정래를 국가보안법 위반 혐의로 검찰에 고소고발했다.

그 가운데 『태백산맥』에 대한 문단 내부에서의 비판적 평론은 딱 한 차례가 전부였는데, 그게 1987년 평론가 최원식의 글이다. 언론 쪽에서는 1994년 「월간조선」 김용삼 기자가 「태백산맥 조정래의 현대사 왜곡」이란 제목의 기사를 실었는데 그게 이 작품에 대한 언론의 거의 유일한 문제제기다.

언론이 완전히 죽은 것은 아님을 보여줬기에 의미가 있지만, 미약했던 게 사실이다. 이 나라가 정상이라면 '문학의 옷을 입은 정치선동'인 이 작품에 대해 어떤 방식으로라도 제동을 걸었어야 했고, 그게 안 되었더라도 출판 시장에서 퇴출하는 게 마땅했다. 유감스럽게도 이 모든 게 실패했다. 검찰의 내사, 자유조국수호연맹의 조정래 고소고발은 외려 사회적 관심을 부추기는 엉뚱한 결과로 이어졌다. 노이즈 마케팅 효과를 낳은 셈이다.

신군부 5공에 대한 대중들의 괜한 반감 속에서 『태백산맥』은 1990년대 초반 당시 벌써 200만~300만 부가 팔리는 초베스트셀러로 빠르게 둔갑했고, 이걸 다스리지 못한 공권력은 정당한 권한 행사를 주저했으며, 언론 역시 비판적 기능을 접은 채 독자의 눈치를 보기에 바빴다.

그 결과 이 작품은 대학생이 뽑은 '가장 감명 깊은 책' 1위, 한국의 지성 49명이 뽑은 '미래를 위한 오늘의 고전' 60선 등의 반열에 성큼 올랐다. 가히 선풍적 인기였다. 나라가 망가지려면 이런 일도 우습지 않게 벌어지는 꼴인데, 이 와중에 빨치산 출신의 이태가 쓴 『남부군』(전 2권)이 출간돼 베스트셀러 반열에 오르고 바로 영화화되는 일까지 발생했는데 명백히 『태백산맥』의 영향이다. 동시에 그게 영화화되면서 문화계는 뜻하지 않게도 빨치산 붐으로 이어지는 기현상이 벌어졌다.

조정래 집으로 걸려온 항의 전화

그걸 전후해 영화감독 임권택은 당시 사상 최대의 원작료(1억 원)를 내고 『태백산맥』 영화화를 결정했다. 조정래로서는 돈 벌고 명예도 얻으니 "생애 최초로 행복감에 젖고, 사는 보람을 만끽"했다고 자기 책 『황홀한 글 감옥』에서 술회한 바 있다. 하지만 행인지 불행인지 그게 전부는 아니었다.

조정래 회고에 따르면 1980년대 말부터 자기 집으로 협박 전화가 잇달아 걸려오는 바람에 두려움을 떨칠 수 없었다. 명색이 작가가 어찌 그따위 소설을 쓸 수 있느냐는 조직적인 항변에 더해 종종 살해 협박까지 있었는데, 그게 10년 이상 지속됐다고 한다. 조정래는 그걸 두고 공포스러웠다고 말하며 피해자 코스프레를 지금껏 하고 있지만, 그건 도둑이 제 발 저린 격에 불과했다.

대한민국을 엉망으로 휘젓는 소설 하나를 공권력과 언론이 제대로 걸러내지 못하고, 작가 역시 반성할 줄 모르니까 일반인이 나서서 항의했던 것이다. 항의 내용이야 짐작대로다. 빨치산 미화, 혁명투쟁 찬양 등을 참을 수 없고, 그러니까 조정래 당신 책을 운동권에서 의식화 교재로 쓰는 것 아니냐는 아우성이었다.

『태백산맥』이 결정적으로 이적문학·반역문학으로 찍히는 이유는 두 가지로 압축된다. 전반부도 수상쩍은 게 수두룩하지만 주로 작품 후반부에서 집중적으로 다뤄지는 스토리인데, 그 하나가 앞장에서 보았듯이 주인공의 하나인 벌교지역 유지이자 민족주의자인 김범우가 공산주의로 전향하는 대목이다. 다른 또 하나는 휴전을 전후해 빨치산의 우두머리 격인 남로당 박헌영이 숙청당하는 걸 그토록 정당화함으로써 결국 김일성을 찬양한 대목이다.

그중 김범우의 전향은 판단하기 어렵지 않다. 그게 조정래의 숨은 메시지로 해석된다는 것이다. 8개 시민단체로 구성된 자유조국수호연맹이 조정래를 검찰에 고발했을 때도 이 대목을 놓치지 않았다.

> 독자들로서는 김범우의 사고와 김범우의 판단에 대해 신뢰를 갖도록 되어 있으며, 그것이 옳은 것이라는 인식을 하도록 되어 있다. …그런 김범우가 종국에 가서 공산주의자들에게 합류한다. …이러한 김범우의 변신이야말로 작가가 전하고자 하는 메시지를 웅변으로 말해주는 것이 아닐 수 없다. …이러한 인식의 바탕 위에서라면 대한민국의 정통성은 인정될 수 없으며, 나아가 정통성은 북한에 부여될 수밖에 없음은 재론의 여지가 없다.

훌륭한 문제제기가 아닐 수 없다. 문학평론가들도 하지 못한 지적을 애국심 하나로 용기 있게 한 것이다. 다만 나로서는 김범우의 사상 전환이란 김일성의 인민공화국 앞에 대한민국이 투항하는 것을 상징하려 했고, 그게 소설가 조정래의 숨은 의중으로 봐야 한다는 지적을 덧붙이고 싶다.

"김일성 위해 박헌영은 죽어달라"

이것 하나만 봐도 조정래는 유죄인데, 남로당 박헌영의 숙청을 정당화함으로써 김일성을 찬양한 대목은 굳이 말할 것도 없을 정도다. 단 조금 더 정교한 분석이 필요하다.

즉 6·25를 민족해방전쟁으로 규정했던 작가 조정래는 『태백산맥』 제10권에서 다시 박헌영을 숙청하고 그의 부하 이현상 등 남한 빨치산을 죽음으로 몰았던 김일성의 숙청을 대놓고 미화하는데, 이게 지금껏 논란의 핵이다.

놀랍게도 박헌영이 김일성과 조선노동당을 위해 자진해서 처형되는 길을 선택한다는, 실로 말도 안 되는 내용으로 이 소설이 급 마무리되는데, 이 대목이야말로 명백한 현대사 왜곡이자 전범(戰犯) 김일성에 대한 숭배로 해석될 여지가 다분하다.

즉 박헌영이 김일성을 위해 처형의 길을 자진해 선택한다는 황당한 내용이야말로 조정래의 당혹스러운 정신세계를 여실히 보여준다. 등장인물 김범준의 입으로 "이 결정(박헌영 숙청)은 당의 장래를 위한 것이며, 또한 원대한 사회주의 건설을 위한 준엄한 역사 선택인 것이오"라고 말하는 게 문제의 대목이다. 김범준이 전하는

◇6·25 당시 남일로부터 보고를 받고 있는 김일성. 그는 『태백산맥』에 직접 등장하지 않지만, 무오류의 존재로 암시된다(왼쪽 사진. 앉아 있는 사람). 만년의 박헌영(오른쪽 사진). 소설에서 그는 처형되는 길을 자진 선택하는 인물이며, 때문에 김일성 숭배 완성을 위한 보조 장치로 설정됐다.

내용은 억지의 극치인데, 따지고 보면 간단한 논리다.

6·25를 일으켰으나 남조선 해방이란 목표를 이루지 못한 채 휴전협정을 맺게 됐는데, 그렇다고 당이 책임지고 망가질 순 없다. 즉 오류를 저질렀다는 이유로 당이 자폭할 수는 없다면 대신 당신들이 좀 죽어달라. 그런 터무니없는 희생양 만들기의 논리에 불과했다.

더 노골적으로 말하면 그건 불사(不死)와 무오류의 존재로 남아 있어야 할 김일성을 위해 당신들 박헌영과 빨치산 일행은 처형의 길을 걸으라는 노골적 협박이다. 이런 억지 논리를 『태백산맥』이 만들어냈으니 김일성 미화란 지적을 받는 건 당연하다. 그런 목표를 위해 소설은 박헌영을 턱없이 미미한 존재로, 김일성을 위해서만 사는 남자로 만든다. 김일성의 중앙당이 그렇게 결정하자, 박헌영·이승엽 둘은 "그 뜻을 파악하고 이의 없이 접수했다"는 표현까지 조정래는 등장시키지 않던가.

심리학적으로 보자면 마조히즘, 즉 피학(被虐)의 극치이지만, 현대사 측면에서 보자면 최악의 역사 왜곡이 아닐 수 없다. 조정래 자신은 스스로 "작가는 진실만을 말해야 하는 존재"라고 떠벌려 놓고서 막상 작품에서 이토록 엉뚱한 현대사 장난을 벌일 수가 있단 말인가?

6·25 패전에 따른 김일성·박헌영 사이의 권력투쟁은 알려질 만큼 알려졌는데, 그걸 조정래가 몰랐다면 무식한 것이고, 알면서도 소설에서 그렇게 말했다면 위선자일 따름이다. 일테면 1950년 10월 8일 김일성·박헌영은 평양 모란봉 집무실에서 대판 싸웠다. 미군이 38선을 돌파하면서 전황이 극도로 불리해진 그다음 날, 당시 수상·부수상 신분이던 둘은 절박했다. "산으로 올라가 유격전을 하느냐 마느냐"를 놓고 벌인 설전이었지만, 실제론 둘 사이 권력투쟁의 포문이었다.

박헌영 죽음의 비극적 진실

전황이 한층 다급해진 11월 7일 피란지 만포진에 있는 소련대사관 임시 연회장에서 '띠 동갑'은 다시 붙었다. 1912년생인 김일성이 12세 연하이고, 키는 작았지만 박헌영이 연상이었다. 그런데

볼셰비키혁명 기념일, 마침 술을 마신 김에 둘은 "이 자식… 저 자식" 욕설까지 주고받았다.

최악이었다. "당신이 일어난다고 했던 (남한) 빨치산은 다 어디 있나?"(김일성, 당시 38세) "아니, 어째서 낙동강에 군대를 죄다 내려 보냈나?"(박헌영, 50세) 당시 외무성부상 박길룡의 증언에 따르면, 서로를 향해 집어던진 잉크병이 벽에 부닥쳐 박살났다. 이후 박헌영은 간첩죄로 몰려 처형당했지만, 전쟁책임은 엄연히 김일성이 아니던가? 3주면 끝난다고 판단해 남침을 감행했다가 무려 3년을 끌며 국군 42만 명, 미군 3만 6,000명, 인민·중공군 150만여 명을 희생시킨 전범(戰犯)이다.

실은 그의 자질도 연구 대상이다. 『콜디스트 윈터』의 저자 핼버스탬은 항일유격 활동 때 김일성이 300명 이상을 지휘해본 일이 없다고 지적했지만, 전쟁 지휘관으로 그는 빵점이었다. 박명림의 훌륭한 연구서 『한국 1950 전쟁과 평화』에 따르면 전쟁 당시 북한 전투기는 132대. 엄청난 전력이었다.

그러나 개전 초기 미군폭격으로 단 두 대만 남긴 채 궤멸됐다. 자기들이 일으킨 전쟁인데, 1개월 만에 수송체계 붕괴로 '전쟁의 모든 것'인 군수·병참에서 밀린 것이다. 미군개입과 공중전을 예상치 못했던 김일성은 그만큼 어설펐다는 뜻이다. 이런 디테일이 확인해주는 것은 분명하다. 본래 하수(下手)였던 김일성은 민족해방이라는 선부른 희망사항과, 불 보듯 빤한 국제전 확전이라는 현실 사이를 혼동했던 수준 미달의 사나이였다.

결과적으로 대규모 중공군 참전을 자초했고, 이후 북한이 중국 품 안에 완전히 들어간 것도 결국은 그의 허튼 불장난 탓이다. 그런데도 한 가지 재주는 갖고 있었는데, 김일성은 권력의 화신이란 점이다. 그걸 밑천으로 박헌영을 희생양으로 몰아세우는 데 성공했음을 우린 다 알고 있다.

그리고 이승엽·이강국 등 남로당 거물들을 체포한 지 일주일이 채 안 된 1953년 3월 박헌영을 전쟁 패배의 책임을 물어 감옥에 집어넣는 데 김일성은 성공했다. 이후 내무성 지하 감옥에 수감된 박헌영에게 대형견 셰퍼드를 집어넣어 물어뜯게 하면서 고문을 자행했다지만, 사실 여부는 확인된 바는 없다. 다만 그 전후의 정황으로 보아 개연성이 높을 따름이다. 즉 재판을 진행하던 2년 뒤인 1955년 말 북한 최고재판소는 박헌영을 미제의 스파이라고 발표했고, 바로 사형을 언도했다.

당시 재판기록에 따르면 박헌영은 최후진술에서 "검사총장의 논고가 전적으로 지당하다"고 말했고, 사형을 받아 마땅한 매국역적이라며 얼핏 믿기지 않는 자백을 했다. 자발적이라고 보긴 어렵고 고문에 따른 것으로 추정할 수 있다.

전체주의 악령에 사로잡힌 『태백산맥』

물론 이 최후진술 대목은 박헌영의 아들을 자처하는 원경 스님이 국내에서 발간한 『이정 박헌영 일대기』(임경석 등, 역사비평사, 2008)에 나오는 얘기다(473쪽). 그런 박헌영의 최후는 실로 허망했다. 이듬해 여름 으슥한 산속으로 끌고 가서 소련파 출신의 실력자 방학세(해방 이후 최고재판소장)가 박헌영 머리통에 권총을 대고 두 번 방아쇠를 당겨 쏘아 죽였고, 바로 파묻었다. 남로당의 이런 최후는 원경 스님이 1990년 러시아 여행 중에 외무성부상 박길룡으로부터 직접 들은 내용이다.

역사적 사실이 이러한데도 김범준의 입으로 "이 결정(박헌영 숙청)은 당의 장래를 위한 것이며, 사회주의 건설을 위한 준엄한 역사 선택"이라고 서술한 『태백산맥』은 황당무계할뿐더러 심지어 저의를 의심하지 않을 수 없다. 김일성을 무오류의 신적인 존재로 만들자는 것이겠지만, 그 이상의 의미도 함축하고 있다.

기억하시는가? 그건 전체주의를 고발한 A. 쾨슬러의 불후의 고전 『한낮의 어둠』과 어찌 그리 똑같은지를 떠올려보라. 자신을 반역죄로 몰아 죽이려는 공산당 앞에 주인공 류바쇼프는 "당을 찬양하는 게 혁명의 대의를 위한 마지막 봉사"라며 기꺼이 자신의 눈을 감지 않던가? 그 점에서 『태백산맥』은 전체주의 악령에 사로잡힌 작품이 맞다. 그건 박헌영과 남로당 후예가 아니고선 도저히 불가능한 정신세계이고, 명백한 김일성에 대한 투항이다.

그리고 그건 옛날얘기가 아니다. 지금 활개 치는 종북좌파의 심리적 저변이 바로 그러하다. 이들은 평양을 "부추겨야 할 못난 동생"쯤으로 여기지만 실제론 박헌영 망령에 집단 빙의된 상태이며, 김일성-김정일-김정은 등 이른바 백두혈통의 이빨에 뜯어 먹히는 걸 존재의 이유로 안다.

그건 피학(被虐)의 변태기질이 맞다. 평양 전체주의 집단을 위해 자신은 죽어도 좋다고 믿는 정신질환자란 뜻이다. 그래서 가슴 철렁하는데, 선후 관계도 따져봐야 한다. 조정래와 2000년대 초반 종북좌파와 닮은꼴이라고 하지만, 조정래의 『태백산맥』이 씨앗을 뿌렸고, 현재의 종북좌파는 그 영향 아래 악의 꽃으로 자라났다. 그럼에도 1991년 검찰의 내사는 유야무야됐고, 1994년 조정래를 국가보안법 위반 혐의로 검찰에 고발한 시민단체의 비판은 성공하지 못했다.

조정래가 빠져나가는 데 성공하고, 대한민국은 반역자를 응징하는 데 실패한 것인데, 이유는 복합적이다. 우선 소설의 이적성 여부를 내사하는 검찰, 그리고 국가보안법 위반 혐의를 검토하는 검찰이 정당한 공권력 행사에 등한시했고, 너무 물러터졌다는 점을 지적해야 한다.

체제 수호의 최전방에 서 있는 이들의 직무유기가 어떻게 이 나라를 장기적으로 위기에 빠뜨릴지를 놓고 검찰은 속 깊은 검토를 하지 않았다는 얘기다. 그래서 1991년 검찰의 내사는 제풀에 유야무야된 케이스이고, 『태백산맥』에 대한 1994년 국가보안법 저촉 여부는 무려 11년간 검토한 끝에 2005년 들어 '혐의 없음'으로 종결됐다. 무찔러야 할 적 앞에서 칼자루 하나 제대로 뽑아보지 않은 채 무릎을 꿇고 말았다.

검찰 수사 종결은 대한민국 붕괴의 시작

그 순간 이후 대한민국 국가 붕괴가 사실상 시작됐다고 나는 본다. "이게 나라냐?"라는 자탄이 나올 판인데, 문화권력 전쟁의 차원에서 보면 또 다른 해석이 가능하다. 즉 이미 문화권력-지식권력 모든 것을 다 쥐고 있던 좌파가 기어코 승리의 깃발을 꽂은 것이다.

언론-교육-문화로 이어지는 세 부문을 완전 장악한 좌파의 총공세 앞에서 재래식 권력만을 쥐고 있던 공권력이 무력화될 수밖에 없었던 것이다. 그러나 검찰 입장을 전혀 이해 못 할 것만은 아닌 게 1991년 무렵 벌써 이 대하소설은 200만 부 이상 팔렸다. 이 소설을 이적성이 있다고 볼 경우 이미 그 많은 독자들을 모두 범법자로 취급할 수 있을 것인가 하는 문제가 발생하게 된다. 그뿐 아니다.

『태백산맥』 옹호에 벌 떼처럼 달려드는 언론도 무시 못 할 변수였다. 본래 사안이 커질 경우 검찰이나 법원 등은 여론의 향배에 예민해지는 법인데, 거의 전 언론이 표현의 자유 그리고 문학의 특수성을 들먹이며 조정래를 옹호하고 있었으니 상황 자체가 너무 일방적이었다.

“본질적으로 허구인 문학작품에 대해 결말 부분과 인물 해석을 문제 삼는 것은 감찰권 남용”이라는 「한국일보」 보도(1991년 4월 11일)가 전형적인 경우다. “본말전도가 아닐 수 없다. 웃지 못할 일은 수년 전에 출간돼 베스트셀러 반열에 올라 있는 소설책까지 이적 출판물로 분류하려 했다는 것이다. 무려 200만 부가 팔리고 문학적 가치를 평가받은 뒤에 말이다”(「중앙일보」 1991년 1월 12일).

주류언론이 위선적 리버럴리즘에 빠진 채 좌익의 눈치를 보기에 바빠 비판적 기능을 유보하고 있을 때 「한겨레」는 한 걸음 더 나아가 “뭐가 문제냐?”는 식으로 조정래를 감싸는 대담한 태도를 연출했다. 저들이 자신감이 붙은 것이고, 역공으로 나온다는 뜻이다. 1994년 국가보안법 저촉 여부를 검찰이 검토할 때 아예 사설을 통해 으름장을 놓았다.

『태백산맥』은 반공 이데올로기에 충실했던 독자들에게 “감동”이었고, “역사에 대해 새로운 눈을 뜨게 해준 작품”이라고 적극적인 옹호론을 펼친 것이다(1994년 5월 7일). 결정적인 대목은 “『태백산맥』이 좌익을 미화했다거나 새로운 평가를 했다 해서 '허구의 세상'을 국가보안법으로 묶을 수 없다"는 강변을 펼친 대목이다. 문학은 픽션이기 때문에 법치의 영역에서 제외되며, 때문에 좌익 미화란 용인될 수 있다는 엉터리 논리를 그토록 당당하게 펼친 것이다.

문학평론가-교수의 직무유기

그 못지않게 놀라운 건 문학평론가-교수였다. 이 소설의 이적성 여부를 내사하고, 국가보안법 위반 혐의를 검토하는 검찰 앞에 전문가적 견해를 제시했어야 할 거의 모든 문학평론가-교수가 직무유기를 한 것이다.

이들은 『태백산맥』의 이적성을 부인하는 데 입을 모았다. 당시 서울대 교수 권영민은 "작품에 대한 판단은 미학적이어야만 한다"면서 국가보안법을 조롱했다. 당시 초대 문화부 장관이던 이어령이 "『태백산맥』은 작가의 상상력에 의해 쓰인 '신판 홍길동전'이다"고 뻥을 쳤던 것도 그 무렵이다. 이어령의 그런 행동은 본인이 밝힌 것은 아니다. 조정래가 『황홀한 글 감옥』에서 밝힌 대목인데, 어쨌거나 그 영향은 컸다.

당시 대검찰청에서는 내사를 마치고 "소설 『태백산맥』에는 분명 문제가 있지만 당시 이미 350만 부 넘게 팔린 책을 법으로 문제 삼는 것은 과히 적절하지 않기 때문에 문제 삼지 않기로 한다"고 입장을 정리했다. 검찰이 무혐의 결정 이후 다시 20년 가까운 세월이 흘렀다.

반역 소설을 제대로 응징 못 한 이유로 그래서 지금 여전히 국가위기가 거듭되고 있다. 다시 물어보자. 10여 년 전 광우병 파동을 포함해 세월호 사고, 광화문 민중총궐기 그리고 2017년 비극적인 박근혜 대통령 탄핵 파동의 공통 구조는 무엇일까? 왜 그런 일이 필요 이상의 정치적 몸살로 연결되며 대통령을 흔들고 대한민국의 위기로 치닫곤 하는가? 그걸 다시 물어봐야 한다.

그건 정치권의 무책임이나 정책 실패 혹은 리더십의 부재 때문이 아니라 한마디로 지식권력-문화권력이 좌파세력의 손아귀에 들어 있기 때문에 벌어지는 구조적 현상이다. 반(反)대한민국-친북 성향을 포함한 좌파적 가치는 한국사회에서 이미 헤게모니를 구축했다.

이런 국면에서 이 나라 국민들이 주사파 오염의 찌꺼기를 떨쳐내고 대각성하라는 권유는 더욱 절실할 수밖에 없다. 그런 과정 없이 이 나라는 자력으로 위기를 극복할 수 없다는 게 점점 더 분명해지고 있기 때문이다. 또 하나, 혹시 누가 법적 평가가 끝난 작품을 왜 들먹이느냐고 물을지 모르겠다. 법적 평가와 달리 문학적 평가, 정치적·사회적 평가는 백번 새롭게 시도되어야 마땅하다.

아직 대한민국의 문이 완전히 닫힌 건 아니지 않은가?

현실적으로 『태백산맥』의 폐해는 방사능 낙진보다 심하다. 그건 이 나라 국민 5,000만 명에 가해진 공산주의 이념의 테러이고, 김일성 숭배와 박헌영 빙의를 강요하는 행위나 다름없다. 이 명백한 진실을 가려온 무책임한 지식인과 국민에게 나는 도무지 할 말이 없다.

다만 "천하가 흥하고 망하는 데는 필부에게도 책임이 있다"는 명나라 고염무의 말을 전한다. 『태백산맥』을 읽고 흥분했던 예전의 당신, 문학작품을 위해서는 상상력이 필요하다고 떠들어온 지금 당신들의 몽유병자 같은 신념이 문제이며, 그런 사실상의 반역 행위가 지금의 국가위기를 부채질했다는 뜻이다. 또 하나 기억해둘 게 있다. 지금의 국가위기는 주사파 운동권 때문이며, 훗날 평양이 붕괴된 뒤 상황은 극적으로 개선될 거라고 믿는 순진한 이들이 적지 않다.

주사파가 전염병이라고 보는 셈인데, 바로 그게 맹점이다. 주사파란 암세포 덩이는 우리 몸 안에서 자라났다고 봐야 한다. 그걸 30년 방치하거나 키워온 한국인 다수가 주사파란 사교(邪教)를 알게 모르게 내면화했다는 엄연한 사실을 왜 외면하려 하는가? 여기에 큰 역할을 한 것은 조정래 『태백산맥』이다.

제4장 조정래의 다른 작품은 멀쩡한가?

이 대목에서 하나 더 질문을 던져야 하는데 『태백산맥』을 제외한 조정래의 다른 작품들은 과연 멀쩡할까 하는 의구심이다. 역사소설을 빙자한 『태백산맥』에서 조정래가 보여준 비문학적이고 비역사적인 서술을 다른 작품에서도 반복하지 않았을까? 했다면 어느 정도일까? 조정래 문학이란 본디 수준이 낮은데다 '문학의 옷을 걸친 정치투쟁'이란 본질을 숨기고 있기 때문에 파괴적 영향력을 막기 위해서라도 그걸 묻지 않을 수 없다.

우리 목표는 이념의 잣대에 따른 도식적 서술, 그걸 위해 역사적 사실과 무관한 픽션을 들고 나오는 억지 논리, 말도 안 되는 수준의 과장을 지적하자는 것이다. 다작(多作)인 그의 많은 작품 중 12권 분량의 역사소설 『아리랑』과, 장편소설 『허수아비춤』 이 둘을 중점적으로 살펴볼 생각이다.

우선 그가 2010년에 발표한 『허수아비춤』(해냄)은 경제민주화를 목표로 썼다고 자기 입으로 밝히고 있는데, 여기에 담긴 지독한 수준의 반기업정서와 반시장경제 논리는 여러모로 연구대상이라는 게 내 판단이다. 우선 현대소설이기 때문에 기존 역사소설과는 다르지 않을까 하는 기대도 해볼 수 있지만, 그건 턱도 없는 일이다. "자본과 분배의 문제를 파헤친 핵폭탄급 서사(이야기)"라는 당시 신문광고만 봐도 내용이 짐작될 정도다.

『허수아비춤』 스토리의 중심축은 재계 2위로 설정된 일광그룹인데 작품 도입부를 보면 회장의 친위대 3인방이 재계 1위 태봉그룹의 구조조정본부를 본떠 친위조직을 만든다. 물론 재산의 불법상속과 그룹 후계자 승계를 위한 사전 포석의 일환이다.

이래도 대기업 증오하지 않을래?

스토리가 시작하자마자 이들은 천문학적인 1조 원 비자금을 무기로 정계·관계 로비를 시작하고, 이때 작가가 의도했던 자본주의 천태만상 고발이 이뤄진다. "이래도 재벌과 대기업을 증오하지 않을 것인가?"를 작가는 노골적으로 유도하는 것이다. 이후 시민단체 폭로와 법정 공방이라는 일진일퇴에도 불구하고 일광그룹의 음모는 결국 더러운 승리를 거두는 것으로 그려진다. 즉 자본의 일방적 승리다.

집행유예라는 솜방망이 처벌에 만족한 회장, 그는 친위대 3인방에게 거액의 스톡옵션을 건네는 걸로 마무리하여 독자의 적개심을 대폭 끌어올리는 것도 잊지 않는다. 때문에 이 소설을 읽은 이라면 누구도 작가가 겨냥한 목표에서 크게 벗어나지 못한다.

기업가는 도둑이고 도태되어야 할 존재라는 식의 부정적 시선의 포로가 되고 만다. 당시 이 소설이 베스트셀러로 뜬 것은 『태백산맥』의 작가 조정래에 대한 독자들의 과대평가가 주요 요인이고, 또 이 작품이 삼성그룹을 겨냥했다는 화제성이란 요인도 무시 못한다. 사실 작품에 등장하는 경영권을 2세에게 물려주기 위한 각종 방법도 자연스럽게 삼성을 떠올리게 한다. 즉 재계 1, 2위 대기업 그룹을 모두 부도덕 집단으로 설정한 작품 콘셉트 자체가 조정래가 목표로 한 경제민주화를 겨냥한 장치다.

그래서 작가 의도대로 한국 자본주의에 대한 야유와 조롱이 작품 전면에 넘쳐나는데, 『태백산맥』에서 익히 보아왔던 조정래 식 상투적 묘사가 반복된다. 이를테면 3인방의 한 사람은 "목덜미에 영양과잉의 동물성 기름기가 번들거리는" 걸로 묘사된다.

물론 돈 많은 이와 재계 인사에 대한 적대감을 유도하려는 것이다. 하지만 리얼하다기보다는 표피적이고 작위적인 느낌을 주는데, 그건 행인지 불행인지 조정래 문학의 한계다. 일테면 경제학

박사학위를 가졌다는 일광그룹 3인방의 한 명 박재우에 대한 묘사가 그렇게 야비하고 상투적이다. 그를 피둥피둥 살찐 비즈니스맨으로 그리는데, 그건 전당포 주인을 묘사할 때 구사되던 19세기 소설 냄새가 풍긴다.

> 박재우는 습관처럼 새끼손가락을 세워 보였다. 돈을 말할 때 엄지와 검지로 동그라미를 그리는 것처럼 여자를 말하면서 새끼손가락을 세우는 그 손짓은 천상 건달 같았지 고상해야 할 경제학 박사님의 모습일 수는 없었다. 살만 피둥피둥 찐 그의 얼굴이며 목덜미에 영양 과잉의 동물성 기름기가 번들거리고 있어서 지적인 분위기와는 더 거리가 멀기도 했다.

어디에서 많이 봤던 싸구려 묘사

그런 판박이 묘사는 "유전인 듯 돈 욕심이 끝이 없었고, 안하무인이었으며, 적당히 설렁설렁 한 공부 탓인지 지식에 열등감이 적잖은" 걸로 그려지는 회장에게도 적용된다. 콤플렉스 덩어리인 그는 자기 지시로 만들어진 아홉 마리 용을 새긴 황금 칠 의자에 올라탄 몰취미한 위인이다.

당연히 일광그룹의 멤버들에게 최소한의 경제윤리나 기업가 정신이란 터럭만큼도 찾아볼 수 없다. 그런 선과 악의 이분법 때문에 작품의 흡인력이 현저하게 떨어지고 너무도 유치하지만, 순진한 젊은 독자층에겐 또 다르게 읽힐 것이 두렵다. 이들은 이런 작품에 열광할 준비를 다 한 상태에서 읽기 때문이다. 그래서 물어야 한다. 대한민국 재계 서열 1~2위를 다투는 글로벌 기업이 과연 이 지경일까 하는 질문을 하지 않을 수 없다.

그건 이 나라 21세기 초반 대기업의 리얼리티를 반영하기보다는 낡은 인간 조정래의 안목과 시선을 더 잘 보여주는 것이 아닐까? 낡기만 한 게 아니라 반기업 심리로 왜곡되기까지 해서 문제다. 작가의 「머리말」은 그만의 뒤틀린 신념을 거듭 보여준다.

"불의에 저항하지 않으면 지식인일 수 없고, 불의에 저항하지 않으면 작가일 수 없다"는 것이다. 그건 조정래가 톨스토이, 타고르에서 루쉰 등 거룩한 이름까지 두루 인용하면서 반복하는 거룩한 명제인데, 바로 그런 게 우리 사회의 평균정서라는 게 문제는 문제다. 그 점은 이 책에 딸려 있는 평론 한 꼭지에서도 재확인된다. 그 평론은 "기업은 야만의 존재이고, 기업가는 영혼이 없는 동물"이라며 작가 입장을 옹호하기 바쁘다.

문제의 평론은 서울대 국문학과 교수라는 문학평론가 방민호가 썼다. 그는 『허수아비춤』이 "야만의 존재를 명징하게 고발했다"고 치켜세운다. 그의 판단은 작가 조정래 못지않게 거칠고 또 단정적이다. 그에게도 기업은 엄연히 야만의 존재이고, 기업가는 영혼이 없는 동물이다.

"돈의 크기를 종교처럼 숭상하는 그들에게 영혼의 깊이 따위가 있을 수 없다"는 식이다. 실은 『허수아비춤』은 발표 타이밍도 교묘했다. 비슷한 시기에 앞서거니 뒤서거니 하면서 나온 변호사 김용철이 쓴 『삼성을 생각한다』(사회평론, 2010)와 함께 대기업에 대한 나쁜 이미지를 쌍끌이했다. 그 직전인 2007년 말 대한민국을 떠들썩하게 만들었던 김용철의 그 책은 삼성 법무팀에서 7년여 일하며 보고 겪은 이야기를 토대로 삼성 경영마인드의 취약성, 경영비리와 정치 로비에 대한 비판이다.

그렇게 최악의 반기업 심리를 조장하는 조정래의 나쁜 습관은 그때 『허수아비춤』으로 마무리된 것일까? 다시 반복되지 않는다면 그 또한 다행이 아닐까? 그것도 헛된 희망사항이라는 걸 확인해준 게 그가 2019년 여름에 펴낸 신작 장편 『천년의 질문』(전 3권, 해냄)이다.

최근 소설 『천년의 질문』도 졸작

재벌 비자금 사건을 파헤치는 기자를 중심으로 권력-자본-언론이 얽혀 돌아가는 한국사회의 구조적 모순을 고발한 작품이라는데, 어디에서 많이 봤던 얘기가 다시 등장한다. 대기업 비자금 문제, 정경유착은 물론이고 여기에 사회 양극화·비정규직 문제 등까지 총출동시킨 스토리 끝에 결국 민중에게 착취를 일삼아온 '국가란 과연 무엇인가?'를 묻고 있고, 그래서 제목이 천년의 질문이라고 한다. 책 뒷날개의 친절한 카피도 이러한데, 물론 조정래의 메시지다.

"기업가와 정치가, 학자와 기자를 둘러싸고 비수처럼 파고드는 전쟁 같은 삶! 부와 권력, 돈과 명예를 위해서라면 가족마저 등지고 마는 척박한 시대에 한 가닥 양심을 끝내 버리지 못한 이들은 어떻게 살아남아야 하는가?" 그게 작은 글씨이고, 그 위에는 좀 더 큰 활자가 보인다.

"거대자본에 휘둘린 인간 소외의 현 상황"을 거론하면서 "국가를 삼켜버린 권력의 핵심에는 과연 무엇이 있는가?"라고 묻는다. 즉 예전에 펴냈던 소설 『허수아비춤』의 재탕 삼탕이 『천년의 질문』인 셈이다. 조정래의 반기업 심리는 불치병이며, 그건 『태백산맥』에서 보였던 대한민국 증오병과 정확하게 일대일 대응을 한다. 오늘 진실을 말하자. 편견 없는 내 눈으로 본 『천년의 질문』은 소설이 아니다.

문학 이전의 물건이 분명하다. 헐거운 '문학의 옷'을 걸쳤을 뿐이고, 실은 조정래 식의 좌편향화되고 헐거운 정치평론·현대사 강의로 도배됐다. 백번 양보해 『천년의 질문』이 소설이라고 한다면, 이른바 순문학은 아니다. 엄격하게 말해 대중소설 범주에 속한다. 잘 분류해보니 기업소설 혹은 기업범죄소설 정도가 될까? 그동안 반기업 심리를 조장해온 신문과 방송 포털 등에서 많이 봤던 악의적인 스토리를 엮어 얼기설기 꿰어 맞춘 꼴이 조정래 현대소설의 전부다. 그 이상도 이하도 아니다.

분명한 것은 조정래, 그가 균형감각을 잃은 사람이란 점인데, 여기에서 다시 물어야 한다. 『태백산맥』이 좀 심했을 뿐 그래도 다른 대하소설은 좀 정상적이지 않을까? 그렇게 물어볼 수도 있다. 그래서 근대에서 일제시대를 관통하는 역사소설 『아리랑』을 재삼 들여다봐야 한다.

밝히지만, 이 작품에 대한 판단은 상당 부분 경제사학자인 전 서울대 교수 이영훈의 글과 말에 의존할 생각이다. 그는 지금은 폐간된 잡지 「시대정신」 제35호(2007)에 정신이 번쩍 드는 실증적인 글을 발표했다. 「광기 서린 증오의 역사소설가 조정래-대하소설 『아리랑』을 중심으로」란 글인데, 그것만이 아니다. 2019년 초 유튜브에도 그 논문을 요약한 내용의 '황당무계 『아리랑』' 같은 콘텐츠를 올려놓고 있다. 이영훈 교수의 조정래 비판이 일관성 있음을 쉽게 확인할 수 있다.

그의 리뷰에 따르면 소설의 배경은 1904~45년간의 식민지 시기다. 러일전쟁부터 시작하여 을사조약, 의병운동, 한일합방, 토지조사사업, 3·1운동, 독립군의 청산리대첩, 관동대지진, 농민·노동

운동, 산미증식계획, 광주학생사건, 적색노조운동, 동북항일연군, 전시기의 강제징용 그리고 해방을 커버한다. 소설의 무대도 연대기에 따라 조선·하와이·만주·중국·일본 등으로 종횡무진으로 바뀐다.

『아리랑』에 보이는 농민 즉결처분

유심히 볼 점은 일제가 소설 초기에 등장하는 한 농민에 대한 즉결처분이다. 조선을 식민지로 장악한 다음 실시한 토지조사사업을 배경으로 김제경찰서 죽산주재소의 소장이란 자가 차갑수라는 농민을 마을의 탕산나무에 결박한 다음 즉결로 총살에 처한다.

> "에에 또, 지금부터 중대 사실을 공포하는 바이니 다들 똑똑히 들어라. 저기 묶여 있는 차갑수는 어제 지주총대에게 폭행을 가해 치명상을 입혔다. 그 만행은 바로 총독부가 추진하고 있는 중대 사업인 토지조사사업을 악의적으로 방해하고 교란하는 용서할 수 없는 범죄행위인 것이다. 따라서 죄인 차갑수는 경찰령에 의하여 총살형에 처한다!"
>
> 니뽄도를 빼들고 선 주재소장의 칼칼한 외침이었다. (중략)
>
> "사겨억 준비!"
>
> 주재소장이 니뽄도를 치켜들며 외쳤다. 네 명의 순사가 일제히 총

을 겨누었다.

"발사아"

총소리가 진동했다. 차서방의 몸이 불쑥 솟기는가 싶더니 이내 축 늘어졌다. 그리고 왼쪽 가슴에서 시뻘건 피가 쏟아지기 시작했다. (『아리랑』, 제4권)

이런 종류의 즉결처분은 소설에서 다른 동네를 무대로 한 번 더 반복된다. 그리고 토지조사사업 전 기간에 전국적으로 무려 4,000여 건이나 되었다고 조정래가 소설에서 밝히고 있어 더욱 쇼킹하다. 『아리랑』을 읽은 독자들의 가슴에 깊은 상처를 남겼을 것이다. 평론가들도 이걸 두고 "토지조사사업을 다룬 이 부분은 역사적 의미의 부각뿐만 아니라 소설적 형상화에서도 가장 빼어난 성공을 거두고 있는 부분이다"라고 극찬했다.

그렇지만 위와 같은 즉결 총살형은 일제시대의 현실이 아니었다. 지금까지 토지조사사업에 관한 논문이나 연구서에서 그런 사건이 소개된 적이 없으며, 당시의 신문과 잡지가 그러한 사건을 보도한 적도 없었다는 게 이영훈 교수의 지적이다. 그런데도 조정래는 너무나 천연덕스럽다.

경찰령을 언급하면서 즉결 총살의 법적 근거까지 제시하고 있기 때문이다. 소설의 다른 대목에서 조정래는 그것의 정식 명칭이 조선경찰령이며, 사업을 추진하는 데 방해를 하거나 반대를 하는 세력이 있을 때 재판 없이 즉결 처형할 수 있는 권한을 경찰에 부여했다고 내용까지 그럴싸하게 설명한다. 이 또한 놀랍게도 조선경찰령 따위의 법령은 존재한 바 없다. 그게 일제시대 진실이다.

지시마열도 조선인 학살도 가짜

존재하지 않는 법령을 '발명'해 그걸 인용하면서 사실을 조작해내는 솜씨는 『태백산맥』에서 익히 보아왔던 것이다. 조정래에게 그 버릇은 상습적이란 뜻이다. 소설의 첫머리 러일전쟁 중인 1904년 한 일본인의 입을 빌어 "이달부터 조선 땅의 치안은 모두 우리 일본군이 맡게 되었다. 그게 바로 너의 임금님이 결정한 사항이다"고 하는데 그것도 엉터리다.

그는 군사경찰훈령이란 걸 근거로 그런 장면을 제시하지만 그런 훈령 따위 역시 존재한 바 없다. 그럼 이게 무얼 말하는가? 역사소설이란 본래 사실을 충실히 배열한 다음, 그 빈 공간을 소설가의 상상력으로 메워 대중에게 전달력을 높이는 계몽과 교양의 영역인데, 조정래는 사뭇 다르다는 뜻이다. 그는 사실 자체를 창작하는 황당한 작가다. 그에겐 역사학과 역사소설의 경계 자체가 없다는 뜻이다. 경계를 터버림으로써 역사학과 역사소설을 하나로 통합해버린 세계다.

이영훈 교수는 그 만용에 거듭 놀라고 당혹스러워하지만, 실은 『태백산맥』에서 숱하게 보아왔던 대목이다. 그리고 조정래의 또 다른 나쁜 버릇이 어디로 갈까? 『태백산맥』에선 이념의 잣대에 따라 좌익은 천사이고, 우익은 악마로 그리더니 『아리랑』에서도 역시 마찬가지다.

작품에 나오는 일본인들은 모두가 악인의 화신이다. 이들은 수도 없이 조선사람을 때리고 빼앗고 겁탈하고 죽인다. 반면 조선사람들은 끝도 없이 얻어맞고 빼앗기고 겁탈당하고 죽임을 당한다. 『아리랑』에는 토지조사사업 당시의 즉결처분과 별도로 일본인에 의한 조선인의 대량학살을 세 차례에 걸쳐 등장시킨다. 의병운동(1906~1909), 3·1운동(1919), 지시마(千島) 비행장공사(1944)가 그 무대다.

문제는 1944년 지시마열도에서 있었다는 학살에 대한 묘사가 특히 너무도 터무니없고 악의적이란 점이다. 지시마열도는 쿠릴열도를 말하며 지금은 러시아령이지만 1945년까지 일본령이었다. 군사적 요충지라서 일본군은 그곳을 군사기지화하기 위해 토목공사를 벌일 때 조선인들을 징발했다.

"조정래 자신이 학살의 광기에 사로잡혀"

『아리랑』 제12권의 제45장 「당신은 아는가」는 지시마공사판을 배경으로 하고 있다. 소설에 따르면 공사는 비행장 활주로를 닦고 주변 산기슭에 비행기 격납고를 만드는 일이었다. 놀라운 것은 드디어 공사가 마무리된 1944년 초여름 일본군은 거짓 공습경보를 울려 1,000명 조선인 노무자들을 방공호에 가둬버린다. 그러고는 무려 30분간 수류탄을 던져 넣고 기관총 사격을 가하여 이들을 몰살시키는 최악의 만행을 벌인다. 그러곤 방공호 입구는 콘크리트로 메워버렸다.

> 방공호 입구에서 무엇인가가 꾸역꾸역 흘러나오기 시작했다. 그건 시뻘건 피였다. 기관총은 30분 이상 난사되었다. 시간이 갈수록 피는 도랑물처럼 흘러나오고 있었다. (중략) 그곳에 징용으로 끌려온 1천여 명은 결국 하나도 살아남지 못한 것이었다. 지시마열도 여러 섬에서는 그런 식으로 이미 4천여 명이 죽어갔던 것이다. (『아리랑』, 제12권)

이 장면은 『아리랑』 전 권에 걸쳐 가장 참혹한 장면이다. 독자들은 더없이 잔혹한 일본군의 만행에 진저리칠 수밖에 없다. 그런데 이 처참한 학살 역시 일어난 바 없다. 당시 공사판에서 전염병 등으로 조선인 노무자가 많이 희생된 건 사실이나 학살 자체가 없었다. 그런 기록이나 증언을 찾을 수 없다는 것이 엄연한 역사적 진실이다. 다음은 이영훈의 탄식이다. "나는 이 대목에서 문득 소설가 자신이 학살의 광기에 사로잡혀 있지 않은가라는 생각을 하게 되었다."

오죽했으면 조정래의 정신 상태를 지적했을까? 실제로 그런 추정은 근거가 없지 않다. 조정래는 이 소설 「작가의 말」을 통해 일제 36년 동안 학살당한 동포는 300만 명에서 400만 명이며, 자기가 『아리랑』을 쓰게 된 것도 그걸 구체적으로 밝히기 위해서라고 털어놓았기 때문이다.

학살자 최대 400만 명 설이 근거는 있을까? 조정래는 그걸 확신한다. 이어지는 설명이 더욱 가관인데, 우리 동포들이 수없이 죽었는데 왜 학교에서는 그런 걸 가르치지 않는지 평생 분노해왔다고 한다. 스스로 깨우쳐보니 일제하의 친일파들이 해방 후 사회의 모든 분야를 장악한 탓이란다. 그의 표현대로 해방 후 한국은 "무책임과 거짓말과 속임수가 횡행하고 정부마저 '총체적 부정'이었다는 사실" 앞에서 자신은 괴로워했다.

그에 따르면 드디어 "반역의 역사에 대한 분노가 이성화되었고 증오는 논리화되어", 식민지시대의 역사를 알리기 위한 것이 다름 아닌 『아리랑』이다. 이 대목의 진실도 밝혀두지만 일제에 의한 학살자가 300만~400만 명은 이영훈 교수 표현대로 "결단코 그런 일은 없었다." 1910년 당시 조선의 전체 인구는 대략 1,600만 명,

330만 가호이었는데 집집마다 1명의 학살 희생자가 났다는 게 어디 말이나 될까?

일개 소설가가 이런 엄청난 허구의 사실을 그렇게도 당당히 역사적 사실로 소리칠 수 있다는 사실이 신기하기만 할 뿐인데, 조정래는 본래가 그런 위인이다. 그는 일제에 대한 분노 그리고 좌파 민족주의에 대한 맹신 때문에 그 시대를 냉정하게 보는 데 실패하고, 그래서 이런 엉터리 소설을 꾸역꾸역 만든다.

좌파 민족주의에 눈멀다

즉 그의 머리에는 일제시대를 포르투갈의 모험 상인들이 아프리카와 남미의 미개 지역에 들어가 분탕질하고 멋대로 수탈했던 것과 동일시하는 듯한데, 이게 결정적 실수다. 오해하면 안 된다. 지금 내 말은 일제가 우리에게 자비와 선정을 베풀었다는 얘기가 아니다. "한갓 수탈이나 자행하여 민심을 잃기보다 좀 더 근본적인 이러한(법과 제도와 시장을 이식하는) 프로젝트에 매달렸던 것이 일제의 조선 지배 36년이었다." 그게 본질이다.

앞의 인용 대목은 이영훈의 책 『대한민국 이야기』(기파랑, 2007, 84쪽)에 나오는 그 지적인데, 일제에 대해 조정래식의 선부른 좌파 민족주의 분노를 터뜨리는 게 얼마나 유치한지를 보여준다. 사실 조선을 제대로 지배하자는 구상 아래 일제는 1912년 조선민사령

(朝鮮民事令)을 공포하는데, 그것 역시 조정래가 알 리 없다.

하지만 좋건 싫건 그게 이 나라 민법의 출발이었다. 사회와 경제의 원리로서 근대적 민법을 유럽에서 도입해 일본 스타일로 조선 땅에 정착시킨 것이다. 일본은 법치를 통해 조선을 지배했던 것이다. 양반과 상놈의 신분제도를 해체한 것도 그들이고, 또 약탈이나 수탈이 아니라 근대재산제도를 도입한 결과 일제시대 평균 3.7퍼센트 경제성장을 이끌어낼 수도 있었다. 당시 조선 땅에 거주하던 경찰·군인·민간인을 포함한 일본인 수는 75만 명, 즉 전 인구의 2.7퍼센트였으면서도 장기적 지배가 가능했다.

너무도 자명하다. 조정래 자신이 일제를 과소평가한 것이 문제다. 공부를 덜한 채 분노만 컸기 때문에 이런 2.5류 소설을 버젓이 쓰고 결과적으로 독자를 기만한 것이다. 상황이 이러한데도 전라북도 김제에는 아리랑문학관이 버젓이 세워져 있다. 조정래 문학이 만들어낸 거대한 흉물이다.

소설 『아리랑』과 관련된 모든 것을 정리 보존했다는 공간인데, 소설의 배경이 김제 만경이기 때문에 2003년 김제시가 공공의 목적으로 만들었다. 설립목적이 이렇다. "일제강점기 시기에 김제 만경의 수탈당한 땅과 뿌리뽑힌 민초들이 민족의 수난과 투쟁을 대변한다"는 것이고, 전 세계로 흩어진 이산(離散)의 과정 및 민족의 고난과 투쟁을 담았다는 얘기다. 진정 무서운 현실이 아닐 수 없다.

잘못된 허구의 소설이 뒤틀린 현실을 창조해냈고, 그것이 근현대사를 왜곡한 데 이어 일본에 대한 눈먼 증오와 편견을 강화하고 있는 게 지금이기 때문이다. 놀랍게도 좌파 민족주의가 부채질하는 눈먼 반일 정서는 끝내 이 나라를 망치기 직전의 상황이다.

그 좌파 민족주의는 지금 어찌해볼 수 없는 시민종교 아니 국가종교로 커졌는데, 그 상징이 2017년 개봉된 일제 강제징용을 소재로 한 영화 〈군함도〉에서 배우 송중기가 "너의 반민족 행위를 조선의 이름으로 처단한다!"고 외치는 대목이다. 처형당하는 사람은 친일 모리배로 설정됐는데, 작품 중 두 번이나 거푸 등장하는 그 벽력같은 분노의 목소리에서 나는 몸서리를 처야 했다. "저 엉터리 반일정서가 이 나라에 장차 어떤 재앙을 낳을까?" 싶었기 때문이다.

조정래의 황당한 민족주의 찬양

실제로 문재인 정부는 적폐청산식 반일 외교를 특징으로 하는데, 그게 결정적인 자해극으로 치닫고 있는 재앙적 상황을 우린 지금 지켜보고 있다. 일본은 국력이 우리 몇 배이고, 북핵 위기 상황에서 전략적 동반자 관계가 아니던가? 더욱이 미군 전략 자산 대부분이 일본에 배치돼 있다.

◇2017년 개봉된 송중기 주연의 영화 〈군함도〉.
이 작품은 철두철미 좌파 민족주의를 바탕에 깔고 있다.
때문에 대하소설 『아리랑』과 같은 세계를 다룬다.

이런 엄중한 상황에서 일본을 향해 으르렁거리는 '묻지 마 반일 노선'은 명백한 바보짓이며, 위안부 할머니들 몇십 명과 좌파 시민단체의 의견만 따르다가는 5,000만 명 국민의 안위가 걱정인 게 지금이다. 민족이 국가를 삼켜버리는 놀라운 사태 변화다. 이런 인식에 그치면 안 된다. 균형감각을 잃은 채 뒤집혀버린 조정래, 그의 멘털을 마저 점검해야 하는데, 조정래가 좌파 민족주의를 지향하고 있다는 건 더 이상 비밀이 아니다.

1997년 김대중 정부 이후 좌파 민족주의가 한국의 지배적인 이념으로 자리 잡았는데, 조정래는 훨씬 이전부터 그걸 토대로 작품

활동을 했다. 『태백산맥』도 그러했고, 『아리랑』도 마찬가지다. 그의 작품 전체를 관류하는 흐름이 좌파 민족주의라고 보면 된다.

병적인 수준의 자폐적인 민족주의를 거의 종교적 신념으로 삼기 때문에 전체주의 북한을 끌어안고 김일성 같은 악령조차 기꺼이 섬기는 것이다. 그러니까 지금도 이런 발언을 예사로 한다.

> "남과 북은 5천 년 역사를 함께 살아온 같은 민족이고, 엄연한 실체이며, 생생한 현실이고 맥박 뛰는 생명체입니다. 누가 감히 민족은 실체가 없는 것이니, 상상의 공동체이니 하는 무식한 소리를 지껄입니까. 누가 감히 그따위 경제 제국주의 논리를 젊은이에게 뇌까려 가치 혼란에 빠지게 합니까. …통일의 그날까지 우리의 민족주의는 더욱 강화되어야 합니다." (『황홀한 글 감옥』, 366~367쪽)

그게 조정래의 신파 수준 민족주의론인데, 우리는 안다. 이 나라에서 좌파 민족주의의 원조는 백낙청이 이끄는 「창비」 그룹이며, 이들의 민족문학론-민중문학론에서 비롯됐음을 이미 확인한 바 있다. 조정래 자신이 문제가 있는 위인이지만, 그의 잘못된 신념을 만들고 강화해준 것 역시 '숨은 신' 백낙청임을 재확인하자.

제5장 괴물 조정래 키운 것도 결국은 백낙청

조정래라는 작가와 『태백산맥』은 상식이지만 1980년대의 고유한 분위기에서 태어났다. 1980년대는 사회과학시대이자 운동권 전성기라고 하는데, 그것에 불을 지핀 게 결국 「창비」이고 백낙청이었다는 인식이 중요하다. 계간지 「창작과비평」 그리고 출판사 「창비」의 위력은 그토록 크고 전방위적이었다.

이 영향 아래 1970년대 자리를 잡았던 민중문화운동이 문학을 필두로 미술·영화·음악·춤을 망라하는 좌파운동으로 확산됐다는 걸 앞에서 확인했다. 그게 반박정희·반정부의 차원을 넘어 반체제·반대한민국의 깃발로 커진 것을 두고 세상은 1980년대 운동권 전성기의 시작이라고 말한다. 이걸 분수령으로 해방 이후 보수진영이 쥐고 있던 문화권력이 좌파에게 넘어갔고, 비제도권이 제도권을 삼켜버렸다.

박정희 시절까지 유지되던 이념적 합의가 깨지면서 결국 대한민국은 불안사회로 바뀐 것이 이때다. 전두환의 5공은 놀라운 효율성으로 나라를 빠르게 안정시키고 발전시키는 데는 성공했으나 내부의 불만요소를 통제해야 하는 더 중요한 작업에는 성공하지 못했고, 그게 끝내 체제 위험요소로 발전한 것이다.

이런 중차대한 변화를 상징하는 인물 셋이 이 책에서 다루는 문화권력 3인방인 작가 조정래와 그의 문제작 『태백산맥』, 그것에 불을 지핀 「창비」와 백낙청, 이들에게 북한을 끌어안도록 한 종북 지식인 제1호 리영희다. 이 책은 이 셋을 대한민국 문화권력-지식권력으로 규정하고 이들의 논리와 출생배경 그리고 한계까지 언급했는데, 이제 이들 3인방 비판의 마무리다. 백낙청-리영희-조정래가 어떻게 서로 연결되어 있고, 1980년대라는 특수한 시기를 배경으로 어떻게 자라났는가의 구조를 점검해볼 차례다.

문화권력 3인방의 공통점 '현실 외면'

이들 3인방은 각자의 영역은 다르지만 지향하고 공유하는 세계는 거의 같다. 이들이 공유하는 코드는 익히 보아왔듯이 좌파 민족주의·민중주의 그리고 종북으로 요약되지만 또 하나의 공통점이 있다. 이들은 눈앞의 변화하는 현실을 애써 외면하는 데 선수란 점이다.

구체적으로 현대사의 분수령인 1980년대의 드라마틱한 변화가 이들 눈에는 들어오지 않았다. 전두환의 신군부가 집권한 뒤 '포스트 박정희'의 연착륙에 성공해 1986~88년 3년 연속 10퍼센트 이상의 고도성장을 이뤘고, 물가는 3퍼센트 미만으로 안정됐다. 무역수지 흑자와 함께 다양한 규제 해제(연좌제 금지·통금 해제·교복자율화)도 이뤄졌다. 때문에 그건 명백한 개방사회의 시작이었는데, 운동권과 「창비」를 포함한 비판적 지식인 그룹은 그걸 인정하지 않는다.

사실 지금 우리는 2퍼센트 대 경제성장에 목매고 청년실업과 사회 양극화에 신음하지만, 그때는 전혀 안 그랬다. 모두가 중산층이고 앞으로 더 나아질 것이라는 희망에 살았다. 불과 30년 전의 체험이라서 명백한 동시대의 체험이기도 하다. 물론 서울올림픽의 성공도 잊을 수 없다.

이 놀라운 단군 이래의 거대한 역사 변화 전체를 운동권은 그때도 지금도 부인하거나 먹칠한다. 손바닥으로 하늘을 가리는 짓이지만, 그래서 이들은 신군부의 1980년대를 향해 침을 뱉고, 전두환을 악마라고 손가락질한다. 그들이 광주를 피바다로 만든 뒤 그걸 지렛대로 집권했으니 정의롭지 못한 정치 세력이라고 한사코 매도한다. 지금도 5·18 당시 민간 사망자가 166명이라는 공식 통계를 부정하는 이도 적지 않다. 1985년 「월간조선」이 그 사실을 보도했다가 광주에서 불매운동을 당해야 했던 것이 일례다.

최소한 2,000~3,000명이 도륙당했고 그래서 학살이라고 저들은 굳게 믿는다. 그런 악마의 집권을 도운 게 미국이고, 그게 제국주의 세력의 본성이기 때문에 반미운동을 펼쳐야 한다고 운동권은 거품을 문다. 물론 턱없는 비약이고, 근거 없는데도 저들은 마이동풍이다.

대한민국 현대사에서 반미운동이 그렇게 첫 등장했지만 자연스럽게 운동권은 북한을 파트너로 삼기 시작한 것도 바로 그때다. 절대악인 전두환과 신군부를 내쫓기 위해서라면 상대적으로 작은 악과 손잡을 수 있다는 어이없는 논리가 개발된 것이다. 그게 이내 '우리민족끼리'로 발전하고 위수김동(위대한 수령 김일성 동지)과 친지김동(친애하는 지도자 김정일 동지) 만세소리로 이어졌다. 그건 삽시간에 이뤄진 변화였다.

백낙청의 민족문학론이 깔아놓은 좌파 민족주의의 분위기를 징검다리 삼아 평양 쪽으로 사뿐히 건너가며 바로 주사파가 형성된 것이다. 바로 이 시기에 조정래 『태백산맥』이 연재(1983~89)됐고, 열렬한 문단의 응원 속에 전 10권으로 완간됐다는 점에 유념하자.

민중사학이라는 또 하나의 괴물

그 점에서 『태백산맥』의 성격이란 명쾌하게 정리된다. 즉 1980년대라는 특수한 시대와 반체제 학생운동권 전성시대가 피워낸 거대한 악의 꽃이며, 그 배경에 있는 「창비」와 백낙청을 외면하고선 도저히 이해할 수 없다. 뭘 모르는 전문가 바보인 문학평론가들이 이 작품을 두고 뭐라고 포장한다고 해도 거시적으로 보아 『태백산맥』 출생을 둘러싼 시대사적 맥락은 그렇게 보는 것이 정확하다. 작품 이하인 이 대하소설이 불후의 명작으로 포장돼 폭발적으로 팔린 것도 그 배경이다.

그게 전부가 아니다. 동시에 이걸 조금 더 미시적으로 들여다보면 또 다른 디테일이 들여다보이는데, 이게 결정적으로 중요한 요소다. 『태백산맥』이 탄생할 수 있었던 또 다른 배경에는 대세몰이인 양 등장했던 민중사학이 있었는데, 그것을 무시 못 한다.

『태백산맥』 등장의 마지막 퍼즐이 이것이다. 물론 민중사학의 대두 역시 백낙청과 무관치 않으며, 한 뿌리에서 자란 두 개의 가지다. 백낙청이 민족문학론과 분단체제론으로 분위기를 잡아가는 와중인 1970년대 중후반 무렵 그 화두를 당시 고려대 교수 강만길이 국사학계로 가져가 크게 키웠고, 그게 이른바 민중사학으로 성큼 자라난 것이다. 백낙청과 강만길은 영향을 서로 주고받은 셈인데, 그때 강만길이 첫 구사한 용어인 '분단시대'가 보편화됐다.

백낙청과 「창비」 그룹을 포함해 평론가들 그리고 문단 전체가 분단시대란 말을 무슨 주문(呪文)처럼, 무슨 입버릇처럼 자주 사용했다. 그 용어는 알고 보면 강만길이 1978년에 발표한 『분단시대의 역사인식』이란 책에서 처음으로 제시했는데, 이들의 도그마는 이렇게 요약된다.

이승만이 주도한 1948년 대한민국 건국이란 결국 민족사의 관점에서 보자면 절름발이에 불과한 분단시대를 연 것뿐이고 때문에 근대국가의 완성을 위해 분단극복운동시대, 통일운동시대로 나아가야 한다는 것이다. 그런 속류(俗流) 인식이 검증도 안 된 채 삽시간에 문학을 포함한 인문사회과학 전체로 퍼졌다. 그 맥락에서 『태백산맥』이 표방하는 모토인 '민족사의 허리 잇기'가 덜컥 등장한 것이다.

놀라운 것은 그게 1980년대 옛날 얘기가 아니고 현재진행형이란 점이다. 연결고리도 분명하다. 1948년 출범한 대한민국 정부는 이승만의 권력욕과 분단 획책의 결과라는 말을 대통령 노무현에게 강조했던 것이 그의 역사 교사 노릇을 했던 강만길이었다.

그는 8·15 직후 분단을 극복하려던 통일민족국가 수립운동은 반공과 분단을 내세운 미국과 이승만 세력에 의해 좌절됐다고 노무현의 귀에 속삭였다. 그런 인식은 좌파세력의 상식으로 자리 잡았고, 드디어 문재인정부로 이어진다. 당연히 문재인, 그는 2018년

대한민국 정부 수립 70주년을 겸한 8·15 경축사에서 이승만의 이름조차 언급하지 않았다. 반(反)이승만, 반(反)대한민국이야말로 좌파가 공유하는 역사 코드라는 걸 재확인한 것이다.

대통령직속 3·1운동 및 대한민국 임시정부 수립 100주년 기념사업추진위원회가 임시정부 100년을 기린다며 광화문 정부 청사에 내건 독립운동가 10명의 초상화에도 역시 이승만은 없었다.

'국사학계의 백낙청' 강만길 논리

강만길은 '국사학계의 백낙청'이며 좌경화된 지금 국사학계의 분위기를 만든 사람인데, 국사학의 중심축을 현대사 쪽으로 대거 옮겨온 사람이 그였다. 강만길은 그야말로 옛날의 고대사·중세시대사만 붙잡고 있지 말고 현대사에 대한 뜨거운 관심을 돌려야 한다고 강조했던 첫 인물이었다. 이른바 '역사학의 현재성'이 그가 내걸었던 구호인데, 그건 간단한 얘기였다. 국사학은 지금부터 대한민국을 비판적으로 보는 데 집중해야 하며, 분단 극복을 위한 국사학을 하라는 요구였다.

> 오늘날의 국사학이 제구실을 다하기 위해서는 이제 분단체제 극복을 위한 사론을 세워나가야 하며 거기에서 국사학의 현재성을 찾아야 한다는 생각이 절실하다. 분단체제는 분명히 민족사 위의 부정

◇역사학자 강만길과 그의 대표적 저서 『분단시대의 역사인식』 표지.
'국사학계의 백낙청'인 그는 현대사에 대한 관심을 불러일으킨
대표적 인물이다.

적인 체제이며 극복되어야 할 체제이다. (『분단시대의 역사인식』)

강만길이 내건 이 구호 아래 국사학자들이 하나가 되었고, 이들이 박정희 체제에 반기를 들었다. 지난 30여 년, 이들이 한 짓은 두 가지였다. 우선 정부가 주도하는 국정 역사교과서 체제 폐지를 주로 1970~80년대 이후 집요하게 요구했다. 정부가 역사 서술의 주체가 되면 국가주의로 연결될 위험성이 있으니까 안 된다는 억지 논리였다.

동시에 박정희 정부의 '국적 있는 교육'이란 슬로건을 끌어내렸다. 역사발전의 주체인 민중이 주인이 되는 역사를 서술하여 그걸 본래 주인인 민중에게 돌려줘야 한다는 논리였다. 그래서 이들은 민중사학자로 불리고 있다. 하지만 이들이 말하는 민중이란 무엇일까? 민중 역시 백낙청이 띄운 고안품의 하나인데 1980년대 이

후 내내 지식사회의 여의주 노릇을 했다. 그걸 두고 좌파들은 앵무새처럼 "민족모순과 계급모순의 담지자로서, 모순을 해결하기 위하여 싸워온 변혁의 주체세력"이라고 말한다.

이건 에둘러서 하는 말이며, 실제론 공산주의 세력이 말하는 노동자 농민 등 프롤레타리아를 말한다. 그렇게 달려들어 대성공을 거둔 것이 이들 민중사학 세력인데, 그 결과 국사교육의 주도권은 정부의 손을 떠나 1980년대 큰 세력으로 대두한 민중사학의 손아귀에 들어갔다.

민중사학이 쥐고 있는 크고 화려한 트로피 중 하나가 좌파 민족주의라는 것도 더 이상 비밀이 아닌데, 이 과정에 백낙청이 결정적 원인 제공을 했다는 점도 기억해둬야 한다. 사실 해방 이후 좌익세력이 존재했고, 거기에 맞서는 우리 편 우익을 민족세력이라고 말하지 않았던가? 1970년대까지는 그렇게 통해왔는데, 1980년대 이후 어느 날 갑자기 이 말이 사라졌다. 아니, 좌파 좌익세력이 빼앗아가고 만 것이다. 이제는 좌익 좌파가 민족주의를 붙잡고 장난치는 세상이 된 것이다. 누가 그렇게 했느냐? 바로 백낙청이고 잡지 「창작과비평」의 악영향이다. 그런데 왜 이렇게 됐을까?

박정희까지 대한민국을 지배한 것은 우파 민족주의였다. 즉 소박한 애국적 민족주의가 우리의 기본이었고, 당시 국사교육을 포함하여 '국적 있는 교육'을 표방했던 것도 그 맥락이었다. 그런데 백낙청은 이와 정반대되는 좌파식 민족주의를 표방했다.

"조선민족을 친양하라" 민족 나르시시즘

예전도 그렇고 지금도 「창비」 문학은 자신들을 민중문학 혹은 민족문학이라고 하지 않던가? 즉 좌파 민족주의가 세상을 잡고 있는 상황이 지금이다. 기억하시는가? 1980년대 운동권에 삼민투가 있듯이 저들은 걸핏하면 민중·민족·민주를 구호로 내세워왔다. 국사학계도 백낙청의 지시대로 민족주의를 내세우고, 동시에 운동권이 민중·민족·민주를 표방하면서 드디어 민족주의란 것이 좌파의 전유물이 된 것이다.

그리고 그게 끝내 최악의 정치논리인 '우리민족끼리'로 연결됐다는 것도 잊지 말길 바란다. 국사교과서는 물론 지금 남북관계를 하나로 관류하는 집단정서는 한 마디로 민족 나르시시즘이다. 순수하고 착한 조선민족의 고고함을 조명하며, 근현대사를 외세 대 민족의 대립구도로 파악하는 것이다.

왜 그러한 침략이 일어났는지에 대한 문명사적 통찰이나, 나라를 망하게 한 요인에 대한 자기 반성은 없이 나쁜 이웃이 착한 우리를 짓밟았다는 식이다. 그런 유아기적 사고방식은 피해망상적 정신분열증을 낳고, 자유민주주의와 시장경제라는 헌법적 가치를 외면하고, 동시에 친북정서를 무럭무럭 키운다. 끝내 마비된 정치의식과 친북, 반 대한민국의 반역 정신으로 뻗어가 민족이 국가를 삼켜버리는 최악의 비극적 상황이 연출되는 것이다.

멀리 갈 게 없다. 그게 바로 반미·친중·친북으로 똘똘 뭉친 문재인정부의 멘털리티가 아니던가. 어쨌거나 이후 이들 민중사학은 철옹성이 됐다. 한번 붙잡은 지식권력을 놓칠 리 없다. 좌파 민중사학이 쥔 국사교육의 주도권을 되찾아오려고 했던 노력이 박근혜정부 시절의 국사교과서 국정화였는데, 어떻게 처참하게 실패했던가를 떠올려보라.

문제는 민중사학자들이 주무르고 있는 현행 국사교과서의 성격인데, 그것 역시 "마오쩌둥주의의 영향을 받은 좌파적 민족주의"다. 그렇게 확실하게 규정한 것이 정경희 교수의 『한국사교과서 어떻게 편향되었나』(비봉출판사, 2014)다. 보다 구체적으로 "정도의 차이는 있으나 전체적으로 대한민국의 정통성을 부정하고, 친북·반미 성향을 보이는 정치화된 교과서(187쪽)"라는 게 그의 판단이다.

즉 조정래 『태백산맥』이란 1980년대 운동권 시대가 피운 거대한 악의 꽃으로 당연히 민중사학과는 영향을 주고받은 사이라고 보면 된다. 대한민국의 숨은 문화권력 백낙청의 파워를 재확인해주는 대목이다. 그러나 조정래와 백낙청 사이의 이런 호흡은 겉보기만큼 척척 들어맞는 것은 아니었다. 흥미롭게도 「창비」에게 『태백산맥』은 처음엔 입맛에 맞는 떡은 아니어서 그 바람에 조정래와 논쟁까지 벌인 적도 있다.

조정래와 「창비」의 집안싸움

둘 사이의 논쟁은 『태백산맥』을 둘러싼 문학적 평가 중 유일한 비판이었는데 그게 1987년의 상황이다. 「창비」는 5공 이후 폐간을 당해 잠시 침묵할 수밖에 없던 처지였는데, 복간을 준비하면서 무크지 형태로 펴낸 「창비」(임시호, 1987)에 『태백산맥』을 때리는 글을 실었다. 더구나 「창비」파의 주요 평론가인 최원식이 나섰기 때문에 천둥벌거숭이 조정래가 민중문학 진영에서 비토를 당하는구나 하는 관측이 당시엔 많았다.

최원식은 「역사적 진실과 문학적 진실」이라는 평론에서 『태백산맥』을 작심 비판했다. 소설을 자세히 들여다보니 오류투성이인 대목이 많다는 지적인데, 일테면 주인공 염상진과 안창민 등이 순천사범 출신으로 설정됐지만 그 학교는 해방 이후 세워졌다. 소설이 너무 허술한 셈이다.

소설 속의 염상진의 경우 입만 열면 프롤레타리아 혁명을 떠들어대는데, 그것도 우습다. 당시 좌익은 조선 혁명의 단계를 부르주아 민주주의혁명으로 봤는데, 어떻게 해서 당 간부가 그런 말을 할 수 있는지 의문이란 지적인데, 그 또한 맞는 소리다. 코너에 몰린 조정래는 부랴부랴 「한국일보」에 반론을 게재했고, 최원식은

◇1989년 말 조정래(가운데)의 『태백산맥』 완간 출판기념회에 참석한
백낙청(오른쪽)과 고은. 이 행사로 『태백산맥』이
민족문학 진영의 간판 작품으로 공인받은 셈이다.

재반론을 쓰는 등 한판 논쟁에 돌입해 잠시 시끄러웠다. 그러나 논쟁은 소득 없이 마무리됐는데 최원식이 『태백산맥』의 용공적 성격을 본격적으로 다룬 것은 아니었기 때문이다.

민족문학의 집안싸움이라서 『태백산맥』의 한계를 드러내는 데는 실패한 것이다. 분명한 것은 『태백산맥』 발표 초기 「창비」 진영에서 그 작품을 떨떠름하게 봤다는 대목이다. 그건 이 소설에 확신을 가지기 어렵고, 내용도 거칠다는 쪽이 아니었을까? 즉 평론가 김현과 비슷한 시각이다.

그런 추정은 백낙청이 이론비평에서 뜬구름 잡는 소리를 해온 것과 달리 최원식은 문학작품 분석에서는 일급이었기 때문에 금세 그의 눈에 띄었으리라. 그런 평론가의 눈에 이 대하소설의 문장이 졸렬한데다가, 우익은 악이고 좌익은 선이라는 이분법 속에 등장인물이 만화 주인공으로 전락하는 대목도 못내 마음에 걸렸을 것이다. 공산주의 옹호가 지나친 것도 평가를 유보하고 싶었을 텐데, 그건 『태백산맥』 명성이 굳어지기 직전이었기 때문에 가능했던 상황이다.

그러나 그런 논란은 이내 가라앉았다. 서점에서 기대 이상으로 많이 팔려나가면서 이미 우상화되었고, 민족문학의 위대한 성과처럼 포장된 바람에 「창비」로선 전략을 바꿔야 했다. 어느 순간 우상으로 떠오른 조정래에게 묻어가는 쪽이 좋았다. 실제로 1989년 말 『태백산맥』 전 10권이 완간되고 만들어진 출판기념회에 시인 고은과 평론가 백낙청은 나란히 참석해 분위기를 띄워줬다. 조정래를 가운데 세운 채 찍은 사진 한 장이 당시 「창비」의 전략적 U턴을 잘 상징해준다.

우여곡절 끝에 이뤄진 정략결혼

그건 여러 가지를 고려한 전략적 선택이었다. 어차피 '민족사의 허리 잇기'를 표방한 그 작품이 백낙청의 민족문학론과 분단시대론에 의지해서 탄생했다는 걸 서로가 잘 알고 있었기 때문이다. 유유상종이고 초록은 동색이 아닌가? 1980~90년대 당시는 지금과 달리 보수문학 진영의 힘이 완전히 빠진 게 아니어서 어차피 둘은 어깨동무를 해야 했다.

결정적인 이유는 또 있다. 세상이 알다시피 「창비」의 전매특허는 백낙청 평론의 핵심인 민족문학론과 분단체제론 두 개인데, 여기에 부합하는 작품은 사실상 없거나 드물다. 치명적 한계였다. 분단과 이념 문제를 다룬 작품인 호흡이 긴 작품으로 이병주의 『지리산』이 있고, 이문열의 『영웅시대』, 김원일의 『겨울골짜기』, 김주영의 『천둥소리』 등이 있지만, 「창비」와 백낙청으로선 양에 차지 않았다.

자신들의 이른바 민족문학의 도그마에 딱 들어맞는 작품은 아니었기 때문이다. 그러다가 등장한 조정래의 『태백산맥』으로 세상이 떠들썩하자 「창비」로서는 대세를 따르기로 한 것이다. 그런 쪽으로 분위기가 완전히 바뀐 것은 1980년대 말, 1990년대 초반이다.

일테면 민족문학작가회의(현 작가회의) 의장이던 시인 고은이 그걸 이렇게 전형적으로 표현했다. "지난 1980년대 민족문학의 한 예술적 역사적 승리다." 이후 대부분의 문학평론가들이 그 가이드라인에 충실했다. "『태백산맥』은 1980년대 한복판을 관통한 민족문학의 논리를 부끄럽지 않게 해준 대하 장편소설이다"(문학평론가 이우용)라는 식이다.

어쨌거나 자신들의 문학 노선에 부합하는 변변한 작품이 없었다는 건 「창비」 문학 50년의 허구를 다시 한번 보여준다. 그동안 백낙청과 「창비」는 시인 김수영·신동엽을 들먹이고 고은을 띄웠지만, 그게 전부였다. 마땅한 문학작품이 없기 때문이다. 그렇게 빈곤하던 차에 1980년대 들어 조정래의 『태백산맥』이 등장해 띄워왔지만, 그 또한 억지이고 정략결혼에 불과하다. 그런 구조적 한계는 앞으로 시간이 흐를수록 더욱더 분명하게 드러날 것이다.

제4부

문화 전쟁

제1장 한국 좌파가 미국 좌파와 같고 다른 점

지금까지 살펴본 대로 문화권력 3인방의 세계는 아직까지도 대한민국의 표준으로 통한다. 백낙청-리영희-조정래가 창출해낸 거대한 좌편향의 세계는 문학을 포함한 문화일반과 인문사회과학 분야에서 주류의 자리를 차지했기 때문에 여기에 이의를 제기하는 것은 쉽지 않은 일이다.

그게 대한민국 증오병을 부추기고 있다는 걸 모두가 알고 있지만, 이들 세력이 너무 전방위이고 압도적이기 때문에 뒤로 밀린 소수파는 자기 검열을 할 수밖에 없다. 시쳇말로 알아서 기는 상황이다. 그건 엄연한 현실의 문제인데, 입 잘못 놀렸다간 무리에서 배제되거나 소속된 집단에서 자리가 날아가는 불이익을 당한다. 이게 어느덧 완성된 좌파 전체주의다. 이 책 앞에서 인용했던 이영훈 교수의 말을 다시 음미해보자.

> 자유주의를 강의하기 위해서는 꼴통이라는 오명을 뒤집어쓸 각오를 하지 않으면 안 된다. 속으로 자유주의자이면서 입까지 자유주의자인 교수는 대학에서 희귀한 존재다. 지적 풍토가 이러해서는 이 사회를… 이끌 리더십이 생겨나기 힘들지 않을까? (「한국 자유주의의 미래」, 『통합, 누구와 어떻게 할 것인가』)

얘기를 좀 어렵게 했지만, 이런 상황은 어느덧 우리의 일상이 아닐까? 대한민국은 날이 선 사회다. 이념적 합의가 깨지고 정치적 견해가 극과 극이기 때문에 말 한번 잘못했다가 이러저런 모임의 분위기가 어색해지거나 말싸움으로 번진다. 그게 가정과 친구

◇미국의 젊은 보수 논객 벤 샤피로와 그의 책 『세뇌』. 그에 따르면 미국 대학에서 허용되는 사상과 표현과 언론의 자유는 좌에서 극좌까지다.

사이마저도 갈라놓는 요인이다. 거기에 원인 제공한 게 백낙청이고, 리영희이고, 조정래란 걸 밝힌 게 이 책의 내용인데, 희한하게도 요즘 미국 형편이 우리와 크게 다르지 않다.

어느덧 미국도 좌파 물에 오염

> "세계적으로 마르크시즘은 죽어가고 있다. 그러나 대학에서만큼은 펄떡펄떡 살아 움직인다."
> "엄청 많은 교수들이 마르크스 님의 왼편에 앉아 있는데… 대학생에 영향을 끼치는 것은 교수만이 아니라 이미 세뇌된 학생들이 장악한 학보사와 동아리다."

어느 나라 얘기일까? 좌파 전체주의가 지배하는 대한민국 상황 비슷하게 들리는데, 엄연히 미국 대학의 현재 상황이다. 한국이나 미국이나 가방끈 긴 인간들이 벌이는 관념의 사치는 오십보백보인데, 예외 없이 좌파의 늪에 빠진다는 점까지 같다. 그리고 대학 사회가 끝판왕이다. 좌파적 가치는 무슨 유행처럼 국가를 가리지 않고 번지고 있는 셈인데, 그걸 폭로한 게 요즘 유튜브에서도 접했을 미국의 대표적인 젊은 보수논객 벤 샤피로(Ben Shapiro)다. 그가 쓴 책이 2019년 초 국내에도 번역 출간됐다.

『세뇌』(기파랑, 2019)가 그것인데, 좌파 정서에 오염된 미국 대학

문화 폭로다. 원서 제목도 'Brainwashed'다, 우리식 표현으론 의식화쯤이 아닐까? 좌익이념으로 무장하고 평양의 지령을 받아 움직이던 1980년대 한국식 좌파운동권의 존재가 없는데도 미국 대학의 풍토가 저 지경이다.

미국판 기울어진 운동장은 어느 정도일까? 저자의 단언대로 미국 대학에서 허용되는 사상과 표현과 언론의 자유는 좌에서 극좌까지다. 이런 좌파 일색에서 우파의 가치를 찾거나, 다양성을 요구하는 건 헛수고다. 열린 탐구를 지향한다는 상아탑의 이상도 사라졌다. 대학 교육의 고전적 가치인 자유주의가 쇠퇴한 대신 현대판 리버럴이라는 저질의 사고방식으로 대체됐다. 즉 미국 대학은 좌파의 이념 선전, 반미와 테러 옹호가 판치는 복마전이라고 보면 딱이다.

그리고 지식과 정보의 좌편향이 교수의 머리는 물론 커리큘럼까지 스며들어 있다. 벤 샤피로 말대로 그건 리버럴 도그마다. '오염되고 타락한 리버럴리즘'이란 뜻이고, 바로 빨갱이(the reds)는 아니지만 좌파 정서에 묻어가는 한국식 강남 좌파와 닮은꼴이라고 보면 된다.

일테면 미국 교수들의 정당 선호도가 극도로 기형적이다. 이들은 공화당은 쳐다볼 가치조차 없다고 보고, 민주당 노선만을 앵무새처럼 읊어댄다. 공화당은 불평등을 용납하고 세상 변화와 진보적 개혁에 저항하는 꼴통보수로 취급하며, 그래서 부패하고 악마적이라고 십중팔구 생각한다. 그에 비해 민주당이야말로 비할 바 없이 사려 깊고 훌륭하다고 여긴다. 명문대 교수 중 당적을 가진 이들은 압도적으로 민주당이 많다.

민주당 대 공화당을 보면… 151 대 17(스탠퍼드대), 54 대 3(브라운대), 29 대 0(코넬대 역사학과), 10 대 0(다트머스대 역사학과). 뭐 그런 식이다. 때문에 보수 성향을 커밍아웃하는 건 숫제 교수 생명을 내건 모험이다. "내가 공화당에 가입한 뒤 세상이 나를 마치 아동 추행범인 양 취급했다." 그렇게 밝힌 한 사회학과 교수는 끝내 학계에서 퇴출당했다.

'마오쩌둥 비즈니스'는 성업 중

즉 우파 유죄, 좌파 무죄의 천국이 미국 대학이다. 각종 인문사회과학 강좌에 '마르크시즘 문학이론' 따위가 즐비하고 그게 당연시된다. 마르크스 님 왼편에 앉아 있는 교수들은 여전히 마오쩌둥을 최선의 정치철학으로 찬양한다. '미국판 리영희'가 득시글거린다는 뜻이다. 당연히 이들은 대기업 자본가를 향해 욕설을 내뱉는다. 이들의 이윤추구 행위를 죄악시하며 분배의 정의를 소리 높여 외치니 딱 『허수아비 춤』의 조정래 꼴이다.

그리고 교수들은 포스트모더니즘이란 유행을 맹목적으로 신봉

한다. 진리의 객관성조차 거부하고 "진리란 권력으로 정의되는 사회적 구성물에 불과하다"는 식이다. 그따위 발언을 강의실에 내뱉으며 대학생들을 오염시킨다. 물론 동성애에 대해 지지하는 걸 무슨 쿨한 태도인 양 자랑한다.

그런 분위기에서 미국을 사랑한다는 애국이란 말도 어느덧 사라졌다. 미국 대학에서 애국을 말하면 전쟁광 혹은 광신도 취급을 당한다. 그게 끝내 '좌빨 대마왕' 노암 촘스키(Noam Chomsky)처럼 반미를 넘어 미국 혐오로 발전하는데, 그건 한국 내 좌파 교수들의 반 대한민국적 태도와 붕어빵이다. 요즘 미국에서 공부하고 돌아온 사람들이 외려 미국을 미워하고, 부자-기업을 비난하는지 의아한 적이 있으신가? 교수가 그 지경이니 학생도 잠깐 새 오염된 것이다.

미국과 우리가 상황은 비슷하지만, 어찌 됐건 미국 사회야 틀이 잡힌 곳이고 주류사회가 아직은 건강한 데 비해 우리는 그렇지 못하다는 게 다를 뿐이다. 정말 한국과 미국 대학은 구조가 같지만, 주류 체제가 얼마나 건강한가는 하늘과 땅 차이이다. 취약한 것으로 치면 우리는 정말 아슬아슬하다.

그래서 물어야 한다. 미국은 체제수호 세력이 상대적으로 견고한 데 비해 왜 우린 거덜 나기 직전인가? 무엇이 이런 차이를 만들었는가? 실은 건국 과정부터 좀 달랐다. 미국 건국혁명은 자유주의에 입각한 시민혁명이었다. 그에 비해 대한민국 건국의 경우 국민적 합의 이전에 놀라운 예지력을 가졌던 건국 대통령 우남 이승만에 의해 선물로 주어졌다는 요인을 부인 못 한다. 그래서 우린 지금 이 나라를 지키려는 태도가 그렇게 절박하지 않다.

그러저런 이유로 '87년체제' 이후 민주화의 외피를 쓴 운동권이 체제 내부로 침투하는 것도 막지 못했다. 공권력-법치에 대한 무시, 그 바탕에 깔린 반대한민국 물결도 방치했다. 그런 운동권에 정의의 월계관을 씌워주는 기막힌 일이 벌어졌으니 엎친 데 덮친 꼴이다.

1989년 동의대 사태에서 보듯 진압 경찰관 7명을 죽인 대학생들이 나중에 민주화 유공자로 둔갑했던 게 매우 상징적이다. 헌법 위에 떼법이 있듯이, 대한민국 위에 운동권이 올라탄 구조다. 그러나 이 책의 문제의식으로 지적하자면, 무엇보다 이 모든 상황을 연출해낸 백낙청-리영희-조정래로 연결되는 문화권력 3인방의 힘이 너무 컸기 때문이고, 그게 한국사회가 병든 요인이라는 포괄적 판단을 하지 않을 수 없다.

좌파 역사에서 문화전쟁이란?

이들은 초기엔 비판적 지식인으로 출발했다가 훗날 좌편향의 늪에 빠지고 마르크시즘으로 퇴행하면서 끝내 돌아올 수 없는 다리를 건넜다. 그리고 백낙청-리영희-조정래, 이들의 공통점은 좌파 민족주의자란 점이다. 외국 유학을 다녀왔건 말건, 국제뉴스를 다루는 기자 생활을 했건 말건, 문학이라는 보편적 장르에 종사하건 말건 이들의 시야는 한반도에 갇혀 있고, 구한말 위정척사파와 오십보백보다.

대한민국 증오병에 걸린 자들인 만큼 이 나라 건국을 올바로 이해 못 하는 것도 안타까운데, 일테면 20세기 한국사는 일제로부터의 독립 그 이상의 역사적 의의를 모른다. 사실 그건 문명사적 전환이었는데, 우선 중국문명권에서 서유럽문명권으로 방향 전환했다. 유교문명에서 기독교문명으로, 대륙농경문명에서 해양상업문명으로 대전환을 했다는 사실도 이들은 애써 무시한다. 놀랍게도 건국 이후 유례없는 대한민국 발전에 눈감은 저들의 현대사 자학이란 리버럴 도그마에 망가진 미국 좌파들과 붕어빵이다.

이 나라 문화권력 3인방과 미국 좌파가 닮은 건 꽤 많지만, 이들이 공통적으로 겨냥하는 게 '문화테러' 혹은 '문화전쟁'이란 대목이다. 그리고 이 자리에서 새삼 조명하겠지만 문화테러·문화전쟁이란 20세기 흐름과 좌파의 역사에서 비교적 오랜 족보를 가지고 있다는 점에도 충분히 유념해야 한다.

일테면 동서 냉전이 끝날 무렵 프랜시스 후쿠야마는 자기 책 『역사의 종말』을 통해 자유민주주의가 인류역사의 종착역이라고 선언했는데, 그건 좌파의 문화테러 개념을 채 파악 못했기 때문에 튀어나온 호언장담이었다. 이데올로기 대결에서 공산주의가 패배했으며, 자유민주주의에 도전할 이념은 더 이상 없다는 확신은 결국 섣부른 오판이었다. 좌·우익의 전쟁은 더 교묘한 방식으로 전개 중이라는 게 지난 십수 년의 과정에서 드러나지 않았던가?

마르크시즘이란 악령은 음험한 얼굴을 숨긴 채 정치투쟁 대신 문화테러로 전환했던 것이다. 극단적 상대주의로 세상을 혼돈의 늪으로 몰아넣는 포스트모더니즘을 비롯해 여전히 위력적인 네오마르크시즘, 립스틱 바른 마르크시즘인 페미니즘 등이 모두 그것의 일종이다.

사회해체를 노리는 동성애, 교활한 다문화주의도 알고 보면 마르크시즘의 변용이다. 미국·유럽의 대학-교회-언론-여성계를 포함해 사회 각 부문이 그 악마적 위력 앞에 무릎 꿇거나 황폐화된 지 오래다. 그걸 지적했던 게 홍지수의 책 『트럼프를 당선시킨 PC의 정체』(북앤피플, 2017)이었다. 그에 따르면, 서구는 지난 세기 공산주의 몰락을 이끌어낸 부전승(不戰勝)에 도취한 나머지 '또 다른 전쟁'의 등장을 눈치채지 못했다.

그때 좌익은 이미 정치투쟁이란 지상전에서 승산이 없다고 판단해 대학-교육-문화의 영공을 공략하는 공중전으로 전략을 바꿨다. 그게 이른바 문화전쟁인데 냉전시대 이전부터 활약했던 게 오르규 루카치, 안토니오 그람시 등이야말로 그들의 시조다. 20세기 초 벌써 루카치는 이런 질문을 했다.

노동자의 눈 가린 서구문명 파괴하라

유사시 혁명의 주체인 노동자 계급이 들고일어나 좌익혁명을 일으킨다는 마르크스 예언은 왜 틀렸을까? 천하의 마르크스 예언이 틀릴 리 없다면, 서구문명이 노동자 계급의 눈과 귀를 가리고 있기 때문이라고 봐야 하는 건 아닐까? 그럼 서구문명을 떠받치는 핵심 요소는 뭐지? 가족제도와 교회가 아닐까? 그럼 그걸 거부하고 파괴하는 쪽의 문화테러로 루카치는 방향을 바꿨다.

아동들의 성적 윤리관을 훼손시켜 가족-교회에 타격을 입히자는 생각 아래 급진적 성교육 프로그램을 학교에 도입하기도 했다. 좌파가 그만큼 무서운데, 진지전을 언급했던 그람시도 결국엔 그 맥락이다. 혁명투쟁을 벌일 새 장소는 문화영역이며, 그곳을 진지로 삼아야 한다고 본 것이다.

직후 바통을 이어 받은 프랑크푸르트학파가 문화투쟁을 전면전으로 확전시켰다. 이들은 서구문명의 토대인 가족-교회는 물론 자본주의·도덕·애국심 모두를 거부하기에 이르렀다. 요즘 난리인 동성애·페미니즘·다문화주의의 물꼬가 터진 게 그때다. 그래서 프랑크푸르트학파의 마르쿠제가 1968년 혁명 때 마르크스-마오쩌둥과 함께 '3M'의 하나로 추앙받았지만, 반세기 뒤인 지금 대학-교육-문화에서 더 무서운 괴력을 발휘하고 있다. 그게 이른바 포스트모더니즘이다.

이내 그건 인문사회과학의 패러다임으로 자리 잡았다. 서구 근대를 떠받쳐온 이성적 사고와 진리에 대한 확신을 버린 건 물론 서구근대 자체를 터부시한다. 그게 탐욕에 물든 자본주의 문명이라는 것이다. 서구근대를 상징하는 그리스-로마문명과 기독교까지도 해체 대상이다.

그런 걸 긍정적으로 언급하는 것 자체가 정치적 정도(政治的 正道, PC; Political Correctness)에서 벗어나는 것은 물론 인종 차별적 행동으로 취급하는 게 요즘 미국과 서구의 괴이쩍은 분위기다. 포스트모더니즘이 극단적 상대주의로 변질되고 급기야 거대한 자해(自害)에 몰입하는 꼴이다. 일테면 기독교 『성경』은 가부장제와 폭력과 위선으로 가득 찬 책으로 낙인 찍혔다. 요즘 종교학자 십중팔구가 포스트모더니즘-페미니즘으로 무장한 탓이다.

즉 포스트모더니즘·네오마르크시즘·페미니즘·동성애·다문화주의 등 우리 시대 다양한 흐름의 뿌리엔 정치적 정도(PC) 문제가 자리 잡고 있다. PC란 말은 네오마르크시스트가 만든 게 아니라 애시당초 옛 소련의 레닌이 만들었다는 걸 기억해두자.

러시아혁명 초기 레닌은 공산혁명 성공을 위해 노동자계급의 이익에 충실한 논리만을 정치적으로 올바르다고 선포했다. 이전까지의 지식-진실이란 노동자 착취를 위해 만든 부르주아의 편견이라서 정치적으로 올바르지 않다는 공격인데, 그런 태도가 서구 사회를 옥죄는 PC로 그렇게 깊게 뿌리 내릴 줄은 아무도 몰랐다. PC, 알고 보면 쉬운 얘기다. 좌파에 동조하면 정치적으로 올바르고 좋은 논리요, 반대하면 나쁘다며 낙인을 찍는 잣대다.

그런 게 지금 이렇게 무한 진화에 성공하다니…. 하지만 그 PC라는 것, 그렇게 간단치만은 않다. 위키백과는 "용어에서 인종·민족·종교·성차별의 편견이 포함되지 않도록 조심하자는 주장"이라고 설명한다. 애꾸를 시각장애자로 바꾸고, 아메리카 인디언 대신 아메리카 원주민으로 고치자는 식이다.

공산주의자가 아니라면 당신은 정신병자

하지만 그건 껍데기 얘기다. PC는 실제론 전체주의로 치닫는다. 몇몇 반역행위를 다스리는 잣대를 넘어 공산주의 이념에 따른 교육·윤리·인간 행동 모두를 통제하는 전방위의 지침으로 작용하기 때문이다. 실제로 소비에트 체제에선 PC를 벗어난 사람을 정신질환자로 규정했다. 저들만 그러했나? "정치적 올바름이 없는 사람은 영혼이 없다"는 게 마오쩌둥의 말이니 좌파는 인종·나라의 구분 없이 모두가 같다.

즉 저들은 자기와 다른 진영의 사람들을 극우 혹은 파시스트라고 낙인찍고, 그들이 가진 건실한 애국심이나 가족애 혹은 신앙심을 모조리 병리현상이라고 낙인찍는다. 자기네의 PC를 종교적 도그마 정도로 떠받들다보니, 동조하지 않는 이들이 비정상이라며 정신치료를 해야 한다고 달려드는 판이다.

그렇다. 그런 정신치료를 보다 조직적으로 전개하겠다는 것이 저들이 말하는 이른바 문화전쟁·문화테러의 실체다. 그런 문화전쟁이 수십 년 수행된 결과 어느덧 미국 대학생들은 바보가 됐다. 저들은 미 건국의 아버지인 토머스 제퍼슨에 대해 모르며, 안다고 해도 '잔인한 노예주'라고 대답한다. 서구문명의 지적 전통은 물론 미 건국이념을 자학하는 것부터 배운 탓이다. 뿐인가?

미국 대학생들은 공산주의-사회주의 하면 공정함부터 떠올리며 입가에 미소를 띠고, 자본주의는 차별이라며 고개부터 흔든다. 미국 대학 내 분위기가 이렇다. 그래서 대부분의 학생들은 미 민주당의 리버럴은 선하고, 공산당 같은 진보는 더 선하며, 미 공화당 등 보수라는 건 사악하다고 생각한다.

이쯤 되면 "대한민국 현대사는 정의가 실패하고 기회주의가 승리한 시대"라고 했던 노무현 발언이 생각날 판인데, 분명한 건 미국 대학이 한국 못지않게 망가졌고, 자유민주주의에 대한 확신을 잃어버렸다는 점이다. 마르크시즘이 자기 얼굴을 숨긴 채 문화전쟁으로 전환한 여파는 그렇게 심각하고 중차대하다. 이 책의 말미에 좌파 문화권력 3인방 비판에서 벗어나 시야를 넓혀 미국과 서구의 문화전쟁·문화테러를 언급하는 이유는 자명하다.

미국과 서구는 저들의 문화와 논리대로 돌아가지만, 우리가 그들의 실패까지 반복할 필요는 없지 않을까? 또 저들은 어차피 근대 이후 문화적 축적이 있고, 이게 쉽게 흔들리지 않는 토대로 남아 있다. 반면 우리의 경우 자유민주주의의 토대를 쌓는 기간은 건국 이후 1970년대까지 30년 내외가 전부였다.

물리적 시간이 너무 짧았지만, 그게 문화권력 3인방 백낙청-리영희-조정래의 등장 이후 삽시간에 흔들려 대체되고 만 게 지금의 상황이다. 지금 젊은 층은 물론 자연연령 60~70대를 포함해 대한민국의 거의 전 연령층은 이들의 영향으로부터 자유롭지 못하다. 더구나 이들은 무슨 대세인 양 바람이 부는 미국과 서구의 문화전쟁·문화테러와 함께 연동해 움직이고 있다는 게 중요하다.

우리의 앞날이 불길하다는 뜻이고, 저들은 무슨 시운을 타고 있는 듯한 느낌까지 주는 것이다. 그렇다고 우리의 판단이 바뀌지 않는다. 재확인하지만 대한민국을 지금 이 상황으로 만든 문화권력 3인방 백낙청-리영희-조정래의 파괴적 영향력은 너무도 치명적이고 위험천만하다.

제2장 그 숱한 문화권력 3인방의 아류들

이름이 좀 알려진 대학 교수나 글쟁이 중 멀쩡한 사람이 드물다는 사실을 우리가 이미 잘 안다. 최소한 내 판단엔 그러한데, 타고난 지적 능력과 상관없이 이들 대다수가 백낙청-리영희-조정래 3인방의 아류인 탓이다. 한국사회 같은 좌파 전체주의 분위기에서 이들 3인방에 묻어가는 게 대세라고 판단했고, 그렇게 해야 안전하다는 인식이 오래전부터 심어졌다.

재일교포 학자인 윤건차(가나가와대 교수)가 분류했던 한국 지식인들의 이념분포가 상징적이다. 그가 펴낸 책『현대 한국의 사상 흐름』(당대, 2000)은 대표적인 국내 지식인들을 이념 분포로 분류했는데, 그 구조는 지금도 변함없다. 당시 구조가 지금까지 내내 유지되고 있다고 봐야 한다. 그에 따르면 국내 유명 학자들은 다수가 마르크스주의자로 분류된다. 서울대 교수 최갑수(서양사학), 서강대 교수 손호철(정치학), 한신대 교수 윤소영(경제학), 2015년에 죽은 경제학자 김수행, 사회학자 김세균 등에 이르기까지 두루 그렇다.

지금 서울시 교육감 조희연을 포함해 문학평론가 백낙청, 국사학자 강만길 등은 그보다는 덜하지만 여전히 강력한 '좌파적 시민사회론자' 또는 '진보적 민족주의자'로 분류된다. 언론학자 강준만이나 사회학자 한완상, 정치학자 임혁백·최장집 등도 모두 왼쪽에 있는 사람들이다.

반면 우파로 분류되는 공병호·복거일·김지하·송복 등 실로 몇 안 되는 사람들을 대상으로 보수적 자유주의자 또는 보수주의자 등으로 분류하고 있지만, 사람 숫자 자체가 얼마 안 된다. 전체 규모는 좌파에 비해 10분의 1이 될까 말까 한 수준이다. 그게 다소 학문 내부의 분류라서 대중 관심에선 멀 수 있지만, 중요한 건 문화권력 3인방이 강력하게 활동하던 1980~90년대를 거치면서, 국내 지식인 대다수가 그쪽으로 빨려들어갔다는 점이다.

사람들만 그런 게 아니고 경제학 등 특정 학문의 영역도 돌이킬 수 없이 변질됐고, 기독교계와 언론계·환경단체·시민단체 심지어 정당도 마찬가지다. 때문에 이번 꼭지의 글 「문화권력 3인방의 아류들」은 그런 종류의 위인과 분야 중 대표적인 것을 구체적으로 언급하려 한다. 문화권력 3인방의 파괴적 영향력이 과연 어느 정도이고, 그게 어떤 형태로 확산됐는가를 확인하는 게 목적이다.

학계에 수두룩한 '리틀 백낙청'

그걸 계량화할 순 없지만, 나의 체감으로는 지식인입네 하는 사람들 80~90퍼센트가 좌파라고 보면 된다. 좌파가 아니라도 좌파 정서를 가지고 있다. 때문에 그런 쪽이 아닌 사람들을 찾는 게 차라리 빠를 정도다. 이게 얼마나 비극적 상황인가를 보여주는 게 '리틀 백낙청'으로 비판받았던 영문학자 김상률의 경우다.

숙명여대 교수로 있다가 박근혜정부 시절 청와대 교문수석에 발탁됐으나 당시 백낙청의 아류라는 비판이 줄곧 제기됐던 학자다. 그건 정당한 의구심이었다. 어떻게 대통령의 국정철학과 배치되는 사람을 곁에 앉힐 수 있느냐는 아우성이 있었으나, 학계 전체가 그 지경이니 사람 찾기가 그만큼 어려웠을 것이다. 어쨌거나 내 경우 당시 논란이 됐던 그의 저술 『폭력을 넘어서』(숙명여대 출판국, 2008)와, 편저 『에드워드 사이드 다시 읽기』(책세상, 2006), 『차이를 넘어서-탈식민시대의 미국문화읽기』(숙명여대 출판국, 2005)를 점검해 글도 여러 편 썼다.

분명한 점은 그의 선부른 반미(反美)·반제(反帝)의 목소리는 일단 학문적 소신이었다는 점이다. '리틀 백낙청'은 맞는 지적이었다. 그래서 그는 "북핵은 약소국 생존을 위한 비장의 무기"라 규정했고, 후세인 시절의 이라크가 대량살상무기를 개발하는 것 역시 자위권 행사라는 급진적 견해를 보였다.

노골적인 반미 의식인데, 알고 보니 반미·반제란 미국문학 비평의 일환이었다. 표면상 학문의 옷을 걸치고 있으나, 내용은 1980년대 운동권의 대자보에서 멀지 않았다는 뜻이다. 그런 소신은 미국의 탄생과 건국 과정에 대한 총체적 비판은 물론 헤밍웨이·포크너 등 미국 작가 비판이기도 하고 미국이 주도하는 세계화에 대한 거부의 목소리로 거푸 등장하고 있다. 그는 평범한 영문학자가 어떻게 좌파적 인식의 신봉자로 바뀔 수 있는지를 보여주는 사례다.

그는 신대륙 발견과 미국의 건국 자체를 "폭력의 시작"이라고 그럴싸하게 규정했고, 이후 전개된 미국사를 "폭력을 통해 소생하는 구조"라고 무책임하게 말했다. 김상률의 경우 보도가 되고 논란이 됐던 경우이지만, 실은 국내외 학자 대부분이 그런 식의 삐딱한 글과 말을 구사하지 않던가?

그런 게 하도 흔한 까닭에 먹물은 본래 그러려니 했을 따름이다. 어쨌거나 다음 인용 부분은 미국 문화사학자의 말을 빌리는 방식이지만, 『폭력을 넘어서』 전체를 관통하는 김상률의 당시 신념이다.

> 미국문화에 깔려 있는 집단무의식의 구조를 폭력이라는 단어를 통해 설명할 수 있으며, 원주민 인종 학살·흑인노예제도·독립전쟁·멕시코 전쟁·남북전쟁·세계 양차대전·월남전·이라크 전쟁 등 미국 사회는 역사적으로 폭력을 통해 되살아나고 있다.

매번 그런 식이다. 실제로 그는 이 책 맨 앞부분에 "미국문화의 폭력은 바이러스처럼 세계를 구석구석 감염시키고 있다"는 짧은 구절을 영어와 함께 자신의 좌우명처럼 선언적으로 올려놓고 있어 눈길을 끈다. 실은 그는 세계화에 대한 인식도 균형을 잃었다.

일테면 지금 시대를 18~19세기 제국주의가 새롭게 변화한 신(新)식민주의 내지 신제국주의라고 곳곳에서 주장하고 있다. 이런 현상은 "20세기에 제대로 청산 못 한 제국주의의 어두운 그림자" 때문이라는 분석이 더욱 그의 짧은 역사인식을 보여줬다. 그러나 어떤 면에서 김상률도 피해자다. 앞 장에서 이미 살펴본 대로 그가 유학했던 미국 대학의 커리큘럼과 교수들까지 네오마르크시즘으로 무장한 상황에서 보고 들었던 것의 전부가 바로 그런 것이었기 때문이다.

그렇게 말하는 게 지식인이고 학자란 고정관념을 그 자신이 가지지 않을 수 없었으리라. 같은 영문학자로 20년 선배 격인 백낙청이 그런 글과 말로 한국사회에서 승승장구하는 걸 보면서 고정관념은 신념으로 발전했을 개연성도 배제 못 한다.

좌편향 환자 도올 김용옥

그래도 다행인 게 당시 소동을 겪으며 그는 좌파적 세계관으로부터 빠져나왔을 것이란 점이다. 이후 그런 목소리를 반복한 바 없다는 게 나의 추정 근거다. 반면 구제받기 어려운 좌편향 환자로 동양철학자 도올 김용옥을 꼽아야 한다. 타고난 자기 현시욕에 더해 대책 없는 좌편향된 인식으로 똘똘 뭉친 그는 멀쩡했던 한 인간이 어떻게 망가질 수 있었는가를 보여주는 샘플이다. 2019년 초 "이승만을 국립묘지에서 파내야 한다"는 섬뜩한 강연을 「KBS」 TV에서 떠들었던 그는 최악의 좌파 소아병 환자다.

일테면 도올은 오래전부터 천안함에 대한 정부 합동조사단의 공식발표 직후 그걸 "개그"라고 조롱하길 서슴지 않았던 위인이다. "이런 말하면 잡혀가겠지만, 나는 0.00001퍼센트도 설득되지 않는다"는 야유를 보냈다. 그럼 그는 용기 있는 우상파괴자인가? 전혀 그렇지 않다.

돈과 권력 앞에 그처럼 능수능란하게 머리 조아리는 걸 잘 해내는 이도 드물다. 세상이 기억하지만, 그는 김우중 대우그룹 전 회장, 정몽헌 현대그룹 전 회장을 글로 미화하는 걸 멈추지 않았다. 그러면서도 백낙청식 민중 타령이 몸에 뱄으니 도깨비는 도깨비다. 예전 정치인 안철수가 한참 뜰 때 그가 했던 말이 가관이다. "안철수 현상은 고난에 빠진 민중의 처절한 목소리다." 드라마 대사에 나올 법한 표현을 아무렇지도 않게 뱉는다.

물론 타고난 기회주의 성향 때문에 역대 대통령에 대한 아부에도 능했다. 본래 노태우를 칭송하다가 어느 순간 노무현을 성군으로 떠받들길 마다하지 않았다. 단지 그게 좀 과해서 문제였다. "바라옵건대 시정잡배들의 쇄설에 괘념치 마시고 대상(大象)을 집(執)하는 성군이 되시옵소서"(문화일보 2003년 4월 15일).

그건 노무현과 인터뷰를 하고 난 뒤 스스로를 소인(小人)이라고 낮추면서 아양을 떨었던 기록이다. 인터뷰 1년 뒤 노무현이 탄핵되자 크게 흥분한 것도 당연하다. 그래서 노무현을 탄핵시킨 국회를 왕정복고 세력이라고 규정하며 삿대질하길 서슴지 않았다.

그의 혼란스러운 머릿속은 종잡기가 어렵지만, 사람이 천격(賤格)이고 왼쪽으로 기울어졌다는 것만은 분명하다. 자유시민으로서 결격자인데, 결정적으로 자유민주주의에 대한 인식이 희박하다. 송두율식의 이른바 내재적 접근법이 몸에 뱄기 때문에 평양 전체주의 세력에 대해 썩 우호적이다. 2007년 노무현을 따라 평양을 방문해 집체극 〈아리랑〉을 관람한 뒤 그가 쓴 글이 그 증거인데, 왜 그를 지적 파산자로 봐야 하는지가 잘 드러난다.

플라톤의 이상국가에서도 중요한 과목은 용맹스러운 음악과 집체적인 체조였다. 기억해야 할 것은 그들은(북한은) 물질적으로 잘살기 위해 노력하는 것이 아니라는 사실이다. 우리를 안내한 여성동지가 말한다. "잘사는 것이 목표가 아니라, 올바르게 사는 것이 목표입네다." 플라톤의 이상국가는 탐욕이 배제된, 지성이 실현되는 나라였다.

"북한의 순결이 나의 미래" 고백

그런 발언이 우연은 아니다. 도올은 전형적인 종북 환자인데, 그의 옛 책 『대화—김우중·김용옥 나눔』(통나무, 1991)을 보면 눈을 비비게 만드는 대목이 거푸 나온다. 30년 전부터 이미 그는 정상이 아니었다. 자신이 대학 다니던 1960년대 "나의 의식세계 속에 조선인민공화국은 환상적 이상향이었다"는 얼빠진 고백이 등장한다.

"나는 비록 제국주의 빚더미의 반쪽 폐허(대한민국을 일컬음)에서 살고 있지만, 조국의 반쪽(북한)이라도 깨끗하고 고결한 이상을 견지하고 있다는 기대는 줄곧 나를 떠나지 않았다. 그들은 소박하지만 정직하게 조국의 문제를 해결해나가고 있다"(153쪽). 뒤이어 "북한이라는 조국의 순결, 그것은 나의 미래며, 나의 꿈이며 소망이었다"는 발언까지 줄줄이 쏟아낸다. 당시 베스트셀러를 기록했던 대우그룹 회장과의 대화록에 난데없이 등장하는 '이적(利敵)

선언'이 뜬금없을 따름이다

이 정도라면 중증 질환자의 수준인데, 아니나 다를까? 그는 대한민국 건국을 말하는 사람들을 상종 못 할 '반민족주의 우파'라고 눈을 부라린다. 통일을 외치면서도 북핵엔 애써 눈을 감는 모순된 사람인 도올은 백낙청-리영희-조정래를 합쳐놓은 듯한 언행에 썩 능하다.

확실히 김용옥은 남한사회를 약육강식의 사회로 비판했던 리영희의 복사판이다. "그때의 남한 사회는 오직 폭력·무질서·범죄·사기·약탈·부정·타락이 아무런 절제도 없이 난무하고 힘없는 자는 어디 가서 하소연할 곳도 없는, 그야말로 반인간적 사회였다. 민족은 식민지에서 해방됐다는데, 일본 제국주의 식민권력에 빌붙어 살았던 친일파와 민족반역자들이 하나도 숙청되지 않은 채 고스란히 남한 사회를 지배하고…"(리영희-임헌영 대담 『대화』, 79쪽) 따위의 인식과 어찌 그리 닮았는지 모른다.

동시에 도올 김용옥은 조정래 『태백산맥』의 핵심 등장인물 염상진이 여순사건이 터졌을 때 이렇게 고백하던 모습과도 겹쳐진다. "(북조선이) 남조선의 오합지졸인 비조직화된 힘을 일거에 쓸어버리고 한반도 전역에 공산혁명의 깃발을 나부끼게 할 것임을 굳게 믿는다."

김용옥이 좀 심했을 뿐 그런 부류는 주변에 수두룩하다. 이들

대부분은 골수 환자라기보다는 좌파에 관용적인 속물적 리버럴리스트의 모습으로 등장하곤 한다. 여성 소설가 한강의 2017년 「뉴욕타임스」 칼럼도 마찬가지였다. "미국이 전쟁을 얘기할 때 한국은 몸서리친다"는 제목인데, 국가위기 국면에서 지식인이 얼마나 무책임할 수 있나를 보여주는 증거다. 백낙청-리영희-조정래가 들었던 반미의 깃발이 우리의 일상으로 자리 잡았다는 걸 새삼 확인시켜준다.

그런 그의 칼럼을 문재인의 청와대가 공식 페이스북에 덜렁 게재했다는데, 그래서 머리가 더 지끈거린다. 소설 『채식주의자』로 영국의 맨부커문학상을 받은 이후 이러저런 매체에 이름이 오르내리는 그의 당시 칼럼은 우선 동맹에 대한 예의를 갖추지 못했다. 마치 트럼프 때문에 한반도 전쟁 위기가 조성됐다는 잘못된 인상부터 심어준다.

덜떨어진 소설가 한강과 아류들

"우리(한국인)는 평화가 아닌 어떤 해결책도 의미 없으며, 승리라는 것은 비웃음거리이자, 텅 빈 슬로건임을 너무 잘 알고 있다"는 대목도 문제다. 그럼 건국 이후 우리의 목표인 자유민주주의 원칙에 따른 통일과 북한 해방이란 과제가 그저 비웃음거리이자, 텅 빈 슬로건이란 뜻인가? 아니면 북핵을 머리 위에 올려놓은 가짜 평화 속에 남북이 공존하자는 얘기일까? 미국인이 얼마나 어이없어할 것이며, 우릴 괘씸하게 볼까?

북핵 앞에 분노와 저항은커녕 거꾸로 평화타령을 반복하는 게 한강의 글 내용인데, 그의 현대사 인식부터 병들었다. "한국전쟁은 강대국들이 한반도에서 자행한 대리전이었다"는 대목이야말로 우리 눈을 의심케 한다.

6·25는 김일성이 마오쩌둥·스탈린과 사전 모의 끝에 일으킨 침략전쟁이었다는 것이 현대사의 진실인데, 한강이 대한민국 정통사관과 사뭇 다른 이른바 수정주의적 현대사 인식에 물들었다는 증거다. 새삼 확인하지만 한국은 참 희한한 나라다. 현대사 인식이 비뚤어진데다가 현실도 제대로 보지 못한다. 적이 핵무장을 했는데도 그에 대응하는 핵무장을 하는 걸 집권여당과 지식인들이 금기로 알며, 우리의 생명줄인 동맹 미국에 대한 능멸을 능사로 하는 고약한 나라다.

한강 부류의 속물 리버럴리스트는 숫자상으론 가장 많은데, 그런 이들의 전형은 사회학자인 서울대 석좌교수 송호근이다. 그럴싸한 허튼소리를 하는 걸 자신의 존재 이유로 삼는데 그는 자기 책 『이분법 사회를 넘어서』(다산북스, 2012)에서 "좌우 공동구역을 만들어내는 것이 시대정신"이라고 태연자약하게 말할 정도다.

그렇게 말하는 송호근은 무식하다. 몰라도 너무 모른다. 적대적 가치관을 유지하는 집단 사이에 합의에 의해 공동구역을 만들어 낸 사례는 역사상 없기 때문이다. 또 좌파가 각 부문에서 일관된 진지전을 벌이며 대한민국 증오병을 퍼뜨리고 있는 문화전쟁의 상황에서 말장난 또는 허구나 다름없는 '좌우 공동구역론'을 제창해 적의 실체를 가려주고 있다. 좌익을 모르면서도 그들에 대한 관용을 유도하는 것이다.

물론 그는 좌익에 대해 괜한 콤플렉스를 숨기고 있는 '쓸모 있는 바보' 중 하나다. 그런 그를 가리켜 이 나라 언론들은 중도우파라고 분류해주며, 합리적 보수 또는 개혁적 보수라는 칭찬까지 종종 들려주니 그저 어이가 없을 뿐이다.

한강·송호근 부류가 도달한 현대사 인식의 정점을 보여주는 사람, 관념의 사치를 즐기는 인물로 나는 정치학자 김영명(한림대 교수)을 꼽는다. 한국정치외교사학회장을 지낸 이력의 그는 『좌우파가 논쟁하는 대한민국사 62』(위즈덤하우스, 2008)에서 이렇게 노골적으로 말한다. 항일투쟁과 건국과정의 정통성은 김일성이 더 있고, 근대화 작업의 공헌은 이승만·박정희가 더 있다는 것이다(78~79쪽).

세상에 이따위 편의주의적이고 절충주의적인 구분이 다 있을까? 더구나 그게 현대사 속의 사실관계와 어긋나기까지 하다. 김상률-김용옥-한강-송호근 등의 개별 사례를 언급했지만 이들 대다수가 백낙청-리영희-조정래 3인방의 아류라는 건 더 이상 비밀도 아니고 놀랍지도 않다.

문화권력 3인방의 위력이 그만큼 대단한데, 실은 경제학이란 학문이 망가진 것도 결국엔 이들의 영향을 배제할 수 없다. 문화권력 3인방과, 경제학계의 거물이자 원로로 통하는 변형윤 전 서울대 교수, 정운찬 전 서울대 교수 등의 사이에는 놀랄 만큼의 유사성이 있다. 경제학의 경우 성장보다 분배, 부자 증세를 강조하고 꼼짝 못 할 평등주의 강박관념 속에 허울 좋은 균형성장 자립경제 따위를 강조하기 때문에 3인방이 품어온 좌파적 가치가 어지럽게 춤춘다.

변형윤 – 정운찬이 외치는 경제민주화

변형윤-정운찬 등이 도달하는 최후의 구호는 드디어 경제민주화로 요약된다. 이 구호가 얼마나 치명적인가를 확인하려면 1987년 민주화항쟁 이후의 변화를 훑어야 한다. 즉 '87년체제'의 문제다. 그해 개정된 헌법은 경제 균형발전, 소득 적정분배, 경제민주화를 명문화(제119조 2항)했다.

그 이전까지 공정거래법에 등장하던 경제력 남용규제 문제가 이젠 헌법상의 조문으로 격상되며 재벌규제가 정부 경제정책으로 등장한 것이다. 경제민주화는 유사 사회주의, 혹은 명백한 사회

민주주의 이념이 헌법적 가치인 시장경제와 거의 동격이 된 것이다. 아니, 명분 그럴싸한 민주화 타령 속에 경제민주화가 외려 더 힘을 쓰는 시대가 되어버렸다. 그게 선진화의 길이자, 개혁이라고 1980년대 말 당시 우리는 믿었다.

권위주의 정부에 질렸던 탓이었겠지만, 우리 모두는 너무 나가기 시작했다. 그래서 경제민주화야말로 박정희와 신군부의 독재-관치경제-재벌경영과 굿바이한 뒤 찾아온 새로운 시대정신이라며 환호했다. 경제학자 변형윤식의 평등과 분배정의·균형발전 구호에 현혹됐던 것이다.

그래서 개발연대의 터널만 빠져나오면 신천지가 펼쳐질 것이라고 믿었다. 너무 압도적인 그 물결에 휩쓸려 대학과 정치권 모두가 개발연대의 성취를 깎아내리는 풍조 속에 "우리가 어떻게 해서 성공했나" 하는 노하우를 끝내 잊었다. 자기 모멸과 현대사 비하와 함께 저성장의 씨앗은 그때 뿌려졌다 사실 1987년 이후론 세상 모두가 그쪽으로 줄달음쳤는데, 이 모든 게 성장보다 분배를 강조하던 변형윤-정운찬의 목소리에 홀렸던 탓이다.

경제뿐이랴? 사회·교육·복지를 가릴 게 없이 그랬다. 수도권 집중을 해체하여 모든 지역이 평등하게 발전한다는 명분 아래 지역균형발전을 추구했다(이게 훗날 노무현의 수도 이전 추진이다). 서울 강남이 영호남에 하나씩 생기게 하는 거점화 전략이 박정희의 불균 등 성장이었다면, 이제 모든 지자체가 n분의 1씩 지원비를 나눠먹고 끝냈다.

그리고 그걸 지역균형발전이라고 박박 우겼다. 평준화 교육과 보편복지도 이 같은 맥락이다. 전국 200개가 넘는 4년제 대학이 다 같이 발전하자면서 끝내 학문의 수월성(秀越性)을 포기한다. 박정희 시절에는 새마을운동과 취로사업 등 일을 시키고 성과가 높은 사람을 골라 돈과 물자를 나눠줬는데, 지금은 누구에게나 쌈짓돈을 나눠주는 짓을 보편복지라고 호들갑이다. 이러고도 나라가 온전하길 바란다면, 그게 외려 이상한 일이 아닐까?

변형윤-조순-정운찬 등이 한결같이 반자유시장론과 겹치고, 좌파적 성향을 가진 것도 우연이 아닌데, 이들의 경제학은 지금 문재인정부와도 연결된다. 정운찬의 지도 아래 학위를 받았던 게 김상조이고, 지금 그가 청와대 정책실장으로 경제운용의 키를 쥐고 있기 때문이다.

김상조의 경우 1990년대부터 참여연대에서 경제개혁 특히 재벌개혁을 주도해온 인사다. 문제는 그런 그가 경제학계의 예외적 인물이 아니고, 좌편향된 국내 경제학계의 평균적인 인사란 점이다. 특정인이 문제가 아니다. 지금 우리가 겪는 고통은 오랜 뿌리가 있고, 결국엔 문화권력 3인방의 그늘이라는 인식이 새삼 중요하다. 그리고 이런 게 문화적이고 지적인 담론의 성격을 넘어 경제 저성장 등 현실적 영향과 불이익으로 연결된다는 점도 기억돼야 한다.

실은 좌편향 때문에 특정인과 특정 학문만 바뀌는 게 아니라 조직 전체가 바뀌는 경우가 있다. 홍석현이 사실상 지휘하는 「중앙일보」와 「JTBC」가 그런 경우인데, 오너 홍석현 자체가 문제 있기 때문에 조직도 그쪽으로 빠르게 변질된 경우다.

홍석현의 「중앙일보」-「JTBC」 사례연구

홍석현은 건국 이래 언론 사주의 자리를 이용해 대한민국을 위태롭게 만들고 사적 이익을 취한 자라는 비판을 받는 대표적인 사람인데, 박근혜 대통령 탄핵 당시 그가 보였던 행동거지를 포함해 그러하다. 그가 비판받아야 하는 이유는 많지만, 앵커 손석희를 「JTBC」에 끌어들인 점부터 의혹을 피해나갈 수 없다.

그를 끌어들여서 좌파 상업주의에 매달려 끝내 대한민국을 위태롭게 만든 원죄는 도저히 어찌해볼 수 없는 잘못에 속한다. 또 있다. 그는 아들 농사를 잘못 지었다. 홍석현조차 "내 아들 (홍)정도는 좌파다"라고 말할 정도인데, 여러 모로 홍정도는 위험한 강남좌파의 끝판왕으로 분류해야 한다. 홍정도는 지금 「중앙일보」 대표이사 사장이며, 「JTBC」 대표이사 사장으로 있는데, 그의 뒷모습 그걸 추적해온 게 「미디어워치」였다.

요즘은 좀 뜸한 듯하지만, 3~4년 전 그러니까 자신이 언론사 사장으로 취임한 초기만 해도 그는 페이스북을 통해 자신의 좌파 본능을 드러냈던 걸로 악명 높다. 즉 박근혜 대통령 탄핵 1년 전에 벌어졌던 광화문 민중총궐기 뉴스 등을 퍼나르는 행위를 무시로 했다.

「중앙일보」 선대 회장 홍진기가 자기 할아버지이고, 삼성 이병철과 관련 있는 집안에서 이런 도깨비가 만들어졌다는 게 대한민국의 현실이다. 세상의 기준대로 금수저 중의 금수저가 그인데, 그가 전에 했던 행동이란 철부지 운동권 학생 수준이었다. 한마디로 홍정도는 이렇게 표현 가능한 인물이다.

> 국내 최대 종합미디어그룹 3대 경영자이자 강남 부촌에 거주하고, 골프와 최고급 스포츠카 등에 많은 관심을 갖고 있으며, 다른 한편으로는 청년취업난·노조운동·민중총궐기·청년주거난 등에 관한 내용들로 개인 SNS를 도배하고 대한민국을 '헬조선'이라고 규정하고 있는 이상한 사람.

그게 홍정도의 초기 페이스북을 전수 조사했던 「미디어워치」의 중간 결론이었다. 페이스북 전수 조사는 언론사 사주인 그가 무엇에 관심 있고, 외부와 어떻게 소통하려 했는지를 밝혀내려던 것인데, 그는 강남좌파의 전형이었다. 대한민국 0.01퍼센트에 드는 부와 권력을 지녔으면서도 사상은 왼쪽으로 치우친 인물이었다. 홍정도는 2015년 7월 페이스북을 적극 사용하기 시작했다. 그런 그의 취미는 단연 골프다. 페이스북에 골프 관련 사진과 영상·기사들이 다른 어떤 주제의 게시물보다도 많다.

그리고 젊은 재벌 3세답게 고급 스포츠카 페라리의 사진도 페이스북에 올려두고 있다. 대한민국 0.01퍼센트에 속하는 것이다. 3~4년 전 당시 「JTBC」의 법인등기부등본에 따르면 홍정도는 강남구 최대 부촌 중 하나인 압구정 하이츠파크에 거주하고 있었다. 시가 수십억 원대다.

강남좌파 언론 사주 홍정도의 경우

그렇게 사는 홍정도는 정말 놀랍게도 페이스북에 '헬조선'이라는 주제의 게시물을 네 번이나 공유했다. '헬조선'이란 주로 청년층이 취업난과 각종 부정적인 사례들을 들어 대한민국을 비하할 때 사용하는 것인데, 왜 그가 그런 용어에 꽂혔을까? 또 홍정도가 2015년 10월 공유한 '카드뉴스'는 한반도가 불타는 사진 위에 커다랗게 '지옥 같은 조선 땅!'이라는 제목을 붙인 자극적 선동이다. 앞서 같은 해 9월에는 찢어진 태극기 사진 위에 '헬조선 대한민국을 떠나는 사람들'이라는 제목을 붙인 기사도 공유했다.

◇홍정도가 자기 페이스북에 함께 올렸던 고급 스포츠카 페라리 사진(왼쪽)과 헬조선 관련 카드뉴스.

당시 민중총궐기가 무엇이었던가? 박근혜정부의 노동정책과 역사교과서 국정화 등에 반대한다는 명분으로 좌파 단체가 총결집한 폭력시위였다. 죽창만 등장하지 않았을 뿐, 시위대는 경찰차를 부쉈고 심지어 방화 시도까지 있었다. 그리고 그건 박근혜 대통령 탄핵의 전주곡이었다.

그런데 그렇게 페이스북에 글을 올리던 홍정도의 행태를「미디어워치」가 고발 기사로 쓰자마자 그는 바로 페북을 신속하게 닫았다. 당시 홍정도는 나름 깨달은 듯하다. 언론 사주가 이런 짓을 하면 비판을 받는구나 하고 알아챈 것인데, 이후 지금까지 페북을 하지 않는다. 단 그가 새가슴인 게 그 사안과 관련해「미디어워치」에 항의 한 번 못 했다. 고발 기사 모두가 사실이니까 아얏 소리

못 한 것이다. 거기까지는 그렇다고 치자. 이후 자신의 무책임을 반성한다는 흔적을 한 번도 보여준 바도 없다는 걸 어떻게 볼까?

강남좌파 언론 사주의 모순된 가치관을 결코 간단하게 볼 수는 없다. 그런 혼란스러운 가치관이 「JTBC」와 「중앙일보」의 뉴스보도에 그대로 투영되어 대한민국 국민에게 전달되고 있기 때문이다. 괜한 기우가 아닌 게 그의 "확인되지 않은 사실도 가치 있는 정보"라는 과거 발언이다.

지난 2015년 9월 홍정도는 서울 동대문디자인플라자에서 열린 '중앙 50주년 미디어 컨퍼런스'에서 "정보는 막을 수도 없고 막으면 죽는 것"이라면서 "(언론 윤리관에 따른) 기존 원칙에 거스르는 것이지만 확인되지 않은 사실도 가치 있는 정보"라고 강조했다. 즉 그가 이 말을 한 건 술자리 농담이 아니다. 「중앙일보」 창간 50년을 기념하는 자리라서 홍석현도 앞에 있고, 많은 청중 앞에서 버젓하게 떠벌인 독자적인 언론관의 일부다.

분명하게 말하지만 그건 확인되지 않은 사실이라도 정색하고 쓰겠다는 황색 저널리즘 선언인데, 공교롭게도 그 발언 직후 박근혜 대통령 탄핵 때 그 파괴적 위력을 보여줬다. 공교롭게도 그 발언을 한 3개월 뒤에 홍정도는 「중앙일보」 대표이사 사장이며, 「JTBC」 대표이사 사장으로 취임했다.

개신교·천주교는 좌파의 소굴

아마도 이 발언이 홍석현의 마음에 쏙 들었을 가능성이 높은데, 실제로 취임 직후 「JTBC」 기자·PD 앞에서 바로 그 얘기를 한다. "확인되지 않은 사실도 가치 있는 정보"라는 궤변을 경영철학이자 언론관이랍시고 훈시한 것이다. 결국 그게 기왕에 손석희의 조작 방송으로 악명 높은 「JTBC」에게 조작 방송의 날개를 달아준 결과가 됐다. 이런 비판은 특정인을 망신 주자는 게 아니다. 책임 있는 공인으로 거듭나라는 주문이지만, 홍정도 부류로 가득한 이 나라 현실이 나는 두렵다.

좌파 이데올로기에 망가진 집단으로 「중앙일보」「JTBC」의 사례를 들었지만, 정말 최악은 기독교다. 개신교·천주교 가릴 것 없이 상황은 마찬가지인데, 그걸 상징하는 게 용공(容共) 기독교를 대변하는 WCC(세계교회협의회)의 존재다.

"천주교야 대놓고 좌빨 노릇을 하고, 그래서 거대한 빨갱이 양성소라는 냉소까지 받지만, 실은 개신교는 더 못되고 문제가 있습니다. 멀리 갈 게 없습니다. 'WCC가 뭐가 문제냐?'하고 묻는 목사들이 수두룩하거든요. 영향력깨나 있다는 이일수록 WCC를 감싸고돕니다. 이게 바로 이 나라 개신교의 부끄러운 현주소가 아니겠습니까." 애국 목사 한 분이 한숨을 쉬며 들려준 말이 지금도 내 귀에 쟁쟁하다.

WCC는 세계교회협의회의 약칭인데, 에큐메니컬운동, 즉 교회 일치운동을 지향하는 초교파적인 교회협의체로 스위스 제네바에 본부가 있다. 그러나 친공산주의 기독교 세력이다. 그게 어떻게 문제냐고? 2013년 말 부산에서 열린 WCC 제10차 총회만 봐도 많은 게 드러난다.

이 총회는 김삼환 당시 명성교회 목사가 준비위원장이고 대한예수교장로회(통합)·감리교·한국기독교장로회·성공회 등 한국교회가 다수가 참여했다.

당시 WCC는 「한반도의 평화와 통일에 관한 성명서」를 채택했는데, 사실상의 이적(利敵)선언문이었다. 남북 교회의 협력과 연대, 정전협정의 평화협정 대체, 북한에 대한 경제제재 해제, 외세의 한반도에서의 모든 군사훈련 중단 등 김정은의 주장을 그대로 수용했다.

지금 남북한 돌아가는 게 꼭 당시 WCC의 저주인 듯해서 섬뜩하다. WCC는 코민테른의 하수인이라고 해서 이승만 박사가 한국 대표단의 1954년 미국 에반스톤 WCC 제2차 총회 참석을 막았는데, 다시 이런 상황이 벌어지는 것이다. 이게 심각한 이유는 한국 기독교는 신앙공동체를 넘어 근현대사의 뼈대란 점 때문이다.

다른 종교와는 그래서 구분되는데, 이 기독교가 교회 공동화(空洞化)·신자 고령화도 걱정이지만, 개혁세력으로 위장한 종북좌파에 흔들리고 있다는 건 더 이상 비밀이 아니다. 교회 세습이나 운영상의 비리 등으로 약점이 잡혔고, 내부는 좌빨 냄새 물씬한 자유주의 신학 또는 해방신학으로 교체됐다. 그걸 "교회에 들이치고 있는 마귀"라고 담대하게 말하는 이는 극소수다. 신학대의 교양 커리큘럼까지 이미 '의식화의 스승' 리영희류의 왜곡된 지식정보로 짜여 있다. 그래서 교회-신학-교인의 세 요소가 동반 위기다.

한걸음 나아가면 바로 해방신학

전통적인 복음주의 보수신학을 따르는 이는 소수인데, 한국교회의 풍경이 이렇게 바뀌었다. 그래서 타 종교에도 구원이 있다고 보는 다원주의가 강세이고, 성소수자(동성애) 등 다양성을 인정하자는 분파도 무시 못 한다. 이러저런 이유 때문에 교회 내부는 갈등이다.

여기서 한걸음 더 나아가면 해방신학-민중신학과 연결된다. 멀리 갈 것 없다. 경기도지사 이재명의 경우 분당우리교회 신자인데, 그는 입만 열면 '예수=혁명가' 타령이다. 이런 상황에서 목회자도 오염됐지만, 뭘 안다 해도 제 목소리를 못 낸다. 목소리를 내면 목사와 생각이 다른 신자들이 우르르 다른 교회로 옮겨가기 때문이다.

그렇다. 한국사회는 이념적 합의가 깨진 지 오래인데, 이걸 치

◇한국 천주교는 '거대한 빨갱이 양성소'라는 지적을 받아도 반박하는 사람 하나 없을 정도로 망가졌다. 2019년 정의구현사제단의 서울 광화문광장 집회 모습.

유해야 할 교회도 동시에 망가진 꼴이다. 이 현상이 20년을 훌쩍 넘긴다.

한국사회가 한국병에 걸려 신음할 때 교회도 동시에 쭈그러든 것이다. 개신교가 앓는 몸살에 비해 가톨릭은 또 다르다. 위계서열로 유명한 그곳이지만 지금은 조직 전체가 망가졌다. 그래서 천주교는 '거대한 빨갱이 양성소'라는 지적을 받아도 반박하는 사람 하나 없다. 사실이기 때문이다.

추기경은 무능력에 허수아비 신세이고, 이틈에 주교들은 좌파 정부에 동조해 날뛴다. 실로 참담한 상황인데, 천주교 최고의결기구 주교회의가 천주교매스컴 대상에 「JTBC」 손석희를 선정했다는 것 자체가 좌익이념에 빠진 가톨릭의 현주소를 보여준다. 박근혜 대통령 탄핵의 도화선이 된 태블릿 PC 보도가 수상 이유인데,

그게 벌써 오래전 일이다. 당시 평신도들은 왜곡보도·가짜뉴스의 주범 손석희에게 월계관을 씌워준 주교회의를 규탄해도 저들은 꿈쩍도 않는다.

그만큼 사제와 평신도 사이는 이미 금이 갔다. 어제오늘의 일도 아니다. 천주교는 한국사회 좌경화의 견인차다. 2008년 광우병 때 앞장선 것도 가톨릭이지만, 이전부터 그랬다. 일테면 KAL기 폭파 테러범 김현희 재조사 요구 등 그녀를 괴롭히는 일에도 가톨릭은 앞장섰다.

즉 가짜 김현희 만들기가 시작된 건 2004년인데, 그 꼭 1년 전 천주교 정의구현사제단이 먼저 바람을 잡았음을 기억해둘 일이다. 사제 162명이 KAL기 진실규명을 촉구하는 목소리를 냈다. 직후 바통을 이어받은 게 「MBC」 PD수첩 등 지상파였다.

이게 대체 좌익 신부들의 정치놀음이 아니면 뭘까? 이 꼴을 보기 싫은 신도들이 성당에 등 돌린다. 대수천(대한민국수호천주교인모임) 등을 조직해 대응하지만, 고질적 이념편향에 돈 맛·권력 맛까지 알아버린 사제들은 마이동풍이다.

한국의 개신교·천주교 모두 골병이 든 건 분명하고, 교회가 세상구원을 위해 일하지 않고, 세상이 교회를 걱정해야 하는 판이 됐다. 단언하지만 기독교(개신교+천주교)가 망가진 이유는 크게 보아 구조가 같다. 교회 공동화, 신자 고령화 현상에 더해 개혁세력으로 위장한 종북좌파가 교회 안팎에 스며든 것이다.

운동권 정당이 되어버린 민주당

이 바람에 신자들도 흔들리지만 목사·사제 등 목회자 스스로가 좌익이념에 노출돼 반대한민국 성향으로 치닫고 있다. 그리고 이들은 이미 어찌해볼 수 있는 수준을 넘어섰다. 교회의 구조적 위기란 한국사회의 몰락 징후와 같은 궤적이다. 민주화 항쟁으로 만들어진 '87년체제' 이후 용공 좌익이 민주화 세력으로 위장해 사회 각 부문에 침투했다. 이후 한국경제가 저성장의 늪에 빠졌지만, 언론-문화-대학 등 문화권력을 탈취한 좌익이 세상을 흔들어 댄 것도 그때 이후다.

그렇다면 여기에서 물어봐야 한다. 우리가 문화권력을 탈취당할 때 교회도 함께 빼앗긴 건 아닐까? 문화권력 3인방이 맹렬히 활동할 때 이들에게 영혼을 털린 나머지 심지어 교회까지도 망가진 것은 아닐까? 실제로 1970년대 김일성이 "우선적으로 교회에 침투하라. 자격증도 학력도 필요 없고, 오래 신임만 받으면 교회를 통째로 접수할 수 있다"는 대남 통일전선 지령을 내렸다는데, 지금 그게 현실화된 국면은 아닐까?

드디어 여기까지 왔다. 좌파 이데올로기에 망가진 인물과 집단으로 적지 않은 지식인과 언론계·기독교 등의 사례를 들었지만,

정말 걱정스러운 것은 정당의 문제다. 정당 자체가 좌편향을 넘어서 급기야 운동권 정당으로 체질을 바꿔버린 것이다. 그게 바로 집권여당인 더불어민주당이다.

일테면 지금 민주당 당사엔 신익희·조병옥의 사진은 없고, 김대중-노무현 전 대통령의 초상화만 덜렁 걸려 있다. 그게 민주당의 현주소를 극명하게 보여준다. 민주당은 김대중이 1995년 만든 새정치국민회의와, 그의 정치적 후계자 노무현을 그 당의 표상으로 삼는다는 얘기인데 알고 보면 황당한 일이 아닐 수 없다. 그리고 노골적인 역사왜곡·역사변조인데, 신익희·조병옥의 사진을 왜 치워버렸을까?

실은 그걸 묻는 사람조차 드물다. 건국 이래 민주당의 뿌리를 잘라낸 뒤 좌파 운동권 정당으로 탈바꿈했다는 얘기인데, 그 점에 의구심을 표하는 사람 자체가 없다. 우선 해공 신익희는 누구냐? 지금 집권여당 더불어민주당을 포함한 민주당 계열 정당의 아버지다. 왜 아버지냐?

이승만이 사사오입 개헌을 시도하자 여기에 반발해 민주당(1955)을 창당했던 주역이기 때문이다. 그 이듬해 정부통령 선거 때 한강 백사장 연설에서 30만 청중을 동원했던 사람으로 더 유명하다. 30만 명이란 숫자는 어마어마한데 당시 서울인구가 150만 명이었으니 한 가구 당 한 명씩 나왔다는 뜻이다. 그렇게 인기를 끌더니 투표일 직전에 급서함으로써 더욱 민주당의 상징적 인물로 떠올랐다. 그런 신익희를 지금 민주당은 나 몰라라 한다. 아비 없는 아들 꼴이다.

유석 조병옥 역시 해공 신익희와 함께 민주당 창당을 했다. 공교롭게도 4·19 직전인 1960년 대선에 출마하였으나 역시 투표일에 신병으로 세상을 떠나면서 정권교체 비원의 상징이 됐다. 사실 민주당은 누가 뭐래도 건국 이래 한민당-민국당-민주당을 계승한 한국정치의 중심축이다.

당의 영혼이 담긴 강령

인촌 김성수를 포함해 신익희-조병옥-장면으로 이어진 리더십은 우리 정치의 정통이었다. 민주당이야말로 공당(公黨) 중의 공당인데, 보수정당에 상징적 인물로 이승만·박정희가 있다면 민주정당엔 신익희·조병옥이 있었다. 그리고 신익희·조병옥은 이승만과 함께 공산주의로부터 한국을 지킨 공신이라는 공통점이 있었다. 4·19 이후 집권한 민주당의 장면이 내건 것도 반공 강화와 경제제일주의였고 그게 박정희의 5·16 세력에게 일정한 영감을 줬던 것도 사실이다.

그래서 문제다. 지금의 민주당은 그 역사를 송두리째 잊어버리기로 작정을 했다. 그 결과 어느새 좌파 정당, 운동권 정당으로 변질됐다. 불과 몇 해 전 그 당 의원 임수경이 탈북자를 가리켜 변절자라고 욕설을 했던 것은 인권을 중시하는 민주당 전통에서는 결코 나올 수 없는 일이다.

당시 당의 중진 의원이던 이해찬은 북한 내부의 인권문제를 거론하는 것은 외교적 결례라고 말했는데, 좌파 정당으로 바뀐 게 어느새 체질이 됐다는 뜻이다. 더욱이 이들은 미국 민주당의 리버럴리즘 같은 중도개혁 이념과도 무관하다. 왜 이런 일이 벌어졌을까? 모든 것은 김대중부터 시작한다. 문화권력 3인방의 영향력이 저변으로 확산되고, 표준으로 받아들여지던 시점이 바로 그때라는 건 우연이 아니다.

김대중, 그가 '새 피 수혈'이라며 운동권 출신을 대거 채운 이래 지난 제19, 20대 국회부터 이들은 완전히 바뀌었다. 정확하게 말하면 좌파 민족주의에 사회주의 성향을 가진 섞어찌개 왼쪽 정당이 된 꼴이다. 그리고 노무현이 당선된 직후 열린우리당에는 운동권이 또 한 번 대거 들어왔다.

지금 민주당은 한 마디로 건국 무렵 민주당과 전혀 다른 제3의 정당으로 돌변했는데, 이들은 자신이 변했다는 것조차 모르는 집단이다. 지금 민주당 강령도 그걸 리얼하게 보여준다. 왜 이들을 운동권 정당이라고 하는지 열 말이 필요 없다. 결정적으로 이들은 당 강령에서 1948년 대한민국 건국이란 역사적 사건을 아예 뽑아냈다. 1948년 대한민국 건국을 부정하고 상해임정으로 올라가는 역사 왜곡이다.

이러고도 대한민국이 유지될까?

이른바 항일정신을 비롯해 4월혁명, 부마민주항쟁, 광주민주화운동, 6월항쟁, 촛불시민혁명까지 줄줄이 등장시키지만 하필 6·25에 대한 언급은 없다. 김일성 집단이 가해자라는 인식조차 없다는 뜻이니 리영희식의 왜곡된 대(大)민족주의에 오염된 꼴이다. 결정적으로 1960~70년대 고도성장도 무시하며 그 과정에서 대기업 역할도 배제했다.

"대한민국이 분단의 어려움 속에서도 민주화와 산업화에 성공한 역사를 가지고 있다"고 잠시 언급하지만, 중요한 건 그게 아니다. 강조하려는 것은 바로 뒤에 있다. 민주당은 국가주도의 경제발전전략과 재벌 중심의 경제구조 고착을 말하고, 정경유착과 재벌의 경제력 집중과 사회양극화 타령을 반복한다. 민주당이 그렇게 외곬이라는 게 놀랍지만, 이들을 집권여당으로 만들어준 국민들도 참 어지간하다는 걸 재확인하지 않을 수 없다. 「강령 전문(前文)」의 앞머리는 이렇다.

우리는 대한민국임시정부의 항일정신과 헌법적 법통과 4월혁명,

부마민주항쟁, 광주민주화운동, 6월항쟁, 촛불시민혁명의 민주이념을 계승한다. 국가발전을 위한 국민의 헌신과 노력을 존중하며, 노동자·농어민·소상공인 등 서민과 중산층을 비롯한 모든 사람의 권리 향상을 위해 노력한다. 우리는 민주정부 10년의 정치·경제·사회 개혁과 남북 화해·협력의 성과를 계승하여 평화와 번영의 새로운 시대를 열어간다.

대한민국은 분단의 어려움 속에서도 민주화와 산업화에 성공한 역사를 가지고 있다. 1987년 이후 열린 민주화시대는 절차적 민주주의의 성과에도 불구하고, 엘리트 중심의 정치 국가중심의 국가운영이라는 한계를 드러냈으며, 제도정치와 시민사회가 괴리되는 상황이 지속되었다. 또한 국가주도의 경제발전전략으로 압축성장을 이루었다. 그 과정에서 재벌중심의 경제구조가 고착화되었으며, 정경유착과 도덕적 해이로 1997년 외환위기의 어려움을 겪기도 했다. 또한 신자유주의 사조에 매몰된 성장신화는 재벌의 경제력 집중과 불공정한 경제구조로 연결되었으며, 사회·경제적 양극화가 심화되는 부작용을 초래하였다.

사유화된 국가권력과 무능한 정부에 대한 분노, 저성장과 경제적 불확실성 및 사회불평등의 증대로 인한 차별과 격차 심화, 서민경제의 파탄과 중산층의 붕괴, 사회갈등의 분출과 불안한 생애과정, 그리고 이로 인한 사회와 개인 모두의 불안 해소가 우리 사회의 과제이다….

당 강령은 그 정당의 영혼을 말하는데, 지금 민주당 강령은 명백히 운동권 정당이라는 걸 자랑하는 모습이다. 깊숙이 들어가보면 민주당은 반대한민국 성향을 가진 정당이고, 그래서 통진당과 오십보백보라는 판단을 하지 않을 수 없다. 여기까지다. '문화권력 3인방의 아류들'은 일단 여기에서 매듭을 짓는다.

더불어민주당·기독교는 물론 언론사 대표 홍정도, 국제적 명성의 소설가 한강, 박학다식한 동양철학자의 간판스타 도올 김용옥, 청와대 교문수석 출신의 김상률 등은 이 책이 다루는 문화권력 백낙청-리영희-조정래 3인방으로부터 음으로 양으로 영향을 받았다. 유감스럽게도 이들은 자기 확신이 크고 입이 크다. 대한민국 운명을 좌우하는 열쇠를 쥐고 있는 사람과 기관들 상당수가 그 모양이란 뜻이다.

이들은 좌파적 세계관에서 나온 잘못된 지식 정보를 퍼뜨리고 그걸 젊은이들에게 심어주는 걸 소명으로 알고 살아간다. 결국 아무도 이 나라의 체제 수호엔 관심 없다. 이러고도 대한민국이 유지될 수 있을까? 번영과 발전은 고사하고 지속 가능하기나 할까? 지금 우린 그걸 물어봐야 한다.

제3장 참지식인 복거일과 양동안

작가 복거일의 1987년 데뷔작 장편 『비명(碑銘)을 찾아서: 경성, 쇼우와 62년』(문학과지성사)은 화려했다. 이 소설을 "여기 뛰어난 재능이 나타났다!"고 소개했던 게 당시 4K로 불리던 스타 평론가 김현-김주연-김치수-김병익 그리고 오생근 등이었다. 대체역사소설이란 형식도 신선했다.

안중근의 이토 히로부미 암살이 실패했다고 가정하고, 그 뒤 1980년대까지 한국은 일제식민지로 남아 있다는 담대한 설정이다. 문단에 이례적인 지식인소설로 분류되는 이 작품을 쓴 작가의 당시 나이는 마흔한 살. 서울대 상과대 졸업 이후 은행 등 직장생활 16년을 거쳐 작가로 변신한 늦깎이였다. 그런 그가 명성 대신 악명을 얻은 건 영어를 공용어로 하자는 제안이 아니었을까?

◇소설가 복거일은 민중주의 물결과 거리를 둔 채
견고한 자유주의자 내지 보수주의자로 남아왔다.

1998년, 그때 사람들이 발끈했다. 민족문화의 핵심인 모국어를 망가뜨리는 신성모독의 용납 못 할 발언으로 받아들인 것이다. 우리 사회의 암묵적 합의를 두 단어로 압축하면 민족주의와 민중주의인데, 이 도그마에 도전한 대역죄였다. 이단아 복거일은 지금까지 온전하게 이해되지 않고 있다.

누가 문제일까? 문제제기를 한 복거일? 한쪽으로 크게 기울어진 운동장인 한국사회의 불모(不毛)의 풍토? 최소한 일부에게 그는 영웅이다. 일테면 문학평론가 이동하는 "복거일은 순수한 찬탄을 금할 수 없는 희귀한 문인"이라고 찬탄했다. 왜 그랬을까? 우리 시대의 독립적 지식인으로 남아 있는 용기 때문이 아니었을까? 문화권력 백낙청-리영희-조정래 3인방이 쥐고 흔드는 지식사회 주류에서 가장 멀리 떨어진 사람 복거일이 돋보이는 건 그 지점이다.

반미 외쳐야 대접받는 나쁜 풍토

그의 인터뷰 기사 중 가슴 울리는 게 있다. 2013년 「조선일보」 인터뷰(10월 23일자)인데 자신이 6·25 때 부역자 아버지를 뒀고, 공교롭게 기지촌의 아들로 컸지만, 반미를 외쳐야 대접받는 이 나라 풍토는 잘못이라는 고백이다.

▼복거일: 나는 기지촌의 아들이었다. 신탄진의 미군 캠프. 열 살부터 (마흔두 살 때인) 88년까지 살았다. 6·25 때의 부역(附逆)으로 숨어 다녔던 아버지는, 미군 부대에서 약방을 하며 겨우 살아남았다. 잊고 싶겠지만, 우리나라는 스스로 세운 나라가 아니다. 대한민국 토대는 미군정 3년 동안 결정됐다. 건국, 자유민주주의, 경제 발전…. 미국에 절대적인 빚이 있다. 그런데도 우리는 반미를 외쳐야 지식인 대접을 받는 나라. 이해하기 힘들다. 나는 아마 우리나라 지식인 중에서 유일한 친미주의자일 것이다.

ㅡ하지만 당신의 재벌 옹호나 친미는 '역사를 거스르는 보수주의자' '시장 숭배자', 심지어 수구꼴통이라는 비판을 자초하고 있다.

▼복거일: 통념에서 벗어난 주장을 많이 하는 지식인이 욕을 먹는 건 당연하다. 하지만 그런 욕을 하는 사람들은 자신들의 천박성을 드러낼 뿐이다.

ㅡ보수의 반성이 필요한 대목은 없나.

▼복거일: 보수는 우리 사회 구성원리인 자유민주주의와 시장 경제를 지키려는 사람들을 뜻한다. 보수가 반성할 점이라면, 대한민국 체제에서 큰 혜택을 보는 사람들 가운데 너무 많은 이들이, 특히 성공한 기업가들이, 체제를 지키는 데 전혀 관심 없는 무임승차자라는 사실이다.

보석 같은 말의 연속인데, 지금도 기억에 선한 게 복거일을 만난 소감을 전한 기자의 이 말이다.

그는 거실의 앉은뱅이책상에서 양반다리를 하고 앉아 원고 교정을 보고 있었다. 아내가 결혼할 때 가져온, 30년 훌쩍 넘은 상이라고 했다. 대전에서 서울로 올라온 2001년 이래 거주해온 월세 아파트. 강남 좌파가 흔하디흔한 2013년 한국사회에서, 우파 지식인은 강북 월세 아파트에서 재벌과 시장경제를 옹호한다? 아이러니다.

그럼에도 분명한 것은 복거일은 1980년대 이후 높아간 민족주의와 민중주의 물결에 거리를 둔 채 자유주의자·보수주의자로 남아왔다는 점이다. 더욱이 그가 속해 있던 문단이란 곳이 민족주의와 민중주의 물결을 이끌어왔는데, 그런 와중에 자신을 지키는 건 신념 없인 불가능했을 것이다.

사실 복거일 이해에서 중요한 게 그의 생애 첫 기억이다. 그의 자전소설 『캠프 세네카의 기지촌』(1994)에 그 얘기를 슬쩍 집어넣었지만, 6·25 직후 충남 아산 신창면 고향에서 그의 나이 갓 네 살 때 이념 갈등과 살육을 그도 보고 겪었다. 가장 기억에 선한 건 좌익 청년들의 습격이었다. "복 아무개 죽여라!" 죽창을 든 열다섯 명 좌익 청년들이 언덕 위로 모습을 드러내더니만 곧바로 쳐들어왔던 살기등등하던 그 광경을 지켜봐야 했던 게 그의 생애 첫 기억이다.

진정한 의미의 독립 지식인

복 아무개란 우익이던 자기 큰아버지 이름이었다. 막상 그의 아버지는 좌익이라서 여운형의 건준(建準, 조선건국준비위원회)에 참여했다. 그러나 좌익 경력을 씻고 가족 부양을 위해 6·25전쟁 때 미군 의무대대에 노무자로 취직해 생업을 삼고, 처자식을 부양했다.

그렇게 해서 1950~60년대 내내 기지촌의 아이로 자라났던 그는 어떤 의미로 우리 현대사의 한복판에 서 있었다. 여기서 얻을 수 있는 교훈은 해방공간 혼란과 6·25란 부농과 소작농, 친미와 반미의 손쉬운 이분법으로 풀어낼 순 없다는 것이 아닐까? 섣부른 민족주의 울분을 터뜨린다고 상황이 바뀌는 것도 아니다. 실은 그의 할아버지 대에도 반일과 친일이 엇갈렸다. 외할아버지는 독립운동유공자였으나, 할아버지는 세상의 분류론 친일파였다.

그건 종이 한 장 차이였다. 할아버지는 독립운동 하러 상해에 가려다가 압송되어 온 뒤 먹고살기 위해 동양척식주식회사, 즉 동척(東拓)의 측량기사로 일을 해야 했으니 다만 불운했을 따름이다. 친일-반일이란 것도 초등학교 교과서처럼 깔끔하게 떨어지는 건 아니라는 걸 그때 그는 알았다.

복거일의 균형 감각은 그런 가족사 속에서 만들어졌다. 다행스럽게도 회색분자로 숨어들지 않았다. 웬만하면 좌파연하는 지식사회에 묻어가는 게 편했을 텐데 그것도 거부했다. 지식인의 위선과 지적(知的) 사치를 사양한 그는 외려 자유주의와 시장경제의 옹호자로 나섰다. 그런 복거일을 떠받쳐주는 힘은 진리에 대한 순종이 아닐까? 그래서 민중주의-민족주의 도그마에 휘둘리지 않는, 진정한 의미의 독립 지식인이 가능했으리라.

이례적으로 자신만의 성찰 과정도 중요했다. 63학번인 복거일에 따르면, 자신은 대학에 갓 입학한 만 열일곱 살 무렵 한국사회란 일제 식민지 체험을 포함해 결국 정복당한 문명이라는 자각을 새삼 했다고 내게 털어놓았다(「지적 거인 복거일, '미제스와 노이만 천재성에 절망했다'」, 「미디어펜」 인터뷰, 2014년 4월 25일).

'정복당한 문명의 후예인 나는 정복 문명인 근대서양의 압도적인 지식과 문명을 어떻게 받아들일 것이냐?' 그걸 위해서는 총체적 공부밖에 길이 없다는 결론을 내렸다는 것이고, 그러기 위해 영어부터 제대로 알자는 결심을 했다. 당시에도 민족주의 물결이 높았었지만, 그는 저항적 민족주의에 몸을 태우는 운동권과는 거리를 뒀다. 그러기보다는 한국이라는 주변부 문명권 지식인의 현주소를 깨우친 뒤 공부를 더 한 것이다.

해방 이후 우리는 미국에 절대적인 빚이 있고, 안보와 번영은 거기에서 가능했는데, 그걸 인정하는 게 왜 나쁜가를 따져 묻는 게 힘이 실리는 건 그 때문이다. 누구처럼 명분 좋은 민족주의자 행세를 할 순 없었다. 그리고 경제학자 새뮤얼 브리턴을 공부하면서 비로소 진정한 의미의 경제적 자유주의자가 됐다.

양동안의 명문 「우익은 죽었는가?」

> 내가 대기업을 옹호하지 않을 수 없다. 삼성공화국이라는 이름을 붙여놓고 끊임없이 공격하고 해체를 운운하는 이들이 수두룩하기 때문이다. 대기업이 무너지면 경제적 재앙은 물론 시장경제의 원칙 자체를 못 지킨다. 사실 한국에서 가장 발달한 기업형태가 대기업이다. 그런데 짧은 생각으로 정글 자본주의가 어떠니 하면서 사람들 귀에 쏙 들어오는 평등과 정의의 구호를 외치며 스며드는 무리가 많다. 바로 강남좌파들이다.

그런 복거일은 자신을 사변적 작가라고 했지만, 그건 겸손의 말이다. 『1984』의 작가 조지 오웰의 말대로 거짓이 횡행하는 사회에서 진실을 말하는 게 혁명인데, 그는 혁명가이고 참지식인이다. 단 그는 세상과 부딪치는 걸 적절한 선에서 조정한다. 그게 그의 스타일인데, 모든 이가 그런 의도대로 사는 건 아니다.

또 한 명의 자유주의자이자 보수주의 정치학자 양동안 교수가 그런 경우인데, 그는 1980년대 후반 좌익에 의해 사실상 지배당하는 이 나라 현실을 지적했다가 뜻밖에 보복과 응징을 당했던 케이스다. 운동권의 일차 전성기인 서울올림픽 직전 상황이었다. 30년도 훌쩍 넘은 1988년 당시 잡지 「현대공론」(8월호)에 발표한 글 한 꼭지 「우익은 죽었는가?」 때문인데, 지금 생각하면 그건 실로 예언자적 글이자 몽유병자 한국사회에 대한 엄정한 경고였다.

경고 내용은 자명했다. 당시 학생운동권의 움직임이 이른바 민주화 투쟁이 아니고 좌익혁명운동이며, 대학은 혁명의 요새로 변질됐다는 상황을 짚어주려던 것이었는데, 결과는 사뭇 엉뚱하게 번져갔다. 그 경고를 액면 그대로 받아들이려는 사람들 자체가 거의 없었다.

외려 문제 제기자인 양 교수를 미친 사람으로 몰았다. 이 좋은 시절에 오래전에 끝난 이념-사상 타령을 늘어놓아 세상을 혼란스럽게 한다는 인식이 워낙 강했다. 놀라운 것은 당시 학생운동권이 조직적으로 반발한 것은 물론 공정한 시각을 유지해야 할 언론계-법조-학계가 총동원돼 "피해망상증과 착란에서 비롯된 글"을 발표해 세상을 혼란스럽게 만들었다며 그를 짓밟으려들었다. 그게 정도 이상이었다.

소속 대학은 물론 다른 학교에도 비난 대자보가 붙었고, 서울 시내에도 "도저히 용서받지 못할 학문의 이름을 빈 양동안의 범죄행위"를 비난하는 유인물이 뿌려졌다. 교수직 사퇴를 요구하는 목소리도 정치권에서 들려왔다. 그리고 이후 30년 내내 그래왔다.

의인(義人)을 박해하는 아, 대한민국

대한민국을 구하려는 의인(義人) 양동안을 극우 학자라며 세상은 그를 박해해온 것이다. 우익 사상의 은사로 떠받들어도 시원치 않은 마당에 엉뚱한 짓이 벌어졌다. 거꾸로 『전환시대의 논리』『8억인과의 대화』 등을 쓴 지식 사기꾼 리영희를 두고 사람들은 사상의 은사라고 입버릇처럼 말하는데, 이런 사실 자체가 한국이 얼마나 위험국가인가를 거꾸로 드러낼 뿐이다. 문제의 글 「우익은 죽었는가?」를 다시 읽어보면 두 가지가 놀랍다.

놀라울 정도로 적확한 지적을 한 명문 중의 명문이라는 데 우선 무릎이 쳐진다. 편견을 떨쳐낸 채 집중해서 읽어보라. 이 글이 왜 20세기 우리 문장 중 빼놓을 수 없는가를 확인할 수 있을 것이다.

또 하나 놀라운 점은 그런 글을 썼던 이를 박해하는 현실은 그때나 지금이나 같다는 점이다.

> 지금 이 나라에서는 좌익세력이 사회 각 분야에서 치열한 사상적·조직적 공세를 전개하고 있다. 정부나 언론이 좌경세력이라고 관대하게 불러주고 있는 이 나라의 좌익은 때로는 민주주의 세력으로, 때로는 민족주의 세력으로, 또 때로는 순수한 양심세력으로 자기들을 위장하면서 사회 각 분야에 침투하여 자기들의 목소리를 높이고 있다.
>
> 좌익세력은 대학을 장악하여, 대학 캠퍼스를 혁명의 요새로 만든 지 오래다. 그들은 각 대학의 학생회와 대학신문·대학방송국 등을 장악하여 학생들을 선동, 소요행위에 끌어넣고 있으며, 교수들을 겁주어 그들의 행위에 감히 맞서지 못하게 하고 있다. 그러는 통에

◇양동안 교수가 1988년 발표한 「우익은 죽었는가?」는 실로 예언자적 글이자, 치유하기 힘든 몽유병에 걸린 한국사회에 대한 엄정한 경고의 메시지다.

교수들 사회에서도 좌익 교수들이 대학 좌익 학생들의 조직적 지원을 받아 목소리를 높이고 있다. (「현대공론」, 1988년 8월호)

서두부터 정곡을 찌르고 들어간다. 바로 이어 대학만이 아니라 문화예술계·언론출판계·종교계·교육계 등은 물론 정계와 법조계를 포함한 사회 각 부문에 어떻게 좌익세력이 세력을 확대하고 있는가를 묘사하는데 그 섬세함과 정확성에 소름이 돋을 정도다.

그런 좌익들이 민주주의자·민족주의자·양심인사로 자처하면서 반공의식을 약화시키고 반미 감정을 고조시키는 활동을 하고 있다는 지적도 등장한다. 그게 문화권력 백낙청-리영희-조정래 3인방을 비판하는 이 책의 문제의식과 너무도 닮은꼴이라는 데 나 스스로 놀랐다. 이 글이 발표되던 시점, 당시 백낙청은 폐간됐던 「창비」를 복간하면서 지적 도덕적 위엄을 한껏 과시하고 있었다. 리영희는 마오이스트에서 종북 지식인 제1호로의 변신을 서서히 준비 중이었고 조정래는 『태백산맥』으로 낙양의 지가를 높이던 국면이다.

당시 이미 좌익은 활보하고 우익은 고개를 숙이고 다녔다는 양동안 교수의 증언이 리얼하다. 그런데도 우린 "민주화만 되면 좌익이 사라질 것이란" 안이한 전망을 믿으면서 눈앞의 현실을 애써 부정하고만 있었다. 그리고 이걸 부추기는 세력이 있다. 누구이겠는가?

활개 치는 속물 리버럴리스트들

> 좌익의 확산에 기여한 대표적인 세력은 '속물적 리버럴리스트'들이다. 이들은 학계·언론계·정계·법조계·종교계 등에서 활동하면서 좌익에 대한 사회와 정부의 관용을 유도해왔다. 이들은 사회와 사상에 대한 체계적이고 깊이 있는 지식을 갖고 있지 못하다. 대신 이들은 대중의 유행적 기호에 잘 영합하며 구미 리버럴리스트들의 생각과 행동을 무조건 흉내 내는 것을 통해 자신들의 무지를 감추는 재능을 가지고 있다. 게다가 이들은 좌익에 대해 죄의식 혹은 콤플렉스를 가지고 있다. (「현대공론」, 1988년 8월호)

그 결과 좌익에 대한 괜한 동정적 태도를 보이는 것도 안타깝지만, 이들은 양동안 같은 의인을 향해 뜻밖의 공격을 감행하는 짓도 서슴지 않는다. 좌익에 대한 철저한 대책을 요구하는 사람들을 강경파 또는 매카시스트로 매도하는 것이다. 멀리 갈 게 없다.

이 글 발표 직후 언론계-법조-학계가 총동원돼 "피해망상증과 착란에서 비롯된 글"을 발표해 세상을 혼란스럽게 만들었다며 그를 짓밟았던 게 그 증거다. 그래서 그는 「우익은 죽었는가?」 직후 「좌익이 너무 세다」란 글에서 "긴장과 분노와 고독감 때문에 밤잠을 제대로 자지 못했다"고 털어놓았을 정도다. 헌법에 명문화된 대한민국의 이념을 지키려는 지식인을 예우하기는커녕 집단박해를 했다는 게 무얼 말해줄까? 한국만의 병리증후군이 그만큼 심각하다는 얘기다.

그럼 남은 건 "설마 어떻게 되겠어" 하는 대중의 현실도피이거나, 공권력이 껍데기만 남고 끝내 무력화되는 과정이다. 이 글에서 선보였던 양동안 교수의 결론은 지금 들으면 더욱 리얼한데, 좌익에게 나라를 빼앗길 수 있다는 장기 전망은 이렇게 가슴 철렁하다.

"그런 상황이 계속될 경우 이 나라에는 처음에는 좌익세력과 제휴한 세력의 정권이 들어서고, 그다음 단계에는 좌익세력이 주도하는 연합세력의 정권이 들어서고, 궁극적으로 완전한 공산정권이 들어설 것이다." 그게 먼 얘기가 아니다. 좌익과 제휴한 정권이란 김영삼 정부이고, 좌익이 주도하는 연합세력 정권이란 김대중·노무현 정권을 뜻할 것이다. 궁극으로 들어설 완전한 공산정권이란 아마도 문재인정부나 그 후 닥칠 상황으로 지목된다.

그래서 섬뜩하다. 이런 전망이란 나만의 것이 아니다. 2016년 7월 당시 자유우파의 거점으로 활발한 활동을 보이던 자유경제원에서의 토론회가 썩 특별했는데, 현수막부터 강렬했다. 정곡을 찌른 제목이 이랬다. 「다시 묻는다: 우익은 죽었는가?-좌익은 활보하고 우익이 고개 숙이는 시대」.

“좌익혁명운동 고발하려 했는데…”

이 토론회는 양동안 교수가 발표했던 「우익은 죽었는가?」 28주년을 기념하는 자리였다. 이후 한국사회가 어떻게 바뀌고 어떻게 변화할 것인가를 가늠하는 모임인데, 짐작한 대로였다. 30년 가까운 세월이 흐른 지금 한국사회는 서울올림픽이 열리던 시절에 비해 더 나빠졌다는 진단이 주류를 이뤘다. 양 교수는 이렇게 털어놓았다. 당시 경고는 학생운동권의 움직임이 민주화 투쟁이 아니고 좌익혁명운동이라는 걸 짚어주려던 것이었는데, 결과는 자신이 공격받는 걸로 번졌다며 민망해했다.

이 글이 논란이 됐던 건 실은 이유가 있었다. 「현대공론」 발표 직후 정치적 논란이 되기 전 지인들이 그의 글을 읽고 이 시대에 꼭 필요한 글이라고 호평했다. 이게 확산되며 일부 각료들과 여당 간부들이 읽었고, 당시 김용갑 총무처 장관의 용기 있는 지적이 나왔다.

그는 “학생들의 좌경화 주장이 확산되고 이를 부추기는 상황이 계속되면 정부는 올림픽 후에 자유민주주의체제를 끝까지 수호할 것이냐, 아니면 무력하게 학생들의 주장에 끌려가 좌경을 허용할 것이냐를 두고 국민의 선택을 묻지 않을 수 없다”고 말한 것이다.

문제제기가 옳다 그르다 하여 정가에 파문을 일으켰다. 그 전후 내무부에서 양 교수에게 양해를 구하지 않은 채 이 글을 별쇄본으로 제작하여 지방행정기관과 산하단체에 배포했다.

그걸 빌미 삼아 「한겨레」와 「동아일보」 등이 내무부의 조치를 비난하는 기사를 경쟁적으로 보도하기 시작한 것이다. 「한겨레」는 이날부터 10일 동안 하루도 거르지 않고 「우익은 죽었는가?」의 내용과 필자에 대해 비난하거나 부정적으로 보도하는 기사·사설·칼럼·가십·만평·단신 등을 게재했다.

「동아일보」도 동조하면서 파문이 커졌다. "정부가 그런 쓰레기 같은 글을 책자로 만들어 배포하는 반민주적 잘못을 범했다"는 식이었다. 덩달아 「조선일보」 등도 끼어들면서 판을 키웠다. "우도 좌도 모르는 자가 국민을 좌·우익으로 편 갈라 싸우게 하고 있다" "양동안은 민주화세력을 좌익세력으로 모는 극우 파시스트이며, 그의 우익 궐기 주장은 민주화를 저해하기 위한 주장이다"는 식이 대세였다.

"이론가는 이론으로, 조직가는 조직으로, 재력가는 재력으로, 완력가는 완력으로 좌익에 맞서 싸워야 한다고 말한 것은 반공 폭력배를 정당화한 것이다"는 허튼 소리까지 마구잡이로 등장했다. 그중 정가에서 나온 반응 중 최악은 서청원 당시 민주당(YS당) 대변인의 비난 성명이었다.

성명은 "양동안 교수의 글은 한국판 매카시즘의 악령을 되살려 좌우익의 극한적 대립을 주장하고 이를 통해 군사문화를 존치하려는 획책"이라면서 "올림픽 뒤 위기설 및 좌우익 대립 등을 유포하여 국민의 불안감을 조장하는 세력에 대해 강력 경고한다"는 것이었다. 속물적이고 위선적인 리버럴리즘의 전형이 아닐 수 없다. 한국사회는 그렇게 망가졌고, 뒤이은 1990년대를 허송세월했다. 그 이후 무슨 일이 벌어졌는가를 우리는 안다.

한국판 매카시즘의 악령이란 비판

양동안 교수가 공격받은 데 이어 그런 병든 풍토는 체질화가 되었다. 그래서 소설가 이문열의 책에 대한 장례식(2001), 논객 지만원에 대한 법원 집단폭행(2016) 등 집단 히스테리 형태로 잊을 만하면 한 번씩 발작한다. 명백하게 유사(類似) 적색 테러나 다름없는데, 그저 쉬쉬할 뿐이다.

이와 별도로 한국사회는 반역 지식인 리영희에게는 무한찬사를 보내는 얼빠진 행태를 연출해왔다는 것도 사실이다. 반면 그 대척점에 서 있는 참지식인 양동안을 포함한 우익 지식인들을 표적 삼아 인격살해를 서슴지 않아왔고…. 이런 엽기의 풍토를 대체 어떻게 바꿀 것인가? 이참에 아무리 생각해봐도 리영희의 경우 '사상오염의 원흉'이 맞다. 그 점 단언할 수 있다.

반면 양동안이야말로 우리 시대 사상의 스승이 맞다. 그 점은 주저(主著) 몇 권만 추려도 드러난다. 『대한민국 건국사』(건국대통령이승만박사기념사업회출판사업부, 1998), 『사상과 언어』(북앤피플, 2011), 그리고 문제의 글 「우익은 죽었는가?」가 수록된 정치평론집 『한국의 정치현실』(삼화출판사, 1989) 등이다.

여전히 팽팽한 긴장감이 도는 그의 글을 읽어보긴 하셨는가? 유감스럽게도 그게 널리 보급되지 않은 게 우리 현실인데, 그건 양동안의 개인적 한계가 아니다. 심각하게 '기울어진 운동장' 한국사회의 구조적 문제점이 반영된 비극적 사태나 다름없다.

때문에 이념이 붕괴되고 사람조차 없는 이 황량한 사회 속에서 양동안 이름 석 자를 대중화하고, 지식사회에 전파시킬 필요성은 너무도 절박하다. 이런 종류의 지식정보의 홍보전, 우익의 권토중래 없이 대한민국의 치유란 없다는 절박하고 현실적인 판단 때문이다. 이 글의 마무리다. 양동안 교수의 훗날 증언에 따르면 「우익은 죽었는가?」를 쓸 무렵 그는 앞으로 10년 내외에 사회주의혁명 혹은 그에 가까운 혼란이 일어날 것으로 예측했다.

구체적으로 니카라과의 산디니스타혁명 비슷한 사태가 초래될 것으로 예상했다. 다행히 이런 예상은 빗나갔다. 당시 누구도 생각지 못했던 동구 공산국가들의 붕괴라는 엄청난 요인이 돌발했기 때문이다. 그 예측은 잠시 빗나갔지만, 문제는 여전하다.

대한민국을 좌익세력에게 빼앗길 수 있다는 장기 예측까지 틀린 것은 아니다. 처음에는 좌익세력과 제휴한 세력의 정권이 들어서고, 그다음 단계에는 좌익세력이 주도하는 연합세력의 정권이 들어서고, 궁극적으로는 완전한 공산정권이 들어설 것이란 예측은 여전히 두려운 우리의 가까운 미래로 남아 있다.

에필로그

대한민국 몰락과 부활 사이

"아직도 철지난 이념 얘기를 하십니까?"

벌써부터 내 귀에 그런 말이 들려온다. 출간 이후 주변에서 그런 말을 하는 이들이 지천일 것이다. 세상모르는 천둥벌거숭이들이 무슨 말을 못 하랴? 그런 말을 듣는 사람이 한둘이 아니다. 제16~17대 총선, 그러니까 2000년과 2004년에 출마했던 당시 허화평 의원은 주변에서 이런 말을 귀 따갑게 들어야 했다고 털어놓은 바 있다.

"지금이 어느 때인데, 색깔이고 이념입니까? 젊은이 표가 다 떨어집니다."

참고로 그의 출마 지역은 포항이었다.

인구 50만에 평균 학력도 높아 서울의 축소판으로 불리던 고장이 그러했다. 근데 그때 이후 우린 무얼 했던 거지? 없었다. 대한민국을 지금 이 모양으로 방치해왔을 뿐이다. 쉽게 말하자. 2000년대 초반 북한 조선노동당출판사에서 발행했던 대외비 문서의 다음 대목을 음미해보라.

"(6·15선언 이후) 이제 남조선에서 반공보수 세력에 비해 친북 연공(聯共)세력이 우세하다." 참고로 그건 대남 선전용 문건이 아닌데, 반공을 누르고 친북 용공이 역전승했다는 게 오래전 저들의 내부 판단이다. 이념의 운동장이 기운 건 이 문건 이후 20년 전후나 되고, 거기에 결정적인 원인제공을 한 문화권력 3인방이 활동한 건 반세기를 넘나든다. 물론 사상과 이념을 따지는 것에 대한 당신이 느낄 피로감을 나는 십분 이해한다.

옛 소련과 동구가 몰락한 것도 벌써 30년이 아닌가. 이런 상황에서 1960~80년대식으로 반공을 국시로 해온 현대사에 염증을 느끼는 걸 이해하지 못할 것도 없다. 그리고 대한민국 역사에도 우리가 원하는 수준의 도덕적 우월성을 확보하지 못했던 경우도 왕왕 있었다는 걸 인정한다.

따뜻한 시선으로 현대사 보듬기

이 나라 정치사는 실로 복잡다단했고, 이 나라의 역대 정권은 때론 도덕성을 결여한 듯 보였으며 세상도 사회정의나 경제윤리를 외면한 듯했다. 그걸 지켜보면서 우린 너무도 실망하여 가슴에 불덩이로 변해 적개심도 키웠다. 예전 작고했던 개신교 지도자인 강원용 목사의 다음과 같은 발언은 그래서 나왔을 것이다. 그의 자서전인 『빈 들에서: 나의 삶, 한국현대사의 소용돌이』(1993) 「서문」에 나오는 꽤 유명한 그 말이 바로 우리 심정이었다.

> 내가 살아온 한국의 80년은 계속 '빈 들'이었다. 이 '빈 들'은 『성서』에도 나오듯 '돌로 떡을 만들라'는 물질만능과 경제제일주의, 악마에 절하고라도 권력만 잡으면 된다는 권력숭배 사조, 성전 꼭대기에서 뛰어내리는 비합리적이고 광신적인 기복종교에 의해 지배되는 공간이었다.

그러나 정신을 차리고 보니 그런 얼음장 같은 비판의 언어가 자칫 원망과 저주로 연결되고 현대사에 대한 자학으로 빠진다는 걸 깨달았다. 우리가 살아온 삶과 현대사는 물질만능과 경제제일주의, 권력숭배와 광신 못지않게 놀라운 성취와 기적적 방향 전환의 위대한 20세기였다는 균형 잡힌 깨우침이 이제는 더 소중하다. 누구 말대로 아무것도 없던 폐허에서 대한민국 나라 만들기의 첫 삽을 떠야 했던 아버지 세대를 우리는 따듯하게 받아들이고 싶다.

유럽이 전제왕정으로부터 민주주의 성립에 이르는 과정을 수

세기 겪은 데 비해 우린 달랐기 때문이다. 그래서 70년 전 건국이란 개항 전후 진통해왔던 한국사회의 결정적 진화이며, 자유민주주의라는 문명의 파도가 한반도에 상륙했음을 보여주는 기념비적 사건이었음을 많은 이들이 긍정한다.

대한민국 건국은 그만큼 세계사적 의미를 가지고 있지만, 불행하게 생을 마감한 한 전직 대통령은 건국 이후 우리 현대사를 두고 "정의가 실패했고 기회주의자가 득세했던 과정"이라고 폄훼했던 것을 우리는 기억한다. 어디 특정 대통령뿐인가? 자기 혐오와 자학에 국민 다수도 합류했지만, 이제는 그런 소모적 인식과 결별해야 할 때다. 그런 잘못된 인식을 만들어낸 주범이 바로 이 책에서 내내 다뤘던 백낙청-리영희-조정래 문화권력 3인방임을 익히 확인했기 때문이다.

현 상황에 대한 포괄적 성찰 4개

드디어 이 책의 에필로그인데, 강조하지만 그들 3인방을 반세기 동안 견제받지 않은 권력, 그래서 성역화된 문화권력-지식권력이고, 건드리면 안 되는 성역으로 놔두는 것은 도저히 용납 안 된다. 이런 상황에서는 사회가 정상적으로 발전할 수 없고, 창조적 지성이 탄생할 수도 없다.

멀리 갈 게 없다. 문화권력 3인방에 코가 꿴다는 것은 우파로 사는데도 좌파처럼 생각하는(live right, think left) 모순이라서 인식 혼란을 피할 수 없다. 그리고 좌파 문화권력이 형성된 것은 1960~70년대 개발 연대의 부산물인데, 언제까지 이들의 권위에 기대어 살아야 할까도 문제다. 21세기 마저 이들이 만들어낸 엉터리 좌표를 따라 항해를 해야 할까? 그걸 물어야 한다. 사실 백낙청이 계간 「창작과비평」을 창간하고 출사표에 해당하는 글 「새로운 창작과 비평의 자세」를 쓸 당시가 1966년이었다.

이 글에서 백낙청은 "국민의 1인당 소득이 100달러 내외이고, 6년간의 의무교육도 거의 유명무실한 상태"를 개탄했는데 그때는 그러했다. 이후 반세기 한국사회는 완전히 다른 사회로 바뀌었다. 상전벽해도 이럴 수가 없을 정도로 천지개벽을 했는데, 당시 품었던 문제의식을 지금도 끌어안고 산다는 건 더 이상 몸에 맞지 않은 옷을 걸치고 사는 꼴이다.

현 상황은 유감천만이다. 문화권력 3인방이 만들어낸 좌파 민족주의와 민중주의는 그 어느 때보다 강세이고, 대파국을 앞둔 마지막 고비가 아닌가 싶을 정도다. 이걸 극복하지 않으면 큰일인데, 책의 마무리인 이 글은 한국사회의 어제 오늘에 대한 포괄적 성찰을 진행하려 한다.

성찰은 4개 방향으로 나뉘는데, 문화권력 3인방이 만들어낸 좌파 민족주의와 민중주의가 요즘 어떻게 북한과 연계된 체제변혁 민중혁명으로 용틀임하고 있는가를 살펴보는 게 우선이다. 즉 아주 현실적이고 눈앞의 위험성이다. 그 용틀임이 끝내 성공할 경우 대한민국의 문을 닫는 최악의 결과를 만들 수도 있다는 점도 함께 짚어본 다음, 지난 1980년대 좌익과의 문화전쟁 대응에서 우리가 범했던 잘못도 별도로 따져보려 한다.

그게 5공 당시 학원안정법 제정 논란 대목인데, 그걸 두루 살펴본 뒤 한국인은 본래가 공산주의 친화형의 유전자를 가지고 있다는 역사문화적 분석도 곁들일 생각이다. 이런 성찰을 하는 까닭은 분명하다. 문화권력 3인방을 비판하는 것 못지않게 대안을 마련해야 하기 때문이다.

우선 문화권력 3인방이 뿌렸던 좌파 민족주의와 민중주의가 문재인 등장 이후 어떻게 무섭게 변화하고 있는가를 점검해야 하는데, 그동안 많은 이들이 오해했다. 문화권력 3인방 식의 철지난 담론은 시간이 지나면 자연 소멸할 것이라는 낙관해온 것이다. 이들과 이 책의 입장은 구분된다. 현재까지도 이들 담론은 체제변혁 혁명의 핵심 동력이고, 인류 최악의 정치체제인 북한을 형제로 끌어안자는 논리로 발전하지만, 통일 이후에도 우환거리로 남을 점이 못내 두렵다.

좌파 민족주의, 끝내 국공합작으로 발전?

남쪽의 좌파세력과, 북쪽의 김정은 세력 사이에 실로 기괴한 정치적 연대가 만들어질 수도 있기 때문이다. 저들이 입버릇처럼 말하는 이른바 민족 공조가 시발점이다. 이걸 연결고리로 남북 사이의 통일전선 구축 단계, 즉 국공합작으로 진입할 가능성도 배제 못 한다.

현재 남북은 둘이 하나 되기 직전의 국면까지 왔다. '우리민족끼리'의 반외세주의로 이미 하나가 된 변형된 좌파 민족주의자 문재인과, 평양의 김정은이 이미 수차례의 회합을 평양과 판문점에서 가졌지만, 이들은 남북관계 대전환을 정치 이상의 최종 목표로

◇2018년 5월 평양능라도경기장에서 연설을 하기 전 김정은 위원장과 손을 마주 잡고 인사를 하고 있는 대한민국 대통령 문재인. 두 사람 위로 한반도기가 보인다.

삼고 있다. 그건 좌파 민족주의의 오랜 꿈인데, 원탁회의 좌장 백낙청이 "2013년 이후의 세상을 별개의 체제라 할 정도로 크게 바꿔보자"며 언급했던 2013년 체제의 뒤늦은 완성이 코앞의 목표로 다가선 시점이다.

백낙청은 그걸 한반도 재통합을 전제로 한 국가연합이라고 했지만, 쉽게 정리하자면 썩 불길한 통일 놀이로 판단된다. 낮은 차원의 연방제이건 뭐가 됐건 이들에게 통일 놀이는 헌법 제4조가 명문화한 자유민주적 기본질서보다 훨씬 상위의 가치이며, 미완의 근대 국가체제인 분단을 끝장내는 도정이나 다름없다.

조정래 『태백산맥』의 모토인 '민족사의 허리 잇기' 꿈이 완성되는 것이다. 이들의 또 다른 표현대로 남과 북의 혈맥을 잇는 이른바 민족 공조가 국공합작으로 빠르게 진입할 때 이 나라의 엉터리 언론은 민족-통일-평화란 대의명분으로 포장하기에 바쁠 것이다. 그때 "그 결혼에 난 반댈세!"라고 말할 사람은 크게 없다. 우리 모두가 문화권력 3인방이 만들어낸 민족-통일-평화의 주술(呪術)에 걸려든 탓이다. 그리고 그건 어디선가 많이 본 그림의 등장이다.

해방 직후 조선공산당이 주도한 29개 좌익·중도정당·사회단체 연합체인 민주주의민족전선(민전)의 재래(再來)다. 당시 민전은 미국에 반대하는 과도정부를 세운다는 게 목표였다. 70년 세월을 건너뛴 지금은 남의 좌파세력과 북의 김정은 세력을 모두 포함하는 스케일로 커졌다.

궁극의 경우 이들은 통일전선 단계를 넘어 남과 북의 좌익세력이 단일정치세력으로 발돋움하는 궁극의 단계로 못 갈 게 없다. 남북의 좌파세력이 몽땅 똬리를 튼, 말 그대로 빅 텐트다. 그런 그림은 혹시 합리적인 미래 전망이 아니고 정치 판타지가 아니냐고 되물으실 수도 있다. 인정한다. 그러나 현 상황은 그 황당한 국면을 경고해야 할 만큼 심각하다. 그건 우리가 걱정해온 사실상 적화(赤化)가 아니면 무엇이겠는가.

김문수 "대한민국 문 닫을 수도 있다"

국민적 합의 속에 이뤄지는 '평화로운 적화' '조용한 적화'이기도 한데, 소름이 부쩍 돋을 판이다. 미국 변호사 고든 창의 지적대로 북한이 남한을 접수하는 그림이 이렇게 순조롭고, 국민적 합의로 포장된 채 진행될 수도 있다.

지금 이런 상황에서 "좌우 공동구역을 만들어내는 것이 시대정신"이라고 태연자약하게 말했던 서울대 석좌교수 출신의 사회학자 송호근 같은 리버럴리스트들은 왜 입을 다물고 있는가? 지금 이게 당신이 거품을 물고 말했던 좌우 공동구역의 완성인지, 아닌지를 말해야 할 것 아닐까? 이런 결정적 분기점에서 "자유민주주의 대한민국 죽느냐? 사느냐? 이것이 문제다"로 시작하고 맺음말을 한, 비장한 글을 김문수 전 경기도지사가 2019년 7월 페이스북에 올린 건 용기 있는 행동이다.

현 상황에 대한 그의 인식도 이 책과 흡사한데, 그의 표현대로 '문재인+김정은 주사파 공동체'가 이 나라 사상 이념·권력의 고지를 점령했다는 것이다. 그는 "주사파는 군사력과 무력을 쓰지 않고 승기를 잡았다"는 표현도 했는데, 그건 문화권력-지식권력에 대한 타당한 인식이다.

> 제가 50년간 겪어왔던 경험에 비추어볼 때, 대한민국은 이미 종북 주사파와 좌파 연합에 넘어갔다고 판단됩니다. …이런 종북 주사파들이 수백만 배출되었고, 지금 마침내 청와대부터 대한민국의 국가권력 뿐만 아니라 사회 각계 각층을 완벽하게 장악했습니다. 제가 아는 한 세계 어떤 공산혁명 때보다 더 완벽하게 국가권력을 장악했습니다. …주사파는 군사력과 무력을 쓰지 않고 촛불집회와 박근혜 대통령 탄핵·구속으로 승기를 잡았습니다.
>
> …문재인 정권은 종북 주사파 정권이며, 김정은과 연방제 통일을 하는 것이 1차 목표입니다. 문재인 대통령이 신영복을 사상가로서 존경한다고 평창올림픽 리셉션에서 커밍아웃한 것은 이미 주사파들이 사상이념·권력의 고지를 점령했기 때문에 과감하게 세계만방에 선포한 것입니다.

물론 문제는 남는다. 주사파의 대도박이 이들 뜻대로 과연 성공할까? 그건 또 다른 영역인데, 우선 미국이 지켜보고 있다. 저들은 북핵을 용인할 수 없고, 바람난 남과 북이 추는 엽기적인 좌파 민족주의의 춤을 용서하기 어렵다. 미국의 동북아 질서 유지에 방해가 되는 국공합작에 불벼락을 내릴 가능성은 여전하다. 또 국내 제도권 언론-정치가 지리멸렬이라지만, 완전히 죽은 것도 아니다.

단 희망적 사고 같은 걸 버리고 냉정하게 말하면 가능성은 역시 반반이다. 건국 70년을 갓 넘긴 젊은 나라 대한민국이 어느 날 문 닫을 수도 있는 게 현재의 엄중한 국면이란 뜻이다. 최소한 내 경우 당장 내일 아침 신문에 이 나라가 몰락했다는 뉴스가 뜬다 해도 놀라지 않을 것이다. "드디어 올 것이 왔구나"라며 가슴을 칠 뿐이고 그걸 막지 못했던 걸 스스로 질책할 따름이다. 실은 어느 분과의 대화에서 그 얘길 조심스럽게 꺼냈더니 유심히 듣던 그의 화답이 나를 더 놀라게 했다.

"대한민국 몰락, 그 뉴스를 본 뒤 서울 광화문에 나가 정복 차림의 인민군이 호각을 불며 수신호로 교통정리를 하는 광경을 본다 해도 저 역시 크게 놀라지 않을 겁니다." 나 같은 판단을 하고 있는 사람이 아주 없진 않은 셈이다.

백두산에서 낭송된 시 「조국은 하나다」

그게 지난 3~4년의 한국사회의 혼란을 지켜본 적지 않은 이들의 진단인데, 그런 걱정을 오래전부터 했던 분이 있다. 그가 소설가 홍상화인데, 그의 소설 『디스토피아』(랜덤하우스중앙, 2005)의 메시지를 나는 오래 기억해두고 있다. 10년 뒤 개정본도 나온 이 책 내용은 좌향좌 일색의 대한민국 앞엔 지옥(디스토피아)이 기다린다는 예측이다. 대화체 형식의 이 소설은 주인공인 소설가가 교수·작가 등 지성인들과의 대화를 통해 대한민국 좌경의 뿌리와 전파, 이 영향을 점검하는데 문단 상황에선 이례적이다.

이 소설의 완성도가 특별하다고 보진 않지만, 앞의 「작가의 말」이 인상적이다. 2005년 7월 그는 남북작가대회의 일환으로 북한을 방문했고, 백두산 천지에서 열린 이른바 '통일문학의 해돋이 행사'에 참가했는데, 놀라운 광경 앞에 질겁했고, 그게 소설 『디스토피아』를 쓰게 된 동기다.

북한 쪽 작가들도 있는 자리에서 한국 측 작가 하나가 그 악명 높은 '전사 시인' 김남주의 시 아닌 운동권 대자보인 '조국은 하나다'를 좔좔 낭송하는 충격적 장면을 목격한 것이다. "'조국은 하나다', 이것이 나의 슬로건이다… 권력의 눈앞에서/ 양키 점령군의 총구 앞에서/ 자본가 개들의 이빨 앞에서…." 이게 그날 행사의 대미였고, 시를 선정한 것은 즉흥적인 게 아니라 한국측 대표단의

◇홍상화 소설 『디스토피아』 표지.

집행위원회였다. 너무도 기막혀서 등을 돌려 혼자서 백두산을 터벅터벅 내려와야 했다.

홍상화는 말한다. 그 장면은 "한국문단이 사회주의 신봉자에 지나지 않을지도 모르며", 그 결과 "대한민국 내 좌경세력이 북한의 오판을 불러일으킬 만한 위험 수준"임을 암시한다. 미국과 국내 자본가를 배제한 남북 간 좌우합작을 서울 작가들이 외치고 있으니 이제 남은 건 평양의 한반도 남쪽 접수가 아닐까 하는 요지다.

그런데도 당시 행사 참가자 중 누구도 이걸 문제 삼지 않았고, 언론도 마찬가지였다. 집행위원회측은 행사 뒤 약간의 설왕설래가 있을 때 더 수상쩍은 반응을 보였다. "「조국은 하나다」라는 시를 잘못 골랐다는 생각은 추호도 하지 않고 있다"는 것이다. 그걸 두고 홍상화는 "내가 평생 경험하지 못했던 지적 폭력과 모독"이라고 밝혔지만, 내 판단엔 그 이상이다. 그래도 자멸하지 않으면 그게 외려 이상한 나라가 대한민국이다. 놀랍게도 사실상의 좌우 합작이었던 이른바 '87년체제' 이후로 우리가 한 일은 없다.

아니 문화권력 3인방이 설치고 권력을 쥐고 흔들어온 것을 염두에 둔다면 이 나라의 위기는 무려 반세기나 된다. 그런데도 아직도 당신이 이들을 우상으로 섬기고 있다면, 너무도 둔감한 사람이란 지적을 피하기 어렵다. 조용한 적화가 완성됐을 때도 그렇게 말할 것인가?

그런 청천벽력 소식이 들려왔을 때 "이럴 줄은 몰랐는데…" 하고 짐짓 놀라는 이들이 있다면, 그것이야말로 무책임하다는 뜻이 아닐까? 괜한 열패감이나 두려움의 감정이 아니다. 국제정치학자 이춘근 박사가 쓴 책 『격동하는 동북아, 한국의 책략』(백년동안, 2005)에 따르면, 국가의 삶과 죽음이란 어찌 보면 국제사회의 일상이다. 튼튼한 울타리, 언제까지라도 계속될 것만 같은 국가라는 게 우리 고정관념과 달리 쉽게 사라질 수도 있다는 뜻이다.

피와 눈물의 시민적 각성

일테면 1816년부터 2000년까지 지구상에는 207개의 나라가 존재했었는데 2000년 당시 207개 국가 중에서 꼭 3분의 1인 66개 국가가 없어져버렸다. 없어진 나라 66개국 중 75퍼센트에 해당하는

50개 국가는 이웃나라의 폭력(전쟁)에 의해 죽었다는 사실이 발견되었다.

국제정치가 여전히 양육강식의 논리에 지배되고 있다는 사실을 증명한 것인데, 그게 타니샤 파잘이라는 학자의 연구라는 얘기도 이춘근 박사는 함께 들려줬다. 죽은 나라들은 못된 나라가 아니었다. 다만 약한 나라였을 뿐이다. 그 죽은 나라 목록에 옛 조선왕조가 들어간 것도 당연하다. 파잘은 그 나라를 "1905년 일본에 의해 폭력적인 죽음을 당한 나라"라고 기록하고 있는데, 조만간 대한민국이 그 목록에 등장하지 말란 법이 어디 있을까?

체제유지에 관심 없거나 이 나라를 저주하는 이들로 득시글거리는 한국사회는 아무리 생각해도 국가의 죽음에 딱 어울리는 조건을 두루 갖췄다. 그렇다고 절망만 할 순 없다. 결국엔 우리가 하기 나름이다. 대한민국 현대사에 대한 피와 눈물의 시민적 각성, 그걸 통한 행동 없이는 이 나라가 회생할 수 없다는 진실엔 변함이 없다.

그 점에서 우린 여전히 역사의 변곡점에 서 있다. 문화권력 3인방과의 문화전쟁은 여전히 중요하다는 뜻이기도 하다. 문화전쟁을 제대로 수행하기 위해서는 지난 과정 우리의 잘잘못을 따져 물어봐야 하는데, 돌이켜보면 좌익 문화전쟁과의 싸움은 1988년이 분수령이었다는 점도 기억해둬야 한다. 운동권의 일차 전성기인 88서울올림픽 직전이고, 정치학자 양동안 교수가 잡지 「현대공론」(8월호)에 「우익은 죽었는가?」라는 예언자적 선언을 하던 그때였다.

민간 부문에서 당시 학생운동권의 움직임이 이른바 민주화 투쟁이 아니고 좌익혁명운동이며, 대학은 혁명의 요새로 변질됐다는 경고가 나왔을 때 이 나라 정부는 무얼 하고 있었던가? 실로 유감천만이다. 제 역할을 하지 못했다.

지금도 정설은 1988년 서울올림픽이 성공한 이벤트이며 나라 위상을 높이는데 기여했다는 것이지만, 실은 반대급부도 없지 않았다. 1980년대에 쓰나미처럼 대두됐던 운동권을 한국사회가 정리할 기회를 그때 날리고 말았는데, 물론 올림픽 때문이었다. 서울에 쏠린 세계의 시선이 신경 쓰였던 탓이다. 경찰봉을 휘두르는 권위주의 정권이라는 말을 듣는 게 두려워서 움츠러들고 만 것이다. 그 상징이 1985년 학원안정법 입법 보류다.

1980년대, 그때 좌익 대청소했어야

당시 시끄러웠던 대학 소요, 그리고 학생운동권의 발호를 근본적으로 해결하기 위해 강력한 입법이 필요하다 해서 논의됐던 게 이 법안이었다. 명분도 나쁘지 않았다. 운동권을 국가보안법으로 다스리면 전과자만 양산하니 이들의 앞날을 열어주기 위해서도 6개

京鄕新聞

「學園安定法」제정 추진

勉學분위기 定着돕게

過激시위 刑事處罰강화

騷擾근절위한 强硬대책 마련

敎授들 連帶責任 강조

南北韓 年內제육

경향신문은 85.7.25 학원안정법을 단독 보도. 악법제정기도를 분쇄했다.

◇1985년 7월 전두환정부의 학원안정법 제정 움직임을 보도한 경향신문 제1면. 좌파운동권을 정리할 수 있는 좋은 계기였으나 정부 스스로 철회하면서 30년 뒤 지금의 혼란상을 초래하고 말았다.

월 격리 교육을 시키겠다는 게 당정의 입장이었다.

때는 신군부와 전두환을 반대하는 대학가 움직임이 예전 시위 양상에서 벗어나 반대한민국, 반미 그리고 공산주의 이념 추종으로 가파르게 흐르던 시점이었다. 학원안정법 제정은 문제의식과 타이밍이 나쁘지 않았다. 1982년 부산 미문화원 방화사건, 1985년 삼민투(민족통일민주쟁취민중해방투쟁위원회) 출범 직후의 상황이었다. 그리고 주사파 등장과 자민투(반미자주화반파쇼민주화투쟁위원회)·민민투(반제반파 민족민주화투쟁위원회) 결성 그리고 박종철 사망(1987년 1월)으로 이어지는 분기점이기도 했다.

구체적으로 말해 5공 탄생 직후인 1982년 이후 좌익세력은 번성하기 시작했는데, 눈 밝은 이들은 그 전후 학생운동의 중심이 민주화운동은커녕 좌익혁명세력이라는 판단을 하지 않을 수 없었다. 아니나 다를까? 1986년 학생들은 민족해방·민중민주주의 혁명을 당면 목표로 설정하기 시작했다.

이들이 이듬해인 1987년 6·10항쟁을 주도하고, 그해 7~9월 과격한 노동자 대투쟁을 이끌었다. 올림픽 개최를 위해 통제가 완화된 국면에서 좌익세력은 이른바 조국통일투쟁을 전면에 내걸고 올림픽 남북공동개최와 반전·반핵을 외쳐대며 국가기능을 마비시키려 달려들었다. 6·10항쟁 1주년을 맞이하여 좌익은 남북학생회담 실현을 주장하며 서울 서북부지역과 판문점으로 가는 도로에서 격렬한 시위를 전개했다.

놀라운 것은 두 가지였다. 경찰의 저지로 학생들의 판문점 행은 저지됐지만, 시위 규모와 격렬함이 충격적이었고, 시민과 야당의 반응도 기가 찼다. "학생들이 판문점 가겠다고 하면 가게 하지 왜 못 가게 해?"라며 공권력 행사를 외려 비난했다. 야당도 방조적 태도로 침묵했다.

이젠 공권력만으로는 좌익세력의 혁명투쟁을 제압하기 어렵게 된 국면이었는데, 그게 바로 학원안정법 논의의 막전막후였다. 그래서 안타깝다. 그 법안이 국회를 통과하고, 제대로 시행됐을 경우 어떤 방식으로라도 한국사회에 변화를 가져왔을 것이다. 사실

운동권도 법안 통과를 기정사실로 간주한 채 된서리에 대비해 잔뜩 긴장했다. 학교 잔류파나 군 입대파-위장취업파 등으로 나눠진 채 상황을 주시하던 차였다. 그러던 때 뜻밖에도 5공은 입법 보류를 결정했다.

무슨 일이 있었던 것일까? 『전두환 회고록』을 보면, 보류 지시를 내린 주인공은 다름 아닌 전두환 대통령이었다. 명분이 이랬다. 학생훈육 문제에까지 정부가 나서서 맡는다는 게 불합리하며, 시간이 걸리더라도 대학에 맡겨두자는 게 결심의 배경이라고 그는 밝혔다(『전두환 회고록』 제2권, 129쪽).

전두환, 정말 철권 통치자인가

그러나 무엇보다 중요한 건 서울올림픽에 대한 고려였다. 『회고록』을 보면 1986년 아시안게임, 1988년 올림픽을 위해 정치적·사회적 안정이 절실했다고 거듭 밝히고 있는데, 결과적으로 그는 미봉책을 선택한 셈이다. 그건 패착이었다. 다음 인용문을 잘 들여다보시라. 철권 통치자 전두환의 이미지 대신 순진한 전두환의 모습이 들여다보인다.

> 나는 취임 초부터 나라가 망하는 상황이 아닌 한 절대로 군을 동원하지 않겠다는 철칙을 마음속 깊이 다짐하고 있었다. 학원소요가

사회적 위기를 불러오더라도 경찰력으로만 대응한다는 방침을 세웠다.

비유컨대 그건 운동권은 대한민국을 죽이는 고단수의 바둑을 두는데, 그걸 막아야 할 통치자는 오목이나 하려던 순진했던 케이스였다. 주사파가 창궐하던 당시는 현대사 악의 씨앗이 뿌려져 창궐하던 국면이었다. 나라가 망해가는 상황의 전주곡이다. 조금 전 언급했던 국가의 죽음 징후였다. 그런데도 그와 한국사회는 오판했다. 올림픽 개최 때문에 수술을 덮어두어 오늘날의 국가위기를 낳은 셈이다. 당시 전두환과 우리의 머리엔 1968년 멕시코올림픽이 자리 잡았을 것이다.

멕시코 올림픽은 개막 전 각종 정치적 시위로 몸살을 앓았고, 진압과정에서 개막 직전 260명이 죽는 참사까지 발생했다. 이에 비해 20년 뒤 서울올림픽은 전 대통령의 걱정을 씻고도 남을 만큼 깔끔하게 치러졌다. 좋은 일이다. 그래서 세계를 안심시키는 데 성공했지만, 대한민국은 피멍이 들어버렸다.

유감천만이다. 그래서 나는 1980년대 전두환의 신군부가 놀라운 효율성으로 박정희 사후 나라를 안정시키고 경제를 춤추게 만들었지만, 국가 경영의 더 중요하고 장기적 요소이자 통치의 핵심인 헤게모니를 쥐는 데는 성공하지 못했다고 지적하는 것이다. 그

때 미처 못 했던 문화전쟁, 지식 대청소를 하는 마음으로 이 책을 쓰고 있지만, 여전히 마음은 무겁다. 냉정하게 말하자. 작금의 구조적 난관을 우리 스스로의 힘으로 돌파할 수 있을까?

이 질문에 자신 있게 답할 자신이 없다. 공적 담론에서 밝히기 어려운 게 사실이지만, 우린 지금 스스로 일어설 힘이 부족하거나 없다고 봐야 한다. 물리적으로 압도적 좌익의 힘에 역불급이고, 지식정보 역시 온통 좌편향으로 오염된 국면이라서 섣부른 자신감 피력이 힘들 정도다.

여전한 유해 지식정보 환경

익히 살펴본 대로 좌파적 가치를 담은 지식정보가 대학의 편제와 강의 내용에 스며들어 표준의 자리를 차지했다. 좌파 패러다임의 지식과 정보는 각급학교에 스며들었다. 그래서 위험천만한데, 그곳에서 생산된 지식정보가 신문·대형포털·TV 등 미디어를 통해 유통 증폭되면서 건전한 공론장(公論場)을 파괴 또는 황폐화하고 있는 것도 엄연한 현실이다. 오염된 문화정보-지식정보를 생산하고 소비하는 사이클이 완비된 것이다.

생산(각 문화 장르를 포함한 대학교수·저자·TV·신문)과 유통(인터넷 포털과 좌파 상업주의의 출판계 그리고 전교조) 그리고 소비(젊은 층)로 이어지는 거대한 지식정보의 불량 생태계가 구축된 것이다.

2011년 방송통신위원회의 조사에 따르면 국민들의 하루 텔레비전 시청시간은 187분, 인터넷 98분, 그리고 라디오 청취 71분이다. 평균적인 대한민국 성인은 하루 6시간 동안 매스미디어와 SNS에 노출되는 셈인데, 왜곡된 지식정보에 오래 노출될수록 파편화된 정보에 편견을 키우고 편향된 시각을 키울 가능성은 높아진다. 그 구조를 나는 지식정보의 낙진(落塵)효과라고 표현한다. 달리 말해 문화권력 3인방의 전방위적 지배가 완성된 셈이다.

그래서 학력이 높을수록, 대중매체에 오래 노출될 경우 세상과 사회를 보는 정상적 안목 형성에 장애가 발생하거나 때론 치유하기 힘든 병리학적인 인지(認知)구조를 낳는 것이다. 이런 구조에서 아주 예외적으로 지적 노력을 경주하는데 몇몇 개인에게만 균형 잡힌 대한민국 옹호와 자유주의의 가치가 허용된다.

그래서 그들은 낙진으로부터 오염되지 않은 지식인·독립적 지식인이지만, 극소수에 불과하다. 이런 상황에서 대중은 어떠할까? 좌편향된 지식정보가 대중화되고 파편화된 형태로 이들에게 주입되기 때문에 이들은 더욱 완고하며, 균형감각 회복이 어렵다. 이런 유해한 지식정보 환경과 미디어 생태계 즉 문화 전체를 함께 바꿔줘야 할 이유는 차고도 넘친다.

작금의 구조적 난관을 우리 스스로의 힘으로 돌파할 수 있을까를 되묻는 것도 너무나 당연한데, 문제는 또 있다. 좌파 문화권력과 그로 인한 지식정보의 심각한 오염 그리고 사실상 공산주의에 물든 지금 상황이란 마치 외과수술을 하듯 곪은 부위를 잘라내버린다고 될 일도 아니란 점이다.

어쩌면 그건 한국인의 몸 안에, 즉 DNA 형태로 스며들어 있는 것은 아닐까 하는 의구심도 품어봐야 한다. 즉 우리의 역사 문화적 토양에 대한 성찰도 중요한데, 실은 우린 체질이 공산주의 친화형이다. 그만큼 퇴치가 어렵다. "공산주의는 콜레라와 같다. 인간이 콜레라와 타협할 순 없다"고 유명한 발언을 한 건 건국 대통령 우남 이승만이었지만, 그런 이가 극히 드물다. 그에게 공산주의란 절대악이었지만, 그에 앞서 공산주의에 대한 정확한 인식을 했던 이는 우남보다 10년 연상인 좌옹(佐翁) 윤치호(1865~1945)다.

한국인이 가진 공산주의 DNA

근현대사 100년에 등장한 인물 중 가장 매력적인 인물 하나를 꼽으라면 내겐 단연 좌옹인데, 그의 공산주의 비판은 1917년 인류사에 첫 등장한 좌익혁명인 러시아 볼셰비키혁명을 관찰해 내렸던 과학적 결론이다. 소비에트체제가 반드시 실패한다는 예견도 그때 했다.

그래서 윤치호는 한국 보수주의사상의 아버지이며, 한국의 에드먼드 버크로 유감없는 인물이다. 그런 그의 말 중 경청할 대목은 "조선은 옛적부터 공산주의를 해왔다"는 발언이다. 이유는 쉽고 명쾌하다. 조선인들은 근대적 개인으로 홀로 서기를 하려 하지 않고, 먹고살 만한 친인척이나 마을 공동체에 얹혀 살아왔던 썩고약한 전통이 있다는 지적이다. 볼셰비키는 그런 걸 대놓고 노동자·농민·무산자의 권리 즉 계급독재로 만들어놓았다는 말을 좌옹은 덧붙이고 있으니 거의 100년 전 놀라운 성찰이다.

풀어서 말하면, 근대 이전 우리역사에서는 사적(私的) 자치의 주체로서의 '자유로운 개인'이 없었다. 그러니 그런 자유로운 개인 사이의 협동적 질서로서의 사회와 시장의 발달도 없었다는 게 윤치호의 문제의식이다. 사실 주자학의 이상향은 대동사회(大同社會)가 아니던가?

대동사회란 게 무엇이던가? 차별 없고 큰 도덕이 이루어지는 곳인데, 그래서 유교는 유사(類似) 공산주의로 분류할 만하다. 중국·베트남도 유교문화의 영향을 받았지만, 우리네처럼 쩔고 또 쩔었던 건 아니니 조선은 확실히 역사 문화적 토양 자체가 공산주의 친화형이다. 그런 맥락에서 윤치호의 발언이 나왔을 텐데, 문제는 만일 그가 되살아난다면, 지금의 대한민국 상황을 어떻게 볼까? 잠시 주춤하던 공산주의 물결이 결정적으로 높아가고 있다고 크게 개탄할 것이다.

북한 변수가 없더라도 남한 만의 공산화 추세가 무슨 대세인 양

진행되어간다고 지적할 것이다. 윤치호나 나만의 판단이 아니다. 그걸 적절히 지적한 게 김정호 연세대 특임교수인데, 그에 따르면 이미 첫 단추를 꿴 보편복지 혹은 무상화 단계가 그 시작이다.

곧 우리가 필요로 하는 대부분의 것이 무상으로 공급되면서 결국 수요 폭발과 공급 부족을 낳게 된다. 그게 제2단계인 배급제·국유화로 이어진다. 이윽고 사람들은 점점 더 게을러지고 경제가 멈춰 설 즈음 등장하는 게 피치 못할 세 번째 단계인 강제노동이다. 멈춘 경제를 돌리려면 강제노동밖에 방법이 없으며, 그때 국민은 국가의 노예로 전락한다. 우리가 그토록 경계하던 공산주의 악령의 완벽한 부활이다(김정호 칼럼 「책임감 혁명으로 공산화 막아내자」, 「펜앤드마이크」, 2018년 12월 11일)

코앞에 다가온 공산주의 악령

좌옹 윤치호와 우남 이승만이 절대악이라고 지적했던 공산주의 컴백이 눈앞에 펼쳐지는 것이다. 그래서 물어야 한다. 왜 우리는 박정희 이후의 기적적인 성취감의 혁명을 잊기로 작심했고, 그 결과 한반도의 오랜 토양인 유사 공산주의로 역사적 회귀를 하는 것일까?

일본 정치학자 다나카 메이가 "박정희 18년, 전두환-노태우 12년의 총합이 30년인데, 이 기간은 한국사 진행과정에서 예외적 시기였다"고 말했다는 걸 염두에 둬보라. 우린 그런 예외에서 벗어나 오랜 전통으로 컴백하는 중인데, 그걸 상징하는 게 '내 삶을 책임지는 국가'라는 문재인정부의 국정목표이기도 하다. 그 캐치프레이즈야말로 포퓰리즘 여부를 떠나 유사 공산주의이고, 전체주의적 발상이란 비판을 면하기 어려운데, 결국은 국민이 동의하니까 시행되고 있는 꼴이다.

과도한 복지 포퓰리즘에 취해 살다가 한 걸음 더 내딛어 공산주의 배급제란 급행열차를 갈아탈 것인가? 그건 북한 등 외부세력에 의한 적화가 아니라 자발적 적화, 사실상의 적화가 완성된다는 뜻이다. 유감스럽게도 대반전을 만들어낼 정치세력이 우리에게 없다.

"사회 같은 것은 없다"고 일갈하며 고질이던 영국병을 치유했던 전 영국 총리 마거릿 대처 같은 위대한 선포를 할 용기와 배짱 있는 지도자도 없다. 마침 생각나는 게 해방 직후 1946년 미 군정청에서 새 나라의 이념과 체제를 놓고 물어봤던 여론조사다. 그때 자본주의를 선호한다는 응답자가 14퍼센트인 반면 좌익이념-체제에 대한 선호가 77퍼센트(사회주의 70퍼센트, 공산주의 7퍼센트)를 차지했다. 그래서 새삼 묻는다. 한국인에게 좌익은 정말 체질인가?

한국인에게 똬리 튼 '붉은 DNA'는 다시 부활하는 것인가? 질문 자체가 고통스럽지만 외면할 순 없다. 사실 이승만은 우리의 좌익

DNA를 애시당초 제거해놨다. 해방 직후 이른바 남북정치협상을 통해 공산혁명 체제로 갈 판에 이승만은 인류보편의 자유민주주의 깃발을 들었다.

때문에 우린 자유민주주의의 수혜자인데, 뭐가 부족하고 아쉬워서 공산주의 망령에 다시 사로잡히는가? 좌파 문화권력 3인방과 이들의 막강한 영향으로 인한 지식정보의 심각한 오염 속에 사실상의 공산주의에 물들어가고 있는가? 이 책의 말미, 그걸 독자들에게 되묻고 싶다. 조금 전 언급했던 이춘근 박사의 말을 한 번 더 환기시켜드리고 싶다. 그에 따르면, 한국 최대의 회사인 삼성전자의 매출액은 필리핀의 GDP(국내총생산)를 훨씬 상회한다.

지금 우린 무얼 할 것인가

그러나 삼성전자는 자신을 지키기 위해 총 한 자루를 가지고 있지 않다. 반면 필리핀은 군함과 탱크·전투기를 갖추고 있다. 삼성은 회사이고 필리핀은 국가이기 때문에 그렇게 차이가 난다. 즉 회사원은 회사를 위해 목숨을 바치지 않는다.

국민은 나라를 위해서 목숨을 바친다. 국민으로서의 나, 회사원으로서의 나는 완전히 다른 존재인데, 그래서 물어야 한다. 우린 과연 이 나라의 구성원으로 합당한 시민윤리와 국가관을 가지고 있는가? 혹시 그게 오염된 것은 아닌가? 오염됐다면 궁극의 원인

제공자는 좌파 문화권력 3인방과 이들의 막강한 영향으로 인한 지식정보의 탓임은 두말할 것도 없다. 우리만 오염된 게 아니다. 이 나라 지식·문화 엘리트 들도 안심 못 하고 심지어 헌법기관인 이 나라 대통령도 걱정스럽다.

조금 전 말대로 삼성의 오너나 CEO 등과 국가의 대통령 혹은 총리는 한 가지 점에서 결정적으로 다르다. 대통령 혹은 총리란 전쟁을 지휘하고 수행해야 하는 권리와 임무를 가진다. 문제는 '나는 죽어도 전쟁을 할 수 없다'는 사람은 애초에 대통령의 자격을 결여한 사람이다.

대통령 혹은 총리는 여차할 경우 국군을 지휘해서 전쟁을 수행해야 하는 국가에 단 한 명밖에 없는 사람이다. 대통령의 임무는 그래서 시장·도지사·국회의원과도 질적으로 다르다. 불행하게도 이 나라 대통령 한 사람은 "아무리 나쁜 평화라도 전쟁보다는 낫다"라고 언급한 적이 있었다. 최악의 평화란 전쟁도 해보지 못하고 일본에 나라를 빼앗긴 조선인들이 1910년 경술국치 이후 당면했던 상태인데 그걸 원하는 것인가?

아니면 전쟁도 하지 않은 채 북한 김정은에 의해 통일된 한반도 상황도 최악의 평화로 언급하는 것인가? 문화권력인 소프트파워와, 현실권력인 하드파워 모두 비정상적인 나라가 대한민국이라서 그걸 다시 고통스럽게 묻고 또 묻는다.

맺음말

이 책을 쓰는 내내 나는 고대 그리스 신화에 등장하는 머리가 아홉 개인 괴물 히드라를 떠올렸다. 머리 하나가 잘리더라도 그 자리에서 두 개의 머리가 나오는 괴물 말이다. 사람들이 그걸 해치우려면 히드라의 머리를 잘라낸 뒤 그걸 불로 다시 지져대야 했고, 헤라클레스의 경우 독이 섞인 피를 손에 든 채 싸워야 했다.

비유가 그렇다는 얘기인데, 이 책에서 나는 이 나라의 문화권력-지식권력으로 군림해온 백낙청-리영희-조정래 3인방에 대해 비판을 쏟아부었다. 각각 한 명씩도 버거운 판에 셋을 상대하는 일이 버거웠던 것도 사실임을 고백한다. 그것도 3인방 비판은 어쨌거나 이 책이 우리 문화사에서 처음이다. 드디어 임무를 완수하고 책 말미까지 온 것은 내 능력이 아니다. 지난 반세기 전후 저들이 내뱉어놓은 무책임한 발언과 행동거지 등이 그만큼 엉성하고 의외로 허술했기 때문이기도 하다.

"이들이 겨우 이 정도였어?" 하는 느낌인데, 그런 이들을 지금도 우상으로 섬기는 것 자체가 내게는 심히 어이없을 따름이다. 이런 판단을 이 책을 읽는 이들은 누구라도 공감할 것이다. 단 각자에 대한 비판을 무한정 늘일 수는 없고 책 한 권에 모두 담아내야 하니 그게 좀 답답했다.

한 명마다 딱 다섯 꼭지씩만 추려야 했기 때문에 한정된 영역의 주제를 다룰 수밖에 없었다. 그래도 자부한다. 이들이 이구동성으로 뱉어낸 대한민국 증오의 언어에 맞서 이 나라 현대사와 건국 철학을 옹호하는 작업은 내겐 보람이고 의무였다. 경제학자 조지프 슘페터가 오래전 했던 명언도 생각난다. 자본주의 혜택을 입고, 때문에 경제적 자유주의를 옹호해야 할 인간들이 기회가 날 때마다 적 앞에서 타협하고 투항한다는 지적 말이다.

슘페터의 표현을 빌리면, "저들은 자기 이상의 깃발을 들고 싸우지 않는다." 그 말을 나는 이렇게 바꾸고 싶다. "백낙청-리영희-조정래와 그 좌파 아류들은 대한민국의 깃발을 높이 들고 싸우지 않는다. 이들은 평생을 대한민국 깃발을 끌어내리려고 그렇게 발버둥쳐왔을 따름이다."

앞의 「에필로그」에서 나는 대한민국 문이 어느 날 갑자기 닫힐 수 있다고 경고했는데, 정말 안타깝게도 대한민국의 깃발을 기꺼이 들려는 사람들이 잘 보이지 않는다. 대부분이 체제 수호에 관심 없는 지식 사기꾼이거나 기회주의자들이다. 이 책은 문화권력 3인방을 표적으로 잡고 원점 타격을 시도했지만, 실은 내 본래 관심은 따로 있다. 대한민국의 깃발을 더 높이 드는 일이고, 더 힘차게 휘날리는 일이다.

포괄적으로 말해 우리가 숨 쉬고 뛰놀 수 있는 자유주의 철학과 문화, 자유주의 지식정보를 넓고 항구적으로 재구성하는 작업이 그것이다. 좌파 문화권력 비판이란 그 작업을 하기 위한 사전 정지작업이다. 고속도로를 뚫기 전에 미리 눈에 보이는 장애물을 치우는 일 말이다.

좋다. 책을 마무리하는 마당이니 그에 대한 비전을 잠시 독자 여러분과 공유하고 싶은 마음이다. 내 판단은 이렇다. 백낙청-리영희-조정래와 그 아류들이 지금껏 득세하는 건 견고한 자유주의 철학과 문화, 자유주의 지식정보가 없기 때문이 아니겠는가? 결국 그 작업에 성공해야 괴물 히드라가 재등장하지 않을 텐데, 다행히 선구자가 없지 않다. 2018년 타계한 철학자 김형효(한국학중앙연구원 부원장) 선생이 그분이다.

서울대 박종홍, 연세대 이규호 교수 등과 함께 이 나라의 내일을 위한 철학적 뒷받침을 하려 했던 우리 시대 철학자다. 나는 그를 자유주의 철학자로 분류하는데, 일테면 1970년대에 대한민국 상응(相應)혁명을 주창했다. 상응혁명이란 전체주의 좌익을 압도하는 자유민주주의 혁명을 일컫는 포괄적 이름이다. 다음은 그의 1978년 논문의 한 대목인데, 지금 읽어도 울림이 있다.

> 국민교육헌장 제정 전 한국국민 교육은 애오라지 (피상적인) 시민교육이었다. 한반도의 특수성에 있어서 이 시민교육만 강조되는 경우에 이 나라를 지키고 보위하는 정신이 영글지 못한다. 애국가 4절 '이 기상과 이 맘으로 충성을 다하여 괴로우나 즐거우나 나라 사랑하세'와 같은 정신이 울려퍼지지 못한다.

바로 그것이다. "이 나라를 지키고 보위하는 정신"을 영글게 하고, 애국가 제4절처럼 "이 기상과 이 맘으로 충성을 다하여 괴로우나 즐거우나 나라 사랑하세"를 가르치는 철학과 문화, 그게 포인트다. 항상 그걸 염두에 뒀던 김형효 철학의 전개를 나는 자유주의 철학 모색의 중요한 흔적이라고 본다. 그래서 못내 아쉽다. 그게 1970~80년대 일찍 꽃 피우고 그게 이 나라의 뼈대를 세웠더라면, 얼마나 좋았을까?

그 작업에 성공했더라면, 지금 대한민국이 이 지경이겠는가? 엉뚱한 세력이 집권해 국가정체성을 바꾸려고 하고, 여기에 동조하는 대중은 분노하는 신으로 돌변해 기회가 나면 거리로 쏟아져 나오는 일 따위는 없었을 것을. 지금도 못난이들은 김형효의 1970~80년대 철학을 권력 추수주의라고 비판한다.

바보들은 본래 그렇다. 좌파가 하면 비판이고, 우파가 하면 어용이라는 식이다. 또 있다. 그건 주자학적 명분론의 허깨비 논리이며, 좌파 문화권력 3인방의 목소리를 반복하는 짓거리에 불과하다. 그런저런 이유로 김형효 자유주의 철학은 미완성에 그쳤다. 온 세상이 그에게 돌팔매질하는 통에 한국학중앙연구원 전에 재직하던 대학(서강대)에서 쫓겨났고, 동서철학 비교 연구 등으로 방향을 전환해야 했다.

그래서 그의 철학은 '못 다 핀 한 송이 꽃'으로 남아 있는데, 그걸 전후해 시인 김지하가 말한 쑥부쟁이(독풀) 문화권력 3인방이 득세했던 것도 우연만은 아니다. 지금 생각해보니 그게 결국 이 나라에 거대한 불행을 자초했고, 좌파 득세에 원인 제공을 했음을 지금 우린 더욱 절감한다.

반복하지만, 지금이라도 견고한 자유주의 철학과 문화, 자유주의 지식정보를 재구성하는 큰 작업을 이 책 말미에 제창한다. 아무리 생각해도 대한민국 깃발을 더 높이 들기 위해선 그것밖에 길이 없다. 유통기간을 넘긴 쑥부쟁이 문화권력 3인방 퇴치가 그래서 더욱 중요하다는 것은 두말할 필요조차 없다.

좌파 문화권력 3인방

펴낸날	초판 1쇄 2019년 10월 25일
	2쇄 2019년 11월 13일
지은이	조우석
펴낸이	김광숙
펴낸곳	백년동안
출판등록	2014년 3월 25일 제406-2014-000031호

주소	경기도 파주시 광인사길 30
전화	031-941-8988
팩스	070-8884-8988
이메일	on100years@gmail.com

ISBN 979-11-86061-62-6 03800

※ 값은 뒤표지에 있습니다.

※ 표지와 본문(27, 131, 227쪽)에 인용된 백낙청·리영희·조정래 이미지는 연합뉴스로부터 저작권 허가를 받았습니다.

※ 이 밖에 본문에 인용한 각각의 그림에 대한 저작권을 찾아보았지만, 저작권자를 찾지 못한 그림이 있습니다. 차후 저작권자를 알려주시면 그에 맞는 대가를 지불하겠습니다.

이 도서의 국립중앙도서관 출판시도서목록(CIP)은 서지정보유통지원시스템 홈페이지(http://seoji.nl.go.kr)와 국가자료공동목록시스템(http://www.nl.go.kr/kolisnet)에서 이용하실 수 있습니다.(CIP제어번호: CIP2019039135)

※ 이 책은 방일영문화재단의 지원을 받아 저술되었습니다.